Louise erwacht nicht das erste Mal mit einem Kater. Aber an diesem Morgen ist es besonders schlimm, ihr Kopf wummert, der Mund ist trocken, die Erinnerung verwischt. Louise beschleicht ein schreckliches Gefühl, das sie nicht einordnen kann. Sie dreht sich im Bett zu ihrem Mann Niall. Doch neben ihr liegt nicht Niall, sondern die Leiche eines Fremden.

Für Detective Chief Inspector Jonah Sheens und sein Team ist Louise die Hauptverdächtige. Was verbirgt die junge Frau vor den Ermittlern? Als die Polizisten in den Fall eintauchen, betreten sie ein Labyrinth aus toxischen Beziehungen, falschen Freundschaften und selbstzerstörerischen Gewohnheiten. Was verbindet die Verdächtige mit dem Opfer, wo laufen ihre Geschichten zusammen? Und ist Louise die Einzige, die etwas zu verbergen hat?

Gytha Lodge ist eine britische Schriftstellerin und mehrfach ausgezeichnete Theaterautorin. Ihr Krimidebüt *Bis ihr sie findet* (2019) war ein internationaler Erfolg und stand in Deutschland wochenlang auf der Spiegel-Bestsellerliste. 2020 erschien der zweite Band *Wer auf dich wartet*. Mit *Neben wem du erwachst* (2021) folgte der dritte Fall für Detective Chief Inspector Jonah Sheens. Im August 2022 erscheint bei Hoffmann und Campe *Was ich euch verschweige*, der vierte Band der Reihe.

Gytha Lodge

NEBEN WEM DU ERWACHST

Kriminalroman

Aus dem Englischen von
Sepp Leeb und Kristian Lutze

Hoffmann und Campe

Die Originalausgabe erschien 2021 unter dem Titel
Lie Beside Me bei Penguin Books Ltd, London.

1. Auflage 2022
Taschenbuchausgabe

www.hoffmann-und-campe.de
Umschlaggestaltung: Vivian Bencs © Hoffmann und Campe
Umschlagabbildung: © Amy Weiss / Arcangel
Satz: Pinkuin Satz und Datentechnik, Berlin
Gesetzt aus der Minion Pro
Druck und Bindung: GGP Media GmbH, Pößneck
Printed in Germany
ISBN 978-3-455-01228-6

HOFFMANN UND CAMPE

Ein Unternehmen der
GANSKE VERLAGSGRUPPE

Für Rufus, den großartigsten und albernsten aller Söhne.
Ich hoffe, du verzeihst mir das Fehlen von Fortnite-Bezügen.

Und du bist noch zu jung, um das zu lesen. Sorry.

PROLOG

Mich fröstelte. So wie man bei Nachtschweiß fröstelt. Ein langsames Aufwachen in feuchten Laken, die an der Haut klebten. Es war wie damals, als ich dachte, ich hätte ein Lymphom, während es tatsächlich ein Nervenzusammenbruch war. Erinnerst du dich? Ich bin jede Nacht klatschnass und zitternd aufgewacht, nachdem ich so heftig geschwitzt hatte, dass die halbe Matratze durchgeweicht war.

Ich wehrte mich gegen das Aufwachen. Ich war zu müde und mir des Katers, den ich jeden Moment massiv spüren würde, nur allzu bewusst. Ich hasste mich schon, noch bevor ich die Augen aufgeschlagen hatte. Jedenfalls hasste ich die betrunkene Louise. Diese verantwortungslose, miese Version meiner selbst, die offenbar immer alles vermasseln muss, nur damit sie sich amüsieren kann.

Ich war also halb wach und hasste es. Und ich dachte, wenn ich zurück auf deine Seite des Bettes kröche, würde ich vielleicht eine trockene Stelle, womöglich sogar eine Bettdecke finden und wieder einschlafen können.

Aber irgendwie fand ich die Decke nicht, deshalb rutschte ich noch weiter, um mich an dich zu schmiegen. Das war immer der wärmste Platz zum Schlafen, in deinen Armen. Aber mir wurde nicht wärmer. Was sich zuvor nur klamm angefühlt hatte, wurde zu einer Nässe, die mich schaudern ließ. Irgendetwas durchtränkte mein Nachthemd.

Ich weiß noch, wie ich mir zurechtgereimt habe, dass es kein Nachthemd sein konnte, weil sich dünne feste Streifen in meine Schultern gruben und ich mich von Stoff eingezwängt fühlte. Also Kleider. Die betrunkene Louise war in ihren Klamotten eingeschlafen. Und das machte mich ein wenig ängstlich, was sie sonst noch getan haben könnte.

Ich öffnete die Augen zu einem Schlitz und drehte mich auf die Seite. Zuerst nahm ich dich nur als einen Schatten wahr, eine beruhigende, gekrümmte Silhouette. Das Fenster hinter dir war erleuchtet vom orangefarbenen Schein der Laterne ein Stück die Straße hinunter. Es war noch vor Anbruch der Dämmerung.

Dieses Licht verwirrte mich. Ich konnte mich nicht erinnern, dass du je bei offenen Vorhängen geschlafen hast. Kein einziges Mal in fünf Jahren.

Ich weiß noch, dass ich eine Hand auf die Matratze gelegt und sie dann betrachtet habe. Ich war mir nicht ganz sicher, ob ich auf meiner Handfläche einen dunkleren Abdruck erkannte, doch mir kam unvermittelt der Gedanke, dass die Feuchtigkeit Blut sein könnte.

Das schockierte mich noch nicht. Nicht einmal, als ich sah, dass es sich zwischen uns … *ausgebreitet* hatte. Ein dunkler Kreis, der sich bis fast zu den Kissen und bis zu meinen Knien erstreckte.

Dann stellte sich schleichend das Begreifen ein. Die Erkenntnis, dass du keins der üblichen Schlafgeräusche von dir gabst. Kein Atmen. Nicht das vertraute Fiepen hoch oben in deiner Nase. Kein Gluckern in deinem Bauch, wie es sonst in den frühen Morgenstunden praktisch immer zu vernehmen war.

Ich berührte dich an der Schulter. Und aus irgendeinem dummen Grund flüsterte ich, anstatt normal zu sprechen: »Niall. Niall.« Als könnte ich mich vergewissern, dass mit dir alles in Ordnung war, ohne dich richtig zu wecken.

Zwei Wahrnehmungen trafen mich, und ich weiß nicht, welche zuerst kam. Ich kann mich nicht recht erinnern, ob mir eins wirklich vor dem anderen deutlich wurde.

Das Erste war, dass du kalt warst. Kälter als die Laken. Kälter als die Kleider auf meiner Haut. Eine Kälte, durch die deine Haut sich fremd anfühlte.

Und das Zweite war noch seltsamer. Es war die Erkenntnis, dass *du* fremd warst. Deine Umrisse waren zu groß, die Schultern breiter als deine, die Hüften vielleicht ein wenig schmaler.

Als ich das Licht anmachte und mir das bleiche weiße Gesicht eines Fremden entgegenblickte, wusste ich es schon.

Du warst es nicht. Du warst es nicht.

1.

Der Anruf erreichte Juliette Hanson um 6:46 Uhr. Durch den Schlitz zwischen den schlecht passenden Vorhängen konnte man noch Sterne sehen. Es war ein eiskalter 1. März, so kalt, dass der über Nacht gefallene Schnee zu leuchtenden, glitzernden Kristallen gefroren war. Außerdem war es Samstag, aber Hanson war jetzt hellwach. Wacher als an irgendeinem anderen Tag dieser Woche.

Nicht identifizierter Mann tot aufgefunden, hatte der DCI gesagt, der schrillste aller möglichen Weckrufe. Sie schwang bereits die Füße aus dem Bett, während er ihr die Adresse vorlas.

Sie hatte noch nie von Saints Close gehört, doch der Chef fügte glücklicherweise hinzu, dass es im Nordosten des Stadtzentrums lag. Wahrscheinlich würde sie vor ihm dort sein.

Sie zog einen frischen Hosenanzug aus dem Kleiderschrank, holte Zahnpasta und Zahnbürste aus dem Bad, nahm alles mit nach unten, schaltete den Wasserkocher ein und zog sich eilig an. Sie gab Instantpulver in ihre Thermoskanne, goss das kochende Wasser und Milch darüber und suchte ihre Schuhe. Dabei fiel ihr auf, dass sie ihre Socken oben vergessen hatte. Es war kein Wetter, um ohne auszukommen, also rannte sie noch einmal hoch und zog das dickste Paar an, das sie finden konnte. Um 6:53 Uhr stand sie vollständig bekleidet an der Haustür, das blonde Haar zu einem unordentlichen Dutt auf dem Kopf verknotet, der für den Moment reichen musste.

Die Hand am Türgriff verharrte sie kurz, um sich mental auf die paar Schritte bis zu ihrem Wagen vorzubereiten. Wenn sie schnell einsteigen wollte, musste sie ihren Schlüssel parat haben. Die Tasche hing im richtigen Winkel über ihrer Schulter. Jede Bewegung vorausgeplant.

Sie war sich ziemlich sicher, dass dort draußen heute niemand lauern würde. Wer sollte an einem eiskalten Morgen vor Anbruch der Dämmerung vor ihrem Haus herumlungern wollen? Trotzdem würde sie auf Nummer sicher gehen.

Sie hatte es sich angewöhnt, die Tür zuzuziehen und das Yale-Schloss einrasten zu lassen, sobald sie über die Schwelle getreten war, ein Bewegungsablauf, der so eingeübt war, dass sie an diesem Morgen nicht einmal darüber nachdenken musste. Auf dem Weg zu ihrem Wagen, den sie rückwärts so nah wie möglich vor der Haustür geparkt hatte, blickte sie nach rechts und links. Keine Fußspuren im Schnee. Keine Anzeichen dafür, dass jemand in der Nähe war.

Sie brauchte fünf Schritte bis zur Fahrertür, beim zweiten hatte sie den Wagen per Fernbedienung aufgeschlossen. Beim dritten Schritt war sie fast überzeugt, dass sie allein war. Trotzdem ging sie zügig weiter und entspannte sich erst, als sie die Wagentüren von innen verriegelt und den Motor angelassen hatte.

Danach saß sie eine Weile lang da und atmete langsam ein und aus. Sie hasste es, sich so zu fühlen. Außerdem hasste sie es, dass es fast noch schlimmer war, wenn er doch nicht im Schatten lauerte.

DCI Jonah Sheens platzte vor Neugier, als er mit seinem Mondeo in Saints Close einbog. Er hatte es bedauert, Jojo Magos warmes Bett zu verlassen und ihren einzigen gemeinsamen faulen Vormittag zu verpassen. Außerdem fühlte er sich in dem Hemd und der Hose vom Vortag ein wenig schmuddelig. Aber all diese Bedenken traten angesichts des geweckten Interesses in den Hintergrund. Ein nicht identifizierter Mann vor einem Wohnhaus. Tot. All die Fragen, die das mit sich brachte.

Saints Close erwies sich als eine mäandernde Ansammlung von 60er-Jahre-Häuschen, die von der Belmont Road abging. Klobige freistehende Häuser mit einem angemessen großen Vorgarten. Eine

Straße der soliden Einkommen, aber nicht besonders protzig. In den Auffahrten parkten eher Volkswagen als Audis.

Jonah bemerkte, dass jemand ein Apostroph hinter »Saints« geklebt hatte, das viel größer war als die Buchstaben des Straßenschilds. Er musste lächeln. So eine Straße war das also.

Er parkte den Wagen halb auf dem Bürgersteig hinter dem Transporter der Spurensicherung. Insgesamt waren es drei Notfallfahrzeuge, und Hansons blauer Nissan stand ein Stück die Straße hinunter. Die Wagen waren die einzigen in der Straße, die nicht mit Schnee bedeckt waren. Jonah war froh, in seine dick gefütterte Jacke zu schlüpfen und die Skihandschuhe überzustreifen, bevor er ausstieg.

Der Garten vor dem Haus Nummer elf war von Bäumen eingegrenzt. Verschneite Fichten standen zwischen kahlen Ahornästen. Zur Straße verdeckte eine überwucherte Hecke den Blick auf das Erdgeschoss. Der Vorgarten sah aus, als wäre es dort auch bei Tageslicht düster.

Jonah ging auf das Tor zu und versuchte, mehr zu erkennen als die weißen Umrisse des Teams der Spurensicherung und die weiße Schutzwand aus Nylon, die gerade in der Mitte des Gartens aufgestellt wurde.

Eine der Gestalten im Overall kam auf ihn zu, um ihn zu begrüßen. Linda McCullough, Forensikerin für Southampton und New Forest und unangefochtene Chefin der Spurensicherung. Jonah trat auf die durchsichtige Plastikplane, die von der Haustür bis zum Bürgersteig ausgerollt worden war.

»Berichten Sie«, sagte Jonah.

»Wir sind gerade erst angekommen«, entgegnete McCullough und zog ihre Maske herunter. »Das Opfer ist ein junger Weißer. Die Hausbesitzerin hat die Polizei gerufen. Sie hat uns erklärt, dass sie ihn um kurz nach halb sieben gefunden hat.«

Jonah beobachtete, wie eine der weiß gekleideten Gestalten ein Kabel von der Haustür bis zu zwei tragbaren Scheinwerfern mit breitem Stativ ausrollte. Bis auf den erleuchteten Flur und eine Treppe auf einer Seite konnte er nichts vom Inneren des Hauses erkennen.

»Ist sonst noch jemand im Haus?«

»Ihre Constable ist hier, sonst niemand.«

Die Scheinwerfer erwachten zu grell leuchtendem Leben und fluteten den Vorgarten mit Licht. Jonah blinzelte gegen die plötzliche Helligkeit an und folgte McCullough hinter die mittlerweile fest aufgestellte Schutzwand.

Ein paar Meter dahinter lag ein junger Mann, sein weißes T-Shirt mit Drachenmotiv war von einem großen dunkelroten Fleck gezeichnet. Während McCullough sich um die Ausrichtung der Scheinwerfer kümmerte, kniete Jonah über der Leiche. Als Erstes blickte er in die farblosen Gesichtszüge des Toten, markant, mit hohen Wangenknochen. Es war ein attraktives Gesicht gewesen, dachte er, bis heute.

Er registrierte die kräftigen Schultern, den flachen Bauch und ein in der Nähe liegendes Messer, an dem trocknendes Blut klebte. Dann wanderte sein Blick zu dem Fleck im Schnee unter der Leiche.

»Nicht viel Blut«, murmelte er.

McCullough seufzte vernehmlich, als sie ihre Maske wieder aufsetzte. »Sheens …«

»Schon gut, ich weiß.« Er grinste sie an und richtete sich auf. »Sie machen Ihren Job, und ich geh Kaffee kochen.«

Ben Lightman traf als Nächster ein, gerade zurück aus dem Jahresurlaub, unerschüttert und unverändert attraktiv wie ein Filmstar. Er war offensichtlich nicht warm genug angezogen, um sich im Freien aufzuhalten, schien jedoch völlig unbekümmert, als ob Kälte etwas wäre, das nur anderen Menschen etwas anhaben konnte. Regungslos lauschte er den kargen Informationen, die sie bisher hatten.

»Ich hätte gern Zeugenaussagen aus den umliegenden Häusern«, schloss Jonah. »Sie können meine Jacke und Handschuhe haben.

Juliette ist bei der Hauseigentümerin. Ich geh mal rein und schau nach ihr.«

Lightman nickte, nahm die angebotene Jacke entgegen und zog sie über. »Und Domnall kann mich vermutlich unterstützen, sobald er eintrifft?«

»Genau«, sagte Jonah. »Geben Sie ihm noch ein paar Minuten.«

Von den vier Mitgliedern ihres Teams wohnte Domnall eigentlich dem Tatort am nächsten. Aber Domnall O'Malley war nie ein Mann gewesen, der zur Eile neigte, außer ihm blieb keine andere Wahl. Trotz seiner vorherigen Laufbahn beim Militär bewältigte er sein Leben eher planlos und aus dem Bauch heraus. Daran war Jonah gewöhnt und ließ Domnall die Dinge gern auf seine eigene Art regeln.

Er betrat das Haus und fand Hanson in einem großen, stilvoll eingerichteten Wohnzimmer, das vom Flur abging. Sie hatte es geschafft, sich halbwegs förmlich zu kleiden; der dunkelblaue Hosenanzug und die cremefarbene Bluse wirkten ziemlich seriös, wenngleich ein bisschen zusammengewürfelt.

Die Frau, die ihr gegenübersaß, wirkte hilflos in dem ganzen Trubel. Sie war Anfang dreißig und trug einen dicken Bademantel über ihrem Schlafanzug. Ihre Füße waren nackt, und um die Augen hatte sie ein paar Make-up-Reste. Ihr sehr dunkles Haar sah feucht aus und war zu einem unordentlichen Pferdeschwanz zusammengerafft. Sie zitterte unaufhörlich, wahrscheinlich, weil ein Toter in ihrem Garten lag, vielleicht auch wegen der arktischen Luft, die durch die offenen Türen hereinwehte.

»Ah«, sagte Hanson und lächelte ihn an. »Das ist mein DCI. Das ist Louise Reakes, Sir. Sie hat die Leiche gefunden und uns benachrichtigt.«

Hansons Birmingham-Akzent klang heute Morgen ein wenig stärker durch als sonst, mit Absicht, wie Jonah vermutete. Ein regionaler Zungenschlag wirkte immer weniger bedrohlich.

»Vielleicht sollten wir die Tür schließen«, sagte Jonah und stieß die Wohnzimmertür zu. »Damit die Kälte wenigstens nicht hier reinzieht.« Er nahm sich einen Stuhl und setzte sich der Frau gegenüber. »Das alles tut mir sehr leid.«

»Schon gut«, sagte Louise heiser. »Da kann man nichts machen. Schließlich haben Sie ihn ja nicht da hingelegt ...« Ihre Mundwinkel verzogen sich zu dem Anflug eines ironischen Lächelns. Einen Moment lang sah es aus, als wollte sie sich entschuldigen, doch dann senkte sie den Blick auf ihre Hände.

»Kannten Sie das Opfer?«, fragte Jonah behutsam.

Louise schüttelte den Kopf. »Nein. Ich habe ihn noch nie im Leben gesehen. Tut mir leid.«

»Sobald wir seine Identität festgestellt haben, werden wir versuchen, ein paar Bilder aus den sozialen Medien zu bekommen«, sagte Hanson. »Manchmal ist es schwer, jemanden zu erkennen, wenn ...« Sie nickte und ließ den Satz unbeendet.

»Okay«, sagte Louise. »Aber ich bin mir ziemlich sicher. Ich meine, er ist groß, oder nicht? Groß und ... kräftig. So jemanden kenne ich nicht.« Wieder dieses Zucken der Mundwinkel. »Alle von Nialls Freunden sind Ärzte oder Anwälte mittleren Alters – ein anderer Typus.«

»Ist Niall Ihr Mann?«, fragte Jonah.

»Oh. Ja. Er kommt erst im Laufe des Tages zurück. Eine Konferenz in Genf.«

»Sind Sie auch berufstätig?«, fragte Hanson.

»Gott, ja. Ich könnte nie nur Hausfrau sein. Ich würde verrückt werden.« Louise lachte, ein wenig nervös. Ihr Blick wanderte wieder zu Jonah. »Ich bin Musikerin.«

Hanson grinste. »Das ist toll. Modern oder ...?«

»Ich bin Harfenistin.« Louise wies mit dem Kopf Richtung Flur. »Das Musikzimmer ist hinten.«

»Können Sie mir erzählen, wie Sie ihn gefunden haben?«, fragte wieder Jonah.

Louises Gesichtsausdruck veränderte sich deutlich. Sie band ihren Bademantel fester zu, bevor sie antwortete: »Klar.« Es klang angespannt und gepresst. »Ich bin um kurz vor halb sieben aufgewacht, schwer verkatert. Gestern Abend war meine Freundin April zu Besuch, und sie ist eine heftige Trinkerin.« Sie lächelte knapp. »Ein schrecklicher Einfluss. Wenn wir zusammen sind, hab ich hinterher immer einen Kater.«

»Sie ist nicht geblieben?«, fragte Hanson.

»Nein.« Louise schüttelte den Kopf. »Sie fährt meistens nach Hause.«

»Sie waren also allein gestern Nacht«, stellte Hanson fest.

»Ja«, sagte Louise. »Nur ich.« Sie machte eine Pause und fand den Faden wieder. »Also, ich bin früh aufgewacht und hab mich beschissen gefühlt. Ich wollte mir einen Tee machen und dafür die Milch von draußen reinholen. Wir kriegen sie noch richtig vors Haus gebracht. In Flaschen.« Sie schüttelte plötzlich den Kopf. »Entschuldigen Sie.«

»Schon okay«, sagte Hanson. »Kein Grund zur Eile.«

»Da hab ich diesen … Umriss im Vorgarten gesehen. Zuerst konnte ich mir keinen Reim darauf machen. Ich bin näher herangegangen, um zu gucken … und dann hab ich die Polizei angerufen.«

»Und Sie haben draußen niemanden gesehen?«, fragte Jonah. »Niemand war auf der Straße?«

»Nein …« Sie schüttelte den Kopf und sagte dann: »Aber ich dachte … Vielleicht hilft das nicht weiter, aber ich glaube, ich bin in der Nacht von einem lauten Motorgeräusch geweckt worden.«

»Um wie viel Uhr war das?«

»Ich weiß nicht …« Sie blickte zur Seite. »Ich bin mir nicht sicher, ob ich auf die Uhr geguckt habe. Eine Weile vorher. So gegen vier vielleicht.«

»Aber das Opfer lag noch nicht da, als Ihre Freundin aufgebrochen ist?«

»Nein, definitiv nicht«, sagte sie und wrang die Hände. »Scheiße, ich hätte nie ins Bett gehen können mit …«

»Wie spät war es denn?«

Louise sah ihn vage verwirrt an und sagte dann zögernd: »Ich bin mir nicht … so um Mitternacht, schätze ich.«

»Und sonst gibt es nichts, woran Sie sich erinnern?«

»Nein«, sagte sie. »Tut mir leid.«

Jonah nickte und stand auf. »Wir werden sehen, ob sonst jemand etwas gehört hat. Vielleicht habe ich später noch ein paar Fragen an Sie, aber ich hoffe, wir werden hier nicht allzu lange brauchen.«

»Das ist schon in Ordnung«, sagte Louise.

Hanson stand ebenfalls auf und blickte auf Louises zitternde Gestalt herunter. »Ich mach Ihnen einen Tee, bevor ich gehe.«

»Oh, danke.« Louises Gesichtsausdruck wirkte leicht gequält. »Und Sie wollen nicht, dass ich …? Alles steht an einem bestimmten Platz, wissen Sie.« Mit erkennbar bemühtem Lächeln fügte sie hinzu: »Aber das wäre nett. Wenn Sie sicher sind.«

O'Malley war schon immer der Ansicht, dass es Menschen gibt, die die Arbeit der Polizei behindern können, ohne es bewusst darauf anzulegen. Die Frau, die im Saints Close Nummer neun wohnte, war einer dieser Menschen. Eine sture, ein wenig selbstgerechte Person Mitte vierzig namens Pamela. Sie stand auf der Schwelle ihrer Haustür und weigerte sich rundweg, ihren Mann für die Befragung zu wecken, während sie gleichzeitig versuchte, ihnen Informationen über die Ereignisse nebenan zu entlocken.

»Nun, also vermutlich eine Gewalttat?«, fragte sie, als hinter dem Wagen des Notarztes langsam ein Leichenwagen zum Stehen kam.

»Dazu können wir leider wirklich nichts sagen«, erwiderte Lightman zum mindestens dritten Mal geduldig, während O'Malley seine stattliche Gestalt an die Mauer lehnte und das Gefühl hatte, dass seine Lebensgeister schwanden. Er war zu alt für diesen Mist, und es war auch zu kalt dafür. »Sie sagten, Ihr Mann würde nachts häufig wach …?«

»Ja. Deswegen wäre ich Ihnen dankbar, wenn Sie leise sprechen könnten.« Sie spähte in Richtung Straße. »Dann war es Niall? Hat er seine Frau angegriffen?«

»Haben Sie Anlass, das zu vermuten?«

Die Nachbarin – Pamela – fixierte Lightman mit einem defensiven Blick. »Nun, so ist es doch meistens, oder?«

Am Ende ging O'Malley dazwischen. »Hören Sie. Wie Sie sehen, handelt es sich um ein schweres Verbrechen. Wir brauchen Ihre Hilfe. Wenn Ihr Mann etwas gehört hat, müssen wir das wissen. Es würde einen enormen Unterschied machen.«

Seinem langen flehenden Blick gab Pamela schließlich nach. »Also gut.« Sie öffnete die Tür hinter sich weiter. »Aber danach lassen Sie ihn in Ruhe, okay? Phil«, rief sie. »Phil, die Polizei muss dich sprechen. Tut mir leid, Schatz.«

O'Malley war ein wenig enttäuscht von dem stillen, leicht übergewichtigen Mann in dem blau karierten Schlafanzug, der die Treppe herunterkam. Er hatte jemanden Aggressiveres und Einschüchternderes erwartet.

Phils Bericht war ebenfalls ziemlich enttäuschend. Er war irgendwann nach zwei von einer zuknallenden Tür geweckt worden. Er meinte, dass das Geräusch von Louises und Nialls Haus gekommen sei, war sich jedoch nicht sicher. Danach hatte er bis halb sechs wach gelegen, schätzte er, und bis dahin nichts weiter gehört.

»Jede Wette, er hat nicht bis halb sechs wach gelegen«, sagte O'Malley leise zu Lightman, als sie gingen. »Sein Fenster liegt zur Straße. Wenn er wach gewesen wäre, hätte er bestimmt gehört, wie im Garten nebenan jemand ermordet wurde.«

»Es sei denn, es ist sehr leise geschehen«, erwiderte Lightman mit dem Hauch eines Lächelns, »aus Rücksichtnahme auf die Nachbarn.«

»Abgewischt«, sagte McCullough. Mit ihren behandschuhten Fingern fuhr sie in der Luft über das Messer, um ihm zu zeigen, dass der gemusterte Griff blutfrei war. Ohne die bräunliche Kruste auf der Klinge wäre es ein wunderschönes Objekt gewesen. Der Griff war schwarz mit kunstvollen silbernen Verzierungen, die lang geschwungene Klinge verjüngte sich zur Spitze.

Mittlerweile beugten sich drei Personen über die Leiche des jungen Mannes. Der Gerichtsmediziner war eingetroffen, und Jonah registrierte befriedigt, dass es Dr. Peter Shaw war. Jonah hatte erst einmal mit dem Mann zusammengearbeitet, doch seine ruhige, gemessene Vorgehensweise war ein entscheidender Faktor dafür gewesen, dass die Täterin wegen Mordes verurteilt worden war. Auch im Zeugenstand hatte er einen guten Eindruck gemacht und sich weniger aus der Ruhe bringen lassen, als Jonah es von einem Mann seines Alters erwartet hatte.

»Also keine Fingerabdrücke«, sagte Jonah und wandte den Blick von der perfekt gearbeiteten Tatwaffe. »Aber sie ist ziemlich unverwechselbar, oder?«

»Das ist sie. Es besteht durchaus die Chance, dass Sie sie zu dem Besitzer zurückverfolgen können«, erwiderte McCullough und wandte sich an Shaw: »Mich interessieren die Schmierspuren. Es sieht aus, als hätte jemand die Fingerabdrücke auf dem Griff abgewischt und die Waffe hier deponiert.«

»Er ist nicht hier erstochen worden«, sagte Jonah.

Es war keine Frage. Das war ihm wegen der fehlenden Blutlache unter der Leiche sofort klar gewesen. Es war nicht das erste Opfer einer Stichverletzung, zu dem er gerufen wurde, und normalerweise fiel einem als Erstes die extreme Ausbreitung des Blutes auf, das alles durchtränkte. Dieser Tatort wirkte auf ihn mehr wie das Ende einer Reise, auf der das Opfer schon unterwegs sehr viel Blut verloren haben musste.

»Nein, wurde er nicht«, antwortete ihm diesmal der Gerichtsmediziner und blickte zum Tor. »Hat Ihr Team die Fußspuren schon markiert?«

»Ja, ist erledigt«, sagte McCullough, als sie vorsichtig zur Straße gingen.

Das Team hatte Bürgersteig und Seitenstreifen abgesperrt, und McCullough führte sie bis zum Rand der Straße.

»Hier«, sagte sie und wies auf mehrere Plastikmarkierungen, die in das verschneite Gras gesteckt worden waren. Daneben prangten Abdrücke, an einigen Stellen schien der Schnee mit Blut befleckt zu sein. »Sie beginnen am Bordstein.«

Jonah drehte sich um und blickte zur Straße. »Und es sind definitiv seine Abdrücke?«

»Dem ersten Anschein nach passen sie zu seinen Schuhen«, antwortete McCullough, »und ich nehme an, es wäre schwer gewesen, ihn zu tragen.«

»Wir sollten nachprüfen, wann es gestern Nacht angefangen hat zu schneien«, sagte Jonah nachdenklich. »Die Abdrücke sind nicht zugeschneit.« Er blickte zur Bordsteinkante. »Sie glauben, er ist mit einem Wagen gekommen?«

»Sieht ganz danach aus«, sagte McCullough. »Ich würde sagen ein Taxi, aber ein Taxifahrer hätte wahrscheinlich gemerkt, dass jemand auf seiner Rückbank verblutet.«

»Also hat jemand anderes ihn abgesetzt«, sagte Jonah. »Und diese Person könnte das Messer in ein Tuch gewickelt bei sich getragen und neben dem Toten abgelegt haben?«

»Nun, im Garten wurde es jedenfalls nicht aus seinem Körper gezogen«, sagte Shaw. Er blickte stirnrunzelnd auf die Fußspuren. »Interessanterweise macht es nicht den Eindruck, als wäre er gerannt oder gestolpert.«

»Die Abdrücke sind ziemlich gerade und gleichmäßig«, stimmte McCullough ihm zu. »Wenn er sich also aus dem Fahrzeug eines Angreifers gerettet hat, ist er allem Anschein nach nicht in Panik getaumelt.«

»Das heißt, er wusste vielleicht nicht, wie schwer verletzt er war?«, fragte Jonah.

»Möglich«, sagte Shaw. »Menschen können nach einem massiven Blutverlust bisweilen eine seltsame Ruhe an den Tag legen.«

Ein Gedanke, der zu deprimierend war, um ihn im Moment weiterzuverfolgen, entschied Jonah. »Sagen Sie mir Bescheid, wenn ich die Identität des Toten feststellen kann«, sagte er und drehte sich um, um eine kleine Erkundungsrunde durch Saints Close zu machen.

Hanson hatte im Kessel Wasser gekocht, in den Schränken einen Becher und Teebeutel gefunden und einen Tee aufgegossen, bevor sie im Kühlschrank nach Milch gesucht hatte. Aber Louise würde sie natürlich nicht mit reingebracht haben. Wahrscheinlich hatte sie die Milch vergessen, als sie die Leiche vor ihrer Haustür entdeckt hatte.

Hanson ging nach draußen, stieg vorsichtig über die Kabel, die in den Vorgarten führten, und sah, dass der Milchkasten neben der Stufe leer war.

Sie beugte sich ins Wohnzimmer und sagte: »Entschuldigung, ich finde die Milch nicht. Haben Sie sie irgendwo abgestellt …?«

»Oh.« Einen Moment lang war Louises Gesicht völlig ausdruckslos, dann sagte sie: »Nein, wie dumm von mir. Samstags kommt keine Milch.« Sie lachte. »Wie idiotisch.«

»Na, gut, dass Sie so idiotisch waren«, sagte Hanson lächelnd. »Sonst hätten Sie ihn nicht so früh entdeckt.«

Louise nickte und sagte: »Ich kann meinen Tee auch schwarz trinken. Das ist okay.« Als Hanson sich gerade wieder abwandte, fragte sie: »Wie lange werden Sie brauchen, um festzustellen, wer er ist?«

»Ich bin sicher, es wird nicht lange dauern«, bemühte Hanson sich, beruhigend und nicht unheilvoll zu klingen.

»Sagen Sie es mir, wenn Sie es wissen?«, fragte Louise mit sehr starrem Blick. »Ich muss es wirklich wissen.«

Jonah brauchte nicht lange, um bis zum Ende der kleinen Wohnstraße und zurück zu laufen. Um sich warmzuhalten, ging er weiter bis zur Belmont Road. Es dämmerte langsam, aber die Temperatur lag immer noch deutlich unter dem Gefrierpunkt. In Richtung Holy Hill überzog ein Streifen warmen Oranges den Himmel, der in ein verwaschenes Blau überging. In vielen Häusern brannte Licht, in manchen sah man besorgte Gesichter am Fenster. Eine ganze Straße lag dank des flackernden Blaulichts der Streifenwagen auf der Lauer.

»Hat jemand sie abgemurkst?«

Die Stimme kam aus einem großen weiß gestrichenen Haus mit einem rot geziegelten Dachvorsprung und einer ausladenden Veranda. Eine geschwungene gekieste Auffahrt, gesäumt von zurückgeschnittenen Sträuchern, die größtenteils mit Schnur gebunden waren, führte zur Haustür.

Das Haus war viel älter als alle anderen, wahrscheinlich gut hundert Jahre, und Jonah fragte sich, ob das Land, auf dem die Straße angelegt worden war, früher zu diesem Haus gehört hatte. Mit den hohen Fenstern und dem langgestreckten Dach wirkte es wie ein kleineres Gutshaus.

Die Stimme gehörte einem Mann, der auf der Veranda stand. Er war irgendwas zwischen sechzig und achtzig und trug eine Cordhose, einen Pullover mit V-Ausschnitt über einem karierten Hemd und Schafsfellpantoffeln.

Jonah sah ihn ausdruckslos an. »Verzeihung?«

»Ich habe gefragt, ob jemand sie abgemurkst hat.« Der Pantoffelträger hob einen leicht gekrümmten Finger und wies auf einen Punkt jenseits der Streifenwagen. »Wäre keine so große Überraschung bei der.« Er nickte, anscheinend befriedigt.

»Warum sagen Sie das?« Jonahs Tonfall blieb neutral. So geschmacklos solche Kommentare auch sein mochten, erwiesen sie sich doch häufig als nützlich. In Jonahs Welt musste man jede kleinliche gemeine Bemerkung sammeln, pflegen, in einem Notizbuch festhalten, in die Ermittlung eines Falles einbringen und hoffen, dass sie vielleicht in die richtige Richtung wies.

»Nun, ich habe es irgendwie erwartet«, sagte der ältere Mann. »Wie oft ich sie mitten in der Nacht aus einem Taxi habe stolpern sehen, kaum in der Lage, sich aufrecht zu halten. Die Art Frau, die als Opfer endet, denken Sie nicht?«

Jonah nickte, beinahe zustimmend, aber nicht ganz. »Mrs Reakes geht es zum Glück gut, doch ich wüsste gern, ob Sie gestern Nacht etwas Ungewöhnliches gesehen oder gehört haben.«

»Ich? Nein.« Der Mann in den Pantoffeln schüttelte den Kopf. »Nichts Ungewöhnliches. Das übliche Freitagabendrennen aber das beachte ich gar nicht mehr.«

»Sie meinen illegale Rennen? Mit getunten Fahrzeugen?«

»Ja. Die reizenden Burschen, die gern die Portswood Road runterrasen und dann weiter hinten an der Wohnstraße vorbei.«

»Und die haben Sie gestern Abend gehört? Wann war das ungefähr?«

»Oh, nach Mitternacht«, sagte der Mann und fügte hinzu: »Wenn irgendwas passiert ist, würde ich sagen, dass sie wahrscheinlich daran beteiligt waren.«

»Aber Sie wissen nicht, um wen es sich konkret handelt?«

Der Mann schüttelte den Kopf. »Ich fürchte, ich habe nicht die Angewohnheit, um diese Uhrzeit draußen herumzuschlendern.«

Jonah nickte langsam. Das mochte sein, aber in der Nähe gab es Verkehrsüberwachungskameras. Auch Louise Reakes hatte einen lauten Motor erwähnt, was den Bericht des Mannes interessanter machte. »Sagen Sie uns einfach Bescheid, wenn Ihnen noch etwas einfällt«, sagte er und ging zurück zum Haus Nummer elf.

Shaw hatte seine erste Untersuchung beendet und besprach gerade den Abtransport der Leiche zur Gerichtsmedizin. Lightman und O'Malley lungerten am Tor herum. Wahrscheinlich waren sie mit der Befragung der unmittelbaren Nachbarn fertig.

»Darf ich schauen, ob er einen Ausweis dabeihat?«, fragte Jonah.

»Ja«, antwortete Shaw. »Nur zu.«

McCullough zog ein Paar violette Latexhandschuhe aus der Tasche und gab sie Jonah. Als er sie überstreifte, stieg ihm sofort ihr Geruch in die Nase. Der Geruch von Sex und Tod, wie McCullough es einmal ausgedrückt hatte. Jonah hatte gelacht, aber als er das nächste Mal die Folienverpackung eines Kondoms aufgerissen hatte, war ihm ein wenig übel geworden.

O'Malley kauerte neben Jonah, als der die Brieftasche aus der Gesäßtasche des Opfers fischte, sie vorsichtig öffnete und bemüht, sie möglichst wenig anzufassen, eine Kreditkarte herauszog.

»A. Plaskitt«, sagte er und suchte weiter, bis er die Mitgliedskarte eines Sportstudios fand. »Alex. Alex Plaskitt.«

McCullough hielt einen Plastikbeutel auf, in den Jonah die Brieftasche fallen ließ. Dann verlagerte er seine Position, um in die rechte Hosentasche des Mannes zu greifen, in der allem Anschein nach ein Handy steckte. Das ließ sich jedoch nur mit sehr viel Mühe herausziehen, weil die Beine des Opfers angewinkelt waren, sodass das Telefon gegen seine Lende gepresst wurde. Jonah drückte von außen gegen die Tasche und schob das Handy so heraus.

Ein iPhone. Ziemlich neu, dachte er, in einer Plastikhülle mit kunstvollem Drachenmuster, das beinahe dem auf dem T-Shirt des Opfers entsprach.

Jonah drückte auf den Home-Button, das Telefon leuchtete auf und zeigte mehrere Nachrichten von einer »Sex Kitten Issa« an.

Wahrscheinlich Alex' Freundin, dachte er, als er sie überflog.

Die letzte war eine halbe Stunde alt und lautete:

Wo bist du verdammt?

2.

Es gibt so viel, was ich dir erzählen muss, Niall. Eine hässliche Geschichte, die den Morgen prägt und umrahmt, an dem ich neben einem Fremden aufgewacht und so panisch reagiert habe wie nie zuvor in meinem Leben.

Ich weiß, dass es womöglich längst zu spät ist für all das. Ich sitze hier ohne dich und weiß nicht einmal genau, ob ich möchte, dass du zurückkommst. Aber ich glaube, nach so vielen dummen Geheimnissen ist es Zeit, alles offenzulegen.

Und wahrscheinlich sollte ich an dieser Stelle sagen, dass mir mein Part in alldem wirklich leidtut. Ich bedaure den Schlamassel, zu dem sich das Ganze entwickelt hat, und alles, was ich dazu beigetragen habe, damit wir an diesem Punkt landen.

Aber eine Entschuldigung ist keine Erklärung, wie du mir einmal vorgehalten hast. Hier also ist die ganze Geschichte, und sie fängt sehr viel früher an, als du vielleicht denkst. An dem Abend, an dem wir uns kennengelernt haben, was natürlich auch der Abend war, an dem ich April zum ersten Mal begegnet bin. Aber genau genommen habe ich an diesem Abend drei Personen kennengelernt, die mein Leben auf eine Weise beherrscht haben, die ich niemals hätte voraussehen können.

So gern du vielleicht glauben möchtest, dass du den Anfang unserer Geschichte gemacht hast, ist es für mich mehr als klar, dass es April Dumont war, die sie initiiert hat. Nicht einmal du kannst die Macht bestreiten, die sie hat. Alle haben sie auf dieser Hochzeit beobachtet, von dem Moment an, in dem sie zu spät hereingestürmt kam, in einem Kleid, das ihre Taille frei ließ und, für den Fall, dass das nicht reichte, auch noch einen Teil ihrer Brüste. Alle haben auf ihre Tattoos gestarrt. Und auf ihre hochhackigen Cowboystiefel, die das scheiß Coolste waren, das ich je gesehen hatte.

Ich wette, gerade hast du das Gesicht verzogen, oder? Ich wette, wenn du dies in meiner Gegenwart lesen würdest, würdest du die Augen verdrehen und mich fragen, ob solche Ausdrücke wirklich nötig seien.

Nun, ich fürchte, das sind sie. Denn dies ist von Anfang bis Ende eine *Scheiß*geschichte, obwohl ich mich ehrlich bemühen will, dich zu schonen, wo ich kann. Ich möchte, dass du weiterliest, Niall. Wirklich.

Also zurück zu der Hochzeit, als ich noch eine kleinlaute, ängstliche, quälend schüchterne Person war. Ich habe mich oft gefragt, wie ich mich entwickelt hätte, wenn meine Mum ein wenig länger gelebt hätte. Wenn ich meine Teenagerjahre mit ihr statt mit einem zunehmend neurotischen und hemmungslos trauernden Vater verbracht hätte. Wenn ich jemanden gehabt hätte, der mir erklärt, wie toll ich bin. Vielleicht hätte ich eine selbstbewusste und gesprächige junge Frau werden können. Ich hätte *sexy* werden können.

Aber im Grunde ist es zwecklos, darüber zu grübeln. Ich war nicht selbstbewusst, gesprächig oder sexy. Ich war schüchtern, verlegen und hatte Angst vor Aufmerksamkeit.

Zumindest war ich das vor April. Bevor mein Leben aufgelesen und zum Leuchten gebracht wurde von dem Mädchen in den Cowboystiefeln, das geräuschvoll durch den Mittelgang der Kirche gestampft war, alle anderen freien Plätze ignoriert und sich direkt neben mich gesetzt hatte. Neben mich verhuschtes kleines Mäuschen.

Mir zugewandt verdrehte sie die Augen, als die Brautjungfer ein wirklich furchtbares Gedicht vortrug. Mir zeigte sie ihr gedrucktes Programm, auf dem sie im Namen irgendeines armen alten Komponisten namens Peacock das Wort »cock« umkringelt hatte. Ich war diejenige, die so laut lachte, dass sich alle zu uns umdrehten, womit wir zu Komplizinnen wurden. Und ich stellte überrascht fest, dass ich in dem Moment nichts dagegen hatte, angestarrt werden. Nicht, wenn April in meinem Team war.

»Gott sei Dank, dass das vorbei ist«, sagte sie, als der Gottesdienst endete, und wenn ich nicht sowieso schon in sie verliebt gewesen wäre, hätte ihr schwungvoller Tennessee-Singsang den Ausschlag gegeben. Ich habe nicht alles mitbekommen, was sie im Laufe des weiteren Abends zu mir gesagt hat, wie du dir bestimmt vorstellen kannst. Ihr unglaublicher Redefluss, ihre Lautstärke. Die unvermittelt leisen Nebenbemerkungen. Aber es spielte eigentlich auch keine Rolle.

Sie ging mit mir zu dem Empfang und erzählte mir von ihrer kleinen Schwester zu Hause, der ich auf ein Haar gleichen würde. Dee, sagte sie. Dolores, aber von allen nur Dee genannt. Diese Ähnlichkeit schien ihr etwas zu bedeuten.

Brennend neugierig fragte ich sie, wie sie in Southampton gelandet war. Sie wirkte einfach so exotisch und fehl am Platz.

»Du würdest es nicht glauben, aber ich hab früher wie der Bräutigam für große Pharmakonzerne gearbeitet«, sagte sie und grinste mich an. »Mein erster Mann und ich haben hier beide Jobs gekriegt, und dann sind wir uns gegenseitig leid geworden. Er ist nach Hause zurückgekehrt; ich bin geblieben, habe allerdings zugesehen, dass ich schleunigst aus dem Job rauskomme.«

»Was machst du jetzt?«

Sie blickte mich von der Seite an. »Ich mache immer noch ein bisschen Consulting für einige der Pharmafirmen. Freiberuflich. Damit ich ihnen sagen kann, wohin sie es sich stecken können, wenn ich will. Aber hauptsächlich gebe ich das Geld meines dritten Mannes aus. Es ist harte Arbeit, aber irgendjemand muss es machen.«

Ich musste lachen. Im nächsten Moment wäre ich beinahe über meine Absätze gestolpert. Ich hielt mich an einem Gartenzaun fest, um die Balance zu wahren, worüber ich aus irgendeinem Grund noch mehr lachte.

»Alles in Ordnung?«, fragte sie und hakte sich bei mir unter. »Es ist so seltsam. Du bist genau wie Dee! Wenn du noch den Akzent hättest … könntet ihr fast Zwillinge sein.«

»Ich arbeite dran«, sagte ich.

Und soweit ich weiß, entschied sie damals vom Fleck weg, dass wir beide für immer beste Freundinnen sein würden.

Sobald wir bei der Party eintrafen, legte sie einen Arm um mich und blickte sich um, bis sie einen Kellner mit einem Tablett Champagner entdeckte. »Gott sei Dank«, sagte sie und nahm zwei Gläser.

Ich wollte ihr nicht sagen, dass ich keinen Alkohol trank. Es ist schwer, das gegenüber jemandem zuzugeben, für den Alkohol offensichtlich ein Schmiermittel im Kontakt mit Menschen ist. Deswegen habe ich es auch dir nie erzählt, Niall. Ich habe die Tatsache bewusst verschwiegen, dass ich bis zu dieser Hochzeit eigentlich abstinent lebte.

In Wahrheit fürchtete ich mich davor, betrunken zu sein. Und noch mehr davor, mich selbst zum Narren zu machen, meine Schlüssel, mein Handy oder, ich weiß nicht, irgendeinen Teil von mir selbst zu verlieren. Das Gefühl von Kontrolle vielleicht. Die Vorstellung, nicht alles im Griff zu haben, fand ich beängstigend.

Aber da war April, reichte mir ein Glas und leerte ihres in einem Zug, bevor ich auch nur an meinem genippt hatte. Ich wollte unbedingt, dass sie mich weiter mochte. Also trank ich. Schnell. Ich genoss Aprils Anerkennung, als sie die leeren Gläser abstellte und sich sofort zwei neue schnappte. Noch mehr liebte ich die Art, wie sie den Kellner mit einem Blick anlächelte, der Dank und irgendein Versprechen andeutete. Und ich beschloss, dass ich wie April sein würde, was immer dafür nötig war.

Als der Alkohol zu wirken begann, spürte ich nichts von der erwarteten Benommenheit. Stattdessen war da eine Wärme, das Gefühl, dass plötzlich alles nicht mehr so wichtig war. Es wurde leichter, mich zu benehmen wie meine neue Freundin. Zu lachen und sogar zum ersten Mal überhaupt zu flirten.

April stellte mich allen Verwandten des Bräutigams vor, die mich tatsächlich zu mögen schienen, woraus ich schloss, dass ich das Richtige tat. Ich wehrte mich nicht, wenn April mich zur Bar schleifte oder zu den Toiletten, um meinen Lidschatten aufzufrischen und mein Haar neu zu stylen. Nach und nach gelang es ihr, die Louise, die ich gewesen war, auszuradieren und durch eine glänzendere Version zu ersetzen. Eine bessere.

Und als Reaktion darauf wollte plötzlich anscheinend jeder mit mir reden. Der DJ. Dieser heißblütige italienische Freund von April. Der Trauzeuge, der definitiv verheiratet war. Sie wollten tatsächlich mit mir flirten und angeflirtet werden. Mit achtundzwanzig fühlte ich mich endlich begehrenswert.

Irgendwann im Laufe des Abends begann ich mir vorzustellen, dass ich wirklich ein neuer Mensch war. Eine quirligere Louise, sexier, eine *bessere.* Ich hatte das Gefühl, dass ich dieser besseren Person dabei zusah, wie sie mit anderen kommunizierte, und der Kontrollverlust war nicht wie erwartet beängstigend. Er war befreiend.

Kurzum, Niall, es war die Geburt der betrunkenen Louise. Sie ist nicht aus irgendeiner schrecklichen Tiefe gekrochen, wie du vielleicht denkst; sie ist wie ein Schmetterling aus dem welken tristen Kokon meines vorherigen Lebens geschlüpft. Und Gott, habe ich sie geliebt.

Du hast mir erzählt, dass du dich wie magnetisch angezogen gefühlt hast, als du mich zum ersten Mal gesehen hast. Nun, als du zu mir herübergeblickt und immer wieder hingeguckt hast, war es diese neue glänzende Version meiner selbst, die du gesehen hast.

Ich erinnere mich an deinen Gesichtsausdruck. Du schienst ein wenig geblendet zu sein. Und als du darum batest, mir vorgestellt zu werden, war ich nicht so überrascht, wie ich es vielleicht früher gewesen wäre. *Natürlich* mochtest du diese neue Louise. Man hatte so viel Spaß mit ihr.

Die betrunkene Louise wusste irgendwie, was sie tat, als sie dich neckisch ansah und fragte, ob du jemand Wichtiges seiest.

Ich mochte dein Lachen. Und ich mochte es noch mehr, als du sagtest: »Ich bin die zweitwichtigste Person im Raum.«

»Ich bitte dich, allenfalls die drittwichtigste«, erwiderte ich. »Erst ich und April … du kannst Dritter sein.« So etwas hatte ich noch nie zu jemandem gesagt. Aber mein neues Ich wusste irgendwie, dass es sich das erlauben konnte.

»Mit Dritter kann ich leben«, sagtest du, und ich spürte unvermittelt eine große Wärme für dich. Das wurde noch intensiver, nachdem wir eine Weile geblödelt hatten und du mich fragtest: »Sollen wir ein bisschen beschissen tanzen?«

Du hattest nicht gelogen. Es war wirklich schrecklich. Ich weiß noch, wie ich in gespielter Enttäuschung den Kopf geschüttelt habe und dabei nicht aufhören konnte zu grinsen.

Mittendrin wurde ich zu meinem Auftritt gerufen. Ich hatte keinem von euch erzählt, dass Hannah mich gebeten hatte, bei der Feier ein Stück auf der Harfe zu spielen. Und ich sah, dass du mich ein wenig mehr mochtest, weil ich auch Musikerin war.

Ich war auf dem besten Weg, sehr betrunken zu sein, als ich mich auf den harten Stuhl setzte und mich in das Bach-Stück versenkte. Aber wie ich seit damals weiß, gibt es einen idealen Punkt, den man mit Alkohol erreichen kann; man wird so locker, dass man das Gefühl hat, ein Teil des Instruments zu werden. Wenn das *Ich* beiseitetritt und etwas anderes übernimmt. Jemand anderes. Sie.

Und da war noch dieses andere Gefühl. Wie deine Blicke bei jeder Berührung der Saiten auf mir ruhten. In diesem Moment kam ich mir sehr schön vor. Wahrhaftig schön.

Als du später an die Bar gegangen warst, erzählte April mir alles über dich und Dina. Wie sie die Ehe mit dir zwei Monate durchgehalten hatte, bevor sie sich für ein Upgrade entschieden hatte. April zeigte mir die glamouröse, unerbittliche Dina und ihren neuen Mann. Das tat sie allerdings so laut, dass Dina zu uns herüberblickte und ich mich innerlich wand. Aber April war es natürlich egal. »Hey,

Dina! Gut siehst du aus«, rief sie einfach und steuerte uns beide in eine andere Richtung.

Die Geschichte über Dina weckte mein Mitgefühl für dich. Außerdem bewunderte ich deinen Mut, zu der Hochzeit gekommen zu sein, obwohl du wusstest, dass deine Ex-Frau mit ihrem reichen neuen Freund ebenfalls dort sein würde. Es muss alles noch so unverarbeitet gewesen sein. Und ich konnte beobachten, dass dein Blick zu ihr wanderte, sobald du eine Zeit lang allein warst. Und du wirktest jedes Mal aufgewühlt. Verwirrt, vielleicht.

Seltsam, dass ich schon damals einen Schub von Eifersucht spürte. Oder zumindest seltsam, wie schnell sie in *ihr* ausbrach. Sie erfüllte die betrunkene Louise mit brennender Wut und dem Verlangen zu gewinnen. Sie mochte es nicht, nicht beachtet zu werden, Niall. Sie mochte es überhaupt nicht.

Ich fragte April, ob sie glaubte, dass du eine gute Wahl seiest. Ich hatte beinahe Angst davor, was sie sagen würde. Ich hatte bereits angefangen, mich dich als jemanden in meinem Leben vorzustellen, und ich spürte trotz des Alkohols, wie meine Nervosität wuchs, als sie mit ihrer Antwort zögerte.

Aber am Ende sagte sie: »Also, ich glaube, er ist eine tolle Wahl. Er ist ein gütiger Mensch. Manchmal zu gütig, weißt du? So, dass ich denke, er ist in seinem Leben schon ausgenutzt worden, weil ihm Menschen am Herzen liegen.« Sie verzog das Gesicht. »Und wahrscheinlich ist er ein bisschen besessen davon, welche Uhr er trägt und welchen Wagen er fährt, aber ich glaube ehrlich gesagt, dass viel davon von Dina kam. Ich denke, das könnte er überwinden.«

»Er ist nicht immer noch in sie verliebt?«, fragte ich. Darüber dachte April eine Weile nach. »Nein, das glaube ich nicht. Ich meine, ich mache mir schon Sorgen, dass es vielleicht noch zu früh für ihn ist, etwas Neues zu beginnen, aber ich glaube, du wärst tatsächlich das Beste, was ihm passieren könnte. Jemand mit einer guten Seele, der ihn erkennen lässt, wie seicht seine Beziehung mit Dina war.«

Ich wusste nicht genau, was ich zu ihrem erstaunlichen Vertrauen in mich sagen sollte. Aber ich merkte es mir gut, und wie dumme Menschen überall auf der Welt entschied ich, dass ich dich retten könnte.

Es war schon spät, als jene andere Sache passierte. Die Sache, bei der ich mich immer gefragt hatte, ob ich ihr mehr Aufmerksamkeit hätte schenken sollen. Es war ein Streit zwischen dir und meiner neuen besten Freundin. Ein Streit, den ich wahrscheinlich nicht hätte mithören sollen und den ich vielleicht nie richtig verstanden habe.

Ihr beide wart draußen, April, weil sie eine rauchen wollte. Ich hatte mich mit Verspätung endlich daran erinnert, der Braut zu gratulieren, nachdem mir klar geworden war, dass ich den ganzen Tag noch nicht mit ihr gesprochen hatte. Zu dem Zeitpunkt schwankte und torkelte Hannah schon, umarmte mich eine Weile, küsste mich auf den Kopf und erklärte mir, wie froh sie sei, mich zu kennen. Nachdem ich ihr schließlich entkommen war, machte ich mich auf die Suche nach einem von euch beiden, ohne zu erwarten, euch zusammen anzutreffen.

April stand etwas erhöht auf der kleinen gekiesten Terrasse auf der Rückseite des Hauses und blickte in die Gärten. Ich weiß nicht, ob du dich so genau daran erinnerst wie ich. Es war ein wunderschöner Ort. Teil einer Nacht, die universell schön zu sein schien.

Im Dunkeln konnte man nicht sehr viel sehen. Nur ein paar auf dem Gelände verteilte Solarleuchten. Trotzdem blickte April mit geschürzter Unterlippe in die Anlage und atmete Rauch aus.

Und ich bin mir sicher, dass du zu ihr gesagt hast: »Was immer du planst, ich will, dass du sie da raushältst.«

»Oh, bitte«, sagte April abschätzig. »Ich habe das Recht zu reden, mit wem ich will.«

Ich weiß noch, dass du frustriert geschnaubt und gesagt hast: »Was ist mit den Rechten aller anderen? Zählen die nicht?«

Einen Moment lang rauchte April bloß und sagte dann: »Nein, eigentlich nicht.«

»Bitte«, sagtest du in einem, wie ich heute weiß, für dich sehr ungewöhnlichen Tonfall. »Bitte nicht.«

Und April wandte sich dir zu und sagte sehr langsam und deutlich, als ob ihr rollender Singsang den ganzen Abend lang nur aufgesetzt gewesen wäre: »Ich werde genau das tun, was ich tun will.«

Sie wandte sich ab, um ins Haus zu gehen. Und in dem Bruchteil einer Sekunde, den ich dort stand – bevor ich so tat, als wäre ich gerade erst gekommen, und euch mit falschem Enthusiasmus begrüßte – konnte ich deinen Gesichtsausdruck erkennen. Du sahst verzweifelt aus. Wie ein Mann, der gerade etwas verloren hatte.

3.

Das Team hielt vor dem Vorgarten des Hauses Nummer elf eine kurze Lagebesprechung ab. In der bitteren Kälte bildete ihr Atem kleine Dunstwölkchen, und Jonah fasste sich um seinetwillen wie um ihretwillen so kurz wie möglich.

»Ich fahre mit Juliette zu Alex' Freundin«, erklärte er O'Malley und Lightman. »Domnall, Sie nehmen Louise Reakes mit zur Polizeistation, um ihre Aussage aufzunehmen. Und achten Sie darauf, dass sie in dem Protokoll das Motorengeräusch erwähnt. Ben, ich möchte, dass Sie diese Freundin von Louise darüber befragen, ob sie beim Verlassen des Hauses etwas Merkwürdiges gesehen hat. Louise glaubt, dass das so gegen Mitternacht war. Und Domnall, können Sie herausfinden, wann es gestern Nacht geschneit hat? Wir haben Abdrücke, die wahrscheinlich von dem Opfer stammen und entstanden sind, als es bereits aufgehört hatte zu schneien. Das engt unser Zeitfenster hoffentlich ein, bevor wir die Überwachungskameras auswerten. Im Augenblick betrachten wir die Zeit zwischen zwölf und vier, und wir haben bisher zwei Aussagen über laute Motorengeräusche in der Nacht.«

Lightman nickte. »Der Nachbar in Nummer neun meint außerdem, dass er von einer zuknallenden Tür geweckt wurde. Er glaubt, es wäre das Haus der Reakes gewesen, aber ich würde nicht ausschließen, dass es sich um eine Wagentür gehandelt hat.«

»Laut Louises bisheriger Aussage hat niemand mehr nach Mitternacht ihr Haus verlassen oder betreten«, sagte Jonah. »Das könnte also durchaus interessant sein.«

Sie gingen zu ihren Wagen. Jonah startete den Mondeo und beobachtete, wie seine beiden Sergeants ihre Autos aus der Wohnstraße manövrierten, bevor er selbst vor Hanson langsam auf die Straße rollte. Polizeiarbeit war, wie Jojo ihm gern und häufig erklärte, ein sehr CO_2-intensiver Job.

Als sie vor Alex Plaskitts Haus ankamen, wurde der morgendliche Verkehr gerade dichter. Das Haus lag in der Alma Road, kaum eine Meile von der Stelle entfernt, wo Alex' Leiche gefunden worden war.

Jonah fand es immer schwierig, sich in diesem Teil der Stadt zu orientieren. Genau wie im Viertel The Polygon auf der anderen Seite von Southampton sah es im Grunde überall gleich aus, mit identischen, dicht an den Straßen stehenden Doppelhäusern aus rotem Backstein mit kleinen weißen Verzierungen.

Diese Gegend lag definitiv eine Sprosse tiefer auf der Wohlstandsleiter als Saints Close, doch Jonah mochte diese älteren, bescheideneren Gebäude deutlich lieber. Viele der Bewohner auf dieser Straßenseite hatten bunte Gartenmöbel und Pflanzentöpfe in ihre winzigen, von Mauern umgebenen Vorgärten gestellt, die unter der feinen Schneeschicht an diesem Morgen etwas von einer Weihnachtskartenidylle hatten.

Hanson folgte ihm zur Haustür und wirkte weniger nervös, als er erwartet hätte. Dies war erst das zweite Mal, dass seine Detective Constable eine Todesnachricht überbringen sollte. Vorausgesetzt natürlich, dass Alex' Freundin tatsächlich hier wohnte, wie die Mitteilungen auf seinem Handy nahelegten.

Die schlimmste aller möglichen Nachrichten überbringen zu müssen, war zermürbend und hörte nie auf, zermürbend zu sein. Man fand bloß Wege, damit umzugehen.

Offenbar hatte Hanson einige davon schnell gelernt. Gezielt betrachtete sie jedes Detail des Hauses und der Straße, als ob sie sich alles genau einprägen und sich so von dem Bevorstehenden ablenken wollte.

Jonah drückte auf die altmodische Klingel und hörte sofort eilige

Schritte aus dem Haus. Die Tür ging nur mühsam auf; sie schrammte über den Boden, verklemmte sich, und wer immer dahinterstand, entschuldigte sich.

Als sie sich schließlich ganz öffnete, gab sie den Blick frei auf einen relativ kleinen, schmächtigen Mann von etwa dreißig Jahren, der gerade einen Autoschlüssel auf den Tisch im Flur legte. Für einen so frühen Samstagmorgen war er recht förmlich gekleidet, offenes weißes Hemd mit feinen Streifen und stonewashed Jeans. Dunkle müde Augen. Schwarzes hochgegeltes Haar, bronzefarbener Teint.

Er legte eine Hand an den Türrahmen, und Jonah bemerkte den Ehering.

Issa, dachte er und wusste nicht genau, wieso er angenommen hatte, dass Alex' Partner eine Frau sein würde.

Der Blick aus den dunklen Augen zuckte zwischen ihm und Hanson hin und her, und Jonah sagte leise: »Ich glaube, dies ist das Haus von Alex Plaskitt.«

Er registrierte die Beinahe-Nichtreaktion, an die er inzwischen gewöhnt war. Die Reglosigkeit von Issas Körper, das minimale Aufflackern seines Blicks.

»Sind Sie vielleicht Issa?«, versuchte es Jonah neu.

»Ja. Was ist denn?«

»Dürfen wir reinkommen?«, fragte Jonah.

Wie fast jeder in dieser Situation, wusste Issa schon, was Jonah sagen würde. Jonah erkannte es daran, wie Issas Körper am Türrahmen zusammensackte und wie unkoordiniert er sie in das bunte Wohnzimmer führte.

Jeder Zweifel daran, dass sie die richtige Person angetroffen hatten, zerstreute sich, als Jonah auf dem mit Kissen beladenen Futon Platz nahm. Ein Foto mit Chromrahmen auf dem Tisch neben ihm zeigte Issa und ihr Opfer in Hochzeitskleidung. Sie grinsten in die Kamera. Alex' Kopf, gut fünfzehn Zentimeter über Issas. Er hatte einen Arm um die Schulter des kleineren Mannes gelegt und wirkte auch etwa doppelt so breit wie sein Gatte.

Jonah konzentrierte sich auf Issa und holte Luft. »Es tut mir sehr leid, Ihnen mitteilen zu müssen, dass Alex in den frühen Morgenstunden tot aufgefunden wurde.«

Issa runzelte die Stirn und schlug eine Hand vor den Mund.

»Wie es aussieht, wurde er überfallen«, sagte Jonah vorsichtig. »Er wurde vor einem Wohnhaus gefunden.«

Issa warf ihm einen seltsam stechenden Blick zu. »Vor welchem Wohnhaus?«

»Einem Haus in Saints Close«, sagte Hanson beruhigend. »Kennen Sie die Straße?«

Issa schüttelte sofort den Kopf, stand auf und ging abrupt zu einem Schreibtisch. Mit heftig zitternder Hand nahm er ein Handy.

»Er sollte nach Hause kommen«, sagte er. »Ich habe versucht, ihn anzurufen.«

Und dann fing er an zu weinen.

»Bitte nehmen Sie hier Platz«, erklärte O'Malley Louise Reakes, die mittlerweile mit einem Jerseykleid und einem mit Fell gefütterten Parka bekleidet in dem Vernehmungsraum saß. Er stellte einen großen Becher Tee vor ihr auf den Tisch. »Wir nehmen Ihre Aussage auf, sobald Sergeant Lightman zurück ist.«

»Danke«, sagte Louise. Sie streckte die Hand nach dem Becher aus, ließ sie dann aber wieder sinken und starrte reglos auf den Dampf.

»Wann kommt Ihr Mann zurück?«, fragte O'Malley, als er daran dachte, dass sie vielleicht allein nach Hause zurückkehren und an der Stelle vorbeigehen musste, an der ein junger Mann gestorben war. Sie könnte Unterstützung gebrauchen.

Sie hob langsam den Blick und sagte: »Ich weiß nicht genau. Irgendwann am Nachmittag, glaube ich.«

»Wo ist er?«

»In Genf.«

»Ah, also ziemlich weit weg«, sagte O'Malley leise. »Er macht sich bestimmt Sorgen um Sie.«

Einen Moment lang starrte Louise ihn in offenkundigem Unverständnis an und sagte dann: »Er wird sich keine Sorgen machen. Ich habe es ihm noch nicht erzählt.«

O'Malley ertappte sich dabei, ihren Blick mit einem ähnlichen Gesichtsausdruck zu erwidern. »Sie haben ihm keine Nachricht geschickt oder irgendwas?«

Louise schüttelte den Kopf, blickte auf das Handy, das sie vor sich auf den Tisch gelegt hatte, und verschränkte hektisch die Arme vor der Brust. »Nein. Ich wusste nicht genau, ob ich das tun sollte.«

»Also, ich würde es machen«, sagte O'Malley leise. »Sie werden sich besser fühlen, nachdem Sie darüber gesprochen haben.«

Lightman hatte ein paarmal erfolglos versucht, Louises Freundin April zu erreichen. Am Ende beschloss er, zu ihrer Wohnung am Admiral's Quay zu fahren. Sie lag im neuen Ocean-Village-Quartier an den Docks, einem Neubauprojekt, in dem die Wohnungen deutlich über seiner Preisklasse lagen, wie er wusste, weil er einmal gelangweilt in einem Prospekt geblättert hatte.

Das Erdgeschoss erinnerte an ein Hotel. Es gab eine Bar, einen Portier und einen Aufzug, für dessen Betrieb man einen besonderen Schlüssel brauchte. Lightman überredete den Portier, April Dumont zu wecken und ihm Zutritt zu dem Fahrstuhl zu gewähren. Der ergraute Mann lehnte sich durch die Tür und drückte auf den Knopf für die oberste Etage, bevor er den Kopf neigte und sich abwandte. Die ganze Prozedur machte Lightman verlegen.

Wie sich herausstellte, nahm Aprils Wohnung das komplette Dachgeschoss ein. Er trat aus dem Aufzug in einen Flur mit nur einer Tür. Der Raum war goldfarben beleuchtet und musterhausmäßig möbliert, fand Lightman. Es gab kaum Anzeichen dafür, dass hier tatsächlich jemand wohnte. Es war eine vollkommen andere Welt als Louise Reakes' solides Einfamilienhaus, und Lightman fragte sich, womit April ihren Lebensunterhalt verdiente.

Die Tür wurde geöffnet, bevor er sie erreichte, und eine blonde

Frau mit strubbeligem Haar in einer Seidenrobe, die sie über ein sehr kurzes Negligé gestreift hatte, fragte heiser: »Was ist los?«

»Entschuldigen Sie, dass ich Sie geweckt habe«, sagte Lightman und blieb ein Stück vor ihr stehen. Er empfand das unvermeidliche Unbehagen, das einen beschlich, wenn man einer äußerst spärlich bekleideten Frau gegenüberstand. Also tat er, was er meistens tat, und blendete alles aus, was nicht dazu diente, sein Gegenüber einzuordnen. Er bemerkte ihren Akzent, der den rollenden Singsang einer Amerikanerin aus dem tiefen Süden oder dem Mittleren Westen hatte. Er bemerkte das unter ihren Augen verschmierte Make-up. Den glasigen Blick. Das Tattoo knapp über dem Ausschnitt ihres Negligés. »Ich muss Ihnen nur zwei oder drei kurze Fragen zu gestern Abend stellen.«

»Gestern Abend?«, fragte April.

»Heute Morgen wurde im Vorgarten eines Hauses in Saints Close ein junger Mann tot aufgefunden«, erklärte Lightman ihr. »Soweit ich weiß, waren Sie gestern Abend dort.«

»Was zum Teufel …?«, fragte April. Sie machte einen Schritt zurück und sagte unvermittelt: »Okay, kommen Sie einen Moment rein. Ich bin allein …«

Er folgte ihr in einen riesigen hellen Wohnzimmerbereich mit modernen blockartigen Stühlen, bodentiefen Fenstern und Hafenblick auf zwei Seiten. Genau wie der Flur sah der Raum beinahe unbewohnt aus. Nur zwei benutzte Gläser, eine Packung Zigaretten und ein Feuerzeug auf dem Couchtisch störten den Musterhauseffekt.

April warf sich mit einem sehr leisen Stöhnen auf eins der Sofas. »Okay. Schon besser.« Sie strich sich ein paar Haarsträhnen aus dem Gesicht. »Entschuldigen Sie. Womöglich habe ich es gestern mit dem Tequila übertrieben. Bitte sprechen Sie langsam.«

»Selbstverständlich«, sagte Lightman. »Es sollte nicht lange dauern. Wir möchten lediglich klären, um welche Uhrzeit Sie das Haus verlassen haben und ob Sie etwas Merkwürdiges gesehen oder gehört haben.«

Während sie überlegte, nestelte April weiter an ihrem Haar. »Das Taxi muss so gegen viertel nach elf gekommen sein. Ich habe es um kurz vor elf bestellt und musste ein bisschen warten.«

»War zu diesem Zeitpunkt irgendjemand vor dem Haus?«

»Ich habe niemanden gesehen«, sagte April und fokussierte ihren Blick auf ihn. »Hey, ist mit Louise alles in Ordnung? Sie sagten, man hätte vor ihrem Haus einen Toten gefunden? Im Garten?«

»Ja, Louise geht es offenbar so weit gut, aber den Toten zu finden, war natürlich ein Schock.«

»Meine Güte.« Aprils Miene verfinsterte sich. »Ich schick ihr eine Nachricht.«

»Haben Sie jemanden herumfahren hören?«, fuhr Lightman fort. »Irgendwelche seltsamen Geräusche?«

Nach einer weiteren Pause schüttelte April den Kopf. »Nein. Das Taxi hat mit Standlicht und ausgeschaltetem Motor vor dem Haus gewartet, man sollte meinen, wir hätten etwas bemerkt, wenn … Erinnert Louise sich daran, etwas gehört zu haben?«

»Nichts Konkretes«, antwortete Lightman.

April nickte sehr langsam. »Scheiße«, sagte sie. »Das ist das verdammt Letzte, was Louise braucht. Das Letzte.«

4.

So. Jetzt weißt du, wie die betrunkene Louise das Licht der Welt erblickt hat. Es mag dich überraschen, dass ich ihr am nächsten Tag um ein Haar gleich wieder den Rücken gekehrt hätte. Ich hatte noch nie einen Kater gehabt, und dieser war so heftig, dass ich ernsthaft glaubte, ich hätte mich irreparabel beschädigt. Mir war den ganzen Tag bis vier Uhr übel, und in all der erbärmlichen Zeit konnte ich nur mit angewiderter Reue auf alles zurückblicken, was ich getan hatte.

Aber dann meldete April sich, um ein Kaffeetrinken zu verabreden, und erklärte mir, dass sie mich in ihrem Leben bräuchte. Und später hast du mir wie versprochen eine Nachricht geschickt und gesagt, wie viel Spaß du mit mir hattest und dass du mich gern wiedersehen würdest.

Das waren plötzlich zwei Punkte, die für die betrunkene Louise sprachen, und als die milde Alkoholvergiftung abklang, stellte ich mir vor, dass ich vielleicht doch wieder trinken könnte, wenn ich vorsichtiger sein würde.

Was die Sache der betrunkenen Louise weiter stützte, war der Umstand, dass ich Angst hatte, dich nüchtern zu treffen. Ich hatte keine Ahnung, wie man ohne ihre Hilfe flirtete. Nachdem ich ein Date verabredet hatte, beschloss ich deshalb, mir ein paar Gläschen zu gönnen, bevor wir uns trafen.

Es war so eine Erleichterung, als es wieder passierte. Zu spüren, wie sie das Kommando übernahm. Es war, als würde man einen superwarmen Mantel anziehen. Wenn du dir einen warmen Mantel vorstellen kannst, der mich irgendwie auch echt heiß aussehen ließ.

Ich hätte es trotzdem unter Kontrolle halten können, glaube ich, selbst damals noch. Die meiste Zeit neigte ich nicht dazu, Alkohol zu trinken. Es waren bloß ein paar Drinks, wenn ich mit April abhing, was ab da etwa zwei Mal pro Woche passierte. Aber es waren in der Regel mehr als ein paar Drinks, wenn ich dich getroffen habe.

Ich denke, dafür musst du verspätet auch ein wenig Verantwortung übernehmen, Niall. Die betrunkene Louise ist nicht ohne Hilfe häufiger und mächtiger geworden. Sie erblühte ebenso sehr unter deiner Ermutigung wie unter meiner.

Ich möchte, dass du dich an diese ersten Treffen erinnerst. Dass du dich ehrlich daran erinnerst und dich fragst, wie es für mich gewesen ist, jedes Mal, wenn du mir von Dina und der rohen Wut erzähltest, die du ihr gegenüber empfunden hast. Von deiner Verletzung.

Es ist natürlich nicht das Einzige, woran ich mich erinnere. Ich erinnere mich, bei diesen Dates vieles über dich erfahren zu haben. Deine Verachtung für ABBA. Deine Liebe zu Miles Davis und Nat King Cole. Deine heimliche Star-Wars-Besessenheit, von der niemand bei der Arbeit etwas erfahren durfte. Deine Liebe für gutes Essen bei gleichzeitiger Entschlossenheit, dich gesund zu ernähren.

Ich bin mir auch des Einflusses bewusst, den du auf mich hattest. Durch dich begann ich erst, viele Gerichte zu würdigen. Außer Pizza, meine ich, die ich schon immer mit Leib und Seele genossen habe. Es war eine Offenbarung, als du mir zum ersten Mal ein Beef Wellington zubereitet hast. Ich fand es außergewöhnlich, dass du etwas so Gutes in einer normalen Küche zustande bringen konntest.

Du hast mich ausgelacht, als ich mich vollgestopft und drei Mal nachgenommen habe.

»Es kommt noch ein ganzer weiterer Gang, weißt du«, hast du gesagt.

Dann müsse ich mir einfach von irgendwoher einen Bauch leihen, habe ich erwidert, und du hast mich breit angelächelt und mir erklärt, wie sehr du dich freuen würdest, dass ich das Essen zu schätzen wüsste.

»Es war so frustrierend, mit jemandem zusammen zu sein, der permanent auf Diät war«, hast du gesagt. »Dina hat Essen zu ihrem Feind erklärt.«

Ich wusste ehrlich gesagt nicht genau, ob ich mich deswegen gut oder schrecklich fühlen sollte, deshalb spülte ich alle Gedanken mit einem weiteren Glas Médoc herunter.

In jenen frühen Tagen habe ich auch gelernt, dass du sehr viel impulsiver bist, als ich es je war. Auch viel eher geneigt, alles auf morgen zu verschieben. Ich weiß noch, dass ich fasziniert und entsetzt war, als du sagtest, du würdest den Abwasch bis zum nächsten Morgen stehen lassen. Wie es mich juckte, es selbst zu machen, weil ich wusste, dass ich wach liegen und mir deswegen Sorgen machen würde. Aber nachdem wir uns eine Stunde ausgiebig geliebt hatten, habe ich geschlafen wie ein Baby. Es war eine Offenbarung.

Du hast dich in deiner Haut auch viel wohler gefühlt als ich mich in meiner. Wenn ich dir dabei zusah, wie du freundlich und sorglos mit Kellnerinnen und Kellnern geplaudert hast, fühlte ich mich aus irgendeinem Grund sicher. Und zu erleben, wie du gelacht hast, wenn du etwas fallen lassen oder vermasselt hattest, ließ mich staunen. Wo war die spontane Selbstverachtung, die mich jedes Mal quälte? Und warum wurdest du auch nicht wütend, wenn ich irgendeinen Mist gebaut habe?

Mir ging ehrlich zum ersten Mal in meinem Leben auf, dass ich wirklich nicht so streng mit mir sein musste. Dass ich eine Wahl hatte. Und jedes Mal, wenn ich ein Glas oder dergleichen zerbrochen oder etwas verloren hatte und du meinen Arm gestreichelt und mir geholfen hast, es in Ordnung zu bringen, ließ ich ein wenig von der Abneigung los, die ich so lange gegen mich selbst gehegt hatte.

Wirklich, Niall, wenn Dina nicht gewesen wäre, hättest du einfach nur gut für mich sein können.

5.

»Wir wären Ihnen wirklich dankbar für jede Information, die uns hilft herauszufinden, wie Alex den gestrigen Abend verbracht hat«, sagte Hanson leise zu Issa, nachdem seine gequälten Schluchzer abgeklungen waren und er nur noch unregelmäßig bebend Luft holte. Jonah überließ ihr gern den tröstenden Part in der Unterhaltung. Er war sich nie sicher gewesen, ob er den besonders gut konnte. »Ich weiß, es ist schwer, wo Sie das noch verarbeiten müssen, aber je eher wir anfangen, Alex' Mörder zu suchen, desto wahrscheinlicher können wir ihn schon bald seiner gerechten Strafe zuführen.«

Issa nickte, atmete erneut durch und nickte noch einmal. »Ja. Ja, ich möchte ... helfen.« Er wandte den Blick zur Decke und sammelte sich. »Alex war aus mit einem seiner ... unserer Freunde.« Er sah Hanson an. »Ich war nicht da. Ich bin erst um eins zurückgekommen, und er war immer noch unterwegs. Ich war nicht da, um ihn zu beschützen.«

Jonah nickte ihm zu. Die Vorstellung, dass der zierliche Issa den kräftigen Alex hätte beschützen können, wirkte auf den ersten Blick lächerlich, doch es gab andere Formen von Schutz als körperlichen. Zum Beispiel, indem man jemanden überredete, mit dem Trinken aufzuhören, wenn er genug hatte. Oder ihn bei aggressivem Verhalten beschwichtigte.

»Wissen Sie, wo sie waren?«, fragte Jonah.

»Ja.« Er nickte. »Bei einem Gig im Porterhouse und dann sind sie noch weitergezogen.« Er schüttelte den Kopf. »Als ich zuletzt von ihm gehört habe, waren sie im Blue Underground, und er war ziemlich betrunken.«

Die Tränen gewannen kurz die Oberhand, dann fragte Jonah: »Dürften wir den Namen des Freundes erfahren?«

Issa nickte zunächst stumm, bevor er herausbrachte: »Step. Step Conti. Eigentlich heißt er Stefano, aber alle nennen ihn immer nur Step.«

»Kennen Sie diesen Freund gut?«

»Ja«, sagte Issa und schluckte. »Er ist ein guter Freund von uns beiden. Alex geht gern aus – mit Step und ein paar anderen. Manchmal schließe ich mich ihnen an, manchmal lasse ich sie allein losziehen. Ich bin kein so heftiger Trinker.« Er lächelte unter Tränen.

»Sie glauben nicht, dass er einen … Streit mit Alex gehabt haben könnte?«

»Nein, natürlich nicht«, sagte Issa mit bebender Stimme. »Er war sein Freund. Ich weiß nicht, wie … Wenn Step dort gewesen wäre, hätte er ihm geholfen. Sie wissen nicht, was passiert ist?«

»Ich fürchte nicht«, sagte Hanson. »Sie haben heute Morgen vermutlich noch nicht mit Step gesprochen.«

»Nein.« Issa schüttelte den Kopf. »Darauf bin ich irgendwie nicht … gekommen. Ich dachte bloß, dass Alex sich betrunken hatte und … und vielleicht dort seinen Rausch ausschlief.«

»Sie wissen also nicht sicher, dass Step nicht beteiligt war?«, fuhr Hanson fort.

Issas Blick zuckte von ihr zu Jonah und wieder zurück zu ihr.

»Nein«, sagte Alex' Ehemann schließlich. »Ich glaube bloß, dass das nicht sein kann.«

Hanson deutete ein Lächeln an, ein Gesichtsausdruck, der auf einzigartige Weise zwischen ernstem Mitgefühl und freundlicher Unterstützung schwebte, schwer rüberzubringen, und Hanson machte es sehr gut, dachte Jonah. »Natürlich. Aber wir müssen mit ihm sprechen.«

»Ja. Ja.« Issa nahm sein Handy vom Tisch und las ihnen Steps Telefonnummer und Adresse vor, was Jonah beides notierte.

»Gibt es weitere Verwandte, die wir informieren sollten?«, fragte

Hanson, als er fertig war. »Eltern? Geschwister? Oder möchten Sie sie lieber selbst anrufen?«

Issas Gesichtsausdruck war herzzerreißend. Er war ganz offensichtlich ein Mann, der nicht glauben konnte, dass er das wirklich durchleben musste.

»Seine Eltern wohnen in Surrey«, sagte er fahrig. »Ich … Mir wäre es lieber, wenn Sie es ihnen sagen. Wir haben uns nie besonders gut verstanden.«

Nachdem sie die Kontaktdaten aufgenommen hatten, erklärte Jonah Issa so behutsam wie möglich, dass er die Leiche würde identifizieren müssen, entweder persönlich oder per Videolink. Bei dem Gedanken an eine Identifizierung aus digitaler Distanz schüttelte Alex' Ehemann den Kopf.

»Ich muss ihn persönlich sehen.«

»Der Gerichtsmediziner hat eine Obduktion beantragt«, sagte Jonah. »Ich weiß, das ist jetzt schwer zu verkraften, aber sie wird uns helfen. Es ist übliche Praxis bei einem plötzlichen Todesfall wie diesem. Wenn das erledigt ist, sagen wir Ihnen Bescheid.«

»Was, wenn … was, wenn er es nicht ist?« Issas Augen waren groß und dunkel und leuchteten mit einer eigentümlichen Hoffnung. »Was, wenn Sie sich geirrt haben?«

Jonah wusste momentan nicht, was er sagen sollte. Er konnte Issa nicht erklären, dass er die Leiche gesehen hatte und wusste, dass es Alex war. Es kam ihm ungerechtfertigt grausam vor. Aber etwas anderes zu sagen, wäre noch grausamer.

»Wir vergewissern uns, dass wir alles korrekt ermitteln«, sagte Hanson nach einer kurzen Pause. »Wir geben uns alle Mühe. Das sind wir Ihnen und dem Opfer schuldig.«

Es schienen die richtigen Worte zu sein, denn Issa nickte und sagte leise: »Danke.«

Auf dem Weg zum Wagen schickte Jonah Jojo eine kurze Nachricht, dass es mittlerweile so aussah, als könnte er seinen Samstag abschreiben. Eigentlich wollte sie mit ihm zu einer Kletterhalle fahren, seine erste richtige Einführung in ihr leicht zwanghaftes Hobby. Er war trauriger darüber, sie nicht zu sehen, als darüber, die Klettersession zu verpassen, aber er wusste, dass sie sich mit Freude auch ohne ihn auf den Weg machen würde. Und an Kletterkumpels mangelte es Jojo nie.

Anschließend rief er über Bluetooth aus dem Mondeo Alex' Eltern an, während Hanson in ihrem eigenen Wagen mithörte. Sie mussten die Familie zügig über den Tod informieren, bevor die Neuigkeit sie auf anderem Weg erreichte. Man überbrachte eine solche Nachricht zwar nur äußerst ungern telefonisch, aber wenn die Eltern Hunderte von Meilen entfernt wohnten, gab es im Grunde keine andere Möglichkeit.

Issa hatte ihnen die Festnetznummer der Plaskitts gegeben, und es war Alex' Vater, der sich auf die unglaublich altmodische Art meldete, ihn mit seiner eigenen Telefonnummer zu begrüßen. Stimme und Tonfall waren ganz die eines Oberschicht-Gentlemans aus Surrey, nicht direkt das, was Jonah erwartet hatte.

»Spreche ich mit Alex Plaskitts Vater?«, fragte Jonah, nachdem er sich rasch vorgestellt hatte.

»Ja«, sagte die kultivierte Stimme, und man hörte, wie eine Tür geschlossen wurde, als hätte Jonahs Gesprächspartner entschieden, dass der Anruf nach mehr Privatsphäre verlangte. Jonah erwartete, dass der Mann ebenfalls seinen Namen nannte, doch er fragte nur: »Gibt es … hat Alex … irgendwas angestellt?«

»Es tut mir sehr leid, wir haben schlechte Nachrichten. Wir müssen Ihnen mitteilen, dass Alex heute Morgen tot aufgefunden wurde. Es sieht so aus, als wäre er einem Verbrechen zum Opfer gefallen.«

Nach kurzem Schweigen fragte Alex' Vater: »Sind Sie … sind Sie sicher?«

»Sein Ehemann wird den Leichnam in Kürze identifizieren, doch das Opfer entspricht Alex' Beschreibung und es trug seine Ausweise bei sich. Alex ist gestern Nacht nicht nach Hause gekommen.«

Es folgte eine weitere längere Pause, dann sagte der Vater: »Das sind … schreckliche Neuigkeiten. Danke, dass Sie uns unterrichtet haben.« Er holte vernehmlich Luft. »Müssen wir irgendetwas tun?«

»Nichts Dringendes für den Moment, aber wir würden natürlich gern alles erfahren, was Ihrer Meinung nach hilfreich für unsere Ermittlung sein könnte. Personen, die Alex Böses wollten. Meinungsverschiedenheiten in letzter Zeit. Mögliche Verbindungen zu potenziell gewalttätigen Gruppen.«

»Es … tut mir leid, Chief Inspector«, antwortete Mr Plaskitt, »aber ich glaube nicht, dass wir Ihnen dabei helfen können. Wir haben Alex seit seinem Umzug nach Southampton kaum gesehen. Vielleicht drei oder vier Mal in fünf Jahren. Er hat den Kontakt immer mehr abreißen lassen, und wir wissen eigentlich nicht viel über sein Leben.«

»Warum sollte er den Kontakt abreißen lassen?«

»Nun, ich nehme an, er hat nicht wirklich hierhergepasst. Ins biedere alte Surrey.« Die Bemerkung hatte einen Unterton schneidender Ironie. »Er hat sich verändert, in der Schule und dann noch mehr an der Universität in Brighton. Er hat sich mit einer … Gruppe von Leuten eingelassen, die eigentlich nicht unseren Vorstellungen entsprach. Wir hatten das Gefühl, dass er vom rechten Weg abgebracht wurde. Dass man ihn indoktriniert hat.« Alex' Vater seufzte. »Ich nehme an, wir haben unsere Missbilligung ein wenig zu nachdrücklich geäußert, und Alex fand es bequemer, uns nicht zu treffen.«

»Verstehe«, sagte Jonah und wunderte sich über Mr Plaskitts Ruhe, seine emotionslose Art zu sprechen, obwohl er gerade erfahren hatte, dass sein Sohn wahrscheinlich ermordet worden war. Jeder ging anders mit einer Todesnachricht um, doch Alex' Vater wirkte kaum betroffen. »Und wann haben Sie ihn zum letzten Mal gesehen?«

»Das müsste … das vorletzte Weihnachten gewesen sein. Also vor etwas mehr als einem Jahr.« Diesmal hörte man den Hauch einer Emotion in seiner Stimme. Verlegenheit, dachte Jonah.

»Und ist damals irgendetwas Spezielles vorgefallen? Eine … Meinungsverschiedenheit?«

Wieder entstand eine Pause, bevor Mr Plaskitt sagte: »Nicht mehr als bei anderen Familienweihnachtsfeiern auch. Gefühle kochen hoch; Alex war aufgebracht, dass wir nicht nett genug zu seiner anderen Hälfte waren. Der Vorwurf war ungerecht. Wir haben ihn immer in unserem Haus willkommen geheißen, ungeachtet unseres persönlichen Schmerzes.«

Jonah konnte sich gut vorstellen, was ihnen an Alex' Ehe Schmerz bereitet hatte, und entschied, das Thema zu wechseln.

»Ich fahre gern nach Surrey, um weiterzureden, aber vielleicht möchten Sie lieber nach Southampton kommen.«

»Oh. Ja. Also, es klingt nicht so, als ob das im Moment notwendig wäre, oder?«

Jonah hörte, wie Hanson ganz leise den Atem einsog.

»Vielleicht wäre es eher zu Ihrem Nutzen, Mr Plaskitt«, sagte er sanft. »Damit Sie Fragen stellen und sich mit Alex' Freunden austauschen können.«

»Edward, bitte. Ich werde es mit meiner Frau besprechen. Womöglich wäre es ohnehin besser, wenn Sie mit meiner Tochter Phoebe reden. Sie lebt in Winchester, also viel näher bei Ihnen.«

»Vielen Dank«, sagte Jonah. »Könnten Sie uns ihre Adresse und Telefonnummer nennen.«

Er verließ sich darauf, dass Hanson sie notierte und sagte dann: »Derweil würde ich gerne einen Kontaktbeamten der lokalen Polizei zu Ihrer Unterstützung vorbeischicken.«

»Ich … Nein, das wird nicht …« Mr Plaskitt klang defensiv, beinahe wütend. »Ich denke, wir würden es vorziehen, privat zu trauern, wenn Sie nichts dagegen haben.«

»Natürlich. Das verstehe ich. Vielen Dank für Ihre Hilfe, Edward.«

Jonah legte auf. Sobald der Anruf als beendet angezeigt wurde, sagte Hanson: »Das war wie eine Lektion in wohlanständiger Homophobie. Der arme Kerl, so einen Vater zu haben! Der darüber spricht, wie ›schmerzhaft‹ es war, mit seinem Mann zu verkehren …«

»Ich hoffe, es ist komplexer als das«, sagte Jonah, »aber ich habe den Verdacht, Sie liegen genau richtig.«

»Können wir ihn verhaften?«, fragte sie. »Nur um ihm den Tag zu versauen?«

»Wenn Ihnen irgendein begründbarer Tatvorwurf einfällt«, erwiderte er grinsend.

Jonah wollte unbedingt mit Step Conti reden, der etwas außerhalb im New Forest lebte. Den Weg mit zwei Autos zu machen, wäre unsinnig, deshalb fuhren sie zunächst zur Polizeistation. Während Jonah wartete, dass Hanson ihren Wagen parkte, ging eine kurze Antwort von Jojo ein.

Ein unvorhergesehener Zwischenfall ist eine ziemlich miese Ausrede, um sich vor der Kletterwand zu drücken, Bulle Sheens. Aber dieses eine Mal lasse ich dich damit durchkommen. Jxx

Jonah musste lachen, wie so oft, wenn er mit Jojo kommunizierte. Manchmal ertappte er sich bei der Frage, wie er es trotz all dem Mist geschafft hatte, so glücklich zu werden.

Noch keine seiner vorherigen Beziehungen war so verlaufen, schon gar nicht die mit Michelle, in der alles Gemeinsame in den sechs Jahren langsam zersplittert war. Und es war seltsam, sich daran zu erinnern, dass er die Zukunft mit Jojo vor vier Monaten aufs Spiel gesetzt hatte, noch bevor ihre Beziehung begonnen hatte.

Damals hatte er bereits gewusst, was er für sie empfand, und nur darauf gewartet, dass sie aus Afrika zurückkam, damit er sein Glück bei ihr versuchen konnte. Das hätte eigentlich reichen sollen, allem anderen zu widerstehen. Aber dann war er sehr betrunken zufällig seiner Ex-Verlobten begegnet, und es hatte sich angefühlt, als wäre ihm die vergangene Reue mit Wucht auf den Kopf gefallen. Michelle war ebenfalls sturzbetrunken gewesen, und der Ausgang ziemlich unvermeidlich.

Am Morgen danach hatte er sie tatsächlich zurückgewollt. Das war das Seltsamste. Umso deprimierter war er, weil seine Ex-Verlobte diesen Wunsch offenbar nicht teilte.

Rückblickend konnte er nur zutiefst dankbar sein, dass Michelle nicht das Bedürfnis gehabt hatte, irgendwo wieder anzuknüpfen. Denn sein problembeladenes Liebesleben hatte sich ausnahmsweise einmal zum Positiven gewendet. Und er war klug genug gewesen, diese glückliche Chance mit beiden Händen zu ergreifen.

Im Wagen nahm Hanson sich einen Moment Zeit, eine Nachricht an Jason zu schicken. Sie wusste, dass er heute arbeiten wollte, sodass sie sich irgendwann beide im CID treffen würden. Eine kleine Entschädigung für das ruinierte Wochenende.

Als Detective Inspector im Team eines DCI-Kollegen von Sheens arbeitete Jason in der Regel viel unabhängiger als Hanson. Er fühlte sich am wohlsten, wenn er den einsamen Ermittler spielen konnte. Und auch wenn er auf eine Art von seiner Arbeit besessen war, die ihn manchmal schlichtweg mürrisch wirken ließ, verbarg sich dahinter eine gute Seele.

Ihre Beziehung war seltsam. Hanson hatte jedenfalls bestimmt nicht vorgehabt, etwas mit Jason anzufangen, und war sich auch nicht bewusst, je mit ihm geflirtet zu haben. Sie hatte seine spontane Einladung zu einem Drink angenommen, und daraus war dann eine ganze Reihe geworden. Sie hatte erst gezögert, sich darauf einzulassen, nicht zuletzt, weil sie unsicher gewesen war, was sie für Jason empfand.

Aber am Ende stolperte man manchmal in etwas hinein, ohne sich bewusst dafür entschieden zu haben, wie Hanson gelernt hatte. Aus den Drinks waren Abendessen geworden, und nach etwa einem Monat waren sie dann zum ersten Mal zusammen nach Hause gegangen. Und es war alles … nett. Einfach, normal und Welten entfernt von ihrer toxischen Beziehung mit Damian.

Der einzige Nachteil war, dass sie jetzt offenbar nicht mehr mit Ben Lightman befreundet war. Ihr Verhältnis war plötzlich von einer seltsamen Verlegenheit geprägt, was Hanson unbegreiflich war. Schließlich war zwischen ihr und Ben nie etwas gelaufen.

Es hatte allerdings jene eigenartige lange Umarmung gegeben, ein paar Stunden, bevor sie zum ersten Mal auf einen Drink mit Jason ausgegangen war, und wenn sie daran dachte, fühlte sie sich noch immer merkwürdig traurig. Aber das war eigentlich kein Grund dafür, dass ihr Verhältnis sich so schlagartig abgekühlt hatte. Sie verstand selbst nicht, warum sie sich jedes Mal hinter eine falsche Fröhlichkeit zurückzog und er so distanziert und unverbindlich war, als wären sie nie befreundet gewesen.

Step Conti lebte nicht weit von Jojo entfernt, am Rande des New Forest in West Wellow, einem Dorf, das nicht ganz so malerisch war wie Furzley. Es gab mehr klobige 60er-Jahre-Architektur, Rentner-Bungalows und ein paar avantgardistische Akzente, Effekte der unmittelbaren Nähe zu dem Nationalpark. Man hatte Modernität einsickern lassen.

Steps Haus lag an einer kleinen Straße, die in südwestlicher Richtung aus dem Dorf hinaus in eine offene Heidelandschaft führte. Auf einer Seite des Asphalts reihten sich Häuser, auf der anderen erstreckte sich unberührtes Land. Schneebedeckt wie heute sah es überwältigend aus.

Jonah steuerte den Mondeo vorsichtig über die Straße und achtete darauf, beim Umfahren der parkenden Autos auf der Fahrbahn zu bleiben. Am Rand neben dem Asphalt verliefen tiefe, verschneite Reifenspuren, und er hatte keine Lust, den Allradantrieb seines Wagens auf die Probe zu stellen.

Steps Haus lag ganz am Ende auf der rechten Seite, mit einer fest gekiesten Auffahrt hinter einem neu aussehenden Holztor, an das jemand zwei Luftballons gebunden hatte, einen pinken und einen blauen. Jonah verzog das Gesicht. Die Nachricht von der Ermordung eines Freundes war nichts, was man gern auf einen Kindergeburtstag mitbrachte.

Auf der Auffahrt standen nur ein rot metallicfarbener Qashqai und ein Fahrradständer mit einem kleinen pinken Fahrrad. Sie waren also hoffentlich noch vor Beginn der Party gekommen.

»Bereit für einen weiteren?«, fragte Jonah Hanson, als sie ausgestiegen waren.

Sie warf ihm einen ironischen Blick zu. »Unbedingt. Kann mir nicht vorstellen, was ich lieber täte.«

Sie gingen auf das Haus zu, das offenbar vor kurzem umfangreich ausgebaut worden war. Jonah fragte sich, ob es einer der für das Dorf typischen 70er-Jahre-Bungalows gewesen war, aber wie immer der Bau vorher ausgesehen haben mochte, jetzt wirkte er jedenfalls groß und elegant.

Er klingelte und hörte von drinnen Getrampel auf einer Treppe. Hanson zog eine verlegene Miene und murmelte: »Sie erwarten definitiv nicht die Polizei.«

Es war eine Erleichterung, dass die Tür nicht von irgendwelchen Kindern, sondern von einer jungen Frau mit sandfarbenem Haar und einem Rollkragenpullover geöffnet wurde, die gerade sagte: »Wahrscheinlich der Briefträger.« Sie sah sie an und stutzte.

»Es tut mir schrecklich leid, so unangekündigt vorbeizukommen«, sagte Jonah mit einem knappen Lächeln, »aber dürften wir bitte mit Step sprechen? Ich bin DCI Sheens von der Hampshire Police.«

Er sah, wie sie erschauderte und nickte. Sie wandte sich zur Seite und sagte: »Nur jemand für Daddy. Wir müssen noch das Banner fertig machen.«

Als sie sie hereinließ, sah Jonah noch flüchtig ein kleines Mädchen in blauer Ballettkleidung und einen ein wenig älteren, offenbar als Hexe verkleideten Jungen, die Treppe hinauf im ersten Stock verschwinden.

»Step!«, rief die Frau in den hinteren Teil des Hauses. »Für dich.«

Sie blieb unschlüssig im Flur stehen und musterte sie, bevor sie plötzlich die Hand ausstreckte und sagte: »Karen.« Jonah schüttelte die Hand. Karen sah aus, als wollte sie etwas fragen, überlegte es sich dann aber doch anders.

Kurz darauf tauchte ein junger dunkelhaariger Mann auf. Wegen des Namens hatte Jonah sich italienische Extravaganz vorgestellt. Stattdessen hätte Jonah den Mann als auf eine leicht farblose Art gutaussehend beschrieben. Er hatte einen Karton mit bunten Plastikbällen im Arm, seine Miene strahlte Geduld aus, das Abbild eines Familienmenschen.

Er wirkte leicht verwirrt. »Verzeihung, geht es …«

»Sie sind von der Polizei«, sagte seine Frau bemüht unbeschwert. Sie sah Jonah an und fragte: »Soll ich …«

»Das liegt ganz bei Ihnen«, antwortete Jonah.

»Wahrscheinlich siehst du lieber nach den Kindern«, sagte Step und nickte ihr zu. Sein Englisch war akzentfrei. Jonah vermutete, dass er mindestens in zweiter Generation von italienischen Einwanderern abstammte.

»Wir wollen nur kurz über Alex Plaskitt sprechen«, sagte Hanson.

»Alex?« Step sah sie ausdruckslos an. »Warum …« Plötzlich schien er sich zu besinnen. »Entschuldigen Sie, warum sind Sie hier …?«

Er drehte sich um und wollte sie ins Wohnzimmer führen, zögerte dann aber.

»Wahrscheinlich ist es in der Küche ruhiger«, sagte er und ging stattdessen in einen Raum mit warmen roten Bodenfliesen und hellen Landhausmöbeln.

Er stellte den Karton mit Plastikbällen behutsam auf den Boden, nahm an dem großen Holztisch Platz und sah ruhig zu, wie Jonah und Hanson sich Stühle heranzogen.

»Es tut mir sehr leid, Ihnen diese Nachricht überbringen zu müssen«, sagte Jonah, »aber Alex wurde in den frühen Morgenstunden tot aufgefunden.«

Es schien eine ganze Weile zu dauern, bis Step die Information verarbeitet hatte. Dann sagte er: »O mein Gott.« Er wandte den Blick ab. »Wie ist es passiert? Wurde er ausgeraubt?«

»Sieht nicht so aus«, antwortete Jonah. »Bisher ist unklar, was geschehen ist. Wir dachten, Sie könnten uns vielleicht helfen, indem Sie uns von gestern Abend erzählen.«

»Sicher«, sagte Step. »Ich … Gott, vielleicht ist das alles meine Schuld.« Sein Gesicht wirkte unbewegt, doch er hielt erneut inne, als würde er mit sich ringen. »Ich bin nach Hause gefahren und hab ihn allein zurückgelassen. Dabei war mir klar, dass er ein bisschen betrunken war … vielleicht zu betrunken, um auf sich selbst aufzupassen.«

»Können Sie mir sagen, wo Sie beide waren?«

»Verzeihen Sie«, sagte Step, legte die Hand an den Kopf und ließ sie wieder sinken. »Wir waren bei einem Gig. Die Band eines Freundes hat im Porterhouse gespielt. Und dann sind wir weiter ins Blue Underground gegangen.«

»Ist das eine Bar?«

»Ein Club«, erklärte Step ihm. »In der London Road. Ein Stück hinter dem Wetherspoons.«

Jonah kannte die London Road gut, zumindest wie sie früher gewesen war. Mit siebzehn, achtzehn, neunzehn war er regelmäßig durch die Pubs gezogen. Seine Freunde hatten in fiebriger Jagd auf Studentinnen ihr übliches Revier am Dock aufgegeben. Auch damals hatte es schon Clubs gegeben, die dringend Studentinnen anlocken wollten, denn wo die Frauen hingingen, dorthin würden die Männer folgen. Deswegen standen damals ab neun Uhr abends jede Menge laminierte Holzaufsteller auf der Straße. *Zwei Malibu-Cola für ein Pfund. Zwei Blue Lagoons zum Preis von einem. Freier Eintritt für Damen vor elf.*

Der Teil hatte sich wahrscheinlich nicht geändert, die Preise vermutlich schon.

»Wie lange waren Sie dort?«, fragte er Step.

»Wir sind gegen halb elf angekommen, und ich war bis etwa … zwölf dort. Vielleicht nicht ganz so lange.« Step schluckte. »Ich musste nach Hause. Lisa hat heute Geburtstag. Wir mussten noch alles Mögliche für die Party vorbereiten.«

»Sie konnten es ja nicht ahnen«, sagte Jonah leise. »Was hat Alex gemacht, als Sie gegangen sind?«

Step hob den Kopf. »Er hat getanzt. Im … im 80's-Room.«

»Mit jemandem?«

»Nein.« Step zuckte die Schultern. »Er tanzt meistens für sich allein. Er liebt es. Er geht dabei so richtig ab.« Steps Stimme verlor sich, erstickt durch den unvermeidlichen Clash der Zeitformen; zwischen jemandem, der *ist*, und dann aber ganz plötzlich jemand *war.*

»Und er hat bestimmt mit niemandem geredet?«

Step überlegte eine Weile und sagte dann: »Nein. Nein, er war definitiv allein.«

»Hat er … früher am Abend mit jemandem gesprochen?«

»Nicht länger«, erwiderte Step achselzuckend. »Kurze Plaudereien mit dem Barpersonal und so. Nichts, wo ich denken würde … kein Hinweis, dass er sich mit jemandem gestritten haben könnte.«

»Und er hat in dem Club keine Bekannten getroffen?«

Step schüttelte langsam den Kopf. »Nein, ich glaube nicht.«

Jonah nickte und ließ den Blick durch die aufgeräumte Küche schweifen, bevor er Step wieder ansah.

»Können Sie mir erzählen, wie Alex war?«, fragte er. »Geduldig? Oder übermütig?«

Step fixierte ihn mit einem kurz aufflackernden Blick. »Sie meinen, ob er es provoziert haben könnte?« Step schüttelte den Kopf. »Alex war ein durch und durch sanfter Mensch. Freundlich. Selbst wenn er völlig breit war, war er ein Guter.«

»Hat er sich oft betrunken?«, fragte Hanson.

»Hin und wieder.« Step zuckte die Schultern. »Wie die meisten Typen Ende zwanzig. Wahrscheinlich seltener als die meisten eigentlich. Dafür hat er zu sehr auf seine Gesundheit geachtet.«

Jonah nickte. »Wie war in letzter Zeit seine Beziehung zu seinem Ehemann?«

»Gut«, sagte Step. »Sie war nie anders als gut. Issa und er waren … Sie waren sich nahe von dem Moment an, als sie sich kennengelernt haben. Sie haben sich umeinander gekümmert.«

»Und es gibt niemanden, mit dem Alex in jüngster Zeit Meinungsverschiedenheiten hatte?«, probierte es Hanson. »Er hatte keine Kontakte zu Gruppen, die vielleicht seinen Tod wollten?«

»Nein«, sagte Step und schüttelte vehement den Kopf. »Er war ein sympathischer und definitiv gesetzestreuer Mensch.«

»Danke«, sagte Jonah. »Wenn Ihnen noch etwas einfällt, das uns Ihrer Meinung nach weiterhelfen könnte, melden Sie sich bitte. Leute, mit denen er sich getroffen hat. Nachrichten, die er geschickt hat. Alles.«

»Natürlich«, sagte Step, beugte sich vor, stützte seine Ellbogen auf die Knie und fragte: »Sie haben keine Ahnung, oder? Wer es war?«

»Wir tun unser Äußerstes, es herauszufinden«, sagte Jonah so beruhigend er konnte.

»Okay. Okay.«

Auf der Rückfahrt ertappte Jonah sich beim Grübeln über Steps letzte Frage. Eine solche Frage konnte jemand stellen, der wollte, dass der Mörder eines geliebten Menschen zur Rechenschaft gezogen wurde. Aber auch jemand, der Angst hatte, erwischt zu werden.

»Es ist ein wenig seltsam«, murmelte O'Malley, während er und Jonah Louise Reakes durch den Einwegspiegel beobachteten. »Ich weiß nicht, ob sie ihn mittlerweile angerufen hat, aber als ich es erwähnt habe, sah sie aus, als ob ihr bei dem Gedanken übel würde. Ich habe mich gefragt, was mit ihm ist. Vielleicht kannte er den Typen. Vielleicht war Alex ein Freund von ihm. Könnte nichts sein, aber wenn sie Angst vor ihm hat, gibt es womöglich einen kriminellen Zusammenhang. Ben gibt gerade seinen Namen ins System ein, um zu sehen, ob irgendwas gegen den Mann vorliegt.«

Jonah nickte nachdenklich. »Ich nehme an, auch Verbrecher können in vorstädtischer Idylle leben. Ich rede mit ihr.«

»Ich hab ihr gesagt, Sie wollten nur noch mal kurz reinschauen, bevor sie geht. Ich habe sie nicht hart angefasst.«

Jonah lächelte. »Das kann ich übernehmen. Sonst noch was?«

»Ich habe mir das Wetter der vergangenen Nacht angesehen«, sagte O'Malley. »Mit letzter Sicherheit lässt sich das nur schwer feststellen, aber soweit ich das auf einer Reihe von Websites nachschauen konnte, hat es fast überall in der Stadt von etwa halb zwei bis vier Uhr geschneit. Wenn wir die Bilder von den Überwachungskameras bekommen, wissen wir wahrscheinlich mehr, aber die werden dann nicht direkt von Saints Close sein.«

»Das ist vielleicht nützlich«, sagte Jonah. »Wenn wir zumindest ausschließen können, dass er vor vier Uhr gestorben ist, wäre das ein Anfang.« Und damit betrat er den Vernehmungsraum und nahm Louise gegenüber Platz, die ein winziges Stück vor ihm zurückwich.

»Danke, dass Sie Ihre Aussage zu Protokoll gegeben haben«, sagte Jonah. »Es gibt nur ein paar Dinge, die ich noch einmal durchgehen wollte.«

Louise fixierte ihn mit ihrem Blick. »Natürlich.«

»Zunächst möchte ich auf die Frage der Identität des Opfers zurückkommen«, begann er. »Es erscheint mir seltsam, dass der junge Mann in Ihrem Vorgarten gelandet ist, wenn Sie ihn gar nicht kannten.«

Louise warf hilflos die Hände in die Luft. »Ich weiß. Ich habe keine Ahnung, warum er zu uns gekommen ist, außer es war zufällig das nächste Haus, und er war verzweifelt. Ich könnte mir vorstellen, dass ich an seiner Stelle in der Hoffnung auf Hilfe vielleicht auf das Verandalicht zugegangen wäre.« Ihre Lippen zuckten. »Das arme Schwein. Zu verbluten … ohne dass jemand davon wusste.«

»Irgendjemand wusste es«, sagte Jonah leise.

Der scharfe Blick, den sie ihm zuwarf, ließ ihn seine Einschätzung von Louise neu überdenken. Sie mochte verkatert und verängstigt sein, aber sie war bestimmt nicht dumm.

»Mrs Reakes«, fuhr er in schärferen Tonfall fort, »Ihnen ist gewiss klar, dass wir persönlich mit Ihrem Mann sprechen müssen. Es würde uns Zeit sparen, wenn Sie uns seine Kontaktdaten nennen.«

Louise verzog seltsam das Gesicht, als sie sagte: »Aber ich ... habe ihn selbst noch nicht erreicht. Darf ich es noch einmal versuchen, bevor Sie ihn anrufen? Nur damit er nicht komplett ausflippt?«

Jonah nickte langsam. Er fand ihr gelegentliches Abgleiten ins Vulgäre irritierend. Es stand in merkwürdigem Kontrast zu ihrer ansonsten zaghaften Art.

»Es wäre gut, wenn Sie ihn anrufen, sobald wir hier fertig sind. Unmittelbar anschließend.«

»Ja«, sagte Louise und schluckte. »Natürlich.«

Jonah beobachtete sie ein paar Sekunden und sah bereitwillig dabei zu, wie ihr Unbehagen größer wurde. Er war ganz O'Malleys Meinung. Aus irgendeinem Grund sorgte sie sich wegen der Kontaktaufnahme mit ihrem Mann. War er möglicherweise gar nicht weg? Hatte er vielmehr auf ihrem Grundstück einen Mann ermordet und war danach untergetaucht?

»Wann haben Sie zuletzt mit ihm gesprochen? Mit Ihrem Mann, meine ich.«

»Gestern«, antwortete Louise und fügte, als Jonah sie nur ausdruckslos weiter ansah, hinzu: »Bevor April gekommen ist. Wahrscheinlich gegen ... fünf.«

»Darf ich den vollständigen Namen Ihrer Freundin notieren?«

»Aber nur am Telefon. Die Unterhaltung mit Niall. Warum wollen Sie das wissen?«

Während er überlegte, wie er vorgehen wollte, ließ Jonah dem Schweigen Raum, sich zu verdichten. Schließlich entschied er, dass es wahrscheinlich seine beste Option war, sie unter Druck zu setzen, solange sie noch müde, verkatert und verängstigt war. »Ist Ihr Mann wirklich weg, Louise?«, fragte er.

Sie sah ihn ehrlich verblüfft an. »Natürlich. Ich hätte mich nicht mit April betrunken, wenn er … Niall ist seit Donnerstag in Genf.«

»Auf einer Geschäftsreise?«

»Ein pharmazeutischer Kongress«, sagte sie. »Er ist Pharmavertreter. Er macht das häufig. Fliegt mit Allgemeinärzten an schöne Orte und verwöhnt sie.« Sie lächelte ihn zaghaft an. »Hören Sie, er hat nichts damit zu tun, was passiert ist.«

»Und warum haben Sie dann Angst, ihn anzurufen?«, fragte Jonah, den Blick fest auf ihr Gesicht gerichtet.

Er sah, wie Louise vom Hals aufwärts errötete, bevor sie leise sagte: »Weil Niall … also, er kann ein bisschen selbstgerecht sein. Er ist bestimmt wütend, weil ich mich betrunken habe. Er wird denken, es war meine Schuld.«

Jonah verzog unwillkürlich die Mundwinkel. »Ich glaube, es dürfte ihm einigermaßen schwerfallen, Ihnen die Schuld dafür zu geben, dass ein Toter in Ihrem Vorgarten gelegen hat.«

Louise hob den Blick, auf den Lippen wieder dieses angedeutete Lächeln. »Da kennen Sie meinen Mann nicht.«

6.

Der erste Abend, der es für mich echt versaut hat, war mein Geburtstag. Aber es war nicht der Abend an sich. Es war natürlich Dina. Deine hinreißende, abscheuliche Ex.

Gott, wie ich die Erinnerung hasse. Dina *musste* dich an jenem Tag plötzlich zum Mittagessen treffen. Und mir war glasklar, was sie sagen würde. Ich vermute, dir war es ebenfalls klar. Du bist in der Hoffnung hingegangen, dass sie dich zurückhaben wollte.

Und natürlich würde sie das sagen, egal ob es stimmte oder nicht. Es war mein Geburtstag. Welchen besseren Zeitpunkt hätte es geben können, für uns alles zu ruinieren? Ich kann mir die zarten Tränen vorstellen, die sie über ihre Wangen kullern ließ, während sie dir erklärte, dass sie einen Fehler gemacht hatte. Dass sie dich vermisste. Es war vorsätzlich, vorhersehbar und durch und durch grausam.

Ich habe dir gegenüber nie zugeben können, wie sehr ich Dina hasse. Wie konnte ich, während du regelmäßig durch eine Schleife von Wut und dann wieder plötzliche Loyalität ihr gegenüber gegangen bist? Während es okay war, wenn du sie einen schrecklichen Menschen genannt hast, es für mich jedoch nicht infrage kam, das Gleiche zu tun?

Der Tag hat mir jeden Gedanken über sie bestätigt. Es war sonnenklar, dass du ihr nach dem Treffen wieder halb verfallen warst. Und mein Geburtstag wurde zu einer schalen, billigen Erfahrung, obwohl es doch so schön hätte sein sollen.

Ich trank mehr, als ich je getrunken hatte. Ich fing früh an, mit April. Nie hatte ich ihre Freiheit, die Arbeit einfach liegen zu lassen und zu trinken, wann ihr danach war, mehr zu schätzen gewusst. Und auch wenn ich ihr nicht erzählt habe, weshalb ich so entschlossen war, mich abzuschießen, trank sie trotzdem den ganzen Nachmittag mit mir und schaffte es sogar, mich trotz allem ein paarmal zum Lachen zu bringen.

Als wir uns dann alle auf einen Cocktail trafen, machte ich einfach weiter. Ich trank, während du über deinem Handy an der Bar hocktest, anstatt dich unter meine Freunde zu mischen. Ich wartete darauf, dass *sie* – die betrunkene Louise – übernehmen würde, damit ich nichts mehr fühlen musste. Aber die unbeschwerte Version meiner selbst blieb der Party irgendwie fern, so hektisch ich ihr auch hinterherjagte. Es war das erste Mal, dass sie mich enttäuschte.

Also verfolgte ich sie weiter. Ich jagte die betrunkene Louise so verbissen, dass ich mich irgendwann für zwanzig Minuten auf der Toilette einschließen und übergeben musste.

Als ich wieder herauskam, torkelnd und wahrscheinlich nach Erbrochenem stinkend, sahst du entsetzt aus. Abgestoßen. Als würdest du dich fragen, was du dir mit mir bloß gedacht hattest. Ich war nicht die wundervolle, lustige betrunkene Louise: Ich war ein einziger Schlamassel. Ich schämte mich fürchterlich und war mir überaus bewusst, dass mich jetzt auch April beobachtete.

Ich dachte ehrlich, ich hätte euch beide verloren.

Aber dann nahm meine beste Freundin meine Hand und wandte sich dir zu: »Was zum Teufel fällt dir ein, Niall?«

Du sahst ehrlich verblüfft aus. *»Mir?«*

»Ja, dir«, sagte sie. »Du hast eine Freundin, die du nicht verdienst. Sie ist hinreißend, talentiert und klug. Und du stehst an ihrem Geburtstag an der Bar und schreibst SMSen an deine Ex-Frau. Es überrascht mich nicht, dass sie sich total betrinken wollte. Ich hätte das Gleiche getan, aber ich hätte vorher deinen lausigen Arsch abserviert.«

Einen Moment lang standst du einfach da und sahst sie mit leicht offenem Mund an. Dann hast du den Blick gesenkt, um, wie ich damals fest glaubte, deinen Ärger zu sammeln. Ich dachte wirklich, du würdest uns beide wegschicken.

Aber als du dich uns wieder zuwandtest, war es, als hätte irgendetwas in dir nachgegeben. Du sahst so schuldbewusst und traurig aus. Ich glaube, es war dieser Gesichtsausdruck, der uns damals gerettet hat. Der uns hat weitermachen lassen.

»Es … es tut mir wirklich leid, Lou. Sie ist einfach …« Du hast den Kopf geschüttelt. »Es bringt mich alles so durcheinander, aber ich werde mich sortieren.«

»Du musst etwas über Dina wissen«, fügte April hinzu. »Du musst begreifen, dass sie dich, ohne weiter nachzudenken, vor einen Bus stoßen würde. Sie hat es sogar schon einmal versucht, Niall. Ich war diejenige, die im Weg stand.«

Ich sah, wie dein Ausdruck sich veränderte, wie deine Mundwinkel sich verzogen und du sie anstarrtest.

»Was meinst du?«, hast du gefragt.

»Was glaubst du, was ich verdammt noch mal meine, Niall?«, fragte sie und zog eine Braue hoch.

Ich habe deine Miene beobachtet, während du auf dein Handy geguckt und es dann langsam eingesteckt hast. Und als du mich danach in die Arme genommen und mir erklärt hast, du seiest ein Idiot gewesen, schienen meine Wut und mein Misstrauen unwichtig. Ich ließ alles los und erlaubte dir, dich um mich zu kümmern.

Aber der Schaden war angerichtet, glaube ich. Die Dinge waren ins Rutschen geraten. Ich fing an, zwanghaft darüber zu grübeln, was du zu Dina gesagt hattest, und weil ich mit diesen Gefühlen nicht umgehen konnten, trank ich. Eine andere Art, damit umzugehen, fiel mir nicht ein.

Außerdem wuchs meine Angst, dass du mein nüchternes Ich eigentlich gar nicht mochtest. Alles, was du an mir für liebenswert erklärt hattest, gehörte eigentlich zu der betrunkenen Louise. Der Spaß. Das Lachen. Die Art, wie ich dein Leben besser machte. Ich wusste, dass du dich in die betrunkene Louise verliebt hattest.

Folglich erblühte sie immer mehr, je mehr Zeit wir miteinander verbrachten. Und obwohl ich April inzwischen besser kennengelernt hatte, nüchtern wie betrunken, hatte ich eine tiefe Angst davor entwickelt, dass auch sie entscheiden könnte, ich sei langweilig. Deshalb kreuzte ich niemals nüchtern auf, wenn ich einen von euch beiden traf.

Mir war die fortschreitende Abkoppelung zwischen der betrunkenen Louise und mir selbst durchaus bewusst. Gelegentlich war ich beunruhigt über die Dinge, die sie getan hatte. Wie als sie dich bei der Weihnachtsparty in deiner Firma überredet hat, in einem Büro Sex zu haben. Oder als sie mit April aus einer unbesetzten Hotelbar in London eine Flasche Champagner gestohlen hat. Und es gab auch immer mehr Lücken in meiner Erinnerung. Ganze Stunden oder Teile von Abenden, von denen ich nicht wusste, was sie in der Zeit gemacht hatte, und Angst hatte, es herauszufinden.

Trotzdem dachte ich, alles sei okay. Erst später fing ich an, mich vor ihr zu fürchten.

7.

Lightman kam mit seinen Recherchen über das Ehepaar Reakes gut voran. Er hatte bereits festgestellt, dass keiner von beiden vorbestraft war und dass Niall Reakes durch seine Arbeit als Pharmavertreter über eine respektable Internetpräsenz verfügte. Er hatte mehrere größere Pharmafirmen vertreten und war aktuell als Repräsentant für Klinikverkäufe im Feld der Arthritis bei Pollai gelistet.

Sein LinkedIn-Foto war ein klassisches Schwarz-Weiß-Porträt, auf dem Niall sowohl imposant als auch nahbar wirkte, ein Eindruck, der durch sein leicht pausbackiges Gesicht und sein breites Lächeln hervorgerufen wurde. Nichts deutete auf irgendwelche kriminellen Verwicklungen hin; es gab keine Artikel, in denen er erwähnt wurde, keine erkennbaren Entlassungen, obwohl das nicht bedeutete, dass es keine gegeben hatte. Große Firmen neigten nicht dazu, ihre schlechten Personalentscheidungen publik zu machen.

Louise Reakes hatte ihre eigene stylische Website, auf der sie ihre Dienste als Harfenistin für Hochzeiten, Empfänge sowie Film- und Fernsehproduktionen anbot und eine beeindruckende Liste von Referenzen aufführte. Die Seite war überwiegend visuell gestaltet, langsam überblendete Bilder von Frühlingssonne und Louise, die in langen wallenden Kleidern ihr Instrument spielte.

Er hatte gerade bis zum Ende gescrollt, als das Abteilungstelefon klingelte. Hanson verfolgte mit Kopfhörern irgendein Video auf ihrem Bildschirm, also nahm Lightman ab und hatte den diensthabenden Beamten am Empfang in der Leitung.

»Ich habe einen Anrufer, der sagt, er sei der Ehemann des Toten.«

Issa Benhawy, erinnerte sich Lightman von Hansons kurzem Bericht.

»Stellen Sie ihn durch.«

Man hörte ein Klicken, bevor eine sehr artikulierte Stimme fragte: »DCI Sheens?«

»Hier ist DS Lightman«, antwortete er. »Ich arbeite mit dem DCI zusammen. Er ist gerade beschäftigt, aber vielleicht kann ich Ihnen helfen.«

»Oh, verstehe.« Es entstand eine Pause, bevor Issa sagte: »Ich habe mich nur gefragt, was mit Alex' Sachen geschieht. Ich möchte nicht, dass sie verloren gehen.«

»Eine verständliche Sorge.« Lightman zog seinen Notizblock heran und klickte auf seinen Kugelschreiber. »Die persönlichen Gegenstände werden für die Ermittlung alle beschriftet, sorgfältig eingelagert und sicher aufbewahrt, bis wir sie nicht mehr benötigen und sie an Sie zurückgeben können. Geht es um etwas Bestimmtes …?«

Nach einer weiteren Pause sagte Issa: »Er hatte einen Ring, den ich ihm geschenkt habe. Und … und sein Handy.« Als Lightman nicht sofort reagierte, fügte er hastig hinzu: »Darauf sind jede Menge Fotos. Ich möchte nicht, dass sie verloren gehen.«

»Selbstverständlich«, erwiderte Lightman und notierte sich die Punkte in seinem Notizbuch. »Bei dem Telefon ist es schwer zu sagen, wann das zurückkommen wird. Unser Team wird nichts löschen, aber ein Telefon gibt Aufschluss darüber, mit wem das Opfer in Kontakt stand.«

»Dabei kann ich Ihnen doch helfen«, sagte Issa sofort.

»Das ist sehr freundlich von Ihnen, aber es könnte Menschen geben, von denen Sie nichts wussten.«

Wieder entstand ein Schweigen. Dann sagte Issa: »Also gut. Seien Sie bloß … vorsichtig. Mit dem Telefon. Und bitte schnüffeln Sie nicht in unseren Nachrichten.«

»Das ist nicht unsere Absicht«, sagte Lightman behutsam.

Nachdem Issa aufgelegt hatte, schrieb er einen weiteren Satz in sein Notizbuch.

Besonders nervös wegen des Telefons und ihrer Nachrichten.

Und dann unterstrich er ihn.

Wie sich herausstellte, hatte Alex Plaskitt ein ziemlich öffentliches Leben geführt. Er hatte mehr als dreihundert Clips auf YouTube hochgeladen, alles Ratgebervideos für ein gesünderes Leben. Er hatte zwölftausend Abonnenten und benutzte seinen Account offensichtlich, um sein Geschäft anzukurbeln.

Als Erstes sah Hanson sich das neueste Video von vor einer Woche an. Sofort erschien Alex auf dem Bildschirm, Kopf und Schultern vor dem Hintergrund eines Fitnessstudios.

»Das Fitnesslevel, mit dem Sie beginnen, sollte Ihnen niemals peinlich sein«, sagte er und blickte aus blauen Augen in die Kamera. »Die meisten meiner Kunden haben am Anfang Mühe, überhaupt zu joggen, und das ist völlig normal. Bei Sport und Fitness ist für jeden was dabei, und mein Job ist es, Sie zu ermutigen und zu unterstützen, bis Sie anfangen, es so sehr zu mögen wie ich. Der Trick besteht darin, es nicht zu hart anzugehen und sich dann wie ein Versager zu fühlen. Es geht um kleine Fortschritte. Wenn das bedeutet, dass man zum ersten Mal seit hundert Jahren hundert Meter am Stück läuft, dann ist das eine enorme Leistung, und ich möchte zur Stelle sein, um sie mit Ihnen zu feiern.«

Hanson schaute sich ein paar weitere Video an. Alex' Videoblog auf YouTube war meilenweit entfernt von den selbstverliebten Fitnessclips, die sie in Facebook- und Twitter-Feeds gesehen hatte. Er kam freundlich, hilfsbereit und einhundert Prozent echt rüber. Mit seinem geschliffenen Englisch, den großen blauen Augen und den wie gemeißelten Wangenknochen erschien er auch ein wenig aristokratisch. Während das bei anderen vielleicht unsympathisch gewirkt hätte, war Alex mit seinen lachend vorgetragenen Entschuldigungen für seine Liebe zum Essen und seine Ausflüge zum Lord's Cricket Ground einfach einnehmend.

Sie versuchte, nicht daran zu denken, dass er nie wieder ein Video hochladen würde, und scrollte auf der Seite nach unten, um zu sehen, was Nutzer über seine jüngsten Videos geschrieben hatten. Sie erwartete fast schon, die ersten Nachrufe zu lesen, obwohl sie wusste, dass es dafür noch zu früh war. Sein Tod war noch nicht einmal offiziell bekannt gegeben worden.

Stattdessen fand sie zahlreiche zutiefst dankbare Kommentare. Nutzer berichteten, wie viel sie abgenommen hatten, seit sie seinem Fitnessprogramm folgten. Andere waren offensichtlich direkte Kunden, die sich auf Trainingseinheiten mit ihm oder Rezepte bezogen, die er empfohlen hatte.

Und weil es das Internet war, gab es natürlich auch andere Kommentare von der Art, die den Menschen in Hanson vor Wut brennen und die Polizistin in ihr sich kerzengerade auf ihrem Stuhl aufrichten ließ.

Nachdem Hanson eine Viertelstunde lang die Beschimpfungen überflogen hatte, hatte sie das Gefühl, einen Gin zu brauchen. Oder wenigstens einen Kaffee, dachte sie. Sie nahm den Kopfhörer ab, doch bevor sie aufstehen konnte, trat der Chef an ihren Tisch, um sie auf den neuesten Stand zu bringen. Auch Lightman schaltete sich sofort ein.

»Wir haben das Vorstrafenregister des Opfers und seines Ehemanns sowie das von Louise und Niall Reakes überprüft. Keine Einträge für irgendeinen, und der Ehemann ist offenbar ziemlich einflussreich und erfolgreich.«

»Und keine Verbindung der Reakes' zu Alex?«, fragte Sheens und blickte zwischen ihm und Hanson hin und her.

Hanson schüttelte den Kopf. »Sie sind nicht auf Facebook oder dergleichen befreundet, und Louise war offenbar auch keine Kundin von ihm. Aber seine Onlinepräsenz ist ziemlich interessant.«

Sie drehte ihren Bildschirm zu dem DCI. Darauf war ein Standbild von Alex Plaskitts Gesicht aus einem seiner Videos zu sehen war. Er grinste mit halb geöffnetem Mund in die Kamera, als hätte er gerade etwas gesagt. »Alex ist ein kleiner YouTube-Star. Zwölftausend Abonnenten. Also nicht riesig, aber immerhin. Zum Teil kurbelt er damit wohl sein Geschäft an, zum Teil will er die Leute aber auch einfach nur ermuntern, sich mehr zu bewegen.«

»Das heißt, es besteht die Möglichkeit, dass er erkannt wurde, als er ausgegangen ist«, sagte Sheens nachdenklich.

»Ja, und manche der Reaktionen sind auch interessant.« Hanson scrollte bis zum Kommentar eines Nutzers, der sich S88*burger nannte, und dessen Eintrag fünf homophobe Beschimpfungen aneinanderreihte.

»Gibt es mehr von der Sorte?«, fragte der DCI.

»Etliche. In einigen Videos taucht auch Issa kurz auf oder wird ausdrücklich erwähnt. Das wurde relativ viel kommentiert. Aber die meisten der Hater haben temporäre Accounts.«

Das Telefon des DCI klingelte. Der Gerichtsmediziner bat ihn, der Obduktion beizuwohnen. Hanson spürte ein nervöses Zucken im Magen, als Sheens in die Runde blickte. Sie hatte in ihrer Laufbahn bisher eine Obduktion hinter sich gebracht und wusste, dass sie wenn nötig auch eine weitere überleben würde. Aber das bedeutete nicht, dass sie es je irgendwie angenehm finden würde.

Sheens' Blick blieb schließlich an Lightman kleben, und Hanson verdrückte sich mit einem leicht beschämten Gefühl der Erleichterung, um sich einen Kaffee zu machen. Für heute war sie davongekommen und frei, weiter im trüben Teich der Internettrolle zu fischen.

Louise wartete, bis die Tür des Vernehmungsraums geschlossen war, bevor sie ihre Kontakte aufrief. Ihr Daumen schwebte über Nialls Namen. Er stand ganz oben mit einem Stern daneben. Ihr Liebling. Ihr Ehemann. Gott, sie wollte das nicht tun.

Aber es war wie das Abreißen eines Waxing-Streifens, dachte sie. Es brannte vielleicht in dem Moment, aber es war nie so schlimm, wie man es sich vorstellte.

Dass das eine beschissene Analogie war, wusste sie. Denn dies könnte unendlich viel schlimmer werden, als sie es sich ausgemalt hatte. Das Abreißen könnte niemals aufhören.

Während sie noch zögerte, summte ihr Handy. April, die sich an ihre Bitte hielt, nicht anzurufen, ihr aber eine weitere mitfühlende Nachricht schickte.

Ich kann mir nicht mal vorstellen, wie schrecklich das sein muss. Es tut mir furchtbar leid! Ich will dich anrufen, also sag mir Bescheid, sobald du da raus bist, okay? Ich habe die Mutter aller Kater, aber ich bin hier. Xx

Es war gut, diese Zeilen zu lesen, bevor sie sich mit ihrem Mann auseinandersetzen musste. So bedingungslos unterstützend. Gütig. Normal.

Niall war nichts dergleichen. Zumindest im Moment nicht. Und als sie daran dachte, fühlte sie sich noch elender.

Seufzend schloss sie das Textfenster und drückte auf den Anrufknopf. Sie rieb ihre rechte Schläfe, während es klingelte. Sie hätte um eine Paracetamol bitten sollen. Nein. Nicht Paracetamol. Kodein. Morphium. Etwas, das kräftig genug war, um sie außer Gefecht zu setzen, bis alles irgendwie vorüber war. Zumindest ansatzweise besser.

»Hey, Süße! Wie geht's?«, fragte Niall. Im Hintergrund hörte man Menschen reden. Wahrscheinlich war er noch auf der Konferenz, und sie hatte ihn in einer Pause zwischen zwei Meetings erwischt. Anders wäre es ihr fast lieber gewesen.

»Gut«, sagte sie automatisch und korrigierte sich dann. »Nun … eigentlich nicht gut. Es hat … Jemand ist direkt vor unserem Haus ermordet worden. Ich habe ihn heute Morgen gefunden.«

Nach längerem Schweigen fragte Niall: »Ist das dein Ernst?«

»Ja. Tut mir leid.« Louise stieß ein kurzes Lachen aus. »Ich wünschte, es wäre nicht so.«

»Wie ermordet?«

»Erstochen«, sagte sie. »Von vorne in den Bauch.«

»Wer … was, ein Teenager?«

»Ein bisschen älter, glaube ich. Er sah ziemlich groß aus.«

Wieder entstand ein Schweigen, und sie spürte, wie ihr Herzschlag beschleunigte, als er fragte: »Also bloß … irgendein Fremder? Nicht jemand, den du kennst?«

Die Obduktion von Alex Plaskitt war unkompliziert, was Jonahs Laune jedoch nicht hob. Er und Lightman hatten beobachtet, wie Shaw zunächst das Messer begutachtet hatte. Sie hatten zugehört, wie er mit leiser Stimme die siebeneinhalb Zentimeter lange, sich leicht verjüngende Klinge und den verzierten Metallgriff beschrieben hatte. Dies war kein Gebrauchsgegenstand, sondern eine Waffe, zu der beinahe sicher eine Scheide gehörte, die bisher noch nicht gefunden worden war.

»McCullough kennt einen Waffenexperten«, erklärte Jonah Shaw. »Vielleicht kriegen wir von ihm etwas, das uns weiterhilft.«

Als Nächstes wandte der Gerichtsmediziner sich den Händen zu, deren Knöchel leicht geschwollen waren, aber keine Abschürfungen zeigten.

»Würden Sie sagen, dass es sich um Abwehrverletzungen handelt?«, fragte Jonah.

»Könnte sein, aber so eine Prellung könnte er sich genauso gut früher am Abend zugezogen haben«, sagte Sheens. »Es haben sich eine leichte Schwellung und erkennbare Blutergüsse gebildet, was ein paar Minuten dauert. Andererseits hat es auch einige Minuten gedauert, bis er gestorben ist.«

Sheens fuhr mit der Untersuchung der Stichwunde und des umliegenden Gewebes fort. Während er die Organe nacheinander herausnahm, erklärte er die Verletzung des oberen Teils des Dickdarmgewebes und der Milzarterie.

»Der Einstich hat die Dickdarmwand direkt unterhalb des Magens durchbohrt, ist jedoch ziemlich sauber zwischen Milz und dem darüberliegenden Magen eingedrungen.« Er hob einen elastischen rosagrauen Strang heraus. »Die Verletzung der Milzarterie, die höchstwahrscheinlich die Todesursache war, ist passiert, als das Messer herausgezogen wurde.«

»Sind Sie sicher?«, fragte Jonah.

Der Gerichtsmediziner lächelte knapp. »Aber immer doch.«

Es dauerte einen Moment, bis Jonah begriff, dass Shaw das ironisch meinte.

Als er unwillkürlich lachte, fuhr der Gerichtsmediziner fort. »Wie Sie hier sehen können, sind Rück- und Unterseite der Arterie beschädigt, während Ober- und Vorderseite intakt geblieben sind. Ursache war allem Anschein nach die Aufwärtsbewegung der Klinge beim Herausziehen. Der Riss muss eine starke Blutung ausgelöst und binnen fünfzehn bis zwanzig Minuten zu seinem Tod geführt haben.«

»Gibt es Anzeichen dafür, dass die Waffe von seinem Angreifer herausgezogen wurde?«

Shaw zuckte knapp mit den Schultern. »Das ist nicht klar, aber wenn Sie fragen, ob er sie selbst herausgezogen haben könnte, lautet die Antwort, ja, es ist absolut möglich. Ich weiß allerdings nicht, wie das zu dem Umstand passt, dass die Waffe abgewischt wurde, es sei denn, der Mörder hat sie genommen und später dort abgelegt.«

Jonah sah Lightman an und nickte. Sie hatten beide schon nach Messerstechereien ermittelt; und beide erinnerten sich an einen Teenager, der wahrscheinlich überlebt hätte, wenn er sich die Klinge nicht aus der Brust gezogen hätte, bevor er Hilfe geholt hatte.

Das Ganze war merkwürdig und wenig befriedigend. Wenn Alex das Messer herausgezogen hatte, musste er es irgendwo anders getan haben, sonst hätte es mehr Blut am Fundort gegeben. Und wenn der Mörder das Messer neben ihm abgelegt hatte, müsste er Fußabdrücke hinterlassen haben. Wie man es auch betrachtete, blieb der Ablauf der Ereignisse unklar und verworren.

»Wir könnten wirklich gut einen Zeugen gebrauchen«, sagte er zu Lightman, nachdem Sheens die Untersuchung der anderen Organe abgeschlossen und Blutproben genommen hatte. »Ich fahr mal zu diesem Club.«

Um 12:15 Uhr durfte Louise Reakes nach Hause gehen. Für Hanson fühlte es sich an wie sechs Uhr abends. Wie es aussah, gab es bei ihr nichts weiter zu ermitteln. Ein kurzer Rückruf bei den Nachbarn der Reakes' in Saints Close Nummer neun hatte keinerlei Hinweise auf Streitereien oder auffälliges Verhalten ergeben. Louise habe im Allgemeinen die Freiheit gehabt, ihre eigenen Wege zu gehen, und das auch getan, sagten sie und äußerten die Ansicht, dass mit ihr und ihrem Mann alles bestens wäre, wenn Louise aufhören würde zu trinken.

Hanson war erleichtert. Bei der Vorstellung, in einem Fall mit einem missbräuchlichen Partner wühlen zu müssen, wurde ihr akut übel. Es war zu nah an der Vergangenheit und auch an der Gegenwart. Zu nah an allem, an das sie nicht denken wollte.

Darüber hinaus hatte sie das Gefühl, dass es ein potenziell gefährliches Thema für ihre eigene Beziehung war. Sie war jetzt vier Monate mit Jason zusammen und hatte es bisher noch nicht geschafft, ihm von Damian zu erzählen, dem toxischen Partner, den sie in Birmingham zurückzulassen versucht hatte.

Jonah setzte Lightman wieder bei der Polizeistation ab und gabelte O'Malley auf, der ein paar Fotos des Opfers ausgedruckt hatte. Sein irischer Sergeant war meistens die bevorzugte Wahl, wenn es um eher lockere Begegnungen mit Zeugen ging, vorausgesetzt, man konnte ihn irgendwo finden und er verfolgte nicht gerade seine eigenen Spuren. Er hatte einen freundlichen Humor, der widerspenstige Zeugen entwaffnete und hilfsbereitere ermutigte, sich selbst zu übertreffen.

»Fahren wir ins Blue Underground, um tagsüber in schummriger Atmosphäre einen zu trinken?«, fragte O'Malley, als er sich in den Wagen gehievt hatte.

»Sie kennen den Laden?«, fragte Jonah interessiert.

»Ich habe dort mal einen Zeugen getroffen.« O'Malley zuckte die Schultern. »Es ist okay. Cocktails und Angeber-DJs im ersten Untergeschoss und noch eine Etage tiefer eine 80er-Disco-Schrott-Party. Aber kein Drogenschuppen, und es kommt auch nur selten zu Schlägereien.«

Jonah nickte und erinnerte sich, dass es die teure, exklusive Midnight Bar gewesen war, die vor ein paar Jahren nach einer Drogenrazzia geschlossen worden war. Wie sich herausgestellt hatte, waren die wahrscheinlichsten Kunden von Partydrogen wohlhabende Männer und Frauen in den Vierzigern.

Zwanzig Minuten später parkte Jonah den Wagen ein paar Meter von dem Club entfernt in einer parkscheinpflichtigen Lücke. Der Eingang zum Blue Underground lag zwischen einem Maklerbüro und einem orientalischen Lebensmittelladen. Auf dem Schild darüber stand in kursiver Schrift vor dunkelblauem Hintergrund der Name des Etablissements und schaffte es, beinahe nobel auszusehen.

Sie gingen die Treppe hinunter und um eine Ecke, wo der Eingang durch eine Sicherheitstür versperrt war. Von drinnen hörte man einen Staubsauger, und Jonah klopfte energisch.

Der Staubsauger wurde erst lauter und verstummte dann, bevor ein Südamerikaner mittleren Alters in einem schwarzen Polohemd und passender Hose die Tür öffnete.

»DCI Sheens«, stellte Jonah sich vor. »Ich habe vorhin mit Charlie gesprochen.«

Der Mann ließ sie in einen gesichtslosen Flur treten und wies auf eine Bar am anderen Ende. Helle Deckenlampen verwandelten die bei schwacher Beleuchtung vermutlich atmosphärische Nachthöhle in einen leicht schäbig aussehenden Keller. Stühle standen auf den Tischen, Bierkästen auf dem Tresen, daneben ein großer, mediterran aussehender Mann Mitte dreißig, der mit einem zierlichen Mädchen, die ebenfalls ein schwarzes Polohemd trug, die Lagerbestände besprach.

»Sind Sie vielleicht Charlie?«, fragte Jonah ihn.

Der Mann drehte sich um und präsentierte ein fröhliches sonnengebräuntes Gesicht, das von einem Bluterguss auf der Wange verunstaltet war.

»Ja. Sind Sie von der Polizei?« Er ging um den Tresen herum. »Kommen Sie, setzen Sie sich. Wir haben Kaffee, wenn Sie möchten?«

Er hatte einen unverfälschten Sheffield-Akzent und eine muntere Art, die Jonah hoffen ließ, dass der Mann ihnen bereitwillig Auskunft geben würde.

»Keinen Kaffee für mich«, sagte er.

»Joanne, könntest du mir einen Cappuccino machen?«

Die winzige Joanne verschwand durch einen Torbogen, Charlie nahm drei Plastikstühle von einem Tisch und sagte: »Bitte.«

»Wir hoffen, dass Sie uns weiterhelfen können. Wir suchen jemanden, der sich an diesen Mann erinnert«, erklärte Jonah und reichte ihm ein Foto. »Er war gestern Abend hier.«

Charlie nahm das Bild und betrachtete es, während O'Malley hinzufügte: »Er ist ein großer Typ, knapp eins neunzig und ziemlich kräftig.«

»Ja, der war auf jeden Fall hier«, bestätigte Charlie. »Ich kenne ihn vage. Ich hab ihn schon ein paarmal gesehen. Er war zusammen mit einem Freund. Ebenfalls ein Stammgast.«

»Erinnern Sie sich an irgendwelche Zwischenfälle mit ihm?«

Jenseits des Torbogens ertönte eine Kaffeemühle, die zwischen den Backsteinwänden absurd geräuschvoll widerhallte. Charlie sprach laut darüber hinweg. »Nichts Ernstes. Er ist ein ganz netter

Typ, glaube ich. Er war ein wenig gereizt gegenüber dem Tresenpersonal, aber das ist ziemlich normal.«

»Dann war er das nicht?«, fragte O'Malley und wies mit dem Kopf auf Charlies Wange.

»Verzeihung? Oh.« Charlie führte die Hand an seine geschwollene Wange und lachte gequält. »Nein, das war ein Arschloch, dem es nicht gefallen hat, erklärt zu bekommen, dass er genug getrunken hatte. Er ist auf einen der Jungs los, bevor ich dazwischen bin. Zum Glück passiert das nicht allzu oft, und die Rausschmeißer waren ziemlich schnell zur Stelle.«

»Der Mann wurde rausgeworfen?«, fragte Jonah und dachte, dass ein aggressiver beleidigter Gast, der vor dem Club herumgelungert hatte, durchaus an einem Angriff auf Alex beteiligt gewesen sein könnte.

»Ihre Leute haben ihn abgeholt«, sagte Charlie. »Er wollte nicht aufhören, um sich zu schlagen, selbst als ein Streifenwagen gekommen ist, sodass er am Ende festgenommen wurde.«

Damit war er ziemlich sicher raus, dachte Jonah, denn jemand, der so spät wegen Körperverletzung festgenommen worden war, hatte wahrscheinlich die Nacht auf der Wache verbracht. Trotzdem nahm er sich vor, die Festnahmen vom vergangenen Abend zu überprüfen.

»Und es gab gestern Abend keine Schlägerei, an der Alex beteiligt war?«, fragte O'Malley.

»Nein, nichts dergleichen«, antwortete Charlie lachend. »Nur ein bisschen Gezicke, weil er in der Schlange ignoriert worden war.« Joanne kam wieder durch den Torbogen, in der Hand ein hohes Glas mit Kaffee. »Jo, warst du das oder Mark, zu dem der große Typ ein bisschen blöd geworden ist?«

Joanne blickte von ihrem Glas auf. »Mark, glaube ich.«

Charlie wandte sich mit einem Achselzucken wieder ihnen zu. »Nichts Ernstes, wie gesagt.«

»Aber er war ziemlich betrunken?«, bohrte O'Malley nach.

»Ja, ganz schön.«

»Haben Sie gesehen, ob er mit jemand anderem geredet hat? Vor allem später am Abend?«

Charlie sah die beiden unsicher an. »Ich weiß wirklich nicht genau. Ich meine … Ich glaube, er hat eine Zeit lang mit einem Mädchen geredet, aber ich bin mir nicht …« Er drehte sich zur Bar, wo Joanne jetzt wieder die Regale des Kühlschranks vollpackte. »Erinnerst du dich, ob er mit jemandem geredet hat, Joanne? Ich hab das Gefühl, es könnte die Dunkelhaarige gewesen sein, die so neben der Kappe war.«

Sie blickte auf und überlegte. »Ich glaube, das könnte stimmen. In der Schlange und hinterher auch noch ein bisschen.«

Charlie wandte sich stirnrunzelnd wieder um. »Da war dieses Mädchen, das dauernd vom Stuhl gefallen ist und Leute angerempelt hat. Sie war absolut sturzbetrunken, und ich habe mir ziemliche Sorgen um sie gemacht, aber am Ende hat sie es irgendwie geschafft, nach Hause zu gehen. Es ist doch nicht … es geht doch nicht um sie, oder?«

»Das wissen wir noch nicht«, gab Jonah zu. »Wir wissen nur, dass Alex Plaskitt am Ende tot war.«

»Er?« Charlie wirkte geschockt. »Ich dachte, es gehe um etwas, was er getan hat.«

»Ich fürchte nicht. Wenn Sie sich also sonst noch an irgendwas erinnern …«, forderte Jonah ihn sanft auf.

Charlie betrachtete erneut Alex' Foto und schüttelte den Kopf. »Ich glaube nicht. Aber ich kann die anderen fragen, ob er in Streitereien verwickelt war.« Er schauderte. »Verdammte Hacke. Wie ist er zu Tode gekommen?«

»Er wurde offenbar angegriffen«, erklärte O'Malley ihm. »Bald werden wir mehr wissen.«

»Können Sie schätzen, wann er ungefähr gegangen ist?«, wollte Jonah noch wissen.

»Eigentlich nicht …«, sagte Charlie achselzuckend. »Man hält die Uhr nicht im Auge, wenn der Laden voll ist und die Leute durch das Lokal wuseln. Er könnte auch nach unten gegangen und dort bis Ladenschluss geblieben sein, und ich hätte ihn wahrscheinlich nicht mehr gesehen.«

»Sie erwähnten Überwachungskameras …«

»Ja, wir haben eine an der Tür. Die Daten werden direkt an meinen Computer übertragen. Ich fahr in einer Stunde nach Hause, dann kann ich sie abrufen. Sie hat manchmal leider Aussetzer, aber wenn irgendwas dabei ist, schicke ich es Ihnen.«

»Danke«, sagte Jonah. »Das wäre sehr freundlich.«

Als er und O'Malley in den Wagen stiegen, sagte sein Sergeant: »Ich kann schon irgendwie verstehen, was alle meinen, wenn sie Alex nicht für ein naheliegendes Opfer halten.«

»Ja, aber vielleicht war er durch Alkohol außer Gefecht gesetzt«, bemerkte Jonah. »Oder …«

»Er wurde überrascht«, sagte O'Malley nickend. »Ja. Das würde bedeuten, dass er nicht mit dem Angriff gerechnet hat.«

»Denken Sie an die anscheinend sturzbetrunkene Dunkelhaarige?«, fragte Jonah.

»Sie wäre nicht die Erste, die so eine Nummer abzieht«, sagte O'Malley. »Ich habe als DC mal bei der Verhaftung eines Pärchens mitgeholfen, die eine ausgeklügelte Masche hatten. Sie gingen in eine Bar, wo sie sich scheinbar betrunken an irgendeinen Typen ranmachte und ihm dann entweder irgendwann die Brieftasche geklaut oder ihn nach draußen gelockt hat, wo ihn der aggressive, scheinbar ebenfalls betrunkene Freund ausgenommen hat.« O'Malley zuckte die Schultern. »Könnte eine Spur sein.«

»Ja«, sagte Jonah nachdenklich. »Eine schiefgelaufene Abzocke wäre eine mögliche Erklärung. Wie zurzeit so gut wie alles andere auch.«

Er hoffte bloß, dass es zwischen dem Club und Saints Close ein paar funktionierende Überwachungskameras gab. Irgendwas, das erklären könnte, wie Alex Plaskitt tot in einem vorstädtischen Garten gelandet war.

8.

Die Angst fing an, lange bevor du etwas gemerkt hast. Zumindest lange bevor du begonnen hast, mich darüber zu befragen, was die betrunkene Louise angestellt hatte. Bevor dein Verhalten mir gegenüber sich verändert hat.

Wir hatten acht zunehmend glückliche Monate gehabt. Dina war ein wenig in den Hintergrund getreten. Deine Arbeit lief gut, genau wie meine. Ich hatte es endlich geschafft, Mitglied der Mother Pluckers zu werden, nachdem zwei Frauen aus dem Ensemble mich zum Vorspiel vorgeschlagen hatten. Einige der anderen waren mir gegenüber zwar höllisch herablassend, weil ich keine Mutter war, aber alles in allem war es eine freundliche und talentierte Truppe, mit der ich gern meine Zeit verbrachte.

Dann kam dein und Dinas Hochzeitstag. Was auch der Abend war, an dem wir erfuhren, dass Dina jetzt mit ihrem neuen Freund verlobt war.

Ich hatte zugesehen, wie du am Tag zuvor in Schwermut versunken bist, absorbiert von dem wieder aufflackernden Groll darüber, wie schnell Dina dich verlassen hatte. Ich hatte mittlerweile begriffen, dass dir das, was andere Menschen von dir dachten, wichtiger war, als du vorgegeben hast. Das war der wahre Grund für die elegante Kleidung und das schicke Auto. Für die Art, wie du gern die Vorzüge eines tränentreibend teuren Weins hervorgehoben hast.

Aber es hat eine Weile gedauert, bis ich den Finger darauf legen konnte. Vermutlich war ich so damit beschäftigt, meine eigenen Unsicherheiten zu verbergen, dass ich blind für deine war. Vielleicht hatte ich schon mitbekommen, wie du vor deinen feineren

Freunden ein bisschen angegeben hast. Wie du spontan Operntickets gebucht hast, kurz bevor wir Patrick getroffen haben, um dann ausführlich darüber zu reden. Wie du darauf bestanden hast, dass es Seeteufel und Thunfischcarpaccio geben musste, wenn er zum Abendessen kam.

Aber so richtig kapiert habe ich es erst, als du einmal die falsche Kreditkarte mit zum Essen genommen hattest und hinterher nicht bezahlen konntest. Ich hatte dich vorher noch nie beschämt gesehen, und ich hätte nie gedacht, dass du in ähnlich brodelnder Selbstzerfleischung versinken konntest wie ich. Meine lebhafte Beteuerung, dass ich entzückt sei, endlich einmal für mich selbst bezahlen zu können, half nicht im Geringsten, dich aus deiner Stimmung herauszureißen.

Ich fing an, die Geschehnisse mit Dina neu zu deuten, und erkannte, dass es ein massiver Schlag gegen dein Selbstwertgefühl gewesen war. Ich versuchte mich damit zu beruhigen, dass du inzwischen nichts mehr für sie empfinden würdest. Aber das konnte mich nicht wirklich davon überzeugen, dass ich auf der sicheren Seite war, und als ich am Morgen eures Hochzeitstages aufwachte, schwebte die schlimmste aller Depressionen über mir.

Dein trübsinniges Schweigen den ganzen Tag über machte es nicht besser. Du hast mir nicht von der Verlobung erzählt. Du hast an dem Tag überhaupt kaum einen vollständigen Satz rausgebracht.

April merkte sofort, dass irgendwas nicht stimmte, als wir am Nachmittag telefonierten, und obwohl ich mich von dem Ganzen zutiefst gedemütigt fühlte, erzählte ich ihr, was los war.

Sie reagierte mit einem frustrierten Seufzer. »Er muss sie loslassen und erkennen, dass sie reine Platzverschwendung ist.« Und weil sie April war, schloss sie nahtlos an: »Lass uns ausgehen. Du und ich. Soll er sitzen, sich in seinem Elend suhlen und dich vermissen, wir amüsieren uns. Vergessen das Ganze.«

Es klang wie ein perfekter Plan. Anstatt rumzuhängen und die gestresste Freundin zu spielen, würde ich mich aufbrezeln und einen

Mädchenabend genießen. Über alles lachen und vielleicht harmlos mit dem einen oder anderen Kellner flirten.

Du warst ganz froh darüber, dass ich ausgehen wollte. Zusammengesunken am Küchentisch hockend brachtest du ein kleines Lächeln zustande, als ich dich zum Abschied küsste.

»Ich sehe die betrunkene Louise dann später«, hast du gesagt. Erinnerst du dich daran? Du fandst es immer noch süß, dieses Betrunkenes-Ich-nüchternes-Ich-Ding.

Ich warf dir ein Grinsen zu, nach dem mir eigentlich nicht zumute war. »Du solltest lieber Wasser und Nutella bereithalten.«

Der Abend begann okay. April war wie üblich urkomisch, und dadurch fühlte sich alles besser an. Aber dann zeigte sie mir die Ankündigung von Dinas Verlobung auf Facebook und fragte mich, was ich davon hielt.

Es war ein ekelhaft perfektes Bild, wahrscheinlich fast zu Tode gefiltert. Dina schmiegte sich an ihren attraktiven, adretten, neuen Mann, die linke Hand auf seine Brust gelegt, um den offen gestanden lächerlichen Diamanten an ihrem Ringfinger zu präsentieren.

»Guck dir den Hintergrund an«, sagte April. »Das ist Florenz. Sie sind seit fast einer Woche zurück. Sie hat es sich extra für heute aufgespart.«

»O mein Gott.« Aus irgendeinem Grund war mir noch übler als an meinem Geburtstag. Es fühlte sich so berechnend an. Der Beleg für ein unendliches langes Spiel, das ich meiner festen Überzeugung nach nur verlieren konnte.

In diesem Moment wusste ich, dass ich mich betrinken würde. Ich wollte so betrunken werden, dass ich mich an nichts mehr erinnerte und nichts mehr fühlte. Von da an würde die betrunkene Louise den Abend übernehmen.

Es muss ziemlich spät gewesen sein, als ich plötzlich schlagartig wieder in mein Ich zurückgerissen wurde. Vermutlich hatte ich eine Trinkpause eingelegt und war so weit ausgenüchtert, dass ich wieder an die Oberfläche tauchte.

Und es war das denkbar schlimmste Erwachen. Ich fand mich an einen Mann gepresst wieder, den ich nicht kannte und dessen Hände über die Rückseite meiner Schenkel Richtung meines Hinterns wanderten, während er sein Gesicht dicht an meins drückte.

Ich brauchte einen Moment, um zurückzuweichen. Und ein paar weitere Sekunden, um ihn wegzustoßen, als er mir folgte, anstatt mich loszulassen.

»Hey«, hörte ich ihn über die Musik hinweg sagen. »Was soll das, verdammt noch mal?«

Und dann kreischte ich ihn an und schlug um mich, auf seine Oberarme und seine Brust. Ich schrie, dass er weggehen solle. Dass er mich loslassen solle. Das tat er schließlich auch mit einem wütenden Schubser, der mich rückwärts taumeln ließ.

Ich dachte kurz daran, ihm wehzutun. Ich hatte die verrückte, spontane Idee, ich könnte ein Glas auf seinem Kopf zerschlagen. Aber sie floss im Bruchteil einer Sekunde durch mich hindurch und ließ mich zitternd zurück.

Ich hatte keine Ahnung, wohin ich ging. Es war schieres Glück, dass ich April über den Weg gelaufen bin, die mit ein paar Typen in der Schlange vor der Bar plauderte. Ich hatte solche Angst, dass sie ungehalten sein würde, weil ich nach Hause wollte, doch stattdessen reagierte sie besorgt. Sie sammelte meine Handtasche und meinen Mantel ein und stieg mit mir in ein Taxi. Sie wartete die halbe Fahrt geduldig, ohne etwas zu sagen, bis ich mich wieder so weit gefasst hatte, dass ich ihr erzählen konnte, was passiert war.

»Ich muss ihn irgendwie dazu eingeladen haben«, erklärte ich ihr, und Tränen quollen aus meinen Augen. »Ich muss es provoziert haben.«

»Ich glaube nicht, dass du davon ausgehen kannst«, sagte April sanft. »Es gibt eine Menge Arschlöcher da draußen. Und selbst wenn … die Schuld kann man dir sicher trotzdem nicht dafür geben.« Sie legte eine Hand auf meinen Arm und rieb ihn sanft.

»Aber ich komme mir vor … wie eine miese Betrügerin.«

Ich bereute sofort, das gesagt zu haben. Ich war dabei gewesen, als April andere Männer geküsst hatte und deswegen ihre zweite Ehe zerbrochen war. Jetzt war sie bei ihrer dritten und nach nur einem Jahr schon wieder genauso bereit, untreu zu sein.

»Tut mir leid, ich bin einfach eine Idiotin.«

»Du bist bloß jemand, der eine schwere Zeit durchgemacht hat«, widersprach sie. »Hier ist nur Platz für eine Idiotin, und das werde ich sein.«

Danach fühlte ich mich ein wenig besser, verfiel jedoch sofort wieder in quälende Schuldgefühle, als ich das Haus betrat und dich halb schlafend auf dem Sofa antraf.

»Hey, Lou-Lou«, hast du gesagt, dich aufgerichtet, meine Hand genommen und mich schlaftrunken neben dich auf das Sofa gezogen. Ich zitterte mittlerweile heftig von dem Alkoholentzug und meinem schlechten Gewissen. »Komm her.«

In deinen Armen kam ich mir noch viel dümmer vor, das aufs Spiel gesetzt zu haben. Uns. Alles.

Aber du warst derjenige, der sich entschuldigt hat.

»Es tut mir leid, dass ich so ein Idiot war«, hast du in mein Haar gemurmelt. »Es ist wirklich ehrlich nicht so, dass ich Dina vermisse. Es ist … ich komme mir nur so dumm vor, dass ich sie je für einen guten Menschen gehalten habe. Gerade heute hat sie bekannt gegeben, dass sie sich verlobt hat. Heute. Und sie weiß, was für ein verdammter Tag heute ist. Da bin ich mir sicher. Es ist alles dazu gedacht, mich zu verletzen, und ich … ich komme mir einfach vor wie ein Volltrottel, weil ich auf sie reingefallen bin.« Du hast geseufzt, und ich liebte das Gefühl, wie sich deine Brust unter mir bewegte. Es hatte etwas Weiches und Allumfassendes. »Und schon gar nicht hätte ich grantig auf dich werden dürfen. Du bist so anders als sie. So wundervoll. Ich liebe dich.«

»Ich liebe dich auch«, sagte ich. Ich erzählte dir nicht, dass die Tränen, die auf dein Hemd tropften, nichts mit Dina und alles mit einem Mann in einem Club zu tun hatten.

9.

Hanson versuchte eine Auskunft von YouTube über zwei von Alex Plaskitts hartnäckigeren Hatern zu bekommen, als Jason im CID auftauchte. Er deutete ein resigniertes Schulterzucken an, das unmissverständlich fragte, warum sie ihre Wochenenden hier verbrachten. Sie reagierte mit einem lakonischen Kopfschütteln, musste jedoch lächeln.

Jason zwinkerte ihr zu, als er sich an seinen Schreibtisch setzte, formte mit den Händen ein T und hielt dann fünf Finger hoch. Tee in fünf Minuten und eine Gelegenheit, ihm von der Mordermittlung zu erzählen, das hörte sich gut an. Sie redete gern mit ihm über die Polizeiarbeit. Er liebte seinen Job ebenso sehr wie sie ihren.

Kurz darauf summte ihr Handy. Der DCI schrieb, dass Alex Plaskitts Schwester am Nachmittag Zeit für ein Gespräch hatte, und schlug vor, dass sie mit Ben hinfahren sollte.

Bei der Vorstellung wurde ihr mulmig. Die Adresse war in der Nähe von Winchester, gut fünfundvierzig Minuten entfernt. Sie war sich nicht sicher, ob sie sich im Augenblick einer Dreiviertelstunde allein in einem Wagen mit Ben Lightman gewachsen fühlte.

Sie blickte zu Ben, der mit irgendwas sehr beschäftigt schien. Sie würde noch eine Weile warten, dachte sie. Sie konnten losfahren, wenn sie mit Jason ein Tässchen getrunken und eine Runde geplaudert hatte.

Sie legte ihr Handy zurück auf den Schreibtisch und sah, dass eine E-Mail eines technischen Mitarbeiters von YouTube eingegangen war; er würde ihr in Kürze die E-Mail-Adresse einer anderen Abteilung innerhalb des Unternehmens zusenden, wo man ihr eventuell weiterhelfen könne, obwohl anonyme Accounts sehr schwer zurückzuverfolgen seien.

Hanson schrieb kurz zurück, dass ihr das durchaus bewusst sei, und bedankte sich für die Hilfe. Kurz vor Weihnachten hatte sie einen Vortrag darüber gehört, wie digitale Fußabdrücke die Identifizierung von Verbrechern in Zukunft immer leichter machen würden. Sie fragte sich, wann diese Entwicklung sich auch tatsächlich positiv auf ihre alltägliche Arbeit auswirken würde.

Lightman beendete den Anruf beim Sergeant vom Dienst und gab seine Erkenntnisse in die Datenbank ein. Danach rief er den DCI zurück, um zu bestätigen, dass eine Beteiligung des aggressiven Betrunkenen in dem Club definitiv ausgeschlossen werden konnte.

»Er wurde vor eins in Gewahrsam genommen und bis sieben Uhr heute Morgen festgehalten«, berichtete Lightman.

»Danke«, sagte Sheens. »Sind Sie und Juliette auf dem Weg zu Phoebe Plaskitt?«

Er blickte zu Hanson, die einen Daumen hochhielt.

»Wir wollen gerade aufbrechen, glaube ich.«

»Mich würde besonders interessieren, was die Schwester von Alex' Mann hält«, sagte der DCI. »Gab es Probleme zwischen den beiden? Wie beurteilt sie ihre Beziehung?«

»Klar«, bestätigte Lightman.

Er legte auf und dachte, dass er vor der Fahrt einen Kaffee brauchen könnte. Er wollte gerade vorschlagen, einen zu machen, als Hanson aufstand, ihn vage anlächelte und Richtung Küche ging. Er blickte zu Jason Walkers leerem Schreibtisch und nickte still. Er würde noch ein paar Minuten warten.

Jason wartete bereits mit zwei dampfenden Bechern Tee. Er lehnte am Tresen, einen Arm vor den Bauch gelegt, das Handy in der Hand.

Dass er die Beutel schon rausgenommen hatte, war eine kleine Enttäuschung. Hanson hatte es bisher nicht übers Herz gebracht, ihm zu sagen, dass sie den Tee lieber doppelt so lange ziehen ließ wie er.

»Wie geht's?«, fragte sie und berührte kurz seine Schulter.

»Ganz gut.« Er drückte lächelnd ihre Hand und steckte sein Handy wieder ein. Die beiden achteten darauf, ihre Zuneigungsbekundungen im Büro sorgfältig zu dosieren und sich auf kurze unverfängliche Berührungen zu beschränken. »Ich hab auf Ebay weiter nach gestohlenem Soundequipment gesucht«, fuhr er fort. »Du wärst erstaunt, wie viele identische Modelle eines Verstärkers zum Verkauf angeboten werden.«

»Ich dachte, du hättest schon alle entdeckt?«, sagte Hanson und nahm sich den weniger anämisch aussehenden Becher Tee.

Jason hatte einige Wochen gegen ein gut organisiertes Netz von Einbrechern ermittelt. Es hatte gedauert. Die Gruppe war äußerst vorsichtig vorgegangen und hatte die gestohlene Ware nur sehr bedachtsam verkauft, jeweils als Einzelstücke über zahlreiche verschiedene Ebay-Konten.

»Das dachte ich auch«, erwiderte Jason. »Aber die in der Uni gestohlenen Audiokomponenten und all die vor dem Sportzentrum geklauten Fahrräder sind bisher über keins der von uns identifizierten Konten angeboten worden.«

»Oh, so ein Mist.«

»Schon okay.« Jason zuckte knapp mit den Schultern. »Ich schnapp die schon noch. Vielleicht nur nicht heute.« Er richtete sich gerade auf und nahm seinen Teebecher. »Und bei dir? Mordfall?«

»Ja.« Sie trank einen Schluck von der Plörre. »Erstochen.«

»Und wie läuft's?«

»Zäh bis jetzt.« Sie zuckte die Achseln. »In den frühen Morgenstunden lungert in Wohngegenden halt kaum jemand draußen rum.«

Sie musste unwillkürlich an Damian denken, wie er in seinem Wagen vor ihrem Haus saß und sie durch das Küchenfenster beobachtete, und spürte, wie ihr der kalte Schweiß ausbrach. Sie versuchte einen weiteren Schluck Tee zu trinken, doch der Becher schlug schmerzhaft gegen ihre Zähne.

»Alles in Ordnung?«, fragte Jason und drückte ihren Arm. Sie sah ihn an und erkannte seine Besorgnis. Ihr kam der Gedanke, dass sie ihm wirklich einfach alles erzählen könnte. Ihre Last mit ihm teilen.

Sie konnte nicht mal erklären, warum sie sich überhaupt dagegen wehrte. Sich selbst gegenüber rechtfertigte sie es damit, dass sie keinen Schatten auf ihre Beziehung werfen wollte. Aber sie wusste, dass es komplizierter war. Es hatte auch mit ihrer Scham darüber zu tun, dass sie es sich hatte gefallen lassen. Und je länger sie es hinausgeschoben hatte, ihm davon zu erzählen, desto schwerer war es geworden, bis es sich zu einem Riesending entwickelt hatte, das sie vor ihm versteckte.

Sie schwankte und war kurz davor, alles rauszulassen, doch dies schien weder der richtige Ort noch der richtige Zeitpunkt dafür. Also stellte sie eilig den Tee ab und lächelte bemüht.

»Er war noch so jung«, sagte sie, »und dass er dann auf diese Weise sterben musste … In seinen YouTube-Videos macht er einen echt netten Eindruck. Morde sind einfach scheiße, weißt du?«

Sie besuchte eine Zeugin. Das war alles, worüber Hanson nachdenken musste. Nicht über die fünfundvierzigminütige Fahrt mit Ben Lightman. Nicht über ihre Verlegenheit oder ihre Verwirrung über ihre verlorene Freundschaft. Und auf gar keinen Fall über den Abend, bevor sie angefangen hatte, sich mit Jason zu treffen, als sie und Ben zusammen in einer Bar gewesen waren und er einen äußerst intensiven Moment lang so gewirkt hatte, als würde er ihr erzählen, was hinter seiner unerschütterlichen Fassade vor sich ging. Aber dann hatte er es sich offenbar anders überlegt und war gegangen.

Die ersten fünf Minuten der Fahrt verstrichen in absolutem Schweigen. Wenn es darum ging, Stille zu wahren, konnte keiner Lightman das Wasser reichen. Hanson hingegen spürte einen wachsenden Druck, irgendetwas zu sagen.

Sie seufzte unwillkürlich und versuchte, es mit einem Gähnen zu überspielen. Kaum eine Minute später sagte sie dann, den Blick starr auf die Straßen gerichtet: »Ich wollte … nach deinem Dad fragen. Schon vor Ewigkeiten. Tut mir leid, dass ich so scheiße bin.«

»Oh.« Sie meinte, aus den Augenwinkeln ein gutmütiges Achselzucken wahrgenommen zu haben. »Du bist nicht scheiße. Er ist ein paarmal im Krankenhaus gewesen und wieder entlassen worden, es war ziemlich … beschissen. Man kann nicht viel machen.«

»Ich könnte eine bessere Freundin sein«, entgegnete Hanson, sah ihn an und wandte den Blick wieder ab. »Ein bisschen unterstützender.«

Darüber schien Lightman eine Weile nachzudenken, bevor er antwortete: »Es ist schwierig. Ich tue mich nicht immer leicht, Hilfsangebote anzunehmen. Ich finde es deprimierend, an meinen Dad zu denken, also vermeide ich es auch, darüber zu sprechen, und ich fühle mich immer … irgendwie sonderbar.«

Das war gar nicht so anders als das, was sie empfand, wenn es darum ging, Jason von Damian zu erzählen, dachte sie, erstaunt, in Bens Verschlossenheit eine Gemeinsamkeit mit ihm zu entdecken, und auch überrascht, dass er freiwillig so viel von sich selbst offenbarte.

»Klingt logisch«, sagte sie und fügte mit einem knappen Grinsen hinzu: »Ich meine, dass du sonderbar bist.«

Sie hörte Bens leises Lachen und lächelte jetzt richtig. Es war Monate her, seit sie ihn zum Lachen gebracht hatte. Bei Ben fühlte sich das immer an wie ein Triumph. Nicht nur, weil er aussah wie der Schulschwarm, den sie in ihrer Jugend immer zu beeindrucken versucht hatte.

»Aber was ist mit dir?«, fragte er. »Wie geht's?«

»Oh, ganz gut«, sagte sie und spürte die Hitze, die in ihre Wangen stieg. »Ich bin lange überfällig mit einem Besuch bei meiner Mum, und offenbar zurzeit unfähig, die Waschmaschine anzuschmeißen. Aber ansonsten alles bestens.«

Ben nickte, sah sie an und dann wieder auf die Straße. Sie war darauf gefasst, dass er nach Jason fragte, doch stattdessen sagte er: »Was ist mit deinem furchtbaren Ex? Hat er dir das Leben weiter schwer gemacht?«

»Oh …« Einen Moment lang wusste Hanson nicht, was sie sagen sollte. Woher hatte er gewusst, dass das die Frage war, die sie beschäftigte? Sie hatte Damian seit dem letzten Jahr nicht mehr erwähnt und auch niemandem erzählt, wie ihr Leben scheinbar implodiert war. Niemandem.

Während sie sich noch eine Antwort zurechtlegte, summte ihr Handy, und sie griff danach wie nach einem Rettungsseil.

»Bloß Domnall«, sagte sie mit einem künstlichen Lachen, als sie die Nachricht las. »Er fragt, ob wir auf dem Rückweg ein paar Donuts für morgen mitbringen wollen?«

Ben schüttelte den Kopf. »Nur wenn bei unserer Rückkehr Pizza auf uns wartet.«

»Ja, guter Einwand.« Hanson nahm sich Zeit, die Antwort zu tippen, und wandte den Blick danach von Ben ab aus dem Fenster, so als hätten sie nie eine Unterhaltung über Damian begonnen. Als ob alles in bester Ordnung wäre.

Jonah saß auf einem der bequemen beigefarbenen Stühle in der Eingangshalle des Leichenschauhauses und machte sich Gedanken über Issa. Er sah die Trauer, die im Augenblick noch die Form von Leugnung annahm. Auf der Fahrt hierher hatte Issa sechs oder sieben Mal einen Satz mit den Worten begonnen: »Wenn er es nicht ist …« Und Jonah hatte sich schwergetan, mit den richtigen Worten zu antworten.

Ihm wäre sehr viel wohler, wenn er Issa ein paar förmliche Fragen hätte stellen können. Denn es gab einiges, das ihn interessierte, aber jetzt war nicht der richtige Zeitpunkt. Es ließ sich nicht ignorieren, dass Issa mindestens zwei extrem wütende Nachrichten an Alex geschrieben hatte.

Wut auf den Partner war natürlich nicht automatisch ein Mordmotiv. Im Allgemeinen wurden Männer seltener von ihrer Partnerin ermordet als Frauen. In gleichgeschlechtlichen Beziehungen sah das jedoch schon anders aus. Gleichwohl deuteten Issas Nachrichten an, dass er nicht wusste, wo Alex sich aufgehalten hatte.

Jonah fragte sich, ob es weitere Nachrichten von Issa gab und was darin stand. Er hatte sich an die Vorschriften gehalten und keinen Versuch unternommen, das Telefon selbst zu entsperren. Das war ein Job für das Technikteam. Deshalb hatte er nur die Nachrichten auf dem Sperrbildschirm gesehen.

Er hatte Detective Chief Superintendent Wilkinson gebeten, dafür zu sorgen, dass das Technikteam dem Handy oberste Priorität einräumte, was der DCS zugesagt hatte. Deshalb hoffte Jonah, dass er bis zum späten Nachmittag Daten über Alex' Aufenthaltsort und seine Kontakte bekommen würde.

Im selben Moment summte sein Telefon. Er hatte es in der Totenhalle auf Vibrieren gestellt, damit sein Team ihn erreichen konnte. Aber die Nachricht, die er auf dem Display las, war von seiner Ex Michelle.

Beim Anblick ihres Namens spürte er einen Stich im Magen, eine unwillkommene Erinnerung an ihre letzte Begegnung und das schlechte Gewissen, das er deswegen seitdem hatte.

Ihre Nachricht war kurz und beiläufig.

Hi. Hättest du heute irgendwann Zeit für einen kurzen Anruf? Ich könnte deinen Rat brauchen.

Er seufzte. Er hatte den starken Verdacht, dass das ein Vorwand war, um Kontakt mit ihm aufzunehmen. Wenn er raten müsste, würde er sagen, dass Michelle wahrscheinlich gerade eine Trennung hinter sich hatte und sich verletzlich fühlte. Sie streckte die Hand nach ihm aus, weil er auch ein Jahr nach ihrer Trennung noch Interesse gezeigt hatte.

Er fragte sich, ob er überhaupt antworten sollte und was er dann verdammt noch mal sagen sollte, doch bevor er zu einem Schluss kam, vibrierte sein Telefon erneut, diesmal mehrfach hintereinander. Ein eingehender Anruf.

Er blickte durch die Tür in den hinteren Teil des Gebäudes. Keine Spur von Issa, der von der Identifizierung der Leiche zurückkam, also ging Jonah zur Eingangstür und nahm den Anruf an.

»Hier ist Charlie«, hörte er den unverkennbaren Sheffield-Akzent des Clubbesitzers. »Wir haben vorhin miteinander gesprochen. Ich habe die Aufnahmen der Überwachungskamera an der Tür durchgesehen, Ihr Opfer ist um ein Uhr dreizehn gegangen.«

Jonah nickte. »Das ist großartig, vielen Dank. War er in Begleitung?«

»Nein«, sagte Charlie, »aber ich habe doch diese dunkelhaarige Frau erwähnt, die so betrunken war. Sie hat den Club kurz vorher verlassen. Sieht aus, als könnte er ihr gefolgt sein.«

Jonah drehte sich um, als er aus Richtung der Leichenhalle Schritte vernahm. »Können Sie mir ein Standbild der Frau schicken? Das Video brauchen wir auch, aber wenn Sie das Standbild sofort schicken können, kann ich feststellen, ob jemand sie erkennt.«

»Klar«, sagte Charlie. »Mach ich sofort. Ihre E-Mail-Adresse …?«

»Steht auf der Karte, die ich Ihnen gegeben habe«, sagte Jonah, gab sie jedoch noch einmal mündlich durch.

Als er das Gespräch beendete, wurde Issa gerade von der Leiterin der Totenhalle, einer Frau, vor der Jonah unglaublichen Respekt hatte, zu der Sitzgruppe geführt. Issas Gesicht sah weiß, verkniffen und insgesamt erbärmlich aus, und Jonah spürte eine Welle des Mitleids.

»Ruhen Sie sich ein paar Minuten aus«, sagte die Leiterin, als Issa sich schwer auf einen Stuhl fallen ließ. Er wirkte, als müsste er sich übergeben, und Jonah fragte sich, ob das durch den unmittelbaren Anblick oder den abrupten und kompletten Verlust der letzten Hoffnung ausgelöst worden war, an die er sich so verzweifelt geklammert hatte. Nun konnte er nicht mehr fragen, ob es vielleicht nicht Alex war; er hatte den Leichnam seines Mannes mit eigenen Augen gesehen.

Jonah fragte sich auch, ob Leugnung Issas Art war, die eigenen Taten auszublenden. Er wäre nicht der erste Mörder, der sich einredete, dass er niemandem etwas getan hatte.

»Ich …« Issa wandte den Kopf und stand wieder auf. »Ich brauche … frische Luft.«

»Natürlich.« Jonah sah Issa durch den Haupteingang hinausgehen und machte sich auf den Weg, ihm einen Pappbecher mit Wasser zu holen. Als er ihn an dem Wasserspender in der Ecke füllte, ging Charlies E-Mail ein. Sie hatte zwei große Videoanhänge, für deren Download sein Handy eine Weile brauchen würde. Aber es gab auch ein Standbild, vermutlich von der betrunkenen dunkelhaarigen Frau.

Es war offensichtlich noch zu früh, um Issa ein Bild von irgendjemandem zu zeigen, den Alex womöglich gekannt hatte, aber Jonah war trotzdem neugierig. Mit der linken Hand drückte er unbeholfen die Tasten, um die Datei zu öffnen, während er in der rechten den Becher mit Wasser hielt.

Als sich das angehängte Bild öffnete, hätte er sein Handy beinahe fallen lassen. Die Frau, die den Club verließ, war ohne jeden Zweifel Louise Reakes.

10.

Du willst wahrscheinlich wissen, warum ich nicht sofort aufgehört habe zu trinken. Sofort nachdem mir klar geworden war, dass ein fremder Mann mich betatschte und ich keine Ahnung hatte, wie es dazu gekommen war.

Tatsächlich habe ich eine Weile aufgehört. Ich habe es eine Woche lang geschafft. Aber es war Folter. Jedes Mal, wenn wir uns gesehen haben, kam ich mir gestelzt, unbeholfen und langweilig vor. Als du mich zum dritten Mal seltsam angeschaut und gefragt hast, ob alles in Ordnung sei, antwortete ich, ich sei in den letzten Tagen nicht ganz auf der Höhe gewesen, und kippte dann erst mal drei Gläser Gin.

Ich beschloss, dass ich mich langsamer entwöhnen und lernen musste, mich in deiner Gegenwart auch nüchtern zu benehmen wie immer. Aber eigentlich glaubte ich nicht, dass ich das konnte.

Immerhin schaffte ich es in der übrigen Zeit, meinen Alkoholkonsum zu reduzieren. Ich erklärte April, dass der Typ in dem Club mir einen Riesenschrecken eingejagt hatte und ich mich deshalb nie wieder total betrinken konnte. Und da sei es einfacher, gar nicht erst anzufangen. Sie wirkte ehrlich verständnisvoll und schien mich deswegen auch nicht für langweilig zu halten. Sie sagte, in Zukunft würde sie in jedem Fall besser auf mich aufpassen, doch sie respektiere meine Entscheidung.

Das bedeutete allerdings nicht, dass sie mich nicht in Versuchung führte. Immer, wenn sie an der Reihe war, eine neue Runde zu bestellen, sah sie mich vor dem Bezahlen mit hochgezogener Braue an, als wollte sie frage, ob ich nicht doch einen Schuss in meinen alkoholfreien Cocktail wollte. Die beschämende Wahrheit ist, dass ich es wollte. Natürlich wollte ich es. Doch ich traute mir nicht.

Womöglich habe ich auch April nicht ganz getraut. Ich wusste, dass mir bestimmte Aspekte ihres Verhaltens nicht guttaten, etwa wenn sie zu unseren Treffen im Raubtiermodus aufkreuzte, wie sie es selbst nannte, wovon ich dir nie erzählt habe. Du hättest bestimmt nicht gewollt, dass ich so viel Zeit mit einer seriellen Ehebrecherin verbrachte, die, wenn wir ausgingen, regelmäßig irgendwelche Typen abschleppte, sodass ich mich allein um das Taxi nach Hause kümmern musste.

Aber zu dem Zeitpunkt machte mir das nicht mehr so viel aus. Ich war jetzt verantwortlich. Es war nicht mehr nötig, dass sie den ganzen Abend blieb und ein Auge auf mich hatte. Es würde keine weiteren Grabscher geben.

Alles schien unter Kontrolle, bis du mir drei Wochen nach Dinas Verlobung einen Heiratsantrag gemacht hast.

Ich mache dir keine Vorwürfe, weil du mir einen Antrag gemacht hast. Ganz ehrlich nicht. Mein erster Rausch von unfassbarer Glückseligkeit auf dieser Islandreise, als du im Schatten des Gljúfrabúi (ich musste nachschlagen, wie man das noch mal schreibt) vor mir auf die Knie gesunken bist, war hundert Prozent echt. Du sahst umwerfend aus, ganz besonders, weil du offensichtlich nervös warst. Es lag dir so viel daran, dass ich dich akzeptieren würde.

Und der Ring, den du ausgesucht hast. Gott, er war wundervoll, Niall. Es war, als ob du stets heimlich dabei gewesen wärst, wenn ich seufzend ein fremdes Geschmeide betrachtet hatte, und verstanden hättest, dass ich etwas wollte, das schmal und klein genug war, um es beim Spielen zu tragen. Du hattest keinen großen protzigen Stein ausgesucht, wie den, mit dem Dina herumwedelte, sondern etwas, was ich ehrlich liebte.

Ich habe dir nie gesagt, wie dankbar ich dafür war, Niall. Es war ebenso sehr wie alles andere der Grund dafür, dass ich in Tränen ausgebrochen bin und Ja gesagt habe.

Jener Abend war ohne Zweifel der wundervollste meines Lebens. Zu besprechen, wo wir heiraten wollten, die Ausstattung, Brautjungfern und wer dein Trauzeuge werden sollte. Außerdem haben wir zum ersten Mal über Kinder geredet. Darüber, das Kind zu bekommen, nach dem ich mich seit Jahren mehr sehnte, als ich zugeben mochte.

An jenem Abend hast du gesagt, dass ich bestimmt eine wundervolle Mutter sein würde. Du könntest dir schon vorstellen, wie ich unserem Kind Musik beibringen und wie ich meinen Teil der Kinderbetreuung mit meiner Arbeit unter einen Hut bringen würde. Ich war entzückt, als du hinzugefügt hast, dass du ebenfalls Vaterschaftsurlaub nehmen würdest, weil du an alldem teilhaben wolltest.

Als wir durch den kalten Abend spaziert sind und uns fest umschlungen gehalten haben, hatte ich das Gefühl, dass alles perfekt war. Alles.

Die Panik setzte erst später ein.

Genau genommen ging sie los, nachdem du halb auf mir liegend eingedöst bist. Ich war unvermittelt traurig darüber, dass ich meine Mum nicht mehr hatte, um es ihr zu erzählen. Ich stellte mir vor, wie sie reagieren würde, wenn sie noch am Leben wäre. Und aus irgendeinem Grund stellte meine wunderbare, heftig vermisste Mum in meinem Kopf eine schreckliche Frage. Sie fragte, ob du bereits daran gedacht hättest, mir einen Antrag zu machen, bevor Dina sich verlobt hatte. Oder ob du es vielleicht nur machen würdest, um demonstrativ einen Punkt zu setzen.

Meine echte Mum wäre nie so grausam gewesen. Es war allein mein Unterbewusstsein, das zu mir sprach. Oder vielleicht war es auch *sie*, denn ich hatte an dem Abend bestimmt so viel Champagner getrunken, dass meine betrunkene Persönlichkeit ebenfalls anwesend war.

Es bedurfte nur dieses einen Gedankens, um mich von zufriedener Freude in komplette Paranoia zu stürzen. Ich fing an, mir vorzustellen, dass diese beiden Heiratsanträge in Wahrheit bloß eine Art

Unterhaltung zwischen dir und Dina waren, ein Dialog, an dem ich nicht beteiligt war. Ihr spieltet miteinander, dachte ich. Und ihr neuer Verlobter und ich waren nur Kollateralschäden.

Als wir nach Großbritannien zurückkehrten, war ich ein Wrack. Ich glaube, du hast vieles davon meiner übersteigerten Aufregung über unsere Verlobung zugeschrieben, und dafür war ich dankbar. Ich konnte unmöglich mit dir darüber reden. Ich wusste, dass du wütend werden würdest, und hatte riesige Angst, dass du alles absagen könntest.

All das ging mir an dem Abend durch den Kopf, als die betrunkene Louise etwas wirklich Schreckliches tat. Etwas, das sich bis heute als noch schlimmer erweisen könnte, als ich anfangs dachte.

Zunächst erinnerte ich mich gar nicht daran. Ich wusste nur, dass April und ich ausgegangen waren und ich anschließend geschlagen mit dem wahrscheinlich schlimmsten Kater aufgewacht war, den ich je hatte. Noch schlimmer sogar als der allererste.

Du hast mich den ganzen Vormittag ausgelacht und mir Tee gemacht. Nicht einmal da bist du wütend geworden. Du warst zufrieden mit meiner Erklärung, dass April mir zur Feier Champagner ohne Ende spendiert und ich vorher einfach nicht genug gegessen hatte. Du hast fröhlich alles akzeptiert, bis wir auf dem Sofa aneinandergekuschelt *Lawrence von Arabien* guckten und mein Telefon summte.

Ich sah die Nachricht, die auf dem Sperrbildschirm aufleuchtete, gleichzeitig mit dir.

> Hi, Louise, hier ist Matt. Es war echt toll, dich gestern Abend kennengelernt zu haben. Sag Bescheid, wenn du später Zeit hast. Ich würde dich gern wiedersehen.

Egal, wie mies du dich in diesem Moment gefühlt hast, Niall, ich kann dir garantieren, ich fühlte mich mieser. Es war, als würde meine ganze Welt auseinanderbrechen. Ich habe dich unwillkürlich angeschaut und gesehen, wie dein fröhliches Gesicht hart wurde. Kalt. Wütend.

»Was, verdammte Scheiße noch mal … Louise?«

Es muss schlimm für dich gewesen sein, so zu fluchen. Ich meine, selbst mit deinen leicht gegenderten Ansichten über die Angemessenheit von Flüchen, hatte ich dich nie so reden hören.

Ich schwieg lange und schüttelte dann den Kopf. »Ich weiß es nicht. Ich weiß nicht, wer das ist.«

Die Stille war Furcht einflößend. Und als du sagtest, »gib mir dein Handy«, klangst du nicht wie du selbst.

Ich hatte ehrlich gesagt zu viel Angst, um dir zu widersprechen. Obwohl ich wusste, dass es alles noch schlimmer machen könnte.

Ich zitterte, als du meine Nachrichten geöffnet hast, und etwas Schreckliches passierte mit meinem Herzen, als ich sah, dass ich diesem Typen zuerst geschrieben hatte. »Hallo.«

Ich beobachtete deine Miene und wich vor dir zurück. In deinem Ausdruck lag nichts als Wut, die dein Gesicht in etwas Fremdes verzerrte. Ich habe zum ersten Mal gedacht, du könntest gewalttätig werden. Hast du geschwankt und warst kurz davor, Niall? Denn du sahst aus, als wolltest du deine Hände um meinen Hals legen. Ich wüsste gern, ob ich recht hatte.

Am Ende waren es Worte, mit denen du um dich schlugst. Du hast mich gefragt, ob ich eine betrunkene Hure sei. Warum zum Teufel ich eingewilligt hatte, dich zu heiraten, wenn ich doch in Wirklichkeit bloß rumvögeln wollte. Und so weiter und weiter, bis ich dir, so heftig weinend, dass ich die Worte kaum herausbrachte, erklärte, du solltest April fragen, was passiert war.

Ich hatte schreckliche Angst, als du sie angerufen hast, aber ich wollte auch verzweifelt, dass du aufhörtest. Ich brauchte eine Atempause.

April hat mir später berichtet, was sie dir erzählt hat. Nämlich offenbar, dass du aufhören solltest, dich so idiotisch aufzuführen. Dass offensichtlich irgendein Arschloch mein Handy genommen hatte. Nein, natürlich hatte ich niemandem meine Nummer gegeben. Nein, ich hatte auch mit niemandem geflirtet. Da war bloß irgendein Typ gewesen, der scharf auf mich war und ein paar Grenzen überschritten hatte.

Was sie dir erzählt hat, hat geholfen, das weiß ich. Aber danach war es nie wieder ganz wie vorher. Für dich nicht und für mich nicht. Denn April hat mir hinterher im Vertrauen gestanden, dass sie keine Ahnung hatte, ob ich dem Typen meine Nummer gegeben hatte. Sie war zu beschäftigt mit seinem Freund gewesen. Das habe ich dir auch nie erzählt, und jetzt habe ich das Gefühl, es spricht gegen mich, wie ein schreckliches Urteil über meinen Charakter. Oder zumindest über *ihren*. Den der betrunkenen Louise.

Mit dieser Nachricht von einem fremden Mann begannen deine Verhöre. Mein Alter Ego hatte in deinen Augen plötzlich jeden Charme verloren und mein verkatertes nüchternes Ich all dein Mitgefühl. Du hast förmlich darauf gewartet, dass ich wieder zu viel trinken würde, und mich dann dafür attackiert, obwohl ich mich so angestrengt habe, nüchtern zu bleiben, und es auch beinahe geschafft hätte. Ich habe es wirklich versucht, Niall. Aber nüchtern habe ich es nicht hingekriegt. Ich hatte solche Angst, du würdest mich durchschauen und verlassen. Und gleichzeitig Angst, dass du mich nie gewollt hattest und es eigentlich immer noch um Dina ging.

Und je mehr du mich kritisiert oder angeschwiegen hast, desto nervöser wurde ich natürlich, und desto mehr brauchte ich den Alkohol.

Ich sage nervös, doch in Wahrheit empfand ich eine Mischung aus Furcht und tiefer Traurigkeit. Mein Leben fing an, sich hoffnungslos anzufühlen.

Am schlimmsten war es, als wir zwei Wochen nach dem Zwischenfall erneut über Kinder gesprochen haben. Du warst so kühl. Unemotional. Du hast gesagt, dafür seien wir offensichtlich noch eine ganze Weile nicht bereit.

Ich konnte in deiner Miene lesen, dass du mir nicht mehr zugetraut hast, deine Kinder zu bekommen, Niall. Und es fühlte sich an, als hättest du mir ein Messer in den Leib gestoßen.

11.

Hanson war erleichtert, als nach einer halben Stunde Fahrt der Anruf des DCI einging. Sie fragte sich, ob Ben, der seit zwanzig Minuten schweigend gefahren war, das Gleiche empfand. Nichts an seinem Gesichtsausdruck deutete darauf hin, dass er sich unbehaglich fühlte. Aber das war eigentlich immer so.

»Chief«, sagte Lightman.

»Sieht so aus, als wäre Louise Reakes doch nicht so unbeteiligt, wie wir dachten«, erklärte der DCI ihnen mit leicht gedämpfter Stimme. »Sie war gestern Abend in demselben Club wie Alex Plaskitt, und er ist kurz nach ihr gegangen.«

»Interessant«, sagten Ben und Juliette gleichzeitig. »Wow, okay.«

»Ich werde O'Malley bitten, sie zur erneuten Vernehmung abzuholen«, fuhr der DCI fort. »Wo sind Sie beide jetzt?«

»Immer noch eine Viertelstunde von Phoebe Plaskitts Haus entfernt«, sagte Hanson hoffnungsvoll. »Sollen wir umkehren?«

»Nein, fahren Sie weiter«, sagte Jonah. »Sie erwartet Sie, und ungeachtet dessen, was sich mit Louise Reakes ergibt, möchte ich mehr über Alex wissen.«

»Alles klar«, sagte Hanson, ihr kurzer Hoffnungsschimmer gleich wieder zerstoben. »Machen wir.«

Nach dem Telefonat fühlte sich das Schweigen noch schlimmer an, und nach einer Minute beugte Hanson sich vor und drückte auf den Knopf des Radios. »Ist Radio Four okay für dich?«

»Klar«, sagte Lightman gelassen. »Was immer du magst.«

Louise Reakes wirkte ein wenig trotzig. Sie schien ernsthaft empört darüber, wieder auf der Polizeistation zu sein. Aber Jonah war sich sicher, hinter ihrer gekränkten Fassade eine Spur von Panik zu erkennen.

»Ich verstehe nicht, warum ich hier bin«, sagte sie zu Jonah, sobald er das Aufnahmegerät eingeschaltet hatte. Neben ihm saß O'Malley und tippte mit einem Finger auf seinem Laptop. Louise warf ihm einen gereizten Blick zu, bevor sie wieder Jonah ansah.

»Sie sind hier, weil wir glauben, dass Sie uns angelogen haben«, erklärte Jonah ihr.

»Ich habe Ihnen nichts als die Wahrheit erzählt«, entgegnete Louise. Allerdings sah sie aus, als würde sie jeden Moment zusammenbrechen. Es war offensichtlich, dass sie ihnen etwas verheimlichte.

»Was ist mit Ihrer Aussage, dass Sie das Opfer nicht kannten?«

Louise sah ihn offenbar ehrlich verwirrt an. Sie blickte zu O'Malley, der sie mit größter Freundlichkeit anlächelte.

»Ich kannte ihn nicht«, sagte sie nach einer Pause. »Daran ist nichts unwahr.«

»Mein Sergeant wird Ihnen eine Videoaufnahme zeigen, die am Eingang eines Clubs namens Blue Underground gemacht wurde«, sagte Jonah und sah, wie Louise sich schlagartig am ganzen Körper anspannte.

Er drehte sich zu der Wand, auf die das Bild geworfen wurde. Ein helles Rechteck flammte auf, und O'Malley erhob sich und dimmte das Deckenlicht.

Es folgten die Aufnahmen der Überwachungskamera, eine bewegte Sequenz, aus der auch das Standbild stammte, das Jonah schon gesehen hatte, und genauso stumm. Genauso graustichig. Genauso schroff.

Aber unverkennbar Louise Reakes – mit dem starren Blick und dem schwankenden Gang einer sehr betrunkenen Person.

»Das sind Sie beim Verlassen des Blue Underground um ein Uhr zwölf«, sagte O'Malley in einem nach wie vor leutseligen Ton, der im Kontrast zu den krassen Bildern stand.

Selbst im Halbdunkel konnte man erkennen, dass Louise schwer getroffen war von dem, was sie sah.

»O mein Gott, ich bin …« Sie warf Jonah einen leicht verzweifelten Blick zu. »Ich kann mich nicht daran erinnern, das Haus verlassen zu haben. Sie … wir müssen beschlossen haben auszugehen. Es tut mir schrecklich leid …«

Jonah blickte wieder zur Wand und bat O'Malley, die Szene zurückzuspulen und noch einmal abzuspielen.

»Auf diesen Bildern kann ich keine Spur von April Dumont erkennen.«

»Nein«, bestätigte Louise nach kurzem Schweigen.

»Wann ist April nach Hause gegangen?«

»Ich weiß es nicht«, sagte Louise unsicher. »Ich kann mich an nichts davon erinnern. Ich dachte, ich sei zu Hause geblieben. Wie ich es Ihnen erzählt habe.«

O'Malley hielt das Video an, als Louise gerade aus dem Bild trat. Er und Jonah sahen Louise an und warteten, anstatt zur Leinwand zu blicken.

»Vielleicht habe ich mich zu betrunken gefühlt und bin allein nach Hause gegangen«, sagte sie. »Oder … ich nehme an, sie könnte auch … mit einem Typen zusammen gewesen sein.«

Weder O'Malley noch Jonah sagten etwas.

»Es tut mir leid«, sagte Louise, blickte zur Wand und wieder zurück zu ihnen und presste die Hände zusammen. Jonah sah, dass sie zitterten. »Aber ich wollte Ihnen wirklich nichts verheimlichen. Und es hat auch nichts zu bedeuten. Ich war schließlich nicht mit irgendeiner Gang unterwegs oder mit dem Opfer.«

O'Malley und Jonah schwiegen weiter, O'Malley drückte nur auf den Play-Knopf.

Es entstand eine kurze Pause, in der nur der Türsteher zu sehen war, der an den Eingangstresen trat und mit der Frau dahinter sprach. Von ihr war nur der Kopf von oben im Bild, die helle weiße Linie des Scheitels in ihrem dunklen Haar.

Dann tauchte eine weitere Gestalt auf. Größer als der Türsteher, mit etwas breiteren Schultern, jedoch deutlich schmaleren Hüften. Er zog schlurfend die Füße nach, wirkte betrunken, wenn auch vielleicht weniger stark als Louise.

Jonah sah Louise an. Sie war wie vor den Kopf geschlagen. Entsetzt.

»Was …?«

»Das ist Alex Plaskitt, der das Lokal kurz nach ein Uhr dreizehn verlässt, nur anderthalb Minuten nach Ihnen.«

Es war absolut still, als O'Malley das Video noch ein Stück weiterlaufen ließ und dann erneut anhielt.

Irgendwann wandte Louise sich Jonah zu. »Aber ich kannte ihn nicht.« Sie legte ihre zitternden Hände flach auf den Tisch zwischen ihnen. »Als ich ihn im Garten gefunden habe … habe ich ihn nicht erkannt. Ich kann ihn nicht getroffen haben. Bitte glauben Sie mir.«

»Aber Sie behaupten, sich an wesentliche Details des Abends nicht zu erinnern«, sagte O'Malley. »Wie können Sie sich da sicher sein?«

»Weil ich sonst bestimmt irgendeine … Ahnung von Wiedererkennen gespürt hätte«, sagte sie mit aufgerissenen Augen.

»Sie haben im Verlauf des Abends nicht mit ihm gesprochen?«, bohrte O'Malley weiter.

»Bitte hören Sie mir zu.« Louise klang den Tränen nahe, holte jedoch tief Luft und fuhr fort. »Es ist der schlimmste Zufall der Welt, dass er dort war und wir auch. Aber ich schwöre Ihnen, ich kannte ihn nicht.«

»Dann können Sie uns vielleicht darüber aufklären, wie er tot in Ihrem Vorgarten gelandet ist«, sagte Jonah bissig.

»Ich weiß es nicht«, erwiderte Louise irgendwo zwischen frustriert und aufrichtig. »Es ist alles so verdammt irre und … schrecklich.« Sie schüttelte den Kopf. »Vielleicht ist er mir aus irgendeinem Grund gefolgt. Vielleicht wurde er vor dem Club überfallen und ist mir hinterhergestolpert. Ich weiß nicht, ob das überhaupt sein kann, aber ich versichere Ihnen, ich erinnere mich nicht an ihn.« Sie ballte die Fäuste. »April wird das bestätigen. Sie kann sich bestimmt an mehr erinnern.«

»Sie sind ohne sie gegangen«, erinnerte Jonah sie. »Sie könnten sich sehr gut mit Alex Plaskitt getroffen haben, ohne dass sie davon wusste.«

»Aber so bin ich nicht«, sagte Louise laut. Sie lehnte sich unvermittelt zurück und strich sich mit den Fingern auf beiden Seiten eine Strähne hinter das Ohr, bevor sie die Hände vor sich faltete. Jonah wusste nicht, ob es eine kalkulierte Geste war, aber sie ließ Louise irgendwie seriöser wirken. Uralte Signale der Selbstbeschränkung und Tugendhaftigkeit. »Ich bin eine verheiratete Frau, und ich gehe nicht los und flirte mit Männern, die ich nicht kenne.«

Jonah erinnerte sich daran, was sie über ihren Mann und seine Gabe gesagt hatte, ihr an allem die Schuld zu geben. Eine verheiratete Frau, die sich ständig kritisiert fühlte, könnte durchaus offen für einen Flirt sein. Andererseits hatte Niall Reakes vielleicht auch gute Gründe gehabt, seiner Frau zu misstrauen.

Louise hielt Jonahs Blick stand, sie wirkte nach wie vor aufrichtig.

Schließlich war er es, der sich zur Wand drehte, wo immer noch das letzte Bild des Videos zu sehen war.

»Detective Sergeant O'Malley wird Ihnen nun ein Foto zeigen. Ich möchte wissen, ob Sie dieses Messer erkennen.«

Louise ließ verzweifelt den Kopf sinken, blickte jedoch wieder auf, als O'Malley ein Foto des blutigen Messers mit seinem kunstvoll verzierten Griff an die Wand projizierte.

»Nein«, sagte Louise mit fester Stimme. »Ich erkenne es nicht. Außer, dass es neben … Alex auf dem Boden lag.« Sie wandte sich schaudernd ab.

»Es ist ziemlich markant«, sagte Jonah.

»Da haben Sie recht«, sagte Louise ein wenig leiser, den Blick auf den Tisch gerichtet. »Und deshalb bin ich mir auch hundert Prozent sicher, dass ich es noch nie gesehen habe.« Sie atmete langsam aus und hob ihr Kinn. »Hören Sie, ich möchte Ihnen helfen. Ich will auch wissen, wer ihn getötet hat. Es war direkt … direkt wo ich wohne. Ich will, dass der Täter gefasst wird.« Ihr Kinn zitterte leicht. »Aber ich kann nicht. Denn ich war es nicht. Ich kenne ihn nicht. Tut mir leid, dass ich Ihnen nicht mehr sagen kann.«

Jonah beobachtete sie und versuchte, ihren Gesichtsausdruck zu deuten, doch er war sich nicht ganz sicher, was er dort sah.

Phoebe Plaskitt wohnte in Winchester, wo es offenbar heftiger geschneit hatte, in einem Haus namens The Dovecote. Als der namensgebende Taubenschlag zu einem Wohnhaus umgebaut worden war, hatte man sich zunächst offensichtlich bemüht, den ursprünglichen Charakter zu bewahren, doch die Anbauten hatten das ganze Gebäude irgendwie aus dem Gleichgewicht gebracht. Der ursprüngliche Taubenschlag lag ganz rechts, die Eingangstür auf der anderen Seite.

Die junge Frau, die ihnen die Tür öffnete, war etwa fünfundzwanzig, schätzte Hanson, sehr viel kleiner als Alex und zarter. Aber sie hatte die Wangenknochen, Augenbrauen und das Kinn ihres Bruders.

»Ich bin DS Lightman«, sagte Ben. »Und das ist DC Hanson. Dürfen wir reinkommen?«

Die junge Frau wirkte benommen, obwohl sie ihren Besuch erwartet hatte. Die Haut unter ihren Augen sah wund und rot aus, als hätte sie geweint. Vielleicht hatte wenigstens einem Mitglied seiner Familie etwas an Alex gelegen.

Phoebe nickte langsam und machte einen Schritt zurück. Sie zog die Ärmel ihrer überlangen Strickjacke über ihre Hände, bat die beiden Beamten hinein und schloss die Tür hinter ihnen.

»Möchten Sie einen Tee? Irgendwas?«

»Nein, vielen Dank«, sagte Hanson, und auch Ben schüttelte den Kopf. »Wir haben unterwegs eine Pause gemacht.«

»Dann ins Wohnzimmer«, sagte Phoebe.

»Kommen Ihre Eltern soweit zurecht?«, fragte Hanson, als sie über den lackierten Holzboden zum anderen Ende des Hauses gingen. Diese Frage war hoffentlich unverfänglicher zu beantworten als eine über Phoebes eigene Trauer.

»Ich glaube schon«, sagte die Schwester und blieb, die Hand am Knauf der letzten Tür, kurz stehen. Dann führte sie sie in einen hellen, in Pastelltönen gehaltenen Raum, in dem alles teuer aussah, mit langen niedrigen Sofas und großen Fenstern zum Garten.

In dem Zimmer waren ein paar Fotos verteilt. Hansons Blick blieb an einem circa zwanzig Jahre alten Familienporträt der Plaskitts hängen. Alex war auch als Junge in Hose, Hemd und Krawatte unverkennbar. Er sah aus wie der perfekte kleine Erbe. Phoebe war vier oder fünf Jahre alt und trug ein gestärktes Kleid.

Besonders interessant fand Hanson die Abbildung von Alex' Vater mit etwa Mitte dreißig. Er sah fast aus wie ein Ebenbild von Alex in seinen Trainingsvideos, nur ohne all dessen Freundlichkeit. Er lächelte nicht, und seine Hand lag anscheinend schwer auf der Schulter seiner Frau.

Die Frau war hübsch, dachte Hanson. Sie hatte dunkle Haare, braune Augen und einen sehr viel dunkleren Teint als ihr Mann. Vielleicht von kontinentaleuropäischer Abstammung.

Hanson riss sich von dem Foto los und setzte sich. Phoebe ließ sich auf einem Sessel nieder, in dem sie noch schmächtiger wirkte. Sie war bestimmt gut dreißig Zentimeter kleiner als ihr Bruder.

»Wir wüssten gern, wie Alex so war«, begann Lightman, als alle saßen.

»Na ja …« Phoebes Blick schweifte nach links, sie kämpfte offensichtlich mit den Tränen. »Er war … sehr freundlich. Sehr geduldig. Ein besessener Sportler, aber immer … ein fairer Sportsmann.«

»Also nicht besonders ehrgeizig?«, fragte Hanson.

»Er … nein«, sagte Phoebe. »Also … er war schon ehrgeizig. Er wollte gut sein und hat sich angetrieben, immer besser zu werden.« Ihre Mundwinkel zuckten. »Als Junge hatte Alex ein bisschen was von einem Muttersöhnchen. Fand zumindest Dad. Sport wurde Alex' Art, sich ihm gegenüber zu beweisen. Deshalb hat er es immer ziemlich … leidenschaftlich betrieben.«

»Sind sie sich dadurch nähergekommen?«, fragte Lightman. »Ihr Vater und Alex?«

Phoebe zog die Schultern hoch. »Glaub schon. Ein paar Jahre waren sie sehr eng miteinander. Aber Daddy hatte Probleme mit … einigen Dingen.« Sie zuckte erneut die Achseln. »Ich wünschte, er hätte all das überwinden können, aber so ist er wohl nicht programmiert.«

»Sie meinen Alex' sexuelle Orientierung?«, fragte Lightman behutsam.

»Ja, und … einige von den Jungen, in die er sich verliebt hat.«

»Wie seinen Ehemann, meinen Sie?«, fragte Hanson.

Phoebe verzog das Gesicht und blickte auf ihre Ärmel. »Ich glaube, das war wirklich der berühmte Tropfen, der das Fass zum Überlaufen gebracht hat. Ein sehr unmännlicher Muslim. Der Letzte in einer langen Reihe von Leuten, die Daddy unpassend fand … Er fragte immer wieder, warum Alex sich nicht mit einer der Frauen hatte zufriedengeben können, mit denen er zusammen gewesen war. Warum er sich nicht mehr anstrengen konnte, dass es mit irgendeiner Frau klappt.«

»Das heißt, Alex hatte auch Beziehungen mit Frauen gehabt?«

»Nie lange«, erwiderte Phoebe. »Die einzigen Menschen, die er je geliebt hat, waren Männer.«

»Und wie stehen Sie zu Issa?«

Phoebe wirkte überrascht. »Er war vollkommen anders. Ich war erleichtert. Issa nimmt weder Drogen, noch ist er gewalttätig oder irgendwas.«

Lightman blickte zu Hanson, die das ebenso interessant fand wie er. »Alex hatte gewalttätige Ex-Freunde?«

»Nicht gewalttätig in dem Sinne, dass sie andere angegriffen hätten«, sagte Phoebe hastig. »Nicht mordlustig. Und eigentlich auch nur der eine. Die meisten waren einfach hoffnungslose Fälle. Aber in der Schule hat er sich in einen Bad Boy namens Danny verliebt … eigentlich ein süßer Junge, aber mit einer Menge Probleme. Und weil er so unglücklich war, neigte er zu destruktivem Verhalten. Er nahm allerlei Drogen, und er hat Alex irgendwie mitgezogen. Sie hatten ständig Ärger, Alex und Daddy haben sich ernsthaft überworfen.«

Hanson war überrascht, dass Phoebe so bereitwillig und offen darüber sprach. Vor allem bei einem emotional so verschlossenen Vater.

»Hatte Alex in letzter Zeit Kontakt mit diesem Danny?«, fragte sie.

»O nein. Danny ist … Danny ist gestorben.« Sie sah Hanson mit einem Ausdruck von Bedauern an, das echt wirkte. »Eine Überdosis, als sie an der Uni waren. Für Alex war es ziemlich beschissen. Vielleicht letzten Endes gut für ihn, aber trotzdem grauenhaft.« Sie schüttelte den Kopf. »Der arme Danny.«

Hanson nickte, entmutigt, dass sie diese offensichtliche Spur gleich wieder vergessen konnten. »Hatten Alex und Danny irgendwelche gemeinsamen Freunde, die noch eine Rolle spielen könnten?«

Phoebe überlegte kurz und schüttelte wieder den Kopf. »Nach Dannys Tod hat Alex so ziemlich komplett neu angefangen. Es hat ihn zerbrochen, und er musste sich wieder zusammensetzen. Er hat den Kontakt zu der ganzen Szene abgebrochen, sich eine neue Clique gesucht und irgendwann Issa kennengelernt. Seitdem lebte er sehr viel gesünder und glücklicher.« Phoebe lächelte knapp und freudlos. »Meine Eltern wissen nicht, dass wir noch Kontakt haben. Hatten. Er hat mir manchmal Nachrichten geschickt.«

»Das ist okay, wir werden es ihnen nicht erzählen«, beruhigte Lightman sie mit einem Lächeln. »War zuletzt irgendwas an den Nachrichten merkwürdig?«

»Nein«, sagte Phoebe entschieden und fragte dann: »Es war … keine Zufallstat? Darauf läuft das alles doch hinaus, oder? Sie glauben, jemand hatte es gezielt auf ihn abgesehen. Jemand, den er kannte.«

»Bisher haben wir leider noch keine konkrete Theorie«, sagte Lightman. »Wir müssen allen Möglichkeiten nachgehen.«

Alex' Schwester atmete langsam ein und wieder aus. »Okay. Viel weiß ich nicht. Er hat wie gesagt nur hin und wieder mal geschrieben. Vor ein paar Wochen haben wir telefoniert …« Es entstand eine Pause, in der Alex' Schwester erneut versuchte, ihre Tränen herunterzuschlucken. »Er klang … gut. Normal. Was immer geschehen ist, war kein … Ich glaube nicht, dass er irgendwelche gravierenden Probleme hatte.«

»Und er hat auch nicht erwähnt, dass er jemanden Neues kennengelernt hat?«, fragte Hanson und dachte an Louise Reakes. Vielleicht war sie in dem Club gewesen, um Alex heimlich zu treffen. »Eine Freundin?«

Phoebe konzentrierte ihren Blick auf sie. »Er hatte eigentlich nie Freundinnen.« Sie zuckte die Schultern. »Ich weiß, dass das dem gängigen Stereotyp widerspricht, aber er hat sich unter Männern immer wohler gefühlt. Ich bin eigentlich die einzige Ausnahme.« Sie kniff ein wenig die Augen zusammen. »Wenn Sie sagen ›Freundin‹, meinen Sie …? Glauben Sie, dass er sich mit jemandem getroffen hat? Mit einer Frau?«

»Das wissen wir wirklich nicht«, gab Hanson zu. »Wir versuchen bloß zu ermitteln, wer sich mit ihm in dem Club aufgehalten hat und ob es eine Verbindung gibt.«

»Nun, ich glaube nicht, dass er eine Affäre hatte, falls Sie das meinen«, sagte Phoebe. »Er liebt Issa.«

»Verstehen Sie sich auch gut mit ihm?«, fragte Ben.

Es entstand eine kurze Pause, bevor Phoebe sagte: »Ganz gut. Früher standen wir uns näher, aber dann hatten wir einen Streit. Issa wollte, dass Alex sich in den sozialen Medien zurückhielt, und ich habe Issa erklärt, dass er sich da nicht einmischen solle.«

Hanson beugte sich ein wenig vor. Issa hatte Alex' Schwester mit keinem Wort erwähnt. Könnte das der Grund sein? »Er war dagegen?«, fragte sie.

»Ja, nachdem das Getrolle anfing.« Phoebe verzog das Gesicht. »Es war natürlich schrecklich für beide. Alex hat offen darüber gesprochen, dass er einen Ehemann hat. Er hat auch Clips von Issa eingestellt. Manche Leute sind absolut widerlich. Ich bin sicher, das wissen Sie. Jedenfalls kam Issa irgendwann an den Punkt, wo er es nicht mehr ertragen hat, dass er und sein Mann ständig beleidigt und bedroht wurden, und er verlangte von Alex, sich ganz aus diesen Medien zurückzuziehen. Darüber war Alex wirklich aufgebracht. Es ist sein Job, und die Trolle sind eine verschwindende Minderheit.«

»War das auch Ihre Meinung?«, fragte Ben leise.

»Ja«, sagte Phoebe. »Er – Issa – ist vorbeigekommen und hat versucht, mich auf seine Seite zu ziehen, damit ich ihn unterstütze. Ich habe ihm erklärt, dass ich das nicht tun würde, weil es Alex' Geschäft schaden würde. Er ist wütend geworden, hat mir einige der Kommentare vorgelesen und mir vorgeworfen, ich sei herzlos, als ich nicht nachgeben wollte. Ich dachte, er würde darüber hinwegkommen, aber die Verstimmung hielt an.«

»Denken Sie, einer dieser Trolle wollte Ihrem Bruder vielleicht ernsthaft Schaden zufügen?«, fragte Hanson.

Phoebe sah sie trübe an. »Nein, eigentlich nicht. Und ich glaube auch nicht … ich meine, das sind doch bloß Leute, die kein Leben haben. Die nichts Besseres zu tun haben. Sie machen es online, weil sie zu feige sind, es in der Realität zu tun, oder? Das habe ich irgendwo gelesen.«

»Das stimmt in der Regel auch«, bestätigte Hanson. »Aber wir müssen natürlich jeder Möglichkeit nachgehen.«

Phoebe wandte den Blick ab und verkniff das Gesicht. »Mein Gott. Wie sehr wird er … wird er mich hassen, wenn es … wenn einer von denen ihn getötet hat, und ich hätte es verhindern können.«

12.

Rückblickend bin ich manchmal überrascht, dass wir es überhaupt bis zu unserem Hochzeitstag geschafft haben. Es gab so viel Feindseligkeit zwischen uns und so wenig Vertrauen.

Damit will ich natürlich nicht sagen, dass es nicht auch gute Phasen gab. Nach jenen unsicheren ersten Wochen, in denen du mich angesehen hast, als wäre ich irgendwie kriminell, wurde das Leben allmählich wieder leichter, wenn auch nicht glücklich.

Es gab einen guten Monat, in dem wir mehr über Hochzeitspläne als über Verdachtsmomente sprachen. Aber heute kann ich mich deutlich daran erinnern, wie sehr ich jeden aufsteigenden Zweifel sofort erstickt habe. Und wie oft ich mich von dir abgewandt habe, einsam und trostlos.

So viele Menschen haben mir erzählt, wie glücklich ich in den Wochen vor unserer Hochzeit ausgesehen hätte. Offenbar war ich ziemlich gut darin, so zu tun als ob. Im Laufe der Zeit fing ich sogar an, selbst an meine eigene Fassade zu glauben. Ich weiß noch, dass ich, als du bei dem Abendessen mit unseren Familien am Vorabend der Hochzeit immer wieder den Arm um mich gelegt und mich geküsst hast, dachte, alles sei perfekt und werde von nun an wundervoll sein.

Der Tag selbst ist in meiner Erinnerung verschwommener und kam mir vor wie eine lange ersehnte Belohnung. Eine Art von Bestätigung, dass du mich liebtest und dich nicht nur mit mir verlobt hattest, um deine Ex-Frau zu ärgern. Ich spürte eine ungezügelte Liebe für dich. Und auch Stolz. Du warst so charmant und zugewandt zu meinen Freunden. Und ich glaube, ich habe dich tatsächlich noch mehr geliebt, als ich deine offensichtliche Verlegenheit über deine in deinen Augen sehr einfache Familie und dein Bemühen beobachtet habe, sie von deinen gutbürgerlichen Freunden fernzuhalten. All das sah ich durch einen Dunst von Bewunderung, in dem jeder Teil von dir jetzt auch mir gehörte.

Aber ich erinnere mich auch an den nächsten Tag. Als ich dich gefragt habe, wie du dich fühlst, und du geantwortet hast, du könntest dich nicht mehr an allzu viel erinnern, seiest jedoch froh, dass wir es getan hatten.

Froh, dass wir es getan hatten.

Ich weiß noch, dass ich über deine unromantische Bemerkung gelacht habe, obwohl ich innerlich niedergeschmettert war. Ich wusste, dass du romantisch sein konntest. Das hatten deine kleinen Aufmerksamkeiten zu Beginn unserer Beziehung und dein Heiratsantrag gezeigt, aber irgendwie weckte ich solche Gefühle nicht mehr in dir.

Ich war erleichtert, als sich das Gespräch April zuwandte, die dich bei der Hochzeitsfeier beiseitegezogen und dir untypisch langsam und deutlich erklärt hatte, ich sei der beste Mensch, den sie kenne, und sie würde dich umbringen, wenn du mir jemals wehtun würdest. Ich erinnere mich, dass auch einen Tag später noch Schweiß auf deiner Stirn stand, als du mir davon erzählt hast. Es hatte dich offensichtlich mehr erschüttert, als du zugeben wolltest. Aber du warst auch wütend.

Was glaubt sie, wer sie ist, das zu dem Mann zu sagen, der dich liebt?

Ich weiß noch, dass ich mit dir gefühlt habe. Ich wäre auch wütend, habe ich gedacht. Aber heute glaube ich das nicht mehr. Ich glaube, ich hätte gedacht, dass April einfach viel an ihrer besten Freundin lag. Ich hätte es ihr wahrscheinlich verziehen.

Aber vielleicht hatte deine Wut auch einen anderen Ursprung. Schuld.

Das sind die einzig wirklich markanten Erinnerungen, die ich an unsere Hochzeit habe. Die Fotos scheinen aus einem phantastischen Traum zu stammen, den ich einst hatte.

Manchmal frage ich mich, ob ich es durchgezogen hätte, wenn ich damals schon alles gewusst hätte, was ich heute weiß. Wenn ich vor allem von dem Geld gewusst hätte.

Ich hatte ganz ehrlich nicht den leisesten Verdacht. Die Wahrheit kam erst drei Monate nach der Hochzeit bei mir an, in jener seltsamen, ziemlich enttäuschenden Zeit, als die Feierlichkeiten und die Party vorbei waren, alle Geschenke ausgepackt, ein paarmal benutzt oder verstaut worden waren, als das Leben zur Normalität zurückkehrte und ich wirklich begriff, dass unsere Ehe mir niemals Sicherheit geben würde.

Ich weiß noch, dass ich versucht habe, nach vorne zu schauen, an das Nächste zu denken, das Thema Kinder erneut zur Sprache zu bringen. Und es war erst beim vierten dieser Anläufe, an einem Mittwochabend, als wir einen griechischen Salat aßen, den ich in der Hoffnung angerichtet hatte, dich zu erfreuen, als du schließlich ungehalten wurdest.

Ich erinnere mich an deinen Gesichtsausdruck, als du die Gabel abgelegt und gesagt hast: »Ich glaube nicht, dass du verantwortungsvoll genug bist, ein Kind zu bekommen, oder was denkst du?«

Ich hätte nicht fragen sollen, wie du das meinst. Ich wusste es schon.

»Komm schon. Jemand, die sich total betrinkt und sich nicht erinnern kann, was sie getan hat, ist unverantwortlich.« Deine Stimme war laut und zornig. »Vor einer Woche hast du deine Handtasche und deine Schlüssel verloren, Louise. In einem netten Restaurant. Weiß Gott, was du anstellst, wenn ich außer Landes bin. Wie willst du dich um ein Kind kümmern?«

Mir blieb die Luft weg vor Empörung. Wir hatten uns *zusammen* betrunken. Du warst genau so voll gewesen wie ich. Und in der übrigen Zeit war ich so brav. Mit April. Wenn ich allein war.

»Aber ich mache nichts, wenn du weg bist«, erklärte ich mit gepresster erstickter Stimme. »Nicht mehr. Nicht nach diesem … diesem schrecklichen Mann …«

In dem Moment bist du aufgestanden und hast den Küchenstuhl so heftig zurückgeschoben, dass er ein kreischendes Geräusch auf dem Linoleum machte.

»Hör zu, ich will jetzt nicht darüber reden. Okay? Ich bin müde. Es war eine lange Woche.«

Und so war es natürlich. Wie jede Woche. Du warst drei Tage weg gewesen, und ich war in der Zeit entweder aufgetreten oder hatte geprobt. Es war unser einziger gemeinsamer Abend, und ich fühlte mich unvermittelt mies, weil ich ihn ruiniert hatte. Also ließ ich es auf sich beruhen. Ich schluckte meine Verletzung herunter und räumte schweigend die Reste unseres Abendessens ab.

Aber ich habe es nicht vergessen. Ich grübelte die nächsten vier Tage darüber, bis zu dem Morgen, an dem ich aus Versehen deine statt meine Kontoauszüge geöffnet habe. Wahrscheinlich entdecken Ehepartner auf diese Weise zufällig eine Menge Wahrheiten übereinander, wenn sie nicht direkt so clever sind, es mit Absicht zu tun.

Ich gebe gern zu, dass ich kein bisschen clever war. Ich war davon ausgegangen, dass deine großzügigen Geschenke und dein aufwändiger Lebensstil auf seriösen Einnahmen und Ersparnissen basierten. Ich dachte, ich könne mich zurücklehnen und es genießen. Ich dachte, dass der Betrag, den wir für unsere Hochzeit ausgegeben hatten, bei deinem Einkommen vollkommen gerechtfertigt war. Das habe ich wirklich geglaubt, Niall.

Dann las ich den Auszug deines Kontos mit dem bis ans Limit ausgereizten Dispo von dreißigtausend Pfund und war entsetzt.

Es hat mir den Boden unter den Füßen weggerissen. Du warst so *organisiert.* So *erwachsen.* Wie konntest du das nur zulassen?

Aber dann sah ich mir die Eingänge und Ausgänge näher an und bekam allmählich eine Idee. Die Klamotten, die dir so gut stehen, sind ausschließlich Designerware, oder? Und die Geschäftsabende, an denen du allen Drinks spendierst, kosten dich Tausende im Jahr.

Und dann ist da dein Wagen, der, wie ich damals entdeckte, eigentlich gar kein »echtes Schnäppchen« war. Ich weiß jetzt, dass er dich neunhundert Pfund im Monat kostet. Er kostet so viel wie eine Hypothek, Niall. *Eine Hypothek.* Und ich finde es unbegreiflich, dass du vor einer Woche davon gesprochen hast, ihn gegen ein neueres Modell einzutauschen, während du so tief verschuldest bist, dass es mir Angst macht.

Die Einnahmen waren fast genauso beunruhigend. Es war offensichtlich, dass du Kredite aufgenommen hattest. Die Summen waren zu groß und zu rund, um etwas anderes zu sein. Und ich weiß, was solche Darlehen an Zinsen kosten.

Je mehr ich sah, desto mehr begann ich an allem zu zweifeln, was du mir jemals erzählt hattest. Mehr als an allem anderen zweifelte ich daran, dass du dich selbst wirklich mochtest. Warum wollte jemand, der sich in seiner Haut wohlfühlte, so verzweifelt so viele Statussymbole? Denn über jeder deiner Überweisungen stand die Überschrift Status.

Meine Furcht schlug ziemlich schnell in brennende Wut um. Vier Abende zuvor hattest du mir mein sprunghaftes Verhalten als Zeichen mangelnder Eignung vorgeworfen. Der definitive Beweis, dass ich der Verantwortung für ein Kind nicht gewachsen sei. Und während du mich dafür bestraft hast, warst du gleichzeitig fröhlich genauso unverantwortlich, wie man es nur sein konnte.

Ich weiß, dass du dich fragen wirst, warum ich nichts gesagt habe. Ich hätte dich so leicht zur Rede stellen können.

Aber als ich mit diesem Kontoauszug dasaß und daran dachte, ein offenes Gespräch zu führen, wehrte sich alles in mir dagegen. Ich war nicht stark genug. Gerade damals nicht. Und ich machte mir auch Sorgen, dass du abwehrend reagieren und mich maßregeln würdest, weil ich geschnüffelt hatte.

Also steckte ich den Kontoauszug samt Umschlag in eine Partitur von Händels *Messias*, die ich in ein Regal in meinem Musikzimmer stellte. Dort würdest du nie nachsehen. Wir waren erst seit drei Monaten verheiratet, und dein Interesse an meiner Musik war bereits erloschen. Wenn überhaupt, ging dir mein Spiel auf die Nerven. Ich bin mir ziemlich sicher, dass du schon vorher zum ersten Mal die Tür des Musikzimmers geschlossen hattest, als ich übte, damit du deinen Abend ungestört verbringen konntest.

Ich brauchte drei Gläser Wein, um meine Sorgen über diesen Kontoauszug zum Verstummen zu bringen, und drei weitere, um mich so weit zu beruhigen, dass ich normal wirkte, als du nach Hause kamst. Um dir ein Abendessen zu machen und lächelnd zuzuhören, als du mir von einem Rheumatologen erzählt hast, den du zu einem Verfechter deiner Medikamente konvertiert hattest. Ich glaube, ich habe es ganz gut hingekriegt, denn als ich den Tisch abräumte, bist du zu mir gekommen und hast mir das Haar aus dem Gesicht gestrichen. Du hast mich angesehen und zum ersten Mal seit unseren Flitterwochen gesagt: »Ich liebe dich, Lou.«

Und anstatt eine schwierige Unterhaltung zu führen, haben wir miteinander geschlafen und danach nebeneinander liegend im Fernseher oben irgendeine blöde Komödie geguckt. Das Ganze fühlte sich an wie eine gefährliche Nische, in die ich irgendwie hineingeraten und wieder herausgekommen war. Es fühlte sich an, als hätte ich die richtige Entscheidung getroffen.

Vielleicht war es falsch zu schweigen. Vielleicht hast du in Wahrheit auf eine Gelegenheit gewartet, darüber zu sprechen. Vielleicht wäre es für dich eine Riesenerleichterung gewesen, und anschließend wäre es *unser* Problem gewesen statt *deins.* Vielleicht hättest du mir dafür gedankt, dass ich es ans Licht gezerrt hatte, anstatt mir zu erklären, dass ich deine Post nicht hätte öffnen dürfen.

Aber ich finde, dein Verhalten seit Alex Plaskitts Tod hat all meine Befürchtungen bestätigt. Du nicht?

13.

O'Malley war einverstanden, zunächst nur am Telefon mit April Dumont zu sprechen. Im Augenblick wollte der DCI lediglich von ihr wissen, wo Louise Reakes am Abend zuvor genau gewesen war.

»Fragen Sie mich, was Sie wollen«, sagte sie entschieden. »Aber ich kann Ihnen versichern, dass sie im Leben nichts mit dem Tod irgendeines armen Typen zu tun hatte.«

Jeder, der einen amerikanischen Südstaatenakzent als weich und melodisch beschrieb, sollte mit April Dumont sprechen, dachte O'Malley. Ihr näselnder Tennessee-Tonfall war geprägt von harten Kanten und hektischen Rhythmen und hatte rein gar nichts von einem Singsang.

»Wie kommen Sie darauf? Hat Louise Ihnen erzählt, dass sie den Eindruck hat, sie würde verdächtigt?«

»Sie hat mir eine Nachricht geschrieben, dass sie sie wieder auf die Wache gezerrt haben«, sagte April. »Deshalb vermute ich, dass irgendwas im Busch ist.«

»Eher nicht«, sagte O'Malley besänftigend. »Wir müssen nur ein paar Dinge überprüfen. Mehr nicht. Gebotene Sorgfalt und all das. Könnten Sie mir sagen, ob Sie sich mit irgendjemandem in dem Club verabredet hatten?«

»Nein, hatten wir nicht«, sagte sie. Es entstand eine kurze Pause, man hörte Gemurmel. O'Malley schnappte die Worte »Whisky Sour« auf. Offenbar war sie in einer Bar. »Das machen wir nie. Wir ziehen immer nur zu zweit los. Und anfangs war Louise auch gar nicht begeistert von der Idee. Ich habe darauf bestanden, dass wir ausgehen. Ich dachte, sie bräuchte eine Aufheiterung, und ich brauchte ehrlich gesagt auch eine.«

»Wieso brauchte Louise eine Aufheiterung?«

»Weil ihr Leben in letzter Zeit zunehmend deprimierend war.« April machte ein weiteres ungeduldiges Geräusch. »Hören Sie … ich möchte nicht. Das ist Louises Angelegenheit. Aber … es ist hart, wenn man sich Kinder wünscht und damit offenbar gar nicht weiterkommt. Okay?«

»Sicher. Okay«, antwortete O'Malley. »Und ich will auch nicht aufdringlich sein, aber es geht ja auch darum, Personen von der Ermittlung ausschließen zu können.«

»Klingt nachvollziehbar«, sagte April nicht mehr ganz so streitlustig.

»Louises Mann war weg, deshalb waren Sie frei auszugehen? Ist das richtig?«

»Verdammt richtig. Niall ist nie besonders erfreut darüber, wenn seine Frau überhaupt etwas trinkt.« April stieß ein kurzes Lachen aus. »Außerdem hält er mich für einen schlechten Einfluss.«

»Das heißt, er würde wütend werden, wenn er es wüsste?«

»Er würde den Moralapostel geben«, verbesserte April ihn. »Und das ist schon nervig genug. Hören Sie, ich habe noch etwa zehn Minuten bis zu einem Meeting, und ich dachte, Sie wollten mich zu gestern Abend befragen.«

»Kein Problem«, sagte O'Malley locker. »Können Sie mir sagen, wann Sie in dem Club angekommen sind?«

»Ich schätze … so gegen halb zwölf.«

»Und Sie waren die ganze Zeit mit Louise zusammen?«

»Nun, ich bin ein paarmal an die Bar und zur Toilette gegangen«, sagte April. »Und dann hab ich mich auch irgendwie ziemlich gut mit diesem Typen verstanden …«

»Und Sie haben nicht gesehen, dass Louise mit einem jungen Mann gesprochen hat?«, fragte O'Malley. »Groß und sportlich. Er wäre wahrscheinlich aufgefallen.«

»Nein, habe ich nicht«, beharrte April. »Ich habe sie mit niemandem reden sehen außer mit dem Tresenpersonal.«

»Und während Sie mit diesem Typen …«

»Hat Louise Drinks geholt.«

»Und dann?«

»Und dann … weiß ich es nicht mehr so genau«, gab April zu. »Sie wird sich eine Weile angestellt haben. Das muss man überall, wo Cocktails serviert werden.«

»Wann haben Sie sie zum letzten Mal gesehen?«

»Auf dem Weg dorthin. Also schätzungsweise … kurz vor Mitternacht.«

O'Malley machte eine kurze Pause. »Sie sind also mit diesem … Mann weggegangen? Sie haben sich nicht von Louise verabschiedet?«

»Ich weiß, das hätte ich machen sollen«, sagte April ein wenig defensiv, »aber zu dem Zeitpunkt war ich sturzbetrunken. Und unter solchen Umständen trifft man manchmal nicht die tollsten Entscheidungen.«

O'Malley wartete, zuversichtlich, dass April sich gedrängt fühlen würde, noch mehr zu sagen. Er wurde nicht enttäuscht.

»Hören Sie, was immer Louise danach gemacht hat, sie hat jedenfalls bestimmt niemanden umgebracht«, sagte sie hörbar frustriert. »Sie ist ein warmherziger, liebevoller, gütiger Mensch. Heute Morgen habe ich mich mies gefühlt, weil ich Angst hatte, ihr könnte etwas zugestoßen sein, verstehen Sie? Ich würde mir in einer Million Jahren keine Sorgen machen, dass sie einen anderen Menschen verletzt haben könnte. Also, Sie müssen Louise nach Hause schicken, damit sie sich ausschlafen und erholen kann. Im Moment fühlt sie sich wahrscheinlich wie ein Haufen Scheiße. Sie sollte im Bett liegen und nicht von irgendwelchen profilierungssüchtigen Bullen in die Mangel genommen werden.«

»Ich bin sicher, dass sie in Kürze nach Hause kann«, sagte O'Malley, unbekümmert darüber, ob das der Wahrheit entsprach.

»Sie sollten besser auf mich hören und sie jetzt gehen lassen«, sagte April mit einem stählernen Unterton, »sonst komme ich persönlich vorbei.«

»Das werden wir auf jeden Fall bedenken«, versicherte O'Malley ihr.

Jonah versuchte, die Zeit zu nutzen, während er auf neue Nachrichten von seinem Team wartete. Auch wenn er Freiraum zum Nachdenken während einer Ermittlung durchaus schätzte, gab es in diesem Fall noch zu viele Lücken, um sich ein auch nur halbwegs umfassendes Bild zu machen. Und die beiden anderen Fälle, die sie bearbeiteten, waren in einem ähnlichen Stadium, wenn auch ohne die Dringlichkeit, einen Mörder fassen zu müssen.

Er beschloss, mit der Durchsicht einiger früherer Videoaufnahmen zu beginnen, die Charlie geschickt hatte. Alle waren von derselben Kamera in der Nähe der Tür aufgenommen, die jeden erfasste, der das Lokal betrat oder verließ. Sie waren weitgehend uninteressant bis auf eine kurze Schlägerei um Viertel nach elf. Um 0:12 Uhr tauchte Step Conti auf, abgesehen vom Personal erkennbar nüchterner als irgendjemand sonst auf den Aufnahmen. Jonah notierte die Zeit und beendete das Video ein paar Minuten später.

Um drei Uhr beschloss er, der Digitaltechnik Beine zu machen, weil er argwöhnte, dass sie die Auswertung von Alex' Handy sonst noch einen weiteren Tag liegen lassen würden. Zivile Mitarbeiter der Polizei dazu zu bewegen, an einem freien Tag reinzukommen, um irgendetwas zügig abzuarbeiten, war eine permanente Herausforderung. Nur Janet McCullough war wegen ihres zwanghaften Arbeitsethos in der Regel bereit dazu.

»Wir sind fast durch«, erklärte ein mürrischer Mitarbeiter ihm. »Ich schick es rüber, sobald es fertig ist.«

Mit einem seltenen Gefühl der Zufriedenheit legte Jonah auf. DCS Wilkinson hatte offenbar erfolgreich Druck gemacht.

Anschließend schrieb er eine Zusammenfassung seiner Notizen zur Vernehmung von Louise Reakes und ging zurück ins CID.

Lightman saß wieder an seinem Schreibtisch, Hanson kam gerade mit Jason Walker zurück, den sie vermutlich vor der Tür getroffen hatte. Er war wohl kaum mit nach Winchester gefahren.

Jonah traf gleichzeitig mit Hanson bei Lightmans Schreibtisch ein und beobachtete leicht amüsiert, wie Jason sich im Hintergrund verdrückte und Hanson ein wenig rot wurde.

»Was ist mit der Schwester?«, fragte er.

»Sie hatte einiges zu sagen«, antwortete Lightman nachdenklich. »Sie versteht sich nicht besonders mit dem Ehemann des Opfers, weil Issa offenbar wollte, dass Alex keine Fitnessvideos mehr ins Netz stellte. Er mochte die Trolle nicht. Phoebe Plaskitt hat sich geweigert, Issas Position einzunehmen.«

»Ihre Beschreibung ihres Bruders klang ganz ähnlich wie die von Step Conti«, fügte Hanson hinzu. »Alex war offenbar ein geduldiger, beschützender Mensch, der Streitereien in der Regel eher entschärft hat, als sich darin verwickeln zu lassen.«

Das nahm Jonah mit einem weiteren Nicken zur Kenntnis und fragte O'Malley, was April Dumont zu berichten gehabt hatte.

»Alles deckt sich mit Louise Reakes' jüngster Aussage«, erwiderte O'Malley. »April hat sich einen Typen geangelt, den sie dort kennengelernt hat, und ist gegen Mitternacht mit ihm abgezogen. Sie hat definitiv nicht gesehen, dass Louise sich mit jemandem unterhalten hat, der aussah wie Alex Plaskitt. Außerdem hat sie ziemlich energisch darauf gedrängt, dass wir Louise sofort gehen lassen. Eine besorgte, leicht bedrohliche Freundin.«

»Nun«, sagte Jonah und stand auf, »dann soll sie ihren Willen bekommen. Wir müssen Louise entlassen, während wir uns überlegen, ob wir sie offiziell festnehmen wollen.«

»Ich fahre sie nach Hause«, sagte Hanson und drehte sich in ihrem Stuhl. »Sie ist müde und verkatert und sagt vielleicht etwas, das sie im Nachhinein bereuen könnte.«

»Gut«, sagte Jonah. »Gibt es irgendetwas Neues von der Überwachungskamera in der London Road?«

»Gar nichts«, sagte O'Malley. »Ich ruf noch mal an.«

»Danke«, sagte Jonah. »Die Verkehrskameras würde ich auch gern nachverfolgen.«

Er holte Louise im Vernehmungsraum ab und betrachtete ihr schweißglänzendes Gesicht. Sie hatte ihren Mantel angezogen, und das weiße Fellfutter ließ sie jünger und ihr Gesicht noch bleicher aussehen. Aber sie hatte am Abend zuvor getrunken, sodass ihre Übelkeit nicht unbedingt verdächtig sein musste. Er war selbst schon ein paarmal in ähnlicher Verfassung gewesen.

»Detective Constable Hanson hat angeboten, Sie nach Hause zu fahren«, sagte er, als sie sein Team erreichten.

Louise zögerte. »Oh. Das ist schon in Ordnung. Ich kann ein Taxi nehmen.«

Hanson grinste sie an. »Kein Problem. Ich wollte sowieso ein Sandwich holen.«

Louises Miene nach zu urteilen, war sie nicht begeistert von der Idee, ließ sich jedoch von Hanson hinausbegleiten. Als Jonah Hansons winziges Lächeln bemerkte, hatte er beinahe ein schlechtes Gewissen, Louise an sie auszuhändigen. Beinahe.

»Das alles tut mir so leid«, sagte Hanson leise, sobald sie das CID verlassen hatten. Louises Lider waren schwer, sie sah aus, als könnte sie sich kaum wachhalten, und ihre Haut glänzte von Schweiß. »Ich weiß, es ist kein großer Trost, aber der DCI macht nur seinen Job.«

Louise sah sie skeptisch an, sagte jedoch nichts.

»Ich habe Ibuprofen und Co-Codamol«, probierte es Hanson, nachdem sie in den eiskalten Nissan gestiegen waren. »Möchten Sie …?«

»Gott, ja, liebend gern«, sagte Louise unvermittelt emotional. Hanson grinste und kramte in ihrer Handtasche. Louise hielt die Hand auf und ließ Hanson vier Tabletten aus den Folienverpackungen drücken, zwei mit Zucker überzogene und zwei unglasierte. »Oh, haben Sie Wasser …?«

Hanson streckte den Arm nach einer Flasche Evian auf der Rückbank aus.

»Nur von gestern«, sagte sie, »und ich verspreche, ich habe nicht die Pest.«

Über Bakterien machte sich Louise offenbar keine Sorgen. Sie legte alle vier Tabletten auf ihre Zunge und schluckte sie mit dem in der Flasche verbliebenen Wasser herunter.

»Wirklich furchtbares Timing, all das mit einem Kater durchmachen zu müssen«, sagte Hanson, ließ den Motor an und setzte den kleinen Wagen aus der Parklücke. Das Lenkrad war schmerzhaft kalt. Sie wünschte, die Heizung würde richtig funktionieren. Aber wenn sie sie gleich einschaltete, würde sie ihnen bloß kalte Luft ins Gesicht pusten und nie richtig warm werden. Die einzige Möglichkeit war, sie bei laufendem Motor gut zehn Minuten aus zu lassen und dann voll aufzudrehen.

»Es ist schrecklich«, bestätigte Louise leise und fügte in einem Schwall hinzu: »Ich weiß nicht, wo der Kater endet und der Schock anfängt. Ich wünschte, er wäre … woanders hingegangen, wissen Sie.«

»Das tut mir leid«, sagte Hanson. »Es muss sich völlig irreal anfühlen, dass er ohne jede Warnung einfach so aufgetaucht ist.«

Louise nickte, sagte jedoch nichts weiter. Kurz darauf schniefte sie, und als Hanson sie ansah, strömten Tränen über ihre Wangen.

Ohne Krankenwagen, Streifenwagen und die Fahrzeuge der Kriminaltechnik war in Saints Close wieder Ruhe eingekehrt. Genau genommen war es sogar noch stiller, als es gewesen war, bevor die flackernden Blaulichter eingetroffen waren. Viele der anderen Autos waren ebenfalls verschwunden. Wahrscheinlich machten Louises Nachbarn samstagnachmittägliche Pilgerfahrten zu den Geschäften oder den Sportvereinen ihrer Kinder.

Hanson hielt vor dem Haus Nummer elf. Bis auf ein Wirrwarr von Fußabdrücken in dem von etlichen Kriminaltechnikern platt getretenen Schnee, wies kaum noch etwas auf die Geschehnisse vom frühen Morgen hin.

»Danke fürs Bringen«, sagte Louise und stieg eilig aus. Als sie zum Tor ihres Vorgartens blickte, zögerte sie.

Hanson ahnte, was für Bilder in Louises Kopf abliefen. Der tote Mann auf dem Rasen, die aufgestellten Sichtschutzwände und die Gestalten in weißen Overalls, die um sie herumwuselten.

Hanson löste den Sicherheitsgurt. »Ich bring Sie bis zur Tür. Es ist bestimmt nicht leicht nach …« Sie zuckte die Schultern.

Louise schwankte kurz und sagte dann: »Vielen Dank.«

Hanson stieg aus, ließ Louise durch das Gartentor vorgehen und folgte ihr seitlich versetzt, um möglichst die Sicht auf die Stelle zu verdecken, wo vor wenigen Stunden noch Alex Plaskitt gelegen hatte.

Louise starrte stur geradeaus und schloss eilig die Haustür auf. Als sie den Schlüssel wieder aus dem Schloss zog, ließ sie den Bund mit lautem Klappern auf die Treppenstufe vor der Haustür fallen.

»Brauchen Sie irgendwas?«, fragte Hanson, als Louise die Schlüssel aufhob und ins Haus gehen wollte. »Tee? Gesellschaft?«

»Mir … mir geht es gut«, sagte Louise mit blasser, gequälter Miene. Und dann stürzte sie plötzlich los, ließ ihre Handtasche fallen und rannte zur Treppe.

Hanson hörte, wie Louise im ersten Stock stolperte u fiel. Sie machte instinktiv einen Schritt ins Haus, um zu helfen och Louise hatte sich offenbar aufgerappelt und war weitergela n. »Louise?«, rief Hanson.

Die Geräusche der sich übergebenden Lou aren laut genug, dass Hanson sie am Fuß der Treppe hörte. gerte, ging in die Küche, öffnete die Schränke, fand ein Gl sie mit kaltem Wasser füllte, und ging leise nach oben.

Man hörte immer noch vereinzel gen, doch es klang, als ob nicht mehr viel herauskomm . Hanson folgte den Geräuschen bis zu einem großer nmer mit angrenzendem

Bad auf der Vorderseite des Hauses. Louise kniete offenbar vor der Toilette. Hanson konnte noch die Füße in den weichen grauen Stiefeln auf den Fliesen sehen.

Ihre menschliche, mitfühlende Seite ließ sie zögern. Sie war unsicher, ob Louise in diesem Zustand eine Polizistin in ihren Gemächern wünschte, wollte ihr jedoch falls benötigt ihre Hilfe anbieten.

Und dann war da noch die Polizistin in ihr, die wachsam die Details von Louises Lebensstil registrierte, von dem akkurat gemachten Bett bis zu den blitzsauberen Oberflächen. Von den skandinavischen Farben bis zu der offensichtlich edlen Qualität von allem, was sie betrachtete.

Es war auch die Polizistin in ihr, der die eine kleine Unvollkommenheit ins Auge fiel, ein winziger dunkelroter Fleck auf dem hellgrauen Teppich, direkt unter dem Rand des breiten Doppelbetts.

Hanson zögerte und ging im Kopf verschiedene Erklärungen durch. Es könnte Nagellack sein. Kaffee. Ein Webfehler im Teppich. Aber sie glaubte, Louise inzwischen so gut zu kennen, dass sie daran zweifelte. Die Frau war offensichtlich fast zwanghaft reinlich und ordentlich; niemals würde sie über einen Fleck hinwegsehen, der den Teppich derart verunzierte.

Hanson blickte zum Bad. Louise hatte sich fast ganz von ihr abgewandt und war auf ihren um die Kloschüssel geschlungenen Armen zusammengesunken, ein Abbild des Elends.

Dieses Elend nutzte Hanson bedenkenlos aus. Sie kniete sich vor das Bett. [illegible] Nahem war der Fleck rostrot. Ihr schauderte. Er sah verdächtig a[illegible] wie getrocknetes Blut.

Sie ließ de[illegible] ick am unteren Rand des mit hellgrauem Samt bespannten Be[illegible] ntlangwandern, sah sich erneut zum Bad um, streckte die Ha[illegible] und lupfte direkt oberhalb des Flecks den Rand des Lakens.

Ein Blick verriet [illegible] es, was sie wissen musste. Leicht benommen stopfte sie das [illegible] wieder fest und richtete sich auf.

Hanson machte z[illegible] te Richtung Bad. Louise drehte sich mit blutunterlaufenen Augen und niedergeschlagenem Gesichtsausdruck um.

»Trinken Sie einen Schluck«, sagte Hanson sanft und gab ihr das Glas.

Sie blieb noch zehn Minuten, half Louise auf die Beine und die Treppe hinunter in die Küche, wo sie ihr einen weiteren Becher Tee ohne Milch machte und Louise munter plaudernd zu einem Nickerchen auf dem Sofa riet, nach dem sie sich bestimmt viel besser fühlen würde.

Dann stieg sie in ihren Wagen und rief noch auf dem Weg zur Hauptstraße ihren Chef an.

»Wir brauchen einen Durchsuchungsbeschluss«, erklärte sie ihm. »So schnell es geht.«

14.

Es gibt einige Ereignisse, die ich im Rückblick als Wendepunkte für uns betrachte. Die Kreuzungen, die uns auf diesen beschissenen Weg geführt haben. Die Erkenntnis, wie massiv verschuldet du warst und wie mühelos du mich belogen hattest, schwebte wie eine dunkle Wolke über allem und machte mich argwöhnisch, dass du auch in anderen Punkten die Unwahrheit gesagt haben könntest. Aber das war es nicht, was uns den Rest gegeben hat. Denn auch danach gab es immer noch Hoffnungszeichen.

Eins davon war deine Reaktion, als ich zum ersten Mal nach langer Zeit einen Ausrutscher hatte und mich mit April wirklich betrunken habe. Ich hatte nicht gewollt, dass das passierte, aber bei der Probe mit den Mother Pluckers hatte ich ein wirklich demütigendes Erlebnis. Helen, deren lächelnde Bösartigkeit ich mittlerweile kannte, hatte mich gefragt, warum ich so müde aussehen würde.

»Du bist doch nicht etwa endlich schwanger, oder?«, fragte sie leise, während wir unsere Instrumente aufbauten.

»Nein«, antwortete ich und wurde rot. »Nein, ziemlich sicher nicht. Wir hatten keine Unfälle …«

Ich sah, wie sie die Augen zusammenkniff. Ihre nächste Bemerkung äußerte sie ein wenig lauter. »Aber ich dachte, du hättest gesagt, ihr würdet es versuchen? Hat sich daran etwas geändert? Hat Niall kalte Füße bekommen?«

Die anderen hatten es offensichtlich auch gehört. Ihre Unterhaltung versiegte.

Nie habe ich mich so beschämt gefühlt. Ich wusste nicht, was ich antworten sollte, weil genau das passiert war. Ich spürte, wie ich knallrot wurde, bis die herzensgute Lynn mich mit einem Scherz rettete und meinte, dass Niall nur vernünftig sei. Sie habe gerade den Vormittag mit einem kotzenden Kleinkind verbracht und würde das niemandem wünschen.

Das Gespräch wandte sich anderen Themen zu, doch während der gesamten Probe spürte ich ihre Blicke auf mir. Auf der einzigen Nichtmutter in dem Ensemble, die vielleicht nur aufgenommen worden war, weil alle dachten, dass sie bald Kinder bekommen würde.

Ich stürzte mich mehr oder weniger auf den Wein, als ich mich mit April traf. Sie beruhigte mich und sagte, die anderen seien alle erbärmlich, aber das tröstete mich nicht. Das Einzige, was half, war, mich zurückzulehnen und die betrunkene Louise übernehmen zu lassen, bis spät in die Nacht.

Ich weiß noch, wie du mich am nächsten Morgen angesehen hast, ohne jeden Ärger, wie ich es erwartet hatte. Du hast besorgt gewirkt. Fürsorglich.

»Meinst du, du solltest vielleicht jemanden konsultieren?«, hast du gefragt, als du dich zu mir ans Bett gesetzt hast.

Der Vorschlag warf mich um. Selbst damals noch habe ich Alkohol nicht wirklich als Problem gesehen. Wenn überhaupt, schien er wie eine Lösung, auf die ich nun nicht mehr zurückgreifen konnte.

Ich rappelte mich im Bett hoch, bis ich aufrecht saß, um ein Gespräch auf Augenhöhe zu führen

»Ich trinke mittlerweile praktisch nie mehr«, erklärte ich dir. Und das stimmte. Selbst wenn ich mit dir zusammen war, hatte ich meinen Alkoholkonsum deutlich reduziert. Ich wollte dir unbedingt beweisen, dass ich alles unter Kontrolle hatte. Dass ich eine phantastische Mutter sein könnte. »Manchmal tagelang gar nicht. Meistens trinke ich weniger als du. Es geht mir wirklich gut. Ich hab gestern Abend bloß nicht genug gegessen.«

Ich habe deine Reaktion gesehen, deine Miene irgendwo zwischen Verzweiflung und Ohnmacht. Du hast genickt und seltsam halbherzig gelächelt. Dann hast du meine Schulter gerieben und bist aufgestanden. Es sah aus, als hätte ich dich zutiefst erschüttert, und der Gedanke an den Schmerz, den ich dir zufügen könnte, hat mehr dazu beigetragen, dass ich aufgewacht bin, als alles andere.

Ein paar Tage später bin ich ausgegangen. Es war der Sonntagnachmittag nach dem großen Konzert. Die Mother Pluckers hatten sich zum Mittagessen verabredet. Ich hatte mir fest vorgenommen, nur ein paar Gläser zu trinken. Aber niedergeschlagen von weiteren spitzen Bemerkungen von Helen trank ich doch mehr und überließ der betrunkenen Louise wieder die Zügel. Ich habe eine verschwommene Erinnerung daran, dass ich übermütig und heiter war und die netteren Pluckers mir erklärt haben, wie großartig ich sei.

Aber dann war es plötzlich sechs Uhr abends und ich, die andere Louise, war wieder am Ruder. Ich erinnere mich, dass ich ein Glas Pinot Noir fest in der Hand hielt und keine Ahnung hatte, wie es dazu gekommen war. Es war, als hätte man mich wieder wach gekniffen.

Genau in diesem Moment habe ich an dein todunglückliches Gesicht gedacht, Niall. Und ich habe plötzlich erkannt, dass der Wein die Ursache dafür war, und ihn abgestellt. Ich habe tief durchgeatmet und bin an die Bar gegangen, um mir ein Wasser und ein paar Tüten Chips zu kaufen.

Drei Stunden lang habe ich nur Saft und Wasser getrunken. Ich habe mir einen Teller Pasta bestellt und dann dagesessen und gewartet, dass ich wieder nüchtern wurde. Ich war seltsam stolz auf mich selbst. Und entschlossen, eine komplette Wende einzuleiten.

Um neun Uhr lächelte ich meine Kolleginnen an und erklärte, dass ich nach Hause gehen würde, um irgendeinen Mist im Fernsehen zu gucken und mit meinem Mann zu kuscheln. Als ich ging, stellte ich mir vor, dass du mich loben würdest, wie gut ich es geschafft hatte. Ich sehnte mich danach, das aus deinem Mund zu hören.

Um Viertel nach neun schloss ich die Haustür auf. Meine Stimmung sank sofort, als mir klar wurde, dass das Haus leer war. Ich war mir ziemlich sicher, dass du gesagt hattest, du würdest zu Hause sein, und wunderte mich. Aber dann zweifelte ich an mir selbst und schickte dir eine Nachricht. Ich fragte, was du gerade machtest. Mehr nicht.

Ich goss mir noch ein Glas Wasser ein, hängte den Mantel auf und verstaute die Handtasche. In der Zeit hattest du fröhlich geantwortet, du würdest auf dem Sofa liegen, *Game of Thrones* gucken und zwischendurch immer wieder eindösen.

Und weißt du, ich glaube, das war das erste Mal, dass du mich meines Wissens offen angelogen hast. Ich meine, da war die Sache mit dem Geld, das stimmt, aber du hattest mir nie ausdrücklich erklärt, du wärst solvent. Du hast mich einfach davon ausgehen lassen. Und du hattest mir auch nie verheimlicht, wie Dina zu dir stand, selbst wenn du bezüglich deiner eigenen Gefühle vielleicht nicht ganz so offenherzig warst.

Aber jetzt hattest du mir eine krasse Lüge aufgetischt. Und in diesem Fall war ich sicher, dass es dafür einen wirklich, wirklich schlimmen Grund geben musste.

Ich wollte unbedingt wissen, wo du warst, konnte es jedoch unmöglich herausfinden, ohne dich darauf aufmerksam zu machen, dass ich schon zu Hause war. Und das hat mir aus irgendeinem Grund am meisten Angst gemacht.

Also tat ich etwas Verrücktes. Ich ging wieder aus, unternahm eine weitere Wucherpreistaxifahrt und fing an, deine Lieblingsbars und -restaurants abzuklappern. Zunächst sagte ich mir, ich würde bloß in einigen wenigen Lokalen nachsehen. Ich dachte, du könntest vielleicht im La Mexicana oder im Pitcher and Piano sein. Als du dort nicht warst, fielen mir noch ein paar mehr ein. Und noch ein paar.

Drei Stunden war ich draußen unterwegs, und als ich wegen der Blasen an meinen Fersen schließlich aufgab, war es nach Mitternacht. Du hattest immer noch keine Nachricht geschickt, dass du schlafen gehen würdest. Um elf hattest du lediglich gefragt, ob ich mich amüsieren würde, worauf ich mit einem erhobenen Daumen antwortete, weil ich irgendwie reagieren musste.

Ich weinte auf der ganzen Heimfahrt im Taxi und war sicher, dass du nach wie vor unterwegs warst. Dass du dich mit jemandem getroffen und mich betrogen hattest.

Das Haus war wie vermutet immer noch leer, als ich es betrat, und ich konnte die Vorstellung nicht ertragen, im Wohnzimmer zu sitzen oder im Bett zu liegen, wenn du heimkommen würdest. Ich konnte einfach nicht. Also ging ich ins Musikzimmer und kauerte mich auf das Sofa.

Tatsächlich bist du nicht so viel später nach Hause gekommen als ich. Höchstens eine Stunde. Aber mir kam es vor wie Jahre. Ich hatte keinen Moment stillsitzen können.

Ich habe gehört, wie du in die Küche gegangen bist und dir einen Tee gemacht hast, bevor du nach oben ins Schlafzimmer verschwunden bist. Ich hatte alle meine Sachen bei mir, sodass es für dich keinen Grund zu der Annahme gab, dass ich schon zu Hause war. Kaum atmend lauschte ich dem Geräusch von laufendem Wasser. Du hast sehr lange geduscht. Hast du alle Spuren der Frau abgewaschen, mit der du zusammen warst, Niall? War es das, was du gemacht hast?

In jener Nacht blieb ich, wo ich war, weil ich es nicht ertragen hätte, mich im Bett an dich zu kuscheln. Als du mich geweckt hast, dachtest du also, ich wäre betrunken ins Haus gewankt und hätte mich zum Schlafen gleich auf das Sofa im Musikzimmer gelegt.

Dass du deswegen wütend auf mich warst, war das Unfairste von allem. Du hast mich mit einem kalten Blick angesehen, als du mich gefragt hast, ob ich Frühstück wolle, als wäre ich diejenige, die etwas Unrechtes getan hatte.

Gott, ich wollte dir alles ins Gesicht schreien. Aber ich hatte zu viel Angst zu erfahren, dass es vorbei war. Ist das nicht erbärmlich?

Also sagte ich nichts, als du dich ausgetobt hast. Ich entschuldigte mich nicht. Ich widersprach nicht. Ich aß das Frühstück, das du mir gemacht hattest, und schwieg beharrlich, und ich glaube, das hat dir irgendwann zugesetzt, oder? Denn nachdem ich geduscht, mich angekleidet und dir erklärt hatte, ich würde ausgehen, hast du dich plötzlich umgedreht, mich umarmt und dich entschuldigt. Du hast gesagt, du würdest mich lieben und dich nur aus Sorge um mich manchmal aufführen wie ein Arsch.

Später hast du die Blasen an meinen Fersen gesehen und verbunden. Du hast mich sanft geküsst und mir erklärt, dass du mir helfen würdest, wieder Fuß zu fassen.

Ich nehme an, daran erinnerst du dich und auch daran, dass wir danach zwei Wochen hatten, in denen es sich angefühlt hat wie unser altes Wir. Zwei Wochen, in denen es uns gut ging, in denen wir glücklich waren. Beste Freunde, die sich alles erzählten, nur eben nicht ganz alles.

Aber letztlich war alles Fassade. Ich bin sicher, deine Aufmerksamkeit war nichts als schlechtes Gewissen. Ich wollte unbedingt deine Nachrichten lesen, hatte jedoch zu viel Angst, und entwickelte, um irgendwie damit umzugehen, einen regelrechten Reinlichkeits- und Ordnungsfimmel. Manchmal habe ich dich dabei ertappt, wie du mir mit einem Gesichtsausdruck beim Putzen zugesehen hast, als würdest du dich fragen, was um Himmels willen du mit mir anfangen solltest.

Und in dem Maße, in dem wir uns voneinander entfernten, kehrte auch mein anderes Ich zurück. Anfangs war es nur ein Abend. Ein einzelner Abend, an dem ich mir erlaubte, es zu genießen, dass die betrunkene Louise übernahm.

Aber wenn ich mittlerweile eins über sie gelernt habe, dann, dass es nie bei einem Abend bleibt. Wenn die betrunkene Louise mich einmal hat, lässt sie nicht gern wieder los.

15.

Damian schlug erneut auf das Lenkrad, ließ die Wut in sich hochkochen und suhlte sich in seiner Empörung.

Alles an seiner Beziehung mit Juliette hatte nur dazu geführt, ihn klein zu machen. Das erkannte er jetzt. Deswegen hatte er so viel Geld ausgeben müssen, um sich besser zu fühlen. Und deswegen hatte er auch Textnachrichten mit anderen Frauen ausgetauscht.

Juliette war Gift. Darauf lief es hinaus. Ihr scheinbares Mitgefühl hatte sich schnell als kalte Voreingenommenheit entpuppt. Jede seiner Entscheidungen war auf starrsinnigen Widerstand gestoßen. Außerdem hatte sie ihn öffentlich gedemütigt, indem sie mit anderen Männern geflirtet hatte.

Das Problem mit einem solchen Gift war nur, dass es süchtig machte. Es war nicht seine Schuld, dass er nicht über sie hinwegkam. Zwei Freundinnen hatten ihn bereits verlassen, weil er immer noch versuchte, Juliette zu erreichen, und erst heute hatte ihm ein Mädchen, mit dem er erst drei Mal ausgegangen war, erklärt, seine Haltung gegenüber seiner Ex sei ihr unbehaglich.

Sie könne ihn mal am Arsch lecken, hatte er erwidert, war in den Wagen gestiegen und letztendlich unvermeidlich Richtung Southampton und dieser Schlampe Juliette gefahren.

Die Strecke hatte er in letzter Zeit öfter gemacht. Er wollte herausfinden, ob Juliette jemanden vögelte. Sie hatte sich ein neues Handy besorgt, sodass er ihre Nachrichten nicht mehr mit den Apps kontrollieren konnte, die er auf ihrem alten installiert hatte. Er musste persönlich ermitteln.

In den letzten paar Monaten hatte sie definitiv mehrmals nicht zu Hause übernachtet. Er hatte spontan vermutet, dass sie was mit diesem Herrenduft-Model-Bullen angefangen hatte, mit dem sie zusammenarbeitete, und war ihm ein paarmal nach Hause gefolgt. Aber er hatte nicht feststellen können, dass Juliette ihn besuchte.

Erst heute hatte er sich alles zusammengereimt und erkannt, dass der launisch aussehende Typ, mit dem sie manchmal zum Pub ging, ihr neuer Freund war. Er hatte ein seltsames perverses Kribbeln gespürt, als er beobachtete, wie sie sich auf dem Parkplatz der Polizeistation umgedreht und ihn auf den Mund geküsst hatte.

Gott, sie war wirklich ein Miststück. Ihr hatte offensichtlich nie etwas an ihm gelegen.

Aber sie musste lernen, dass sie nicht einfach damit durchkam, wenn sie machte, was sie wollte. Er würde es ihr heimzahlen.

Der Gedanke ließ ihn lächeln.

Am Ende geriet die Festnahme von Louise Reakes zu einem ziemlich öffentlichen Spektakel. Das Team der Spurensicherung traf bei Sonnenuntergang um kurz nach halb sechs ein. Zahlreiche Familien waren zu Hause, andere waren bereits auf dem Weg zu ihren Abendverabredungen. Jonah hatte mindestens zehn Personen gezählt, die bei dem Streifenwagen und dem dahinter parkenden Transporter der Spurensicherung stehen geblieben waren, um zu gaffen.

Er hatte eine Stunde und fünfundzwanzig Minuten gebraucht, um einen Durchsuchungsbeschluss für das Haus zu erwirken, was tatsächlich unglaublich schnell war, sich jedoch aufreizend langsam angefühlt hatte.

Er war zutiefst dankbar, dass Hanson so umsichtig gehandelt hatte. Es musste eine große Versuchung gewesen sein, Louise Reakes sofort festzunehmen und diese Festnahme als Rechtfertigung für eine unmittelbare Hausdurchsuchung anzuführen. Die Befugnis zu einer Hausdurchsuchung nach einer Festnahme war ein juristischer Graubereich, der in der Vergangenheit sicherlich aus diesem Grund ausgenutzt worden war. Andererseits waren deswegen schon komplette Anklagen vor Gericht in sich zusammengebrochen. Ein guter Strafverteidiger könnte argumentieren, dass eine entsprechende Durchsuchung ohne rechtliche Grundlage erfolgt war, und es gab Richter, die diese Ansicht teilten.

Aber Hanson hatte die Situation perfekt gemeistert. Sie hatte die Durchsuchung beantragt und dem Richter ihre Anhaltspunkte ruhig und gefasst per Videolink vorgetragen. Das Blut hatte sie gar nicht erwähnt. Sie hatte lediglich erklärt, dass Louise über ihren Aufenthaltsort am Abend zuvor zunächst gelogen hatte, und sich besorgt über Louises Reaktion nach der Rückkehr in ihr Haus gezeigt. Deren Übelkeit sei höchstwahrscheinlich ein Symptom von Schuld oder Angst.

Der Richter hatte ihr zugestimmt.

Hanson hatte gebeten, dabei sein zu dürfen, wenn der Durchsuchungsbeschluss vollstreckt wurde, und Jonah hatte sie gern mitgenommen. Wenn am Ende eine Festnahme dabei herauskam, wollte er Hanson die Befriedigung lassen, sie vorzunehmen.

Trotzdem war es schwer, nicht ein wenig Mitleid mit Louise zu haben, als sie sich vor ihrer Haustür versammelten. Die Nachbarn würden die Szene bestimmt nicht vergessen, auch wenn zumindest die Vorderseite des Hauses ziemlich schlecht einsehbar war. Louise selbst würde nicht für jedermann sichtbar sein.

Jonah klopfte, wie er es als junger Constable gelernt hatte. Ein Klopfen, das zu laut war, um es zu ignorieren. Zu laut für »Ich habe Sie nicht gehört«. So klopften nur Polizisten und Gerichtsvollzieher.

Louise machte große Augen, als sie die Tür öffnete. Sie sagte nichts, als Jonah ihr den Durchsuchungsbeschlusspräsentierte und erklärte, dass sie das Recht hatten, sich im Haus und auf dem Grundstück umzusehen. Sie nickte bloß und trat langsam zur Seite.

Janet McCullough war bereits informiert, dass sie das Schlafzimmer durchsuchen sollte. Drei ihrer in Overalls gehüllten Teammitglieder ließ sie im Erdgeschoss und mit einem weiteren ging sie nach oben. Jonah machte Hanson ein Zeichen, ihnen zu folgen, während er unten herumlungerte. Louise zog sich ins andere Ende des Hauses zurück, wo Jonah sie fürs Erste in Ruhe ließ.

Was dann passierte, war sowohl gründliche Spurensicherung als auch ein wenig Schauspielerei. Sie mussten eine angemessene Zeitspanne verstreichen lassen, damit es so aussah, als hätten sie das Blut im Rahmen des üblichen Procedere entdeckt. Also ging Jonah von einem Zimmer zum nächsten und forderte die Kriminaltechniker auf, sich dieses oder jenes Objekt genauer anzusehen. Ein blasser Abdruck an der Wand neben der Treppe. Die Wäsche, die im Haushaltsraum auf einem Ständer hing.

McCullough ließ fünfzehn Minuten vergehen, bevor sie ihn nach oben rief. Zu diesem Zeitpunkt war Jonah im Musikzimmer, wo Louise, die Beine an den Körper gezogen, auf einem Futon saß. In dieser Position war sie weitgehend von ihrer Harfe verborgen, doch durch die Saiten konnte Jonah immer noch ihr Gesicht von der Seite sehen.

Ihre Miene machte deutlich, dass sie wusste, was McCullough entdeckt hatte. Ihre Beine zuckten instinktiv, als wollte sie aufstehen, bevor sie die Knie umfasste und versuchte, sich möglichst gelassen an die Wand zu lehnen.

So ließ Jonah sie zurück, stieg die Treppe hinauf und ging in Louises und Nialls Schlafzimmer. McCullough und ihr Assistent hatten die Laken vom Bett gezogen und eine braunrote Flutkante freigelegt. Hanson stand mit befriedigter Miene ein wenig abseits.

Obwohl er darauf vorbereitet gewesen war, wurde Jonah ein wenig übel von der schieren Menge an Blut. Es hatte fast die gesamte Matratze durchweicht. Nur die kleinen Plastikknöpfe auf der Oberseite waren noch weiß.

»Ich bin zuversichtlich, dass wir in der Lage sein werden, eine DNA-Analyse vorzunehmen«, sagte McCullough. »Auf der Unterseite ist es noch nicht ganz getrocknet.«

»Gut«, sagte Jonah. »Und die Menge … Würden Sie sagen, es ist so viel, dass er hier gestorben sein könnte?«

»Ich mach Ihnen eine volumetrische Schätzung«, antwortete McCullough, »aber nach dem ersten Augenschein ist es mehr als genug.«

Jonah lächelte knapp. McCullough war bekannt dafür, sich nur ungern festzulegen. Sie hasste es, Hypothesen zu vertrauen, und neigte dazu, die nackten Fakten lediglich darzulegen, ohne sie zu interpretieren. Dass sie bereits so viel gesagt hatte, bedeutete, dass sie überhaupt keinen Zweifel hatte.

Hanson ging mit ihm wieder nach unten und betrat das Musikzimmer als Erste. Louises Gesichtsausdruck wirkte hoffnungslos. Selbst durch die Saiten der Harfe war ihre Furcht offensichtlich.

»Louise Reakes, ich verhafte Sie wegen des Verdachts der Ermordung von Alex Plaskitt und der Behinderung der Justiz«, begann Hanson.

»Es tut mir leid, dass ich gelogen habe«, sagte Louise, bevor Hanson weitersprechen konnte. »Es tut mir wirklich leid.«

»Hat sie sonst noch etwas gesagt?«, fragte Lightman eine Stunde später, während er das fahle und kränklich aussehende Gesicht von Louise Reakes betrachtete.

Er, Jonah und Hanson hatte sich kurz im Observationsraum versammelt. Louises Anwalt war auf dem Weg. Jonah hatte den Vernehmungsraum kurz betreten, um Louise darüber zu informieren, doch sie hatte weder genickt noch sonst irgendwie reagiert. Er war sich nicht sicher, ob sie ihn verstanden hatte.

»Kein Wort«, murmelte Hanson. »Wir haben sie beide gefragt, warum sie gelogen hat, doch sie hat nur den Kopf geschüttelt.«

»Irgendwas Neues von ihrem Mann?«, fragte Jonah.

»Ans Handy geht er nicht«, antwortete Lightman. »Wahrscheinlich gerade im Flieger.«

Jonah nickte. Weiter sagte er nichts. Weder darüber, dass sie das Blut in Louise und Niall Reakes' Ehebett gefunden hatten. Noch darüber, dass Alex Plaskitt mit einem Mann verheiratet gewesen und trotzdem fast sicher im Bett einer Frau gestorben war. Es gab zu viele unbeantwortete Fragen, und es war unmöglich, irgendeine Logik darin zu erkennen, ohne eine Menge seltsamer Vermutungen anzustellen.

»Juliette, ich möchte, dass Sie und Domnall zu April Dumont fahren. Und wir sollten so bald wie möglich auch noch einmal mit Alex' Ehemann sprechen. Es wird höchste Zeit, dass wir herausfinden, ob Alex und Louise sich schon vor gestern Abend kannten, und ich bezweifle, dass Louise es uns erzählen wird.«

Sie standen jetzt unter Druck, die Sache festzuzurren, und zwar schnell. Sie hatten vielleicht nur vierundzwanzig Stunden Zeit, den Tatvorwurf des Mordes gegen Louise Reakes zu untermauern, obwohl Jonah beim Superintendent bereits eine Verlängerung der üblichen Vierundzwanzig-Stunden-Frist beantragt hatte. Fürs Erste wollte er sechsunddreißig Stunden, war jedoch fest entschlossen, danach beim Haftrichter das Maximum von sechsundneunzig Stunden zu erwirken. Bei der Schwere des Verbrechens in Verbindung mit dem zusätzlichen Tatvorwurf der Behinderung der Justiz würde diesem Antrag sehr wahrscheinlich stattgegeben.

In diesen sechsundneunzig Stunden mussten sie herausfinden, ob Louise Alex tatsächlich getötet hatte, und wenn ja, warum. Denn auch wenn die Umstände und ihre Handlungen das nahelegten, gab es noch beunruhigend viele offene Fragen.

»Ich hab was für dich«, sagte Lightman leise, als er und Hanson ein paar Minuten später an ihre Schreibtische zurückkehrten.

Hanson blickte überrascht auf in sein lächelndes Gesicht. Wollte er mit ihr schäkern? Wenn man von der Unterhaltung während ihrer gemeinsamen Autofahrt absah, hatte Ben sie seit Monaten nicht so launig angesprochen.

Sie fasste sich und fragte mit gespieltem Ernst: »Ist es ein Kuchen. Bitte, lass es Kuchen sein.«

Er lächelte noch breiter und schüttelte den Kopf. »Leider nicht.

Aber es ist super.« Er beugte sich über seinen Schreibtisch. »Louise Reakes ist nicht nur Soloharfenistin, sondern auch Mitglied eines Harfenensembles. Sie nennen sich, das glaubst du nicht, Mother Pluckers.«

Hanson kicherte entzückt auf, zum Teil wegen des Namens und zum Teil, weil Lightman wirklich wieder mit ihr blödelte. »Also gut, das ist wirklich fast so gut wie Kuchen. Und sie sind alle Mamas?«

»Sieht so aus«, bestätigte er. »Es gibt jede Menge fröhliche und nicht nur gestellte Fotos von ihnen mit ihren Kindern. Louise scheint da die unrühmliche Ausnahme gewesen zu sein.«

»Das muss ich mir ansehen«, sagte Hanson und gab den Namen gerade bei Google ein, als der DCI herauskam.

»Louise Reakes' Anwalt ist eben unten eingetroffen«, erklärte Sheens ihnen. »Ich gebe ihnen eine Viertelstunde, sich zu organisieren, dann können wir reingehen, Ben.«

Hanson sah ihm nach, als er zurück in sein Büro ging, ein wenig enttäuscht, dass sie nicht dabei sein würde, wenn Louise in die Mangel genommen wurde. Nicht, dass sie nicht einen Haufen anderer Dinge zu tun hatte. Als Erstes musste sie einen Aufruf formulieren, in dem mögliche Zeugen, die Louise Reakes in der Nacht auf dem Heimweg vielleicht gesehen hatten, gebeten wurden, sich zu melden, damit die Kollegen von der Pressestelle die Bitte um Mitwirkung in den sozialen Medien verbreiten konnten. Außerdem musste sie sich darauf vorbereiten, als Constable des Teams morgen vor dem Richter zu erscheinen, um die Verlängerung des Gewahrsams zu beantragen. Aber bevor sie irgendwas von alldem machte, öffnete sie die Website der Mother Pluckers. Kopfschüttelnd klickte sie sich durch die Fotos.

»O mein Gott, guck dir das an«, sagte sie und drehte ihren Bildschirm so, dass Ben ihn sehen konnte. Es war eine gewollt künstlerische Schwarz-Weiß-Aufnahme des Ensembles in Lederjacken. »Sieht aus wie das missglückte Cover eines 80er-Jahre-Albums. Absolut klassisch.«

Ben nickte. »*Take this, Motherplucker.*«

Hanson lachte so laut, dass Jason auf seiner Seite des CID stirnrunzelnd aufblickte. »Erzähl ich dir später«, sagte sie stumm und ein wenig schuldbewusst und machte sich grinsend an die Arbeit, die Anklage gegen Louise Reakes voranzubringen.

Patrick kam gut eine Stunde, nachdem Louise ihn angerufen hatte. Als der flotte, leicht pausbäckige Anwalt in den Vernehmungsraum geführt wurde, waren ihre Gefühle extrem gemischt. Erleichterung machte einen großen Teil aus. Sie hatte jetzt jemanden, der auf ihrer Seite kämpfte. Aber vor allem empfand sie eine aufwühlende, Übelkeit auslösende Scham. Patrick war der letzte Mensch, mit dem sie all das besprechen wollte. Sie wünschte, er hätte einfach nur ihr Anwalt sein können und nicht auch noch Nialls bester Freund.

Patricks Lächeln war warm und zuversichtlich, und sie versuchte, es zu erwidern. Sie fragte sich, mit welchen Augen er sie betrachten würde, wenn sie ihm alles erzählt hatte. Wenn er es wusste.

Er nahm auf einem Stuhl ihr gegenüber Platz, stellte einen braunen Aktenkoffer, der aussah, als hätte er etwa so viel gekostet wie Nialls Wagen, auf den Tisch und nahm einen Notizblock und einen silbernen Füller heraus, als würde er seine Waffen für die Schlacht bereitlegen.

»Wie hältst du durch?«, fragte er mit all seinem braunäugigen Charme.

»Okay«, sagte sie und fügte, damit er sie wirklich mochte, bevor die Scheiße hochging, noch hinzu: »Besser, jetzt wo du da bist.«

»Gut. Gut. Ich konnte Niall erreichen. Er ist gerade gelandet. Er wird bald hier sein.«

Louise wusste, dass das tröstlich gemeint war, aber die Nachricht von Nialls drohender Ankunft steigerte ihre Panik bis zum kritischen Punkt. Sie hatte gedacht, sie würde mehr Zeit haben.

Patrick schraubte seinen Füller auf. »Also: Erzähl es mir.«

»Okay«, sagte sie und stieß unwillkürlich fast ein Lachen aus. »Bitte mach dich gefasst, denn es hört sich … es hört sich scheiß furchtbar an, und ich hab ein bisschen Angst, dass du genau das Gleiche denken wirst wie die Polizei.«

»Natürlich nicht«, beruhigte er sie.

»Also, ich bin gestern Abend ausgegangen und habe getrunken.« Sie schluckte. »An den späteren Teil des Abends kann ich mich praktisch nicht mehr erinnern. Ich weiß nicht, wie ich nach Hause gekommen bin. Als ich heute Morgen aufgewacht bin, lag ein Toter neben mir im Bett.«

Patricks Schreibhand erstarrte, und er sah sie direkt an. »Todesursache?«

»Er wurde erstochen«, sagte sie, spürte das Brennen in ihren Augen und dann die Feuchtigkeit auf ihren Wangen. »Und die Polizei denkt … die Polizei denkt, dass ich es war. Aber du musst mir glauben, Patrick. Ich habe keine Ahnung, wer zum Teufel der Mann war und wie er in mein Bett gekommen ist. Und ich … ich bin sicher, dass ich niemals jemanden erstechen könnte. Da bin ich mir einfach sicher.«

Manchmal musste man attackieren, unbarmherzig und gnadenlos, und Jonah war klar, dass heute genau das erforderlich sein würde. Er musste reingehen und Louise erschüttern, bevor ihr Anwalt intervenieren, parieren, beruhigen oder ablenken konnte. Deshalb nahm er Lightman mit, erklärte ihm, dass er das Verhör kalt und klinisch durchführen wollte, und genau so fing er auch an.

»Alex Plaskitt ist in Ihrem Bett gestorben«, sagte er harsch. »Nicht im Vorgarten, wie Sie uns weismachen wollten. In Ihrem Bett. Dieser Mann, den Sie angeblich nicht kannten.«

»Die Aussage meiner Mandantin, dass sie den Mann nicht kannte, hat Bestand«, sagte Patrick Moorcroft locker und laut. »Haben Sie eine konkrete Frage oder wollen Sie bloß eine Reihe von Erklärungen abgeben.«

Jonah hatte schon einmal mit Moorcroft zu tun gehabt. Nur einmal. Er war zu teuer für die meisten Menschen, die Jonah vernahm. Und er war teuer, weil er verdammt gut war. Oder aus Jonahs Perspektive verdammt ärgerlich. Trotzdem musste er sich einen widerwilligen Respekt für den Mann eingestehen, so frustrierend es auch sein mochte, sich eine Vernehmung im Wesentlichen vom Anwalt der Beschuldigten diktieren zu lassen.

»Wie ist ein Mann, den Sie nicht kennen, in Ihrem Bett gelandet?«, versuchte Jonah es neu.

»Das weiß ich leider nicht«, sagte Louise mit einem Blick zu ihrem Anwalt. Und das war alles, was sie sagte. Sie wirkte jetzt gefasster, auf eine grimmige Art konzentriert und weniger ängstlich. Vermutlich weil ihr teurer Anwalt jetzt hier war.

Patrick deutete ein Lächeln an. Jonah warf Lightman einen kurzen, entnervten und unwillkürlich amüsierten Blick zu. Lightmans Miene war natürlich unergründlich wie immer. Jonah wandte sich wieder Louise zu.

»Ich wüsste gern, wie Alex Plaskitt gestorben ist.«

Sie sah Patrick Moorcroft an und sagte dann: »Ich möchte Ihnen gern helfen. Ich wünschte, ich könnte, denn das, was ihm zugestoßen ist, ist schrecklich. Aber ich kann mich überhaupt nicht an den späteren Teil des gestrigen Abends erinnern.« Sie schlug den Blick nieder. »Ich habe es versucht. Ich habe es wieder und wieder versucht. Aber da ist nichts. Ich weiß nur, dass ich noch nie Gewalt gegen einen Menschen ausgeübt habe, und ich glaube nicht, dass ich Alex Plaskitt oder sonst irgendjemanden verletzt haben könnte.«

Jonah sah sie weiter fest an. »Warum war er in Ihrem Bett?«

Louises Gesichtsausdruck veränderte sich ein wenig, ein Hauch von Unbehagen schlich sich in ihre Züge.

»Ich kann mir schlicht keinen Grund vorstellen. Seit fünf Jahren waren in diesem Bett nur ich und mein Ehemann sowie zu einigen wenigen Gelegenheiten seine Eltern.« Ihr Mund zuckte. »Ich war nicht unterwegs, um jemanden abzuschleppen, falls Sie das denken.

Ich habe meinen Mann noch nie betrogen, und in meinen Erinnerungen an den gestrigen Abend habe ich nur mit April gesprochen und nicht mit irgendwelchen Männern.«

»Und trotzdem ist Alex dort gelandet«, sagte Jonah. »In Ihrem Bett.«

Patrick beugte sich vor und murmelte etwas. »Ich habe Ihnen bereits gesagt, dass ich keine Erklärung dafür habe«, beantwortete Louise Jonahs Frage schlicht.

»Sie behaupten, dass Sie ihn nie zuvor getroffen hatten«, stellte Lightman fest.

»Das hatte ich auch nicht.«

»Es kommt mir unwahrscheinlich vor, dass Sie einen unbekannten Mann ohne jedes sexuelle Motiv eingeladen haben, mit Ihnen nach Hause zu kommen und in Ihrem Bett zu schlafen«, fuhr der Sergeant fort.

»Wer sagt, dass ich ihn eingeladen habe?«, fragte Louise kühl zurück. »Soweit ich weiß, könnte er meinen Zustand auch ausgenutzt haben.«

»Gibt es dafür irgendwelche Anzeichen?«, fragte Jonah.

Louise lief dunkelrot an. »Ich … ich weiß es nicht.«

Jonah erwartete einen weiteren gemurmelten Hinweis ihres Anwalts, doch Patrick sagte überraschenderweise nichts, sondern richtete den Blick fest auf seinen Block.

»Wenn Sie medizinisch untersucht werden müssen«, sagte Jonah sanfter, »können wir das veranlassen. Falls es zu Übergriffen gekommen ist, ist es wichtig für uns, das zu wissen, und für Sie auch.«

Louise schüttelte rasch den Kopf und sagte: »Ich will keine Untersuchung.«

Jonah nickte frustriert. Es war nicht ungewöhnlich, dass mögliche Opfer von sexueller Gewalt bei dem Gedanken an eine Untersuchung in Panik gerieten. Aber vielleicht wusste Louise auch ganz genau, dass sie nicht angegriffen worden war, und wollte die Möglichkeit trotzdem im Raum stehen lassen.

»Kommt es häufiger vor, dass Sie nach einem Abend, an dem Sie getrunken haben, komplette Blackouts haben?«, versuchte Jonah es mit einem neuen Ansatz.

»Inwiefern ist das relevant?«, fragte Patrick Moorcroft.

»Es gibt uns eine Vorstellung davon, ob ihre vorgeblichen Erinnerungslücken überzeugend sind«, erwiderte Jonah und hielt Moorcrofts Blick stand. »Außerdem hat Mrs Reakes angedeutet, dass Alex Plaskitt sie sexuell attackiert haben könnte. Falls sie gewohnheitsmäßig ausgeht und sich durch übermäßigen Alkoholkonsum in einen Zustand der Wehrlosigkeit versetzt, könnte sie Mr Plaskitt schon bei anderer Gelegenheit getroffen haben, ohne sich daran zu erinnern.«

Der Anwalt beugte sich zu Louise und murmelte etwas, bevor sie leise sagte: »Manchmal habe ich … einen Filmriss. Manche Ereignisse sind weg. Normalerweise nicht so viele, aber …«

»Trinken Sie häufig allein Alkohol?«

»Nein«, sagte Louise. »Das tue ich nicht.«

Jonah machte Lightman ein Zeichen, der ein Dia der Tatwaffe an die Wand projizierte.

»Ich möchte Sie noch einmal fragen, ob Sie dieses Messer erkennen.«

»Nein«, antwortete Louise, »das habe ich schon gesagt.«

»Und wie ist es dann zusammen mit der Leiche von Alex Plaskitt in Ihrem Bett gelandet?«

»Ich weiß es nicht!«, schrie Louise plötzlich fast. »Es ist nicht meins, und ich habe ihn nicht erstochen.«

»Wer war es dann?«

Louise vergrub das Gesicht in den Händen und stöhnte, aber Patrick ging elegant dazwischen und sagte: »Es ist Aufgabe der ermittelnden Beamten, andere Verdächtige zu benennen, nicht die meiner Mandantin.«

Jonah musste kurz lächeln. Er nickte Patrick zu.

»Nun, im Augenblick sind unsere Indizien ziemlich eindeutig«, sagte er. »Wir haben eine Mordwaffe, die in Ihrem Vorgarten gefunden wurde, daneben einen Toten sowie den panischen Versuch, die Spuren am eigentlichen Tatort zu verwischen.«

»Es war nicht so, wie Sie es darstellen«, sagte Louise wütend, bevor ihr Anwalt intervenieren konnte.

Jonah nickte erneut, diesmal zufrieden. Er setzte ihr zu, und wenn er sie weiter zu spontanen Äußerungen provozierte, würde ihr Anwalt ihr nicht helfen können. »Wie ist er dann im Vorgarten gelandet, obwohl er in Ihrem Bett gestorben ist?«

Louise atmete tief ein, als wäre ihr bewusst geworden, dass sie sich beruhigen und an ihren Text halten musste. Ihre Stimme klang gemessener, als sie antwortete: »Als ich heute Morgen aufgewacht bin, stand ich nach wie vor stark unter Alkoholeinfluss. Ich war total verängstigt, als ich in meinem Bett einen blutüberströmten Mann entdeckt habe. Zu dem Zeitpunkt war ich mir auch nicht sicher, ob er tot war.«

»War das bei der Menge an Blut nicht offensichtlich?«

»Ich bin kein Arzt«, sagte Louise, ihr Ton wieder eine Spur stacheliger. »Ich weiß nicht, wie viel Blut ein Mensch verlieren muss, bis er stirbt.«

»Die natürliche Reaktion wäre gewesen, Hilfe zu holen«, sagte Jonah. »Einen Krankenwagen zu rufen.«

»Das hätte ich vielleicht getan, wenn ich bei klarem Verstand gewesen wäre«, entgegnete Louise, »aber leider bin ich in Panik geraten. Ich glaube, mein Urteilsvermögen war von einer Mischung aus Restalkohol und schierer Angst getrübt. Ich dachte, ich müsste ihn zu jemandem bringen. Zu einem Nachbarn. Irgendjemandem. Also habe ich ihn nach draußen geschleift und ihm erklärt, dass alles gut werden würde, ohne zu begreifen, dass eigentlich nichts gut war, bis er im Gras lag. Ich … ich habe erkannt …« Sie winkte scheinbar frustriert ab, in ihren Augen standen Tränen.

Jonah lehnte sich zurück und beobachtete sie einen Moment, absolut sicher, dass dies eine Schilderung war, die ihr Anwalt mit ihr einstudiert hatte, vielleicht sogar inklusive der Tränen. Das Problem für ihn und den Ankläger würde sein, dass sie fast wahr sein *könnte* und deshalb schwer zu widerlegen. Obwohl höchst unwahrscheinlich und trotz all der offensichtlichen Zweifel, die ihre Handlungen weckten.

»Es fällt mir offen gestanden schwer, das zu glauben«, sagte er nach einer bewussten Pause. »Vor allem angesichts der Sorgfalt, die Sie aufgewandt haben, um jede Spur von Alex in Ihrem Haus zu beseitigen.«

»Wie schwer es Ihnen auch fällt, das zu glauben, Sie müssen anfangen, es zu versuchen«, erwiderte Louise mit belegter Stimme und holte stockend Luft. »Ich habe ihn nicht getötet, es war jemand anderes. Ich möchte auch wissen, wie er dort gelandet ist. Ich möchte es wirklich unbedingt wissen, damit ich meinem Mann beweisen kann, dass ich nicht mit einem anderen gevögelt habe.«

Sie brach ziemlich plötzlich in Schluchzen aus, vergrub ihr Gesicht erneut in den Händen und presste die Handballen in die Augenhöhlen.

Jonah blickte zu Lightman, der noch immer keine Miene verzog, als er sich aufrichtete und fragte: »Kennen Sie einen Mann namens Issa Benhawy?«

Louise hob ein wenig den Kopf, und ihr Mund zuckte, als hätte sie keinerlei Mitgefühl erwartet und wäre beinahe zufrieden, dass diese Annahme bestätigt worden war. »Nein«, sagte sie hinter ihren Händen. »Ich glaube nicht.«

»Was ist mit Step Conti?«

»Nein«, sagte sie, ließ ihre Hände sinken und kramte in ihrer Handtasche, bis sie ein Papiertaschentuch gefunden hatte. Ihre Augen sahen wund und rot aus. Vielleicht waren die Tränen diesmal echt gewesen. »Definitiv nicht.« Sie sah Patrick an und fragte dann: »Wieso? Wer ist das?«

»Alex Plaskitts Ehemann und sein bester Freund.«

Einen Moment lang herrschte vollkommene Stille, während Louise Jonah mit ganz leicht geöffnetem Mund anstarrte. »Sein *Ehemann*?«, wiederholte sie im selben Moment, als ihr Anwalt fragte: »Ist das Ihr Ernst?«

»In der Tat«, antwortete Jonah und bedachte beide mit einem sehr knappen Lächeln.

»Nur damit ich Sie richtig verstehe«, sagte Patrick. »Sie wollen andeuten, dass meine Mandantin einen One-Night-Stand mit einem schwulen Mann hatte und … was? Das ist mir nicht ganz klar. Beschlossen hat, ihn zu erstechen? Ohne Motiv?«

»Was Ihre Mandantin und Alex Plaskitt in deren Ehebett gemacht haben, bleibt unklar«, erwiderte Jonah schneidend. »Der Ausgang ist dafür hingegen umso klarer.«

Nach einer kurzen Pause fragte Louise: »Glauben Sie … er könnte versucht haben … mich auszurauben?«

Jonah blickte sie überrascht an. Raub stand auch auf seiner Liste von Möglichkeiten, doch er hatte nicht erwartet, dass Louise Reakes diese Frage stellen würde. Es sei denn, sie erinnerte sich vielleicht an mehr, als sie zugab.

»Wie kommen Sie darauf?«

»Ich nehme an, wir sind wohlhabend und … das Einzige, was ich vom späteren Teil des Abends noch weiß, ist, dass ich irgendwann Angst hatte. Ich habe eine … bruchstückhafte Erinnerung, in der ein Mann zu mir sagt, ich solle still sein.« Ihre Augen glänzten leicht. »Das könnte er gewesen sein.«

Jonah betrachtete ihren Gesichtsausdruck, der irgendwo zwischen eifrig und gequält lag, so als wollte sie das selbst glauben und gleichzeitig verzweifelt auch nicht.

Die dringend erwarteten Daten von Alex' Handy kamen, kurz nachdem sie Louise mit ihrem Anwalt allein gelassen hatten, die im Vernehmungsraum Sandwiches aßen. Jonah leitete sie an Lightman weiter und bat seinen Sergeant, rasch zu überprüfen, ob Louise

Reakes' Telefonnummer in der Anrufliste auftauchte, bevor er aufbrechen wollte, um erneut mit Issa zu sprechen.

»Nichts«, sagte Lightman nach kurzer Suche. »Und auch keine Louise in den Kontakten.«

»Okay. Irgendwelche Nachrichten von gestern Abend?«

Lightman scrollte durch die Unterlagen. »Eine ganze Reihe an und von seinem Ehemann, außerdem ein zweiminütiges Telefonat kurz vor Mitternacht. Ein paar zwischen ihm und Step Conti, aber sonst nichts.«

»Okay.« Jonah legte eine Hand auf seine Schulter. »Ich hätte gern einen vollständigen Bericht, wenn es für Sie okay ist, sich da durchzuwühlen.«

»Klar.«

Natürlich war es okay für ihn. Ben Lightman übernahm immer bereitwillig mühsame und kleinteilige Aufgaben, die die meisten Menschen wahnsinnig machten. Nicht ohne Grund hatten zwei der neuen Mitarbeiterinnen in der Abteilung für Datenauswertung ihm den Spitznamen der Cyborg verpasst. Allerdings gab es dafür auch noch einen weiteren Grund. Eine von ihnen hatte sich in ihn verknallt und bei einer Pensionierungsfeier vor ein paar Monaten ihr Glück versucht, doch Ben war nicht interessiert. Das war er nie.

Jonah wandte sich Hanson zu und wies mit dem Kopf zur Tür. Seine Constable erhob sich, ohne zu zögern, und nahm ihre Jacke und ihre Handtasche.

»Issa ist zu Hause und bereit, mit uns zu sprechen. Ich mache unterwegs bei Costa halt«, fügte er hinzu. »Falls Sie irgendwas brauchen.«

»Gott, ja«, erwiderte Hanson. »Ein Königreich für ein Schinken-Käse-Toast.«

Der Verkehr war immer noch dicht. Während einer Ermittlung kreuz und quer durch die Stadt zu gondeln, war ein zeitraubender Faktor, auf den Jonah gut hätte verzichten können, doch er wollte

Issa bei ihm zu Hause sprechen. Er wollte Zugriff auf alle Videos, die Alex in jüngster Zeit gemacht hatte, sowie wenn möglich auch auf seinen E-Mail-Account. Alles, worin irgendein Kontakt zwischen ihm und Louise auftauchen könnte.

»Wie ist es mit Louise Reakes gelaufen?«, fragte Hanson zwischen zwei Bissen, als sie wieder auf der Straße waren und versuchten, ihre heißen Sandwiches zu essen, ohne geschmolzenen Käse zu verkleckern.

»Sie streitet alles ab, bis auf die Verlegung der Leiche«, antwortete Jonah. »Und selbst da behauptet sie, sie habe geglaubt, dass er noch gelebt hätte, und habe ihn zu den Nachbarn schleifen wollen, um Hilfe zu holen.«

Hanson lachte kurz. »Ich bin sicher, wir würden alle als Erstes versuchen, einen Neunzig-Kilo-Mann die Treppe runterzutragen.«

»Exakt mein Gedanke«, stimmte Jonah ihr zu.

»Hat sie uns irgendetwas über gestern Abend erzählt?«

»Sie behauptet, sich an nichts erinnern zu können, außer dass sie mit ihrer Freundin April gesprochen habe.« Jonah versuchte, sein Sandwich weiter aus der Pappverpackung zu schieben, und fluchte, als eine der Toastscheiben herausrutschte und in seinem Schoß landete.

»Ich habe Feuchttücher«, sagte Hanson. »Sie können eins haben, wenn wir da sind.«

»Danke«, erwiderte Jonah mit einem trockenen Grinsen. »Ich brauche offensichtlich ein Kindermädchen.«

»Oh, machen Sie sich deswegen keine Gedanken«, antwortete Hanson fröhlich. »Ich bin genauso. Sie werden erstaunt sein, was man mit so einem Tuch alles abwischen kann. Manchmal mache ich mir tatsächlich Sorgen, was sie enthalten.« Sie nahm einen weiteren Bissen, kaute nachdenklich und fragte dann: »Sie erinnert sich an gar nichts? Eine komplette Gedächtnislücke?«

»Ja. Von der Ankunft in dem Club mit April, die mit irgendeinem anderen Typen rumgemacht hat, bis zum nächsten Morgen, sagt sie jedenfalls.« Jonah schüttelte den Kopf. »Sie verheimlicht uns offensichtlich eine Menge. Ich muss einen Weg finden, sie unter Druck zu setzen, doch es wird schwer werden, das an ihrem Anwalt vorbei zu schaffen.«

Hanson schwieg eine Weile und sagte dann: »Aber vielleicht kann sie sich wirklich an nichts erinnern.«

Jonah sah sie an. »Weil sie so betrunken war?«

»Ja, oder weil jemand ihr etwas in den Drink getan hat.« Sie blickte auf das Armaturenbrett und dachte offensichtlich darüber nach. »Was, wenn es nichts mit Alex zu tun hatte und er sie nur nach Hause gebracht hat? Und irgendwann unterwegs ist sie ausgerastet, weil sie dachte, er wollte ihr etwas antun.«

Jonah dachte darüber nach. »Da könnte was dran sein.« Er nickte. »Wir sollten einen Bluttest machen.«

Er rief Lightman an und bat ihn, Louise Reakes' Zustimmung zu einem Bluttest zu besorgen.

»Klar«, erwiderte Lightman. »Und wo ich Sie gerade am Apparat habe, vielleicht möchten Sie Issa Benhawy nach den Nachrichten fragen, die er in den frühen Morgenstunden an seinen Mann geschickt hat.«

»Geben sie was her?«

»Das würde ich sagen«, antwortete Lightman. »Und eine von ihnen deutet darauf hin, dass Alex die Angewohnheit hatte, mit Fremden nach Hause zu gehen. Ich schicke Juliette ein paar Screenshots. Jedenfalls überrascht es mich nicht, dass er erpicht darauf war, Issas Handy unangetastet zurückzubekommen.«

Er hörte ein leises »Wow« von Hanson, als die Screenshots kurz darauf in ihrem Handy eingingen.

»Interessant?«

Sie las ihm drei Nachrichten vor, darunter Issas bösartige Drohung, mit Alex Schluss zu machen, wenn er mit einer »Schlampe« nach Hause gegangen sei.

Das registrierte Jonah schweigend und ordnete es zu allem anderen, was sie bisher wussten. Issa hatte seinen Mann beschuldigt, mit jemand anderem zu schlafen. Isoliert betrachtet wäre Jonah davon ausgegangen, dass er einen Mann meinte. Aber das Wort »Schlampe« ließ ihn zweifeln.

Lohnte es sich, Alex' Ehemann ernsthaft als Verdächtigen in Betracht zu ziehen? Trotz Louises panischer Bemühungen, die Spuren zu verwischen, konnten sie nicht sicher sein, dass sie auch diejenige war, die Alex getötet hatte. Alex könnte Louise nach Hause gebracht haben, wie Hanson gesagt hatte, eine Handlung, die zu Fehldeutungen einlud. Oder er war wirklich mit Louise nach Hause gegangen, um Sex mit ihr zu haben. Es gab keinen Grund davon auszugehen, dass Alex sich ausschließlich für Männer interessierte.

Die Frage war, ob sein eifersüchtiger Ehemann ebenfalls nach Saints Close gekommen sein konnte. Hatte er Alex' Bewegungen womöglich mittels dessen Handy verfolgt? Oder war er zu dem Club gefahren, um seinen Mann zur Rede zu stellen, und war den beiden dann bis zu Louises Haus gefolgt? Hatte er seinen Mann wegen dessen vermuteter Untreue getötet und dann … was? Ihn in Louises Bett liegen lassen, um sie zu bestrafen?

Es wäre eine Erklärung für die bizarre Entdeckung, aber trotz allem ziemlich weit hergeholt, dachte Jonah. Und nichts an dieser Theorie wäre leicht zu beweisen, so viel stand fest.

Lightman war allein im CID, als das Abteilungstelefon klingelte. Der Sergeant vom Dienst, dessen Stimme Lightman nicht erkannte, wirkte gestresst, als er erklärte: »Ich habe hier einen gewissen Niall Reakes. Soweit ich weiß, befragen Sie seine Frau. Er möchte sofort den Beamten sprechen, der die Ermittlung leitet.«

»Ich komme runter und hole ihn ab«, sagte Lightman und fügte hinzu, »aber für den Augenblick wird er mit mir vorliebnehmen müssen. Der Chef ist unterwegs zu einer Befragung.«

Es entstand eine Pause, und Lightman konnte sich vorstellen, dass der Sergeant sich fragte, warum ein DCI es für notwendig erachtete, persönlich loszufahren, um Leute zu befragen. Aber nach einer Pause sagte er nur: »Okay. Ich fürchte, dass das nicht gut ankommen wird.«

Lightman ging eilig zum Empfang im Erdgeschoss und wappnete sich auf eine wütende Tirade. Zu seiner Überraschung wirkte Mr Reakes aber eher gestresst als wütend. Er lief sichtlich nervös im Wartebereich auf und ab und sah eigenartigerweise aus wie eine blonde neurotische Version des Anwalts seiner Frau. Auch Niall war auf eine jungenhafte Art attraktiv und ein bisschen dicklich. Auch er war makellos gekleidet in einem blaugrauen Anzug und einem weißen Hemd – ohne jede Knitterfalte, obwohl er den halben Tag gereist war.

Er schüttelte Lightmans Hand, als dieser sich vorstellte, und sagte: »Entschuldigen Sie, dass ich hier so reingestürmt bin, aber das Ganze hat mich wirklich … Es hat mich umgehauen. Verstehen Sie?« Er blickte zu dem Sergeant vom Dienst. »Ich konnte nicht mit Louise sprechen, und mein … ihr Anwalt sagt, dass es eine Mordanklage geben könnte.«

»Natürlich. Das verstehe ich vollkommen«, sagte Lightman. »Begleiten Sie mich ins CID. Dort erkläre ich Ihnen gern alles, so gut ich kann.«

»Okay … in Ordnung.«

Als sie im Treppenhaus außer Hörweite des Sergeants vom Dienst waren, fragte Niall leise: »Warum wurde sie festgenommen?«

»Ihnen ist sicher bekannt, dass ein Mann im Garten vor ihrem Haus tot aufgefunden wurde«, hielt Lightman sich an die Regel, zu jedem Zeitpunkt so wenig wie möglich preiszugeben.

»Ja, aber sie hat gesagt, es sei ein Fremder gewesen«, entgegnete Niall, während er wartete, dass Lightman seine Karte durch den Schlitz am Eingang des CID zog. »Niemand, den sie kannte.«

Lightman sah ihn an und ahnte, dass das ebenso sehr eine Frage wie eine Aussage war. Niall Reakes wollte beruhigt werden, und genau das würde Lightman nicht tun.

»Wir müssen mit beiden von Ihnen noch einige Dinge klären«, erwiderte er gemessen und mit vollkommen ausdruckslosem Gesicht. »Ich bin sicher, der DCI kann Ihnen mehr sagen, sobald er zurück ist.«

Er öffnete die Tür und spürte überrascht, wie Niall unbeholfen seinen Oberarm packte.

»Bitte«, sagte Louises Ehemann verzweifelt, »bitte sagen Sie mir, ob sie einen anderen gevögelt hat. Ich muss es wissen.«

Ein schmaler Garten mit einem hohen Zaun erstreckte sich von Alex Plaskitts Reihenhaus bis zu einem einstöckigen blau gestrichenen Gebäude am anderen Ende. Grünbraune Skelette von Kletterpflanzen und einige Rhododendren waren die einzigen Spuren von Leben. Der Rest des Gartens sah im Licht des Spots über der Hintertür kahl und öde aus. In dem halb geschmolzenen Schnee zeichneten sich Flecken von Rasen und Schlamm ab, während der Rest des Weiß beharrlich liegen blieb.

»Bei Tageslicht und im Sommer ist es sehr viel schöner«, sagte Issa entschuldigend. »Alex hat da draußen den halben Sommer verbracht und entweder gefilmt oder … trainiert.« Mit tief unglücklicher Miene starrte er auf die breiteste Stelle des Rasens, als würde er Alex dort sehen.

»Das war also sein Studio?«, fragte Jonah leise und wies mit dem Kopf auf das Gebäude am Ende des Gartens.

»Ja.« Issa hob den Blick. »Sein Fitnessstudio. Ich hab den Schlüssel …«

Er setzte seine Füße vorsichtig auf die moosbedeckten Trittsteine, die einen gewundenen Pfad den Garten hinunter bildeten, und führte Jonah und Hanson bis zu dem Gebäude. Die Tür war mit einem einfachen Vorhängeschloss gesichert. »Es ist eigentlich kein richtiges Haus«, sagte Issa, der offenbar immer noch den Eindruck hatte, sich entschuldigen zu müssen. »Wir haben einfach für tausendfünfhundert Pfund eine wirklich große Gartenlaube gekauft und sie hier aufgestellt. Alex hat das meiste selbst gemacht.«

Issa beugte sich vor und schaltete das Licht an. Jonah betrat das Haus als Erster und sagte, auch damit Issa sich besser fühlte: »Beeindruckend.« Aber es war tatsächlich beeindruckend. An einer Wand waren Regale mit nach Gewicht sortierten Hanteln, am anderen Ende eine Rudermaschine, ein Laufband und ein Spinning Bike. Die Mitte des Raumes war mit Gummimatten ausgelegt, auf denen zwei Fitnessbälle in verschiedenen Größen lagen.

An der Wand, die zum Garten lag, stand zwischen zwei Fenstern, die am Tag vermutlich viel Licht hereinließen, ein Schreibtisch, darauf ein Desktopcomputer und eine Webcam auf einem Stativ, die auf die Mitte des Raumes ausgerichtet war.

»Hat er hier auch seine Videos bearbeitet?«, fragte Jonah mit einem Blick auf den Computer. In dem Studio war es so kalt, dass sein Atem kleine Dunstwolken bildete, die sich im Schein von zwei Deckenlampen kunstvoll verwirbelten.

»Ja«, sagte Issa.

»Wären Sie damit einverstanden, wenn wir uns die Festplatte ansehen?«, fragte Hanson mit einem mitfühlenden Lächeln.

»Ich habe … nichts dagegen.« Issa zuckte unter Tränen die Schultern. »Aber warum wollen Sie das?«

»In seinen YouTube-Videos erzählt er häufig, was er an dem Tag gemacht oder für später geplant hat«, erklärte sie. »Außerdem sind darin auch einige seiner Kunden zu sehen. Obwohl er die normalerweise in einem öffentlichen Fitnessstudio aufgenommen hat, vermute ich.«

»Es ist das SimpleGym«, erklärte Issa ihr. »Wenn er dorthin geht, nimmt er die Kamera mit und stöpselt seinen Laptop ein. Für aktuelle Aufnahmen müssten Sie vielleicht dort nachsehen.« Er ließ seinen Blick schweifen, bevor er sich wieder an Hanson wandte. »Sie glauben also, es war keine Zufallstat? Sie glauben, es war jemand, den er kannte?«

Jonah nickte Hanson zu, um ihr zu signalisieren, dass er wieder übernehmen würde. Es war nur fair, dass er derjenige sein sollte, der Alex' Ehemann die Nachricht überbrachte.

»Alex ist offenbar nicht im Garten gestorben, wie wir zunächst angenommen haben«, sagte er. »Er war im Haus, und seine Leiche wurde in den Vorgarten geschafft, um unsere Leute in die Irre zu führen.«

Issas Lippen zuckten. »Was hat er dort gemacht?«

»Das wissen wir nicht, aber es ist klar, dass er im Bett gestorben ist. Die Frau, die dort mit ihrem Mann lebt, war bei ihm, wir wissen nur nicht, welche Rolle sie bei alldem spielt.«

Issa wandte sich ab, und das Zucken seines Mundes wurde zu einem Kauen auf der Unterlippe, so heftig, dass es wehtun musste.

»Gab es für Sie irgendeinen Grund anzunehmen, dass Alex mit einer Frau im Bett war?«

Mit halb erstickter Stimme antwortete Issa: »Es wäre nicht das erste Mal gewesen.«

16.

Eine Zeit lang habe ich mein langsames Abrutschen in die Abhängigkeit verborgen. Ich sparte es mir auf für Tage, an denen du weg warst. Ich habe mich komplett abgeschossen und mir dann für sieben Uhr am nächsten Morgen den Wecker gestellt, damit ich dir eine muntere Nachricht schicken konnte, um zu beweisen, dass ich wach und aktiv war. Die Ironie war, dass du nach deinen Konferenzdinners und Kundenbesäufnissen in den meisten Fällen so verkatert wie irgendwas warst. Aber das zählte nicht, oder? Du hattest keine Vorgeschichte in besoffenen Schandtaten.

Außerdem löschte ich jede Nachricht, die mich belasten könnte, und durchforstete mein Handy jeden Morgen nach neuen Apps oder Kontakten. Es gab immer etwas, das getilgt werden musste. Eine barsche Nachricht über dich an April. Eine peinliche Website, die ich besucht hatte. Ein wirklich abstoßendes Meme, das ich geteilt hatte. Ich bekam allmählich das Gefühl, dass die betrunkene Louise sich nach Kräften anstrengte, mein Leben zu versauen.

Irgendwo habe ich ein Video von uns beiden, von mir und April an einem Abend, als wir zusammen aus waren. Aber ich bin natürlich nicht ich. Sie ist es. Jedenfalls habe ich das kurze Video am nächsten Tag auf meinem Handy gefunden, zu sehen sind nur April und die betrunkene Louise, die vermutlich auch das Handy hochhält, und beide rufen: »Wir hassen dich, nüchterne Louise!« Als ich es anschaute, wurde mir regelrecht übel, als würde ich meine Freundin und meine schlimmste Feindin sehen, die mir vereint in den Rücken fielen.

Dann war da noch der Morgen, an dem ich die Tinder-App auf

meinem Handy gefunden habe, was mir wie eine Falle vorkam, die sie mir mit Vorsatz gestellt hatte. Es könnte natürlich sein, dass ich sie aus einem unschuldigen Grund heruntergeladen hatte. Vielleicht wollte mir April einen Typen zeigen, mit dem sie gerade schlief. Es könnte sogar ein bizarrer Moment der Neugierde gewesen sein, nur um zu verstehen, worüber die Leute sprachen. Aber ich könnte es auch aus einem sehr viel schlimmeren Grund getan haben. Ich löschte die App, googelte dann, ob es in der Chronik meines Handys auftauchen würde, und löschte dann auch meine Suchanfragen.

Aber am Ende bist du mir auf die Schliche gekommen. Als du eines späten Nachmittags von einer Geschäftsreise zurückkamst und mich schwach und zerbrechlich vorfandst, konnte ich sehen, dass du es wusstest. In dieser Zeit hast du auch angefangen, schneidende Bemerkungen über April zu machen oder wütend zu werden, wenn ihr Name fiel. Ich wusste, dass du sie nie wirklich gemocht hattest, aber die Feindseligkeit steigerte sich, bis ich sie gar nicht mehr erwähnte. Aber deine schweigende eisige Missbilligung dehnte sich aus und schloss auch alles ein, was ich danach machte. Es wurde tatsächlich die einzige Konstante in unserer Ehe.

Die neurotische Seite meiner Persönlichkeit geriet in dieser Zeit ebenfalls außer Kontrolle. Ich konnte nicht aufhören zu putzen, aufzuräumen, zu perfektionieren. Ich konnte sehen, dass du das ebenfalls gehasst hast. Für dich war es ein weiterer Charakterfehler, den zu reparieren du nicht geschafft hattest.

Und damit kommen wir unerbittlich zum vergangenen Freitag. Zu dem Abend, an dem alle meine schlimmsten Albträume wahr geworden sind.

Ich dachte, es sei hinreichend sicher. Ich hatte April überredet, zu uns zu kommen, weil ich müde war und die Erkältung noch nicht ganz abgeschüttelt hatte, die sich seit dem Valentinstag ebenso hartnäckig hielt wie eine Depression. Ein weiterer Feiertag der Liebe war gekommen und gegangen, und wir beide hatten kaum miteinander gesprochen. Für den größten Teil des Abendessens hatte es sich angefühlt, als wärst du lieber woanders.

April kam, aufgetakelt, koffein-aufgekratzt und Kaugummi kauend. Das Kaugummi war eine Überraschung, selbst bei April. Als sie mich an der Haustür in ihrem Tennessee-Akzent mit »Hey, Schwester« begrüßte, während das bonbonrosafarbene Kaugummi über ihre Zunge rollte, fragte ich mich kurz, wie sie es hinkriegen wollte, gleichzeitig zu kauen und zu reden. Aber natürlich hat sie auch das geschafft.

Sie redete, ich reihte Weingläser und Schälchen mit Nüssen und Oliven auf und lachte. Ich bin sicher, du kannst dir vorstellen, wie schnell der Plastikkorken des grässlichen Rioja entfernt war, den sie mitgebracht hatte. Weiß der Himmel, warum sie nicht einen Teil ihrer großzügigen Unterhaltszahlungen für etwas Gutes zu trinken ausgeben kann. Aber das ist aus irgendeinem Grund nicht ihr Stil.

Ich erinnere mich noch, dass sie nach dir gefragt hat.

»Und, benimmt er sich, der alte Niall?«

Sie lehnte mir gegenüber am Frühstückstresen. Ihr schwarzes Spitzentop war so tief ausgeschnitten, dass ein Streifen ihres pinken BHs und das aufgemalte Tattoo auf ihrer linken Brust zu sehen waren. Ich machte mir nicht die Mühe, sie darauf hinzuweisen, dass sie ziemlich viel nackte Haut zeigte. Sie weiß immer ganz genau, wie viel Titten sie präsentieren will. Wahrscheinlich hatte sie sich aufgebrezelt, um jemanden zum Mittagessen zu treffen.

Sie fragte also, ob du dich benehmen würdest. Ich kippte einen Schluck von dem billigen Fusel herunter und sah sie achselzuckend an. »Mit Niall ist alles in Ordnung. Er kommt morgen zurück.«

Sie fixierte mich mit trübem Blick. »Und, vermisst du ihn noch? Wenn er weg ist?«

»Wir sind verheiratet«, antwortete ich. »Vermissen haben wir nicht mehr im Repertoire.« Und sie war so bedacht, diese Bemerkung. Perfekt, um vorzugeben, dass ich die Art von Beziehung habe, in der man Witze über eine Ehe machen kann, ohne sie ernst zu meinen.

Und dann war es in meiner Erinnerung auf einmal später. Wir waren nicht mehr bei uns zu Hause, sondern in einem Club, obwohl ich keine Ahnung hatte, wie wir dorthin gekommen sind. Mir war das ziemlich egal, weil ich nicht mehr ich war. Ich war sie. Das erkannte ich an der inneren Wärme, an der Zufriedenheit über mich und mein Leben.

Aus irgendeinem Grund erzählte die betrunkene Louise April, dass sie einen Entschluss gefasst hatte. Sie würde verdammt noch mal einfach schwanger werden, was immer es erforderte, und du, Niall, würdest mit den Folgen klarkommen müssen.

»Wir schlafen noch miteinander«, erklärte ich ihr. »Ich werde einfach einen Unfall vortäuschen. Wenn es erst passiert ist, kann er mich nicht zwingen, es loszuwerden, und dann wird er erkennen, dass ich nur das gebraucht habe, um ganz mit dem Trinken aufzuhören.«

Es kam mir vor wie der beste Plan, den ich je gehabt hatte. Ich war so überzeugt davon, dass er mein Leben auf Dauer in Ordnung bringen würde. Ich fühlte mich phantastisch. Mächtig.

Aber all das verpuffte, als April sich vorbeugte und sagte: »Süße, ich hab Niall mit seiner Ex-Frau gesehen.«

Ich weiß nicht, wie ich reagiert hätte, wenn ich nicht schon ziemlich beschwipst gewesen wäre. Aber auch mit dem Schutzschild von ein paar Gläsern Wein zwischen dieser Wahrheit und mir – der schon ordentlich betrunkenen Louise – wollte ich mich übergeben.

»Was soll das heißen, du hast sie *gesehen*?« Ich fragte mich, ob sie euch beim Sex überrascht haben könnte, und dachte gleichzeitig, dass sie sich geirrt haben musste. Verleugnung ist eine starke Macht, nicht wahr?

»Ich habe sie im Domo Wein trinken sehen, und sie waren … Es war offensichtlich, dass irgendwas abging zwischen ihnen.« April stieß einen langen frustrierten Seufzer aus und stocherte mit dem Strohhalm in ihrem Drink. »Hör mal, ich hab schon eine Weile einen Verdacht. Aber ich mag Niall wirklich, und ich wollte ihn nicht vorschnell belasten. Ich weiß, sie arbeiten in derselben Branche, und es ist gut, wenn sie sich verstehen, aber das war offensichtlich was anderes. Wenn ihr wirklich ein Kind zusammen haben wollt … Da kannst du nicht blind reinrennen. Es ist zu wichtig.« Sie sah mich ernst an. »Hat er dir erzählt, dass sie sich treffen?«

Ehrlich gesagt habe ich sie in dem Moment ein wenig gehasst, weil sie mich zu dem Eingeständnis zwang, dass du mir nichts erzählt hattest. Ist das nicht das Schlimmste? Der Mensch, den ich hasste, war nicht der, der mich angelogen hatte.

Ihr gegenüber konnte ich auch nicht zugeben, dass ich schon sehr lange den Verdacht hatte, dass du dich wieder mit Dina triffst. Schlimmer noch, ich war sicher, dass du mit irgendjemandem etwas gehabt hattest, und hatte einfach den Kopf in den Sand gesteckt und gehofft, dass die Affäre sich erledigen würde.

»Wann war das?«, fragte ich sie.

»Letzten Samstag«, antwortete sie.

Ich war das ganze Wochenende weg gewesen, zu einem Konzert in Edinburgh, einer der seltenen Anlässe, wo ich unterwegs war und du allein zu Hause. Du hattest dich mit Dina getroffen, als ich nicht in der Stadt war, als du dich in Sicherheit gewähnt haben musst.

»Du hast gesagt, sie wirkten *anders* … Inwiefern anders?« Ich hörte selbst, wie gepresst und dumm meine Stimme plötzlich klang. Wie *schrill* ich mich anhörte. Ich hasse dieses Wort, doch es trifft die Sache nach wie vor am besten.

»Sie sahen aus wie ein Paar«, erwiderte sie schlicht. »Ich bin reingekommen und habe mich ans andere Ende der Bar gestellt. Ich konnte sie gut sehen. Sie hatten einen Tisch an der Wand, einen von den hohen, und sie war halb um seinen Barhocker gewickelt und trug einen echt tief ausgeschnittenen Jumpsuit. Sie hat viel gelacht und ständig seinen Arm berührt. Verstehst du.«

Ich erinnere mich an das Schaudern, das meinen Körper erfasste. Und die scheiß betrunkene Louise, die ich in diesem Moment so dringend gebraucht hätte, war plötzlich verschwunden. Sie hatte sich offensichtlich an die Bar verdrückt und mich mit dieser Kacke allein gelassen.

Ich wollte nicht noch mehr wissen, doch ich konnte nicht aufhören, Fragen zu stellen.

»Wie sah er aus?«

April zuckte die Schultern. »Ich weiß nicht. Als ob er es genießen würde, nehm ich an.«

»Haben Sie sich … geküsst?«

»Nicht, dass ich es gesehen hätte, aber ihre Körpersprache war eindeutig.« April sah mich mit einem Blick an, der gleichermaßen mitleidig und wütend war. »Du musst wissen, dass er ein beschissener Idiot ist, okay? Du hast so viel mehr und Besseres verdient und er die Hölle. Sie ist die eitelste Person, die ich je getroffen habe.«

Ich nickte und schlang die Arme um meinen Körper. »Glaubst du, sie will ihn zurückhaben? Du weißt schon … richtig?«

»Für den Augenblick schon«, sagte April, »ja. Aber nur, damit sie *gewinnt.* Sie hat das Gefühl, verloren zu haben.«

»Inwiefern?«, fragte ich. Ich spürte, dass ich Gefahr lief loszuheulen, und beschloss, die Tränen mit Wodka herunterzuschlucken. »Wieso hat sie verloren? Sie hat ihn verlassen.«

»Sie hat verloren, weil er nach vorn geschaut hat«, erklärte April mir. »Sie hat verloren, weil ihre Phantasie, er würde ihr jahrelang hinterhertrauern, binnen ein paar Monaten über den Haufen geworfen wurde, und das hat ihr nicht gefallen.«

»Sie hat *geheiratet*«, sagte ich.

»Das spielt überhaupt keine Rolle«, sagte April. Und April ist tatsächlich ziemlich gut darin, Menschen einzuschätzen, das würdest sogar du zugeben, glaube ich. Was Dina betrifft, vertraue ich ihrem Urteil. »Gewinnen ist alles. Sie wollte nicht wirklich mit ihrem neuen Typen *zusammen sein.* Er war ein reicher verheirateter Mann, und sie wollte beweisen, dass sie seine Ehe zerstören konnte. Und jetzt will sie beweisen, dass sie eure auch zerstören kann.«

Das passte zu allem, was ich schon immer über deine Ex-Frau gedacht habe, Niall. Was ich dir gegenüber nie zugeben wollte. Falls du je darüber gegrübelt hast, warum April mir immer so viel bedeutet hat, könntest du eine Menge davon der Tatsache zuschreiben, dass sie meine Seite eingenommen hat. Meine. Sie durchschaut deine Ex-Frau, als wäre sie aus Glas.

In diesem Moment blubberte irgendwas in mir an die Oberfläche, ein gewaltiger Groll, der allein dir galt, nicht ihr.

»Sie hat ihn nicht gezwungen, sich auf einen Drink … und was sonst noch … mit ihr zu treffen.« Ich schüttelte den Kopf. »Er ist genauso ein beschissenes Arschloch.«

April hob ihr Glas. »Darauf trinke ich.«

Danach habe ich versucht, nicht mehr an dich oder die Illusion unserer glücklichen Familie zu denken, die gerade restlos gestorben war. Ich habe es so sehr versucht. Aber ich spürte ein Brennen im Bauch und checkte gut eine Stunde lang permanent mein Handy, um zu sehen, ob du in WhatsApp gewesen warst. Ob du vielleicht Nachrichten an sie schriebst statt an mich.

Und ich trank. Ich trank, um das Brennen zu dämpfen und mein betrunkenes Ich einzuladen. Damit sie wieder übernehmen und dafür sorgen konnte, dass ich gar nichts mehr spürte.

Dieses Mal war es also tatsächlich kein Unfall, dass ich am Ende vollkommen besinnungslos war. Ich tat es mit einem Gefühl grimmiger Entschlossenheit. Durch das Trinken wollte ich mich auslöschen und in sie verwandeln. Und dann wollte ich, ja, ich wollte vorsätzlich zu dem erbärmlichen Wrack werden, auf das du immer wütend warst, zu einem riesengroßen *Fick dich.* Ich dachte sogar daran, irgendeinen Typen zu finden und mit ihm auf der Toilette zu vögeln. Ich dachte daran, unsere Ehe endgültig und vollständig in den Schmutz zu treten, indem ich etwas Unverzeihliches tun und es dir hinterher erzählen würde.

Ich habe vage, bruchstückhafte Erinnerungen an später. Ich erinnere mich an den Moment, als mir klar wurde, dass April verschwunden war. Es war definitiv die nüchterne Louise, die es bemerkte, nicht die andere. Das weiß ich, weil ich plötzlich Angst bekam. Solche Angst, allein zu sein, dass ich überlegt habe, dich anzurufen. Ich habe wirklich daran gedacht, obwohl ich so betrunken war und wusste, wie viel erbärmlicher ich mich deswegen fühlen würde.

Ich erinnere mich, dass ich mein Handy aus der Tasche gezogen und deinen Namen gefunden habe. Ich weiß noch, dass ich darauf gestarrt und mir so gewünscht habe, dass du dort wärst. Dass du dich nicht um Dina, sondern um mich kümmern würdest. Dass du mich nach Hause bringen und auf mich achtgeben würdest.

Und danach nichts.

Jedenfalls nichts, worüber ich mir sicher bin. Da ist eine Erinnerung, die mich überfallen hat, als ich versucht habe, zwischen den Vernehmungen nicht auf meinem Stuhl einzudösen.

Sie begann damit, dass ich durch einen winzigen Garten lief. Aber dieser Garten verwandelte sich rasch in einen endlosen finsteren Wald, und jemand war hinter mir. Das wusste ich schon lange. Ich drehte mich immer wieder um, doch jedes Mal, wenn ich das tat, lächelte er mich an, als wäre er unschuldig und vertrauenswürdig. Und jedes Mal, wenn ich mich wieder nach vorn wandte und dann erneut umdrehte, war er ein Stück näher gekommen, scheinbar ohne sich zu bewegen. Sein lächelndes Gesicht schien irgendwo vor seinem Körper zu schweben, was gruselig war.

Ich versuchte zu rennen, doch meine Beine fühlten sich schlaff an. Außer Kontrolle. Ich stolperte dauernd. Alle naslang fand ich mich auf dem Rasen oder dem gefrorenen Boden wieder, und er schloss schneller und schneller zu mir auf, bis er direkt hinter mir war. Ich schrie, wollte weglaufen und stürzte erneut.

Und ich weiß nicht, warum ich da nicht aufgewacht bin, denn das hätte passieren müssen. Ich hätte aufwachen müssen, als ich fiel und er mich erreichte, aber das tat ich nicht. Ich konnte nicht. Ich konnte nur dort liegen und ihn auf mir spüren. Dann presste er etwas Scharfes in meinen Rücken, tiefer und tiefer, bis ich sicher war, dass ich sterben würde.

Ich musste aufwachen, denn wenn ich das nicht tat, würde ich in diesem Traum sterben. Das wusste ich. Ich würde wirklich sterben.

Und irgendwie riss ich mich zurück. Ich wachte auf.

Ich bin froh, dass man mich eine Zeit lang allein gelassen hat. Es hat lange gedauert, bis ich aufhören konnte zu weinen. Ich konnte den Schmerz in meinem Rücken noch spüren und erinnerte mich plötzlich, dass die Stelle neben all den anderen Abschürfungen, die ich mir nicht erklären konnte, beim Duschen heute Morgen gebrannt hatte. Also stolperte ich zu der verspiegelten Scheibe auf der einen Seite des Vernehmungsraums. Mir wurde schlecht. Ich zog mein Top ein paar Zentimeter nach oben, wandte der Scheibe den Rücken zu und reckte den Hals.

Und da war es, an meinem Rücken, genau dort, wo ich es in dem Traum gespürt hatte. Eine Kruste über einer Stichwunde und drum herum ein dunkelvioletter Bluterguss.

Ich hatte das Gefühl zu fallen.

17.

Hanson fand, dass die Unterhaltung mit Issa beschwerlich verlief. Er hatte sich durch einen wütenden, verletzten trauererfüllten Bericht von Alex' früherer Untreue geschluchzt, während der DCI und sie in dem unbeheizten Studio allmählich angefangen hatten zu zittern.

»Sie war eine von seinen Kundinnen«, erklärte er ihnen. »Die Tochter einer Baronesse, erzogen an einer Mädchenschule mit Ponyreiten und allem. Sie war eine Person nach Art der Plaskitt-Familie, und das hat sich angefühlt wie … wie die schlimmste Form von Verrat. Ich konnte nicht glauben, dass das die Art Frau war, auf die er stand.«

»War Alex bisexuell?«, fragte der DCI.

Issa nickte. »Im Prinzip schon. Aber er hat mir erzählt, heftig verliebt habe er sich nur in Männer. Nur in mich und einen Freund aus der Schule. Es wäre leichter für ihn gewesen, wenn er eine Frau geheiratet hätte, und ich weiß, dass ihm das manchmal zugesetzt hat. Wenn er sich einfach für ein nettes junges Mädchen entschieden hätte, hätten seine Eltern sich mit ihm versöhnt. Enkelkinder, in die sie vernarrt gewesen wären. Er hätte seine Schwester öfter gesehen. Mummy und Daddy wären einverstanden gewesen und hätten sie besucht, ihnen wahrscheinlich ein schickes großes Haus gekauft. Wer weiß?« Er riss eine Schublade des Schreibtischs auf, wühlte darin herum, zog eine Packung Papiertaschentücher heraus und schnäuzte sich die Nase, bevor er fortfuhr: »Ich wusste, dass es diesen Teil in ihm gab, und es hat mich wahnsinnig gemacht. Schließlich war nicht er derjenige, dessen Familie acht Jahre nicht mehr mit ihm gesprochen hatte. Dem man erklärt hat, er sei ein Monster.«

»Hat Ihre Familie das getan?«, fragte Hanson leise. »Sie verstoßen?«

»Und ob sie das getan hat.« Issa verzog wütend den Mund. »Ich bin als Ahmadiyya-Muslim erzogen worden, mit all den Predigten darüber, dass Vergebung das Wichtigste ist. Dass wir tolerant sein und Frieden suchen sollen, weil dies die wahren Lehren des Islam sind.« Er lächelte bitter. »Wie sich herausstellte, gab es Ausnahmen, laut meiner Eltern. Toleranz gilt nur gegenüber Menschen anderen Glaubens, nicht gegenüber Menschen mit anderer sexueller Orientierung.«

Hanson verzog das Gesicht. »Das tut mir sehr leid. Das war bestimmt schrecklich.«

Issa verzog die Lippen zu einem weiteren halbherzigen Lächeln. »Ja, es ist schon ziemlich hart, aber ich habe meinen Frieden damit gemacht.« Er stieß einen langen Seufzer aus. »Vermutlich ist es mir schwergefallen, Mitleid mit Alex wegen einer Situation zu empfinden, die viel leichter war.«

Hanson nickte, und überließ die nächste Frage wieder dem DCI. »Wenn er Sie betrogen hat, waren es einmalige Sachen? Oder … Affären?«

»Er hat gesagt, es sei ein One-Night-Stand gewesen«, sagte Issa ein wenig skeptisch, »und ich hatte auch keinen Grund zu vermuten … Die beiden hatten noch nicht lange zusammen trainiert, und er schien ehrlich bestürzt über die Sache. Wirklich.«

»Erinnern Sie sich an ihren Namen?«

»Ja.« Er sah sie trotzig an. »Manchmal checke ich sie im Netz, nur um sicherzugehen, dass sie wirklich, Sie wissen schon … nichts mehr mit ihm zu tun haben kann. Sie heißt Sarah Lang und lebt jetzt in Monaco. Ich bezweifle, dass sie für Sie von irgendeinem Interesse ist.«

Hanson zog ihr Notizbuch aus der Tasche und schrieb den Namen trotzdem auf.

»Hatten Sie je den Eindruck, dass er anderen jungen Frauen nachstellte?«, warf der DCI ein.

Issa zuckte seltsam die Schultern. »Ich bin ein paarmal wütend auf ihn geworden, weil er länger aus war, als er vorher gesagt hatte. Ich … ich mochte es nicht, wenn er mit Step unterwegs war.«

»Sie hatten das Gefühl, dass er ein schlechter Einfluss war?«, fragte Jonah.

»Mag sein.« Er blickte mit dem Ausdruck eines Mannes zur Decke, der versucht, seine Tränen zurückzuhalten. »Immer wenn sie zusammen aus waren, konnte Alex nicht genug bekommen. Ich hatte dieses … dieses Gefühl, dass er mit Frauen flirtete.«

Sheens zog ein ausgedrucktes Foto von Louise Reakes aus der Tasche, das nach ihrer Festnahme gemacht worden war. Ihr Gesicht war blass und leicht kränklich, auch das Licht war nicht eben schmeichelhaft, und sie sah aus, als wüsste sie, dass sie tief in der Patsche saß.

»Erkennen Sie diese Frau?«, fragte der DCI.

Issa nahm das Foto, warf einen Blick darauf und schüttelte den Kopf. Hanson sah, dass seine Lippen zuckten und fragte instinktiv: »Sieht sie der Frau, mit der er geschlafen hat, irgendwie ähnlich?«

»Ja«, antwortete Issa beinahe flüsternd. Er sah sie an. »Sie sieht ihr ziemlich ähnlich.«

Sheens präsentierte ihm ein weiteres Foto. Es zeigte die Mordwaffe in all ihrer glänzenden Pracht.

»Was ist damit? Könnte das Alex gehört haben?«

Issas Gesicht wurde blasser. Das hatte Hanson noch nicht oft gesehen, das Abfließen von Blut, oft beschrieben, aber selten erlebt.

»Nein, es ist nicht seins.« Issa schluckte. »Warum zeigen Sie mir das? Wurde er damit getötet? Natürlich war es nicht seins. Natürlich nicht. Wieso sollte er ein Messer besessen haben?«

»Es kommt überraschend häufig vor, dass Menschen, die ein Messer bei sich tragen, damit getötet werden«, sagte DCI mitfühlend.

»Er hat nie in seinem Leben ein Messer gehabt«, sagte Issa. »Er war ein Hardcorepazifist.«

»Er könnte es nicht einfach wegen des Aussehens gekauft haben?«, fragte Sheens. »Es ist wunderschön gearbeitet.«

»Das ist nicht schön«, sagte Issa mit glänzenden Augen und zusammengebissenen Zähnen. »Das ist eine Monstrosität.«

Eine gute Viertelstunde, nachdem Lightman Niall Reakes mit einer Tasse Kaffee im Angehörigenzimmer zurückgelassen hatte, erreichte er endlich den DCI. Diesmal wurde der Anruf direkt angenommen, Lightman hörte das Motorengeräusch im Hintergrund. Er berichtete, dass Mr Reakes verlangte, sowohl seine Frau als auch den Anwalt seiner Frau sowie den DCI zu sprechen.

»Lassen Sie ihn mit Patrick Moorcroft reden«, sagte der Chef nach kurzer Überlegung. »Aber informieren Sie ihn darüber, dass die Unterhaltung nicht dem Schutz der Vertraulichkeit unterliegt, da der Anwalt nicht Mr Reakes vertritt.«

»Und vermutlich möchten Sie, dass ich im Observationsraum bin, wenn sie sich unterhalten?«

»Und ob«, bestätigte Sheens. »Wir sind in gut zwanzig Minuten zurück, dann werde ich wahrscheinlich mit ihm sprechen. Und halten Sie mich auf dem Laufenden, wenn der Superintendent in meinem Büro anruft. Ich will wissen, ob wir unsere sechsunddreißig Stunden bekommen. Danke, Ben.«

Louise Reakes und ihr Anwalt saßen in anscheinend angespanntem Schweigen zusammen. Der Anwalt las irgendetwas, was vermutlich mit ihrem Fall zu tun hatte, während Louise sich mit aufgerissenen Augen und unfokussiertem Blick ununterbrochen mit einer Haarsträhne über die Lippen strich.

»Mr Reakes ist eingetroffen«, sagte Lightman, worauf Louise sofort aufstand, sodass ihr Stuhl laut über den Linoleumboden schrammte. »Er möchte Sie sprechen, Mr Moorcroft.«

Patrick sah mit gerunzelter Stirn zu Lightman auf, warf seiner Mandantin einen kurzen Seitenblick zu und fragte dann: »In welcher Funktion?«

»In inoffizieller.«

Louise starrte ihren Anwalt an, während er überlegte. Als er sich erhob, sagte sie: »Ich muss ihn sehen. Ich bin diejenige, die mit ihm sprechen sollte.«

»Ich kann ihm die Einzelheiten deines Falls erläutern«, beruhigte Patrick sie. Er nahm seinen Aktenkoffer und begann, systematisch seine Papiere einzupacken.

»Das ist nicht das Gleiche«, entgegnete Louise. »Er wird denken ... Ich muss ihm alles erklären.«

Der Anwalt blickte kurz auf und sagte dann sanft: »Es wäre äußerst ungewöhnlich, wenn man dir den Kontakt erlauben würde, solange du unter einem so schweren Tatvorwurf vorläufig festgenommen bist. Ich weiß, wie viel Sorgen du dir machst, wie er reagieren wird, aber ich werde ihm wirklich alles vortragen, was du gesagt hast, und ich bin sicher, er wird verstehen, dass du ebenso verwirrt bist wie wir alle.«

Lightman hörte überrascht zu. Von einem Topanwalt hatte er nicht so viel Mitgefühl erwartet, vielleicht eine muntere Beschwichtigung, aber der tröstende Tonfall seiner Stimme war unerwartet.

Offenbar auch für Louise, denn sie sah ihn mit leerem Blick an und sagte: »Also gut. Danke ... vielen Dank ... Patrick.« Und dann wandte sie sich ab und schlug die Hände vors Gesicht.

Der Anwalt sagte nichts, als Lightman ihn ins Angehörigenzimmer führte. Er wirkte nachdenklich, und Lightman fragte sich, was ihm im Kopf herumging.

Als sie den Raum betraten, konnte man in Niall Reakes' Augen noch Spuren von Tränen erkennen. Seine Reaktion auf den Anwalt lag irgendwo zwischen erleichtert und wütend.

»Der DCI hat erlaubt, dass Sie mit Mr Moorcroft sprechen«, sagte Lightman. »Aber er bleibt der Anwalt Ihrer Frau.«

Niall Reakes, der im Begriff gewesen war aufzustehen, sah Lightman scharf an. »Was soll das heißen?«

»Es heißt, dass wir reden können, aber nicht unter dem Schutz der Vertraulichkeit des Anwalt-Mandanten-Verhältnisses«, erklärte Patrick Moorcroft.

»Ich lasse Sie dann allein«, sagte Lightman und fing den ironischen Blick des Anwalts auf, dem offensichtlich bewusst war, dass ihre Unterhaltung abgehört werden würde.

Als Lightman sich im Observationsraum eingeschlossen hatte, sagte Niall Reakes gerade erhitzt: »… warum zum Teufel hat sie dich angerufen. Du bist mein Freund, nicht ihrer.«

»Ich bin auch der einzige Anwalt, den ihr beide kennt«, sagte Patrick ruhig und stellte seinen Aktenkoffer auf den Tisch. »Wahrscheinlich wusste sie nicht, wen sie sonst anrufen sollte.«

»Nun, sie wird jemand anderen finden müssen«, sagte Mr Reakes schrill und zittrig.

»Sie hat mich gebeten, sie zu vertreten, Niall«, sagte Patrick ein wenig entschiedener. »Ich bin ihr Anwalt.«

»Das ist nicht dein Ernst«, sagte Niall und lachte halb ungläubig. »Man hat sie verhaftet. Sie denken … sie müssen irgendeinen Grund haben. Warum hält man sie fest, wenn sie nicht irgendwas getan hat?«

Einen Moment lang wirkte Patrick ratlos, beinahe verlegen. Dann sagte er: »Die Frage, was sie möglicherweise getan hat, hängt damit zusammen, wo der junge Mann gestorben ist. Man hat mittlerweile festgestellt, dass er in und nicht vor eurem Haus gestorben ist.«

»O Gott«, sagte Niall und fasste sich mit beiden Händen ins Gesicht. »Ich wusste es. Ich wusste, dass …« Er wandte sich unvermittelt an Patrick. »Sie hat mit ihm geschlafen, oder?«

»Das bleibt unklar« sagte Patrick. »Er ist … neben ihr im Bett gestorben.«

»Herrgott noch mal!« Niall schüttelte heftig den Kopf. »Du kannst sie nicht vertreten. Ausgeschlossen.«

»Niall …«

»Ein anderer Mann war in unserem Bett!« Er beugte sich vor und zeigte zur Tür, als ob das Bett dort stehen würde. »Irgendein Fremder, der jetzt tot ist!«

»Das zu erfahren, ist natürlich furchtbar«, sagte Patrick. »Es tut mir sehr leid, Niall. Aber seit sie mich engagiert hat, bin ich ebenso sehr ihr Rechtsbeistand wie dein Freund.«

»Sie hat keinen besch…eurten Anwalt verdient«, sagte Niall Reakes zwischen zusammengebissenen Zähnen.

Lightman ertappte sich bei einem knappen Lächeln über Nialls Bemühen, nicht zu fluchen. Seine Frau schien sich mit vulgären Ausdrücken deutlich wohler zu fühlen.

»Den hat jeder verdient«, sagte Patrick leise. »Jeder.«

»Nun, dann engagiere ich dich stattdessen«, sagte Niall unvermittelt triumphierend. »Dann kannst du sie nicht vertreten, weil das ein Interessenkonflikt wäre.«

Patrick seufzte. »Ich fürchte, es funktioniert so, dass ich nicht in der Lage wäre, *dich* zu vertreten. Aber du brauchst aktuell doch auch keinen Rechtsbeistand, oder?«

»Doch, das brauche ich. Ich brauche einen Beistand, der mir erklärt, was zum Teufel passiert ist.«

»Damit kann ich dir bis zu einem bestimmten Punkt helfen.«

Niall wandte sich mit einer frustrierten Handbewegung ab, bevor er fragte: »Hat sie jemanden … jemanden … irgendeinen Dreckskerl zu uns nach Hause eingeladen und dann zu spät gemerkt, dass er gewalttätig ist?«

»Deine Frau kann sich an kaum etwas von dem Abend erinnern«, sagte der Anwalt. »Sie ist mit ihrer Freundin April ausgegangen. Die beiden haben sich betrunken. April ist mit einem Mann abgezogen, den sie aufgegabelt hatte, und Louise ist allein zurückgeblieben und hat eine riesige Erinnerungslücke, was den späteren Teil des Abends betrifft.«

»Ach wirklich?« Wieder lachte Niall beinahe.

»Es ist vielleicht wissenswert«, sagte Patrick Moorcroft gemessen, »dass der junge Mann, der gestorben ist, verheiratet war. Mit einem anderen Mann.«

Es herrschte absolute Stille. Niall wandte den Kopf, öffnete den Mund und zögerte. »Was?«

»Die Einzelheiten des Falles sind offensichtlich komplex. Wie leicht es auch sein mag, voreilige Schlüsse zu ziehen, musst du meiner Meinung nach geduldig bleiben und die Wahrheit ans Licht kommen lassen. Louise hat mir versichert, dass sie den fraglichen Mann nicht kennt, und sie ist sich absolut sicher, dass sie weder ihm noch sonst jemandem gegenüber gewalttätig geworden ist.«

»Und, glaubst du ihr?«, fragte Niall. Er baute sich vor Patrick auf, die Hände in den Taschen, den Körper wieder leicht vorgebeugt. »Glaubst du, dass das wahr ist? Tust du das?« Es entstand eine kurze Pause, bevor er viel leiser sagte: »Bitte, Patrick. Bitte sag es mir. Ich verliere den Verstand.«

»Ich weiß, Niall«, entgegnete der Anwalt mit ebenfalls gesenkter Stimme. »Und ja, ich glaube ihr. Sie hat offensichtlich ebenfalls einen furchtbaren Tag hinter sich.«

Niall schüttelte den Kopf, aus irgendeinem Grund nicht bereit, das zu akzeptieren. »Natürlich. Sie hat versucht, irgendeinen … irgendeinen Mord zu vertuschen.«

»Niall«, sagte Patrick unvermittelt scharf. »Ich habe dir alles erzählt, was ich weiß. Vielleicht würde es sich lohnen, mal über den Charakter deiner Frau nachzudenken und dich zu fragen, ob sie wirklich zu einer solchen Tat fähig wäre, bevor du ihre Verteidigung torpedierst.«

Nialls Gesichtszüge erschlafften augenblicklich. In dem Moment sah er bloß aus wie ein Kind, das gerügt worden war. »Ich wollte nicht … ich bin … Es tut mir leid.« Er senkte den Blick. »Ich wollte wirklich nicht … ich beschuldige sie in keiner Weise.«

»Gut«, sagte Patrick nickend. »Das freut mich.«

Wieder dehnte sich das Schweigen zwischen ihnen aus. Dann fragte Niall: »Und was jetzt? Was soll ich machen?«

»Vielleicht solltest du nach Hause gehen«, sagte der Anwalt.

Niall schüttelte den Kopf. »Ich will … ich muss mit der Polizei sprechen. Ich muss mit ihnen reden. Persönlich.« Er sah seinen Anwalt an. »Ich habe aus den verdammten Nachrichten erfahren, dass sie verhaftet wurde.«

»Ich habe mich bemüht, dich schnellstmöglich anzurufen, und soweit ich weiß, hat die Polizei ebenfalls versucht, dich zu erreichen …«

»Ja, ich weiß«, fauchte Niall und fügte leiser hinzu: »Es tut mir leid, Patrick. Ich sollte … dir dankbar sein. Es fühlt sich nur plötzlich so an, als stünden wir, Louise und ich, auf zwei unterschiedlichen Seiten.«

»Soweit es mich betrifft, ist dem nicht so«, erklärte Patrick ihm und legte eine Hand auf Nialls Schulter. »In meiner offiziellen Position als dein bester Freund bin ich für euch beide da. In Ordnung?«

Für den Rest der Fahrt grübelte Hanson über Issas Aussage nach. Es schien durchaus möglich, dass Alex und Louise zusammen nach Hause gegangen waren, um Sex zu haben, wobei es keinen Beweis dafür gab, dass sie in dem Club miteinander angebändelt hatten. Nichts auf irgendeiner Kamera. Keine Hinweise vom Barpersonal oder von Louises Freundin. Und die beiden waren streng genommen unabhängig voneinander gegangen.

Diese Gedanken gingen ihr noch durch den Kopf, als sie auf den Parkplatz auf der Rückseite von Southampton Central bogen. Beim Aussteigen aus dem Mondeo des Chefs fiel ihr Blick unwillkürlich auf einen schwarzen 3er BMW, der in der Nähe des Eingangs der Polizeistation parkte. Sie spürte, wie sich ihr Herz zusammenzog.

Er ist es nicht, sagte sie sich, als sie den Laptop aus dem Wagen nahm und die Tür schloss. Aber sie konnte den Blick nicht abwenden. Sie glaubte, im Licht der Straßenlaterne die Umrisse des

Fahrers ausmachen zu können, und in ihrer Phantasie wurde er zu Damian, der hinter dem Lenkrad saß und sie beobachtete.

Er fuhr den BMW noch, als sie ihn zum letzten Mal gesehen hatte, den Wagen, für den sie die Anzahlung geleistet hatte, weil sie so dumm gewesen war zu glauben, er würde ihr das Geld zurückgeben. Einen Wagen, der viel, viel zu teuer für Damians bescheidenes Einkommen und seine unbescheidenen Schulden war. Aber natürlich hatte er ihn haben müssen. Er musste immer das Beste von allem haben, als ob die Welt ihm diesen Luxus schuldig wäre.

Sie senkte den Kopf und folgte dem DCI, ohne erneut zu dem Auto zu blicken. Wahrscheinlich war er es gar nicht.

Viele Leute fahren einen schwarzen BMW, sagte sie sich.

Aber sie zitterte immer noch, als sie die Lobby betraten.

Sie wünschte, das Gebäude wäre weniger großzügig verglast. Sie hatte eine Gänsehaut, bis sie die Tür zum CID hinter sich zugezogen hatte.

Der Anruf des Superintendent kam, als Jonah auf halbem Weg zu seinem Büro war. Er legte seinen Laptop auf O'Malleys unordentlichem Schreibtisch ab, um ihn anzunehmen.

Das Telefonat war dankenswert kurz. Der Superintendent stimmte ihm zu, dass eine Verlängerung der vorläufigen Haft gerechtfertigt war, und befürwortete, wenn erforderlich, auch den Antrag auf eine erneute Verlängerung beim Haftrichter. Das bedeutete, dass am folgenden Tag lediglich Hanson als die Constable des Teams Louise Reakes zum Gericht begleiten müsste. Aber Jonah würde mitkommen. Für die Beantwortung schwieriger Fragen war es immer nützlich, wenn ein leitender Beamter anwesend war, außerdem war es eine nette Geste, einer ihm unterstellten Kollegin beizustehen.

»Okay«, sagte Jonah, nachdem er den Anruf beendet hatte. »Wir haben unsere sechsunddreißig Stunden und planen bei Bedarf, vor Gericht eine weitere Verlängerung zu erwirken. Kann ich eine Zusammenfassung dessen bekommen, was Niall Reakes mit dem Anwalt besprochen hat, Ben?«

In seiner ruhigen und präzisen Art schilderte Lightman die Unterhaltung. Er berichtete von Niall Reakes' Zweifeln bezüglich seiner Frau und seiner Forderung, Patrick Moorcroft solle das Mandat niederlegen und stattdessen ihn vertreten.

»Sie sind offensichtlich eher Freunde als Anwalt und Mandant, und Mr Reakes fühlt sich von der Entscheidung seines Freundes, Mrs Reakes zu vertreten, anscheinend verraten. Er hat anklingen lassen, dass die beiden sich auf irgendeine Art gegen ihn in Stellung bringen, obwohl nicht ganz klar geworden ist, inwiefern genau. Es war eine ziemlich hitzige Unterhaltung«, fügte er so kühl hinzu, dass es beinahe komisch war.

»Er konnte sich also durchaus vorstellen, dass seine Frau ihn betrogen und sogar gemordet hat«, sagte Jonah.

»Ja«, bestätigte Lightman. »Das trifft es ziemlich gut. Jetzt verlangt er, Sie zu sprechen. Seine Frau wiederum verlangt, ihn zu sprechen.«

Jonah grinste trocken. »Also, ich verlange einen Kaffee. Mal sehen, wer von uns als Erster kriegt, was er will.«

O'Malley nahm eine Thermoskanne und machte sich auf den Weg zu Costa. »Man braucht keine billigen Einwegbecher«, sagte er und schwenkte die Thermoskanne in Jonahs Richtung. »Die Dinger halten Jahrhunderte, bevor sie porös werden.«

Darüber musste Jonah grinsen. Das war offensichtlich eine neue Marotte von O'Malley, der auf gutem Weg war, ein Coffee-to-go-Süchtiger zu werden. Er bemerkte die drei Pappbecher auf O'Malleys chaotischem Schreibtisch, deren Inhalt sich in verschiedenen Zuständen des Verschimmelns befand.

Er wollte sich ein paar Minuten Zeit nehmen, um sich in sein Büro zurückzuziehen und seine Gedanken zu ordnen, bevor er mit Niall Reakes sprach. Aber als er sich an seinen Schreibtisch setzte und seinen Computer aus dem Ruhezustand weckte, fand er eine Notiz in O'Malleys schiefer Handschrift, die ihn aufforderte, Janet McCullough anzurufen. Der Sergeant hatte den Anruf offensichtlich vergessen.

Die Forensikerin nahm prompt und hörbar enthusiastisch ab.

»Ich habe mit meinem Experten über Ihr Messer gesprochen«, sagte sie. »Und ich habe tatsächlich ziemlich gute Nachrichten. Wenn es keine Kopie ist, handelt es sich um einen Import aus der Ukraine. Zurzeit gibt es in Großbritannien nur eine Firma, die sie verkauft.«

»Wow, tolle Arbeit«, sagte Jonah, nicht wirklich überrascht, dass McCullough den Mann persönlich angerufen hatte, anstatt nur einen Kontakt herzustellen. Mehr zu tun als verlangt, war typisch für sie. »Können Sie mir den Namen geben?«

»Die Firma heißt Steel and Silver, ein Onlinehändler mit Geschäften in Newcastle und London«, sagte McCullough. »Hoffen wir, dass sie nicht allzu viele von den Messern verkaufen.«

»Ja, hoffen wir das«, stimmte Jonah ihr zu.

18.

Den nächsten Teil möchtest du bestimmt nicht lesen. Das weiß ich. Aber es ist entscheidend, dass du es erfährst. Wenn ich dir nicht die schiere, alles erstickende Panik vermittele, die mich überfallen hat, als ich an diesem Samstagmorgen aufgewacht bin, wirst du nie verstehen, was ich getan habe. Selbst jetzt hasse ich es, dass das Bild, das du von mir im Kopf hast, so falsch ist. So verzerrt.

Ich habe dir beschrieben, wie es war, als ich ihn dort neben mir entdeckt habe. Aber du musst jetzt begreifen, was für absolut furchtbare Gedanken mir gekommen sind. Ich stellte mir vor, dass die betrunkene Louise ihn verführt und dann umgebracht hatte, und dass sie alles getan hatte, was sie konnte, um sicherzugehen, dass ich dafür büßen würde.

Du bist es wahrscheinlich gründlich leid, dieses ganze Gerede von ihr, oder? Mittlerweile willst du bestimmt gegen sie aufbegehren und mich anschreien, dass alles *ich* war und diese künstliche Abspaltung sowohl kindisch als auch pathologisch ist.

Aber damit würde man das Wesen der Beziehung von ihr und mir missverstehen. Es würde die Dissoziation trivialisieren, die jedes Mal geschieht. Ich erkenne jetzt, dass in meiner Psyche etwas Tiefergehendes wirksam ist als bloßer Alkoholismus, nicht zuletzt wegen der Version meiner selbst, der ich an diesem Morgen begegnet bin.

Es war die Angst, die es ausgelöst hat. Angst, wie ich sie nie gekannt habe. Sie steigerte sich in einem unerträglichen Crescendo, bis irgendetwas in mir riss. Ich verschwand, und ein anderes Ich erwachte zum Leben. Sie war … nun, sie war nicht aufzuhalten.

Diese neue Louise wusste mehr als ich. Sie wusste, dass sie die Leiche dieses Mannes aus dem Haus schaffen musste. Sie erkannte die Gefahr, für etwas ins Gefängnis zu kommen, gegen das sie sich nicht verteidigen konnte. Sie musste verhindern, dass das geschah.

Und nur nebenbei, ist das nicht erfrischend? Ein Alter Ego, das tatsächlich mal auf die nüchterne Louise achtgibt? Eine, die die Sauerei beseitigt, statt sie zu veranstalten. Ich muss sie einfach mögen.

Es war, als würde ich jemand anderem zusehen, als sie sich an die Arbeit machte. Sie wusste, dass sie es erledigen musste, solange es noch dunkel war, und dass es besser wäre, es nackt zu tun, deshalb zog sie sich aus und steckte meine Ausgehklamotten in die Wäsche. Dabei bemerkte sie, dass mir einer meiner Ohrringe fehlte, tat den Gedanken jedoch ab. Es spielte keine Rolle, ob er irgendwo auf der Straße gefunden wurde, wenn der Tatort mein Vorgarten sein würde.

Sie streifte ein Paar Wegwerfhandschuhe zum Putzen über und hievte ihn aus dem Bett. Er war unglaublich scheiß schwer, aber sie schaffte es trotzdem.

Bist du gerade zusammengezuckt? Warst du mehr angewidert von meinem Fluchen als von dem Bild deiner Frau, die einen muskulösen Mann aus unserem Ehebett schleift? Fast könnte es mich interessieren.

Wie dem auch sei, sie war eine entschlossene Person, diese neugeborene Louise. Nach gut zwanzig Minuten hatte sie die Leiche nach draußen geschafft. Und nachdem sie das Messer für den Fall, dass sie es irgendwann berührt hatte, mit Desinfektionsmittel abgewischt hatte, legte sie es neben ihn und trat einen Schritt zurück, um die Szene zu betrachten.

Ihr wurde klar, dass da nicht genug Blut war. Niemand würde glauben, dass er dort angegriffen worden war. Sie musste dafür sorgen, dass es so aussah, als wäre er von woanders gekommen.

Also streifte sie ihm die Schuhe ab, tunkte sie in das Blut auf der

Matratze, zog sie selbst an und hinterließ eine falsche Spur vom Bürgersteig bis zu der Stelle, wo er lag, wobei sie sorgfältig darauf achtete, nur in die Abdrücke zu treten, die sie in der Nacht auf dem Heimweg selbst hinterlassen hatte.

Dabei dachte sie an die Schuhe toter Männer und musste lachen. Sie hat dort draußen in der bitteren Kälte tatsächlich gelacht, trotz der Gefahr, entdeckt zu werden. Und das ist nicht der schwarze Fleck auf ihrer Seele, für den du ihn vielleicht hältst. Es liegt eine große und schreckliche Absurdität darin, einen toten Körper bewegen zu müssen, und ich bezweifle, dass viele Menschen irgendwann in ihrem Leben damit konfrontiert werden.

Nachdem sie ihm seine Schuhe wieder angezogen hatte, begann sie, alles sauber zu machen. Und ich wette, an dieser Stelle lachst du ein wenig bitter und denkst: *Natürlich hat sie geputzt.* Aber es war unbedingt notwendig. Wie sich herausstellte, waren beide Versionen meiner selbst wie für diesen Moment geschaffen.

Wir haben bis zwanzig vor sechs gebraucht, um alles sauber zu machen, gut anderthalb Stunden, nachdem ich aufgewacht war und ihn entdeckt hatte. Wenn man die Wahrheit verschleiern will, sind Frühaufsteher ganz klar im Vorteil.

Das letzte und größte Problem für uns beide war die Matratze, die immer noch blutgetränkt war. Aber auch dem war sie gewachsen. Sie stellte meinen Föhn auf Kaltluft, um sie zu trocknen. Als sie fertig war, hinterließ die Matratze nur eine kleine Schmierspur auf ihrer Hand, wenn sie fest drückte. Nachdem sie das Bett neu bezogen hatte, war nichts mehr zu sehen.

Diese andere Version blieb bei mir, bis die Polizei kam. Sie war dort, um mir zu erklären, was ich sagen musste. Um mich zu leiten und davon abzuhalten, alles zu ruinieren.

Jetzt bist du bestimmt sicher, dass mit mir etwas nicht stimmt und diese permanente Dissoziation von mir selbst ein Zeichen dafür ist, dass ich zutiefst beschädigt bin. Aber ich begreife allmählich, dass diese Aspekte meiner selbst aus einer Notwendigkeit heraus geboren werden. Sie schützen mich, wenn das Leben und die Menschen darin mich zu heftig herumschubsen.

Was immer du also über meine Personae denkst, eins sage ich dir: Ich vermisse sie heftig, nachdem sie mich jetzt verlassen haben. Jede von ihnen hat auf ihre Weise das getan, wovon ich mir so sehnlichst gewünscht habe, du würdest es tun, Niall. Sie haben mir das Gefühl gegeben, dass alles gut wird.

19.

Da Lightman sich angeboten hatte, Niall Reakes' Reise nach Genf zu überprüfen, und O'Malley Kaffeedienst hatte, konnte Hanson über ihren nächsten Ermittlungsschritt frei entscheiden. Sie musste sich ablenken von dem schwarzen Wagen auf dem Parkplatz und vor allem von ihrer eigenen nervösen Unruhe. Davon, wie all das ihr zusetzte.

Alex Plaskitts PC-Tower stand noch schief auf einem Stapel Papiere auf O'Malleys Schreibtisch, sein Laptop lag auf ihrem. Auf beiden Geräten zusammen sollten sich sämtliche seiner Videos befinden, und sie könnte ebenso gut damit anfangen, sie durchzuarbeiten.

Sie überlegte, mit welchem Rechner sie starten sollte, und entschied sich für den Laptop, auf dem sich vermutlich das aktuellere und noch ungeschnittene Material befinden würde. Obwohl es unwahrscheinlich war, etwas Relevantes zu finden, hoffte sie zumindest, etwas mehr über den Menschen und seine Gemütsverfassung zu erfahren. Etwas, was ihr einen Hinweis gab, ob Alex vielleicht mit Louise Reakes hatte schlafen wollen und ob er zu Gewalt neigte.

Sie fuhr den Laptop hoch und hörte mit halbem Ohr, wie Ben im Hintergrund mit einer Person in Niall Reakes' Pharmafirma telefonierte. So wie Lightman seine Anfragen extrem höflich wiederholte, hatte sie den starken Verdacht, dass die andere Seite Schwierigkeiten machte. Sie hatte noch nie erlebt, dass ihr Kollege wütend wurde. Weder auf einen Zeugen noch auf einen Verdächtigen oder einen von ihnen. Obwohl sie sich oft fragte, ob er im Innern mehr empfand.

Sie zog die Kopfhörer aus ihrem Desktopcomputer, stöpselte sie in den Laptop und hoffte, dass sie keinen Anschiss von der IT bekommen würde, weil sie auf die Dateien zugriff, bevor die Experten Gelegenheit dazu gehabt hatten.

Es dauerte eine Weile, bis sie Alex' private Videos fand. In seinen Dokumenten war nichts, aber irgendwann fiel ihr ein, nach Online-Ordnern zu suchen, und sie fand einen Stapel Dateien in der Dropbox. Bis sie die jüngste geladen hatte, hatte Ben sein Telefonat beendet und ein weiteres begonnen.

Das Video war am Tag von Alex' Tod aufgenommen worden, und Hanson atmete tief durch, bevor sie auf Play drückte.

Alex' Gesicht erschien extrem nah auf dem Bildschirm, nachdem er die Aufnahme offenbar gerade gestartet hatte. Seine Miene in diesem ungeplanten Moment war freundlich. Aufgeregt. Offen.

Er ging rückwärts bis in die Mitte des Studios und setzte nach kurzer Pause zu einer Begrüßung an.

»Hier ist Alex Plaskitt, euer Gesundheits- und Fitnesscoach, und heute schauen wir uns an, wie man ein wirklich tolles Core-Training machen kann. Nun werden wahrscheinlich viele Menschen ihre Körpermitte in Variationen der Planke trainieren, also eher statisch. Ich möchte euch heute zeigen, wie man diese Übung dynamischer machen kann, weil Core-Training effektiver ist, wenn man in Bewegung ist.«

Er hockte sich auf den Boden und ging in einen lockeren Unterarmstütz.

»Wenn man versucht, diese Position möglichst lange zu halten, um seine Mitte zu stärken, ist das, als würde man zum Gewichttraining ein Auto über seinen Kopf stemmen. Es wird höchstwahrscheinlich zu Verletzungen führen und hilft eigentlich auch gar nicht. Wie bei den Gewichten brauchen wir Bewegung.«

Alex begann, eine Reihe von Bewegungen vorzuführen, alle basierend auf dem geraden und dem seitlichen Unterarmstütz, und Hanson machte sich im Kopf Notizen. Das waren wirklich gute

Tipps, und sie dachte erneut, was für eine dumme Verschwendung sein Tod gewesen war.

Der Clip lief fünf Minuten lang glatt durch, bevor Alex aufstand und die Kamera ausschaltete. Nichts darin lieferte einen Hinweis auf sein Leben oder seinen Tod.

Sie sah sich die vier nächstjüngsten Videos, alle viel kürzer und, wie sich herausstellte, Fehlaufnahmen desselben Clips. Im ersten verhaspelte Alex sich bei der Begrüßung, lachte gurgelnd und schaltete das Video aus. Im zweiten schaffte er es durch das Intro, stolperte dann aber beim Übergang zu dem Unterarmstütz. Er brach kichernd zusammen, was ansteckend wirkte und für Hanson schmerzhaft traurig war.

Der fünfte Clip war weniger einnehmend. Alex filmte sich selbst, beim Zwei-Kilometer-Rudern auf der Concept-2-Rudermaschine. Er gab eine kurze Einführung, erklärte, dass er dies für die Nachwelt filmen würde, schaltete wummernde Musik an und legte los.

Hanson spulte zweimal vor, ohne etwas von Interesse zu entdecken. Aber nach fünf Minuten brach Alex plötzlich ab, ließ schwer atmend den Griff los und stieß einen lauten Schrei aus. Er löste in wütender Eile die Fußriemen, erhob sich schwankend und stolperte Richtung Kamera.

»Verdammte Scheiße, du verfickte Pussy!«

Hanson zuckte zusammen. Es schien unmöglich, dass dieser Satz von derselben Person stammte, die auch die fröhlichen, ermutigenden Kommentare der anderen Videos aufgenommen hatte.

Alex' Bewegungen waren nicht weniger aggressiv. Er begann, gegen das Rad der Concept 2 zu treten und brüllte im Rhythmus dazu: »Was ver-damm-te Schei-ße ist los mit dir?«

Der Wutanfall ging noch etwa eine Minute weiter, bevor Alex weinend, jedoch nach wie vor wütend auf dem Boden zusammenbrach. Er nannte sich einen nutzlosen Idioten. Eine jämmerliche Schwuchtel.

Hanson hielt das Video an und fragte sich, woher diese Wut kam. Dann fiel ihr ein, was Phoebe ihnen erzählt hatte.

Er hatte was von einem Muttersöhnchen. Fand zumindest Dad …

Hanson war ein wenig übel, als sie sich daranmachte, die weiteren Videos anzusehen.

»Niall Reakes' Alibi ist offenbar bestätigt«, erklärte Lightman Jonah, nachdem er an die Tür von dessen Büro geklopft hatte. »Seine Firma hat ein paar Social-Media-Fotos von einem Empfang bei der Konferenz gemailt und seine Flugbuchungen weitergeleitet. Er ist heute mit der Maschine um zwölf Uhr vierzig gelandet.«

»Okay, danke«, sagte Jonah und dachte, dass das die Dinge leichter machte. Wenn Niall im Ausland gewesen war, war Louise allein verantwortlich für die Verlegung von Alex Plaskitts Leiche und möglicherweise auch für dessen Ermordung. Das bedeutete jedoch nicht, dass es weniger wichtig war, mit ihrem Mann zu sprechen.

Nach Nialls vorherigem Gepolter wappnete Jonah sich für eine Konfrontation, doch tatsächlich verlief die Vernehmung geschmeidig. Niall hatte offensichtlich viel seiner Energie beim Warten verbrannt, sodass er, als Jonah das Angehörigenzimmer betrat, duldsam und mit milder und beflissener Miene am Tisch saß.

Jonah erklärte ihm kurz, warum sie Louise festhalten mussten, und erläuterte die Bedingungen der vorläufigen Festnahme und den Antrag beim Haftrichter.

»Aber Sie können uns die Sache erleichtern«, fuhr Jonah fort. »Wenn es beispielsweise schon früher Episoden dieser Art gegeben hat, können Sie uns davon erzählen …«

Niall sah ihn ein wenig hilflos an. »Episoden wie … ›Oh, da liegt schon wieder ein toter Mann‹ …« Er lachte kurz und schüttelte den Kopf. »Sie hatte noch nie Probleme mit der Polizei und den Behörden. Falls Sie das meinen.«

»Und sie hat auch nie jemanden mit nach Hause genommen?«

»Ich glaube nicht«, sagte Niall heiser. Er sah seinem Freund Patrick sehr ähnlich, doch wenn er sprach, konnte Jonah den Unterschied hören. Patrick hatte offensichtlich eine Privatschule besucht, während Niall einen neutralen Südost-England-Akzent hatte. Außerdem wirkte er offener, als hätte er seine Gefühle weniger gut im Griff. Leichter zu provozieren, dachte Jonah.

Niall fügte verlegen hinzu: »Wenn ich unterwegs bin … Ich weiß nicht, ob sie …«

»Aber Sie hatten nie Anlass, ihr zu misstrauen?«

Niall zögerte und schüttelte dann den Kopf.

»Und das Trinken?«

Er seufzte kurz und scharf. »Ja, das ist schon so eine Art Gewohnheit. Ich meine, nicht oft. Ein paarmal im Monat. Aber es ist immer ein Schlamassel.«

Jonah nickte. »Wollen Sie damit andeuten, dass Sie in der Vergangenheit gelegentlich einschreiten mussten?«

»Normalerweise muss ich bloß die Scherben aufsammeln«, sagte Niall. »Obwohl sie dieser Tage meistens wartet, bis ich im Ausland bin, sodass ich nur den schrecklichen Kater zu sehen bekomme. Und verkatert ist sie … ein Albtraum.« Er schüttelte den Kopf. »Voller Selbstmitleid und Schuldgefühle.«

»Gab es Dinge, die sie wirklich bereuen musste?«

Niall lachte gepresst. »Nichts, worüber die meisten Menschen sich Sorgen machen würden. Aber sie kann sich selbst dafür fertigmachen, dass sie eine ungeduldige Bemerkung gemacht oder ihre Schlüssel verloren hat. Eigentlich wirklich keine … Sie wissen schon … Katastrophen.«

»Und Sie hatten nicht das Gefühl, dass Ihre Frau Ihnen Schlimmeres verheimlicht hat? Wenn Sie an die letzten paar Male zurückdenken, an denen das passiert ist?«

Niall zögerte kurz und schüttelte wieder den Kopf. »Schwer zu sagen, aber … ich glaube nicht.«

»Ist es schon oft vorgekommen, dass sie massive Erinnerungslücken hatte?«

Niall sah ihn lange nachdenklich an und antwortete dann: »Ich weiß es wirklich nicht. Normalerweise erinnert sie sich zumindest an manches. Ich bin nicht sicher, ob sie es mir erzählen würde, wenn sie echte Blackouts hatte. Einmal hat sie von einem berichtet, aber …«

Jonah betrachtete ihn und sagte dann: »Ihre Frau würde Sie gern sehen. Es entspricht zwar nicht den Regeln, Verdächtigen im Gewahrsam Kontakt zu ihren Verwandten zu erlauben, aber da Sie mehrere Tage von ihr getrennt waren, bin ich bereit, eine Ausnahme zu machen.«

Niall erstarrte und sagte dann zu Jonahs Überraschung: »Ich möchte sie nicht sehen.«

Jason schlenderte zu Hansons Schreibtisch, als sie gerade ihre Notizen zu den Videos eingab.

»Ich bin fertig. Im Hammer and Tongs zeigen sie ein Match, und ich dachte, ich geh mal rüber. Mal sehen, ob ich noch das Ende des Spiels erwische und etwas Ungesundes zu essen kriege.« Er warf ihr einen ironischen Blick zu. »Dein perfekter Abend.«

Hanson lachte. Sie hatte Jason gegenüber früh zugegeben, dass das Hammer and Tong der Pub war, den sie am wenigsten mochte. Alles drehte sich um Sportarten, die Hanson nicht interessierten, der Boden war immer klebrig, und neben zahllosen Marken von Lagerbier wurde nur eine Sorte Gin ausgeschenkt. Aber Jason war ein großer Rugbyfan, und einige der Detectives und Uniformierten hatten den Laden als Stammlokal auserkoren. Sie gingen drei bis vier Mal die Woche hin und sahen sich irgendwelche obskuren Spiele an, die von einem PC gestreamt wurden. Hanson hatte Jason pflichtschuldig ein paarmal begleitet, es danach jedoch nach Möglichkeit gemieden.

»Danke«, sagte sie. »Ich bleibe wohl noch eine Weile hier, und vermutlich bin ich danach einfach zu müde für so ein phantastisches Event. Du kannst aber hinterher zu mir kommen, wenn du willst. Vielleicht habe ich noch ein Bier.«

»Ich schau mal, wie es läuft«, sagte er, warf seine Autoschlüssel hoch und fing sie wieder auf. »Arbeite nicht zu lange.«

Jonah kehrte zurück in den Vernehmungsraum, wo Louise und ihr Anwalt noch immer warteten. Louise starrte ins Nichts, ihre ganze Haltung wirkte resigniert. Patrick Moorcroft erhob sich von seinem Stuhl, sobald Jonah den Raum betreten hatte.

»Ich muss nach Hause zu meiner Familie«, sagte der Anwalt. »Ich nehme an, heute Abend liegt für mich nichts mehr an.«

»Nein«, bestätigte Jonah. »Wir machen morgen weiter.«

Der Anwalt nahm seinen Mantel und den Aktenkoffer und sprach leise mit seiner Mandantin. »Ich sehe morgen früh nach dir.« Louise nickte, ohne ihn anzusehen. Patrick warf Jonah einen Blick zu. »Ich nehme an, dass Sie einen Antrag beim Haftrichter stellen.«

»Ja. Bis zum späten Vormittag sollten wir Bescheid wissen.«

»Dann sehen wir weiter«, sagte Patrick zu Louise und sah sie mit einem leicht besorgten Ausdruck an. »Du wirst über Nacht hierbleiben, aber man wird gut für dich sorgen.«

Louise nickte erneut und blickte dann zu Jonah auf. »Ist Niall gegangen?«

»Ja«, sagte Jonah leise. »Ich fürchte, er hat sich einer Begegnung mit Ihnen nicht gewachsen gefühlt.«

Louises Mund zuckte, und sie blickte auf ihre Hände. »Der arme Niall.«

»Gleich wird eine Constable kommen und Sie zu Ihrer Zelle bringen. Sie wird Ihnen auch etwas zu essen besorgen.« Als er ihre verzweifelte Miene sah, fügte er hinzu: »Es ist nicht so übel. Es gibt einen Fernseher, und die Betten sind okay.«

Es war immer seltsam, Verdächtige in Gewahrsam zu haben. Sie waren gleichzeitig Gegner und ihrer Obhut anvertraut. Die Tatsache, dass Louise Reakes vielleicht einen Mann getötet und dann versucht hatte, es zu vertuschen, tat Jonahs Sorge um ihr Wohlbefinden keinen Abbruch. Sie könnte ein paar schwere Tage vor sich haben, unabhängig davon, was geschehen war.

Er verließ den Vernehmungsraum zusammen mit Patrick Moorcroft, überließ dem Anwalt jedoch den Vortritt. Schweigend gingen sie Richtung Ausgang, aber als Jonah dem Anwalt die Tür des CID aufhielt, drehte der sich um und sagte: »Niall könnte seine Entscheidung, nicht mit ihr zu sprechen, noch bereuen. Wenn er das tut, wären Sie bereit, ihm Zutritt zu gewähren?«

Jonah sah Moorcroft an und fragte sich, ob die Frage der Freundschaft zu Niall geschuldet war oder ob der Anwalt fürchtete, dass Louises Mann seine Verteidigung unterminieren könnte.

»Ich wäre auf jeden Fall bereit, es erneut in Erwägung zu ziehen.«

»Vielen Dank«, sagte Moorcroft und ging.

Jojo nahm Jonah in ihre Art von Kreuzverhör, während sie zu dem Dinner bei Roy fuhren. Er hatte das Ganze anderthalb Stunden nach hinten verschieben müssen und war froh, es überhaupt geschafft zu haben. Zum Glück waren Roy und Sophie in solchen Dingen unerschütterlich entspannt, und Roy hatte sogar munter hinzugefügt, dass das Haus auf diese Weise vielleicht sogar aufgeräumt sein würde, bevor sie eintrafen.

Jojos Verhör begann jedes Mal mit der gleichen Frage: »Hast du es heute geschafft, jemanden zu verhaften?«

»Nein«, erwiderte Jonah. »Totalversagen.« Er grinste sie an. Er hatte ein paar von Jojos aktuellen Lieblingsausdrücken übernommen, die sie den jüngeren Kletterern und Leuten abgelauscht hatte, denen sie auf Twitter folgte.

»Gott. Es ist ein Wunder, dass sie dich überhaupt bezahlen, Bulle Sheens.« Sie schüttelte den Kopf und startete aus grundsätzlicher Ablehnung des von ihm favorisierten Radio 2 einen Sendersuchdurchlauf. »Du hast gesagt, es war Mord?«

»Ja, das Opfer wurde erstochen.«

»Ein junger oder ein alter Mensch?«

»Jung.«

»Das ist blöd«, sagte sie ernster.

»Stimmt. Und es ist auf jeden Fall komplizierter als ein einfacher Raubüberfall. Der Tote wurde von einer Person vom Tatort verlegt, die ihn vielleicht getötet hat, vielleicht aber auch nicht.« Mehr würde er ihr nicht erzählen, so sehr er auf Jojos Diskretion vertraute.

Sie sah ihn von der Seite an. »Klingt wie ein Fall nach deinem Geschmack.«

»Vielleicht hast du recht«, stimmte er ihr zu.

Wenig später trafen sie in Lyndhurst ein, wo Roy und Sophie ein ziemlich schickes Einfamilienhaus erstanden hatten. Neben der engen Straße fiel eine kleine Grasböschung nach unten ab, und Jonah achtete darauf, mit den Reifen nicht vom Asphalt abzukommen. Den Fehler hatte er letztes Mal gemacht und dann zehn Minuten gebraucht, um aus seiner Schieflage wieder herauszukommen.

Er schaltete den Motor aus und sah sie an. »Das Kleid gefällt mir«, sagte er und zupfte den Stoff ein Stück weiter von ihrer Schulter. »Vor allem die Art, wie man deinen BH-Träger sehen kann. Es hat so einen Touch von … rebellischem Chic.«

»Ach wirklich?«, fragte sie und rutschte näher zu ihm. »Das ist interessant, denn ich würde sagen, du hast so eine Art schlampig autoritäre Ausstrahlung.«

»Die hatte ich schon immer«, erwiderte er. »Das sagen sie nach Pressekonferenzen auch immer über mich.«

»Ja.« Sie küsste ihn und seufzte. »Du wirst förmlich belagert. Es ist wirklich hart, mit einem Posterboy zusammen zu sein.«

Er zog sie für einen weiteren längeren Kuss an sich, bevor er sie losließ. Nach vier Monaten war er noch immer ungeheuer stolz, sich bei seinen Freunden mit ihr zu zeigen. Aber das bedeutete nicht, dass er am Ende des Abends nicht ebenso ungeduldig war, sie wieder nach Hause zu bringen.

Hanson ließ den Blick mehrmals prüfend über den Parkplatz schweifen, bevor sie zu ihrem Wagen ging. Zum Glück kein Anzeichen von Damian oder irgendwelchen im Leerlauf wartenden Autos. Ihr Nissan parkte nur gut drei Meter von der Tür entfernt, und sie stieg dankbar ein. Es mochte eiskalt sein, aber es war ein sicherer Raum.

Sie ließ sie den Motor an, blickte zum Hammer and Tongs auf der anderen Straßenseite und überlegte, ob sie Jason auf einen Drink abholen sollte. Sie wusste, dass er sich trotz der Fassade von Unabhängigkeit, die er gern aufsetzte, freuen würde. Und vielleicht konnten sie hinterher nach Hause gehen und richtig reden, und sie könnte ihm endlich von Damian erzählen.

Aber im Augenblick war die Vorstellung einfach zu viel für sie. Mit den Gedanken halb bei einer Mordermittlung und nach einer Woche mit sechs langen Arbeitstagen war sie müde und labil. Außerdem spürte sie Kopfschmerzen im Anflug, für die ein lauter Pub so ziemlich das Schlimmste wäre, was sie sich denken konnte. Es war besser, sich Zeit zum Reden zu nehmen, wenn die Dinge sich ein wenig beruhigt hatten.

Entschlossen stöpselte sie ihr Handy ein, klickte die Playlist an, die sie sonst beim Laufen hörte, und bog auf die Southern Road. Kurz bevor sie ihr Haus erreichte, hatte die Musik ihre Anspannung ein wenig gelockert.

Sie setzte den Nissan rückwärts an seinen gewohnten Platz so nahe wie möglich bei der Haustür und machte den Motor aus. Die Stille, die nach Ausschalten der Musik zurückblieb, schien totaler als sonst, bis ihr bewusst wurde, dass es nicht die Stille war, die ihr unangenehm auffiel, sondern die Dunkelheit. Sie drehte sich zum Haus um, wo normalerweise der Bewegungsmelder ansprang, sobald sich jemand auf der Einfahrt bewegte. Sie konnte die Umrisse des Scheinwerfers erkennen, doch er war dunkel.

Beklommen überlegte sie, ob sie wieder wegfahren sollte.

Aber dies war ihr Heim. Sie musste nach Hause. Duschen und sich umziehen. Schlafen.

Sie zögerte. Schließlich stieg sie mit gezogenem Schlagstock langsam aus. Ihr Blick zuckte hektisch in alle Richtungen, als sie auf die Haustür zuging. Aber es war schwierig, irgendwas zu erkennen, und ihr wurde bewusst, wie viele Verstecke es in ihrem winzigen Vorgarten gab. Hinter der Konifere. Um die Hausecke. Neben dem Seitentor …

Gott, wie sie das hasste. Sie hasste es, dass eine einzelne nicht funktionierende Lampe sie so erschütterte.

Aber als sie weiterging, hörte sie das unverkennbare Geräusch von knirschenden Scherben unter ihren Sohlen. Sie blickte zu dem Bewegungsmelder hoch und sah, dass er gründlich zertrümmert worden war. Die Lampe selbst hing an einigen herausgerissenen Kabeln in einem traurigen Winkel herunter.

Sie hörte ein Geräusch vom Tor, fuhr hektisch herum und hielt den Schlagstock vor ihren Körper. Aber die Umrisse, die ihr Blickfeld kreuzten, gehörten zu einem Chihuahua, der am hinteren Torpfosten das Bein hob. Kurz danach tauchte ihr Nachbar auf, den Blick auf das erleuchtete Display seines Handys gerichtet.

Sie ließ den Schlagstock sinken, falls er sich umdrehte und sie bemerkte, doch die Sorge musste sie sich nicht machen, so vertieft, wie er auf das Telefon starrte und die Dunkelheit um ihn ohnehin alles absorbierte.

Sie zwang sich, ruhig zu atmen, griff in den Wagen und nahm ihre Tasche und ihren Mantel heraus. Ihre Hände zitterten, als sie die Haustür auf- und wieder abschloss, und sie zitterten weiter, als sie jedes Zimmer kontrollierte.

Keine Scherben. Kein gewaltsames Eindringen. Nichts, wovor sie sich fürchten musste. Mit einem kurzen Blick nach draußen vergewisserte sie sich, dass die Sicherheitskameras ein Stück höher an der Außenwand noch intakt waren. Zwar waren es nur Attrappen, aber sie sahen täuschend echt aus.

Sie ging zurück in den Flur und stellte endlich ihre Tasche ab. Den Schlagstock hielt sie dagegen fest in der Hand und schlug damit so hart, wie sie konnte, auf die mit Teppich ausgelegten Stufen. Das Geräusch war laut und befriedigend, als sie aus Leibeskräften brüllte: »Arschloch!«

Im Hammer and Tongs war es erwartungsgemäß voll. Es gab nicht viele Lokale, in denen Club-Matches gezeigt wurden, und heute Abend hatte Southampton nicht nur gespielt, sondern sogar gut gespielt. Deswegen waren viele Gäste nach der Partie noch geblieben, und man hatte lange auf das Essen warten müssen.

Jason hatte noch einen Teil der zweiten Halbzeit mitbekommen und war wie die meisten anderen Gäste gut gelaunt. Als er endlich mit seiner Runde an der Reihe war, musste er sich zwar endlos lange an der Bar anstellen, aber die Stimmung war eigenartig gesellig. Alle schwärmten über die Leistung von Southampton und sprachen über das bevorstehende Six Nations.

Irgendwann hatte Jason es bis an die Spitze der Schlange geschafft, wurde aber in dem Gedränge unangenehm gegen einen kräftigen Burschen in einem Hackett-Hemd gedrückt. Jonah gab ein Ächzen von sich, und der Typ entschuldigte sich und rückte ein wenig von ihm ab. »Ich bin dicker, als ich denke.«

»Alles okay«, sagte Jason mit einem Nicken.

Einer der Barkeeper kam herüber, und er schaffte es, seine Bestellung als Erster loszuwerden. Der Typ neben ihm fragte: »Seid ihr Polizisten?«

Jason wandte sich zur Seite, um den Mann genauer zu mustern und abzuschätzen, warum er das wissen wollte. Der Typ machte keinen wütenden Eindruck, er schien einfach gut gelaunt neugierig.

»Ja«, sagte Jason. »Sind wir. Aber außer Dienst.«

»Oh, ja, klar.« Der Typ zuckte die Schultern. »Man muss ja auch mal Feierabend haben. Das hab ich meiner Ex auch immer gesagt. Sie war immer im Dienst. Obwohl eigentlich …« Er lachte. »… war das Bullshit. Wie sich herausstellte, hat sie einen ganz anderen Dienst gemacht.«

»Ah, das tut mir leid«, sagte Jason, den Blick auf das erste fertig gezapfte Pint gerichtet. »Das ist bitter.«

Er hatte nie verstanden, woher seine starke »Erzähl mir deine Probleme«-Ausstrahlung kam. Er neigte dazu, seinem Psychologiediplom die Schuld zu geben, aber es war ihm auch schon als Teenager passiert. Irgendwie fanden die Menschen ihn zugänglich, wenn er nicht aktive Verpiss-dich-Signale aussandte, und manchmal sogar dann.

»Am Anfang war ich ziemlich am Boden«, sagte der Typ leiser. »Aber im Grunde war es das Beste für mich. Ich hatte die Spielchen leid. Und Juliette hat es weiß Gott geliebt, Spielchen zu spielen. Sie hat mich überredet, hierherzuziehen, und gleichzeitig irgendein armes Schwein aus ihrem Team hingehalten.«

Jason spürte, wie sein Puls beschleunigte, ganz ähnlich dem Gefühl, wenn ein Zeuge etwas Belastendes gesagt hatte.

Er warf dem großen Typ einen Blick zu, der sich jetzt mit einer Hand auf die Bar stützte und mit der anderen Faust auf den Tresen schlug. Er war etwa Ende zwanzig. Attraktiv. Sein Akzent war definitiv Birmingham. Er war aus Birmingham, genau wie Hanson.

»Deine Ex hieß Juliette?«, fragte Jason, als zwei Pints vor ihm abgestellt wurden.

»Ja«, sagte der Typ, sah ihn an und wandte den Blick wieder ab. »Ich hatte schon Angst, sie würde hier auftauchen, aber das ist nicht Juliettes Art von Laden.«

»Wo arbeitet sie denn bei der Polizei?«, fragte Jason und nahm die beiden Drinks mit einer Hand, die sich unvermittelt kalt anfühlte. »Bei den Uniformierten?«

»Nein, sie ist Detective«, sagte der Typ. »Sie ist hierhergezogen, um Detective zu werden.«

Jason atmete langsam und tief durch die Nase ein und sagte: »Ich geb dir einen aus. Wie war noch dein Name?«

»Damian«, sagte der kräftige Typ überrascht. »Du musst wirklich nicht …«

»Ich würde gern mehr über deine Ex hören«, unterbrach Jason ihn mit einem entschlossenen Lächeln, »wenn das okay für dich ist.«

20.

Ich muss mich bei dir entschuldigen, Niall. In ein paar Punkten war ich nicht ganz ehrlich zu dir. Obwohl man nicht sagen könnte, dass ich dich aktiv belogen habe. Eher habe ich es unterlassen, dir wichtige Details zu erzählen.

Ich weiß nicht einmal, warum es mir nicht egal ist, was du über mich denkst. Trotzdem fällt es mir aus irgendeinem Grund schwer, dir verschiedene Dinge zu gestehen. Vielleicht, weil es mir schwerfällt, sie mir selbst einzugestehen. Daran könnte es liegen. Jedenfalls wird mir allmählich klar, dass es mir nur dann besser gehen wird, wenn ich mich mal so richtig auskotze, damit endlich die nackte Wahrheit ans Licht kommt. Aber wahrscheinlich würde ich damit bloß unsere makellosen Scheißteppiche versauen.

Deshalb zu meiner ersten Unwahrheit. Sie steht schon lange zwischen uns, und bestimmt wirst du dich sehr über sie ärgern.

Du warst nicht der erste Mann, den ich auf Hannahs Hochzeit geküsst habe. Und nicht nur das. Fast wäre ich mit jemand anderem nach Hause gegangen.

Ich habe dir erzählt, dass Aprils italienischer Freund mit mir geflirtet hat. Ich erinnere mich an nichts von dem, was er zu mir gesagt hat. Oder wie er ausgesehen hat. Nur, dass er groß und attraktiv war und sich gar nicht wie ein Italiener angehört hat.

Und ich könnte auch nicht sagen, wie es dazu gekommen ist. Eben noch hatte ich mich mit der Braut unterhalten, und im nächsten Moment stand ich draußen im Flur, mit dem Rücken an der Wand und mit der Zunge dieses gutaussehenden Manns im Mund und seiner Hand um meine Taille.

So etwas hatte ich bis dahin nie getan. Ich habe dir schon früher erzählt, wie schwer es mir fiel, Aufmerksamkeit zu erregen. Vor allem für Alphamänner war ich einfach Luft. Deshalb war das sehr ungewöhnlich für mich. Wundervoll. Ich war mehr als willig, als er mich in ein leeres Bad zog und die Tür von innen verriegelte.

Eine erfahrenere, weniger gehemmte Frau wäre möglicherweise weiter gegangen. Vielleicht gibt es eine Parallelwelt, in der ich diese Person bin und in der du und ich nie zusammengekommen wären, weil ich plötzlich gemerkt hätte, dass ich mehr auf zudringliche Italiener stehe. Vielleicht wäre das eine spiegelverkehrte Realität, in der die betrunkene Louise mein wahres Ich ist und die nüchterne Louise ein schniefendes Häufchen Elend, das nur zum Vorschein kommt, wenn ich noch nicht genügend getrunken habe.

Aber so war es nicht. Als er mich gegen das Waschbecken drückte und mein Kleid hochzuziehen begann, hatte die nüchterne Louise ihr Comeback. Plötzlich fand ich, dass das alles viel zu schnell und zu weit ging und dass ich das mit einem Mann, den ich nicht kannte, nicht tun sollte, und schon gar nicht mit einem, der die Sache so komplett unter Kontrolle hatte.

Meine Geilheit schlug in Panik um. Ich versuchte, mich von ihm loszureißen. Er wollte wissen, was los sei, und dann fing jemand an, gegen die Tür zu donnern. Sie müssen uns wohl reingehen gesehen haben.

Wir lösten uns voneinander und brachten schnell unsere Kleider in Ordnung. Als mein Beinahe-Lover schließlich die Tür öffnete, tat er so, als wäre mir übel geworden. Als hätte er sich um mich kümmern müssen. Der mittelalte Mann im Flur machte nicht den Eindruck, als nähme er ihm das ab. Allerdings war ich fast froh, dass er da war. Es hieß, dass ich mich rasch vor dem heißen Italiener verdrücken konnte, ohne ihn ansehen zu müssen. Es hieß, dass ich so tun konnte, als hätte ich keine Angst gehabt.

Als ich danach im Freien zu euch beiden stieß, zu dir und April, kam ich nicht von einer harmlosen Unterhaltung mit Hannah. Ich hatte noch den Geschmack dieses Mannes auf meiner Zunge und war halb erleichtert, halb enttäuscht, dass ich ihm entkommen war.

Siehst du jetzt uns und unsere Beziehung in einem anderen Licht, Niall? Fragst du dich jetzt rückblickend, wie du so blind sein konntest?

Das hoffe ich sehr, Schatz, denn inzwischen will ich nichts anderes mehr, als dir wehzutun.

21.

Die Richter genehmigten den Antrag auf Verlängerung der Untersuchungshaft am frühen Sonntagmorgen. Das hieß, dass das Team binnen 96 Stunden genügend Beweismaterial für eine Anklageerhebung zusammentragen musste. Jonah verkroch sich nach der Rückkehr aus dem Gericht mit einem Kaffee und drei Vollkornkeksen aus O'Malleys rasch schwindendem Vorrat in sein Büro.

Die Sonntage konnten oft ziemlich frustrierend sein. Weil Geschäfte und Betriebe geschlossen waren, konnte man kaum Erkundigungen einziehen, die Leute von der Intelligence waren größtenteils zu Hause, und die Labore analysierten keine Proben. An einem solchen Tag im CID zu sein, hatte nur einen Vorteil: Man konnte in Ruhe nachdenken.

Im aktuellen Fall hatte es Jonah mit einer eigenartigen Mischung aus wenigen harten Fakten und vielen offenen Fragen zu tun. Richtig war, dass Alex Plaskitt im Haus der Reakes' gestorben war, offen blieb, wie und warum. Fakt war auch, dass Louise Reakes die Leiche ins Freie geschafft hatte, und daneben das Rätsel, was sie damit hatte vertuschen wollen und für wen.

Eine Weile studierte er eine Karte des Areals zwischen Louise Reakes' Haus und dem Blue Underground. Dann kramte er das Foto des Messers aus seinen Unterlagen. Nachdem er es ein paar Minuten studiert hatte, stand er auf und bat sein Team, in eins der Besprechungszimmer zu kommen.

Er schloss seinen Laptop an den Beamer an und ließ sich auf der Kante des Konferenztischs nieder. Als alle da waren und Hanson die Tür geschlossen hatte, begann er: »Allem Anschein nach gibt es drei Fragen, an denen diese ganze Geschichte im Moment hängt.«

Er klickte auf den Google-Maps-Tab auf seinem Laptop und rief die Umgebung der London Road auf. Er vergrößerte und verschob den Stadtplan so, dass die Straße, in der Louise Reakes wohnte, rechts oben zu liegen kam.

»Die erste von ihnen ist«, fuhr er fort, »wie – und warum – ist Alex Plaskitt in der Saints Close Nummer elf gelandet? Was auf dem Weg dorthin passiert ist, könnte uns alles über die näheren Umstände seines Todes verraten, was wir wissen müssen. Ist außer Louise Reakes und Alex Plaskitt noch jemand im Haus gewesen? Hat Louise Reakes irgendwo auf ihn gewartet? Haben sie sich zufällig getroffen? Ist es unterwegs zu einem Streit zwischen ihnen gekommen? Sind sie irgendwo zusammen gesehen worden? Bisher ist bei unseren Aufrufen an die Bevölkerung allerdings noch nichts Brauchbares herausgekommen.«

Er machte eine kurze Pause, damit seine drei Mitarbeiter sich alles notieren konnten, dann fuhr er fort. »In Zusammenhang damit steht Frage Nummer zwei. Nehmen wir Louise Reakes ihren Filmriss ab, oder versucht sie nur, eine Straftat zu vertuschen? Es bietet sich an, diese beiden Fragen auf die gleiche Art anzugehen.« Er deutete mit dem Laserpointer auf das untere Ende der London Road. »Wir haben immer noch keine Überwachungsvideos für das Gebiet zwischen dem Wetherspoon-Pub und dem südlichen Teil der London Road oder dem Kebabladen weiter im Norden. Zuallererst möchte ich Bildmaterial von diesen zwei Arealen und vor allem von dem Bereich zwischen dem Nachtclub und Louise Reakes' Haus. Reakes und Plaskitt könnten gemeinsam oder einzeln zu dem Taxistand an der Ecke Cumberland Place gegangen sein. Alternativ könnten sie auch den Weg nach Norden genommen haben und dann entweder weiter die London Road rauf oder auf der Bellevue nach Osten.«

»Wenn sie von der Bellevue kamen, dürften sie die Onslow Road raufgegangen sein«, sagte Hanson. »Dort gibt es jede Menge Überwachungskameras. Ich werde mich darum kümmern und bei dieser Gelegenheit auch gleich die anderen Videos beschaffen.«

»Danke, Juliette. Und jetzt zur dritten Frage«, fuhr Sheens fort. »Sie betrifft das Messer.« Er warf ein Bild davon auf die Leinwand, dann sah er Lightman an. »Bevor ich weitermache – schon irgendwas Neues vom Hersteller?«

»Ich habe Steel and Silver mehrere Nachrichten hinterlassen«, sagte Lightman. »Per Mail, Voicemail und Web-Kontaktformular. Keine Rückmeldung bisher. Die Zentrale ist in Newcastle. Ich hoffe, sie melden sich bei uns, bevor wir noch zu ihnen rauffahren müssen.«

»Okay, danke«, antwortete Jonah. »Also, ich glaube Folgendes. Ein Messer wie dieses hat man nicht zufällig dabei. Es ist eindeutig eine Waffe, und sie dürfte nicht ohne Grund mitgeführt worden sein.«

O'Malley sah ihn fragend an. »Vorsatz also?«

»Auf die eine oder andere Art«, antwortete Jonah. »Durchaus denkbar. Wenn Louise Reakes' Aussage der Wahrheit entspricht und sie das Messer nie zuvor gesehen hat, könnte es Plaskitt gehört haben. Und wenn er es tatsächlich dabeihatte, könnte das auf Vorsatz hindeuten. Glauben wir, dass Alex Plaskitt an diesem Abend in der Absicht losgezogen ist, eine junge Frau zu bedrohen, zu vergewaltigen oder zu verletzen?«

Darauf trat kurzes Schweigen ein, bis Hanson sagte: »Warum ist er nicht gleich mit ihr gegangen, wenn er das vorhatte? Betrunken genug war sie. Wissen wir überhaupt, ob sie noch in Sichtweite war, als er den Club verlassen hat.«

Jonah grinste. »Sie finden, er passt nicht in dieses aggressive, männliche Schema?«

»Nicht wirklich«, erwiderte Hanson. »Und um ehrlich zu sein, passt eigentlich keine Art von Gewalt zu dem, was wir bisher über seine Persönlichkeit wissen. Ich kann mir nicht einmal vorstellen, dass er gewalttätig würde, um jemanden zu verteidigen. Ich meine … ich habe einen Clip von ihm gesehen, in dem er wegen seiner eigenen Unfähigkeit einen Anfall gekriegt hat, aber dass er Louise angegriffen hat, kann ich mir einfach nicht vorstellen.«

»Auch die hohe Qualität und den beachtlichen Wert des Messers sollten wir hier berücksichtigen«, fügte Jonah hinzu. »Das alles deutet in eine ganz bestimmte Richtung.«

»Auf jemand, dem eine solche Waffe einen Kick verschafft«, sagte O'Malley sofort. »Und dem es Spaß macht, Gebrauch davon zu machen.«

»Zumindest auf jemand, der davon phantasiert, es zu benutzen«, flocht Lightman ein. »Ein Gangmitglied könnte sich so eine Waffe zulegen, um bedrohlicher zu wirken.«

Jonah nickte. Die Gangs der Stadt waren leider ein ständiges Thema. Deshalb war das ein Gesichtspunkt, den sie in vielen Fällen in Betracht zogen.

»Lässt sich irgendein Zusammenhang zwischen alldem und einem unserer Verdächtigen herstellen?«, fragte Jonah.

Darauf trat langes Schweigen ein, und Jonah wusste, dass sie mit der gleichen Ratlosigkeit wie er über Louise Reakes, Step Conti, Niall Reakes und Issa Benhawy nachdachten. Keiner von ihnen kam ernsthaft für eine solche Tat infrage.

»Und April Dumont?«, fragte Lightman nachdenklich.

»Ein Gangmitglied?«, fragte O'Malley. »Was soll ich sagen … ganz auszuschließen ist es natürlich nicht. Aber ich bezweifle es sehr.« Und nach einer kurzen Pause: »Allerdings ist sie sehr um ihre Freundin besorgt. Sie könnte gedacht haben, dass Plaskitt sie bedroht.«

»Aber wenn sie ihn umgebracht hat, um sie zu beschützen«, gab Hanson zu bedenken, »warum hat sie es dann Louise Reakes überlassen, sich um die Leiche zu kümmern?«

»Ein berechtigter Einwand.« O'Malley zuckte mit den Achseln. »Aber es würde erklären, warum Louise Reakes alles zu vertuschen versucht hat.«

»Letztendlich heißt das«, sagte Jonah, »dass wir wesentlich mehr über die beteiligten Personen in Erfahrung bringen müssen. Es heißt aber auch, dass wir nicht außer Acht lassen dürfen, dass es möglicherweise einen unbekannten Täter gibt. Falls Alex Plaskitt tatsächlich von jemandem mit einem Messerfetisch erstochen worden ist, könnte es dazu gekommen sein, als Louise Reakes bewusstlos war. Es ist gut möglich, dass sie lediglich die Tür nicht abgeschlossen hat und prompt dafür büßen musste.«

Jonah konnte die Reaktion seines Teams spüren. Oder zumindest O'Malleys und Hansons Reaktion. Es wäre eine schwere Blamage, wenn sich herausstellte, dass Louise Reakes nichts mit der Sache zu tun hatte, obwohl sie beide alles darangesetzt hatten, sie festzunehmen und möglichst lange in Untersuchungshaft festzuhalten.

»Ben«, fuhr er fort, »würden Sie noch mal bei Step Conti und April Dumont vorbeischauen. Ich wüsste gern, was für ein Mensch Conti ist. Und ich hätte gern, dass Sie Dumont noch mal auf den Zahn fühlen, ob sie tatsächlich mit einem anderen Mann weggegangen ist.«

»Klar.« Lightman nickte.

»Domnall«, fuhr Jonah, an O'Malley gewandt, fort. »Sie kümmern sich um die Überwachungskameras. Sehen Sie zu, dass wir die Kfz-Kennzeichen von Niall Reakes, Step Conti und April Dumont bekommen. Hat Louise Reakes einen eigenen Wagen?«

»Wird sofort erledigt«, sagte O'Malley.

»Okay. Dann an die Arbeit.«

»Ist Louise Reakes also nicht mehr unsere Hauptverdächtige?«, fragte Hanson im Aufstehen.

»Ich finde, wir sollten sie als erste von mehreren Optionen betrachten«, sagte Jonah. Er bedachte sie mit einem schiefen Grinsen. »Das Übliche eben.«

Froh, endlich das Gebäude verlassen zu können, holte Hanson Mantel, Schlüssel und Handy. Die Sonne schien, was das Zeug hielt, und der Schnee vom Vortag war fast weg. Im Freien war es hell und schön, wenn auch immer noch bitterkalt, und sie wollte unbedingt nach draußen.

Sie checkte ihr Handy, bevor sie es einsteckte. Sie hatte eine Ebay-Benachrichtigung für eine Jacke, für die sie mitbot, aber keine Nachrichten. Nichts von Jason.

Sie hatte auch am Abend zuvor nichts von ihm gehört, fiel ihr bei dieser Gelegenheit ein. Allerdings hatte sie auch nicht damit gerechnet, dass er nach dem Rugby vorbeikäme. Normalerweise genehmigte er sich dann ein paar Bierchen und dazu ein spätabendliches Curry. Um danach betrunken bei ihr anzurücken und auf der Stelle einzuschlafen, war er zu rücksichtsvoll. Seltsam war nur, dass er ihr keine entsprechende Textnachricht geschickt hatte. Auch am Morgen kein Zeichen von ihm.

Sie nahm sich die Zeit, ihm kurze Grüße zu schicken und sich zu erkundigen, wie es ihm gehe. Wenn er sich später meldete, war sie vielleicht zu beschäftigt, um ihm zu antworten, aber sie wollte wissen, dass er am Leben war und dass es ihm gut ging.

Sie griff nach dem großen Wollschal, den sie über die Stuhllehne geworfen hatte, und nickte Lightman zu, der das Handy sinken ließ, ohne ein Telefonat geführt zu haben. Sie hatte das Bedürfnis, die freundschaftliche Unterhaltung am Laufen zu halten. Sich mit ihm gutzustellen.

»Ist April Dumont nicht drangegangen?«, fragte sie.

»Nein. Und Step Conti habe ich auch nicht erreicht«, fügte er hinzu. »Trotzdem habe ich erst mal zu tun, bis einer von ihnen zurückruft. Inzwischen habe ich von der Messerfirma eine Mail bekommen. Anscheinend kommt einer der Geschäftsführer um zwei ins Büro.«

»Am Sonntag?« Hanson schlang sich den Schal um den Hals.

»Wenn eine Bestellung eingeht, verschicken sie die Ware wahrscheinlich per Kurier«, sagte Lightman achselzuckend. »Ich schätze, die Firma ist nicht besonders groß.«

»Hoffentlich wickeln sie nicht zu viel schwarz ab.«

»Ja, habe ich auch schon gedacht.« Lightman gab einen kurzen Seufzer von sich. »Es kommt so selten vor, dass man eine Tatwaffe hat, die sich zurückverfolgen lässt. Wäre mega scheiße, wenn nichts dabei herauskommt.«

»Mega«, pflichtete ihm Hanson bei und hatte insgesamt ein etwas besseres Gefühl, als sie die Polizeistation verließ.

Nachdem sie eine Weile gegen die Tür getrommelt hatte, öffnete endlich jemand und führte Hanson in das chaotische Büro des Kebabladens. Auf der Festplatte des alten PC, der dort stand, war das gesamte Bildmaterial der Überwachungskameras, jeweils in 3-Stunden-Abschnitte unterteilt.

Sie saß auf dem zerschlissenen Sitz des Schreibtischstuhls und fragte sich, was sie gleich zu sehen bekäme, als sie die Bilddatei von zwölf Uhr nachts hochlud. Die Antwort darauf war leider: nichts Besonderes. Die Kamera war über der Eingangstür angebracht und steil nach unten geneigt, um die Gesichter aller hereinkommenden Gäste zu erfassen. Das Blickfeld beschränkte sich in Längsrichtung auf gut fünf Meter Gehsteig und die dem Imbiss zugewandte Hälfte der London Road. Ging jemand auf der anderen Straßenseite vorbei, wurde er nicht von der Kamera erfasst.

Sie spulte bis ein Uhr dreizehn vor und drückte auf Play. Zu ihrer Erleichterung erschien Louise Reakes schon nach zwei Minuten im Bildausschnitt. Hanson notierte sich die Uhrzeit und fügte hinzu, dass Louise genauso betrunken aussah wie auf dem Video aus dem Nachtclub. Sie hatte den typisch steifbeinigen Gang von jemandem, der Mühe hatte, das Gleichgewicht zu halten, und in den wenigen Sekunden, die sie zu sehen war, scherte sie deutlich nach rechts aus.

Hanson fragte sich, ob Louise so hinüber gewesen sein könnte, dass sie die Kontrolle verloren hatte, als sie sich zur Wehr setzte. Wäre sie allerdings in einem solchen Zustand überhaupt in der Lage gewesen, ihrem Angreifer ein Messer abzunehmen und ihn damit zu erstechen?

In der Hoffnung, Alex Plaskitt würde kurz nach Louise Reakes auftauchen, startete Hanson die Aufnahme wieder. Er war nicht so betrunken gewesen und hätte schneller vorankommen müssen als sie.

Und da war er auch schon. Er kam siebzehn Sekunden nach Louise Reakes ins Bild. Hanson hielt die Aufnahme an und notierte sich die Uhrzeit. Ihr Puls ging plötzlich schneller. Auf dem Standbild war zu sehen, wie er zur Seite trat, um jemanden aus dem Kebabladen vorbei zu lassen. Aber sein Blick war die Straße hinunter gerichtet. Als sähe er Louise Reakes nach.

Hanson atmete aus und drückte auf Play. Plaskitt begann wieder loszugehen, doch dann zögerte er und schob die Hand in seine Tasche.

Gebannt schaute Hanson auf den Bildschirm. Würde Plaskitt gleich das Messer herausziehen, damit sie sich nicht mehr länger den Kopf darüber zerbrechen musste, wem es gehört hatte?

Seine Hand erschien wieder, aber es befand sich etwas Kleineres darin. Etwas, das sich mühelos in der Handfläche verbergen ließ. Hanson hielt die Aufnahme erneut an und versuchte zu erkennen, was es war. Aber sie konnte es nicht deutlich genug sehen. Für ein Handy war es eindeutig zu klein.

Frustriert drückte sie wieder auf Play und beobachtete, wie Plaskitt sich zur Seite drehte und etwas tat, womit sie am allerwenigsten gerechnet hatte. Er ging in den Kebabladen und verschwand aus dem Bildausschnitt. Während die Sekunden weitertickten, dämmerte ihr, warum Plaskitt in seine Manteltasche gegriffen hatte. Er hatte sich vergewissern wollen, ob er seine Kreditkarte dabeihatte. Er hatte sich etwas zu essen kaufen wollen.

Sieben Minuten später kam Plaskitt mit einem Kebab in einer Serviette wieder nach draußen. Louise Reakes war zu diesem Zeitpunkt nirgendwo mehr zu sehen, und es war klar, dass sie weg war.

Plaskitt und sie hatten sich demnach nicht vor dem Club kennengelernt, und es war so gut wie ausgeschlossen, dass er ihr gefolgt war.

Wie kam es dann, fragte sich Hanson, *dass er in ihrem Bett gestorben war?*

Es war kurz nach Mittag, als Patrick Moorcroft in Southampton Central eintraf. Er trug einen anderen, aber ähnlich teuer aussehenden Anzug mit passender Uhr, und als Jonah ihm für sein Kommen dankte, entgegnete er nur schroff: »Lassen Sie uns gleich zur Sache kommen, ja?«

Diesmal wirkte Louise Reakes resignierter, aber Jonah vermutete, dass das zum Teil eine Folge der Müdigkeit war. In ihrer ersten Nacht in einer Zelle schliefen die wenigsten gut.

Nach der Präambel begann Jonah, assistiert von Lightman, mit der Vernehmung.

»Bei Ihrer Schilderung der Ereignisse von Freitagabend haben Sie steif und fest behauptet, keinerlei Erinnerungen an den späteren Teil des Abends zu haben.«

»Ja, das ist richtig.« Louise Reakes nickte müde.

»Ms. Reakes«, begann Jonah leise, aber eindringlich. »Nur um das von vorneherein klarzustellen: Wir wollen Sie nicht für Ihr Verhalten verurteilen. Wir wollen nur wissen, was zum Tod dieses jungen Mannes geführt hat. Egal, was passiert ist, Sie müssen uns unbedingt die Wahrheit sagen.«

»Habe ich doch schon«, antwortete sie mit matt aufleuchtenden Augen.

»Meine Mandantin hat nicht den Wunsch geäußert, ihre Aussage zu ändern«, sagte Moorcroft. »Des Weiteren hat sie Sie bereits darauf hingewiesen, dass sie keinerlei Erinnerungen an die fraglichen Vorgänge hat.«

»Das ist mir durchaus klar«, sagte Jonah, ohne den Blick von Louise Reakes abzuwenden. »Aber Sie könnten wirre, verschwommene Erinnerungen haben, von denen Sie uns nichts erzählt haben. Dinge, die für Sie vielleicht keinen Sinn ergeben.«

Jonah entging Louise Reakes' Reaktion nicht. Ihr Gesichtsausdruck war der von jemandem, der sich durchschaut fühlte.

»Ich glaube nicht, dass ich …« Louise Reakes schüttelte den Kopf. »Ich hatte nur einen Traum. Und … und ein paar …«

»Das sind alles Dinge, die wir wissen müssen.«

Louise Reakes wandte sich Moorcroft zu. Der Anwalt wirkte hin- und hergerissen. Verständlicherweise. Es war nicht abzusehen, ob etwas von dem, was seine Mandantin sagte, sie be- oder entlastete. Andererseits war es wichtig, dass sich seine Mandantin kooperationsbereit zeigte. Er sah Jonah kurz an, wog das Für und Wider ab und nickte schließlich.

Louise Reakes seufzte. »Ich glaube, ich erinnere mich, dass mich jemand verfolgt hat. Nicht er. Nicht Alex Plaskitt. Aber es war ein Traum. Vielleicht sollte er es deshalb sein. Mir war klar, dass er eine Bedrohung war. Er kam näher, und ich fiel immer wieder hin.« Sie schniefte geräuschvoll, bevor sie mit brüchiger Stimme fortfuhr: »Ich fiel hin, und plötzlich lag er auf mir und tat mir weh. Ich … ich hatte Schmerzen im Rücken, und als ich aufwachte und in den Spiegel schaute, hatte ich eine Stichwunde – genau da, wo ich sie in meiner Erinnerung gehabt hatte.«

»Okay«, sagte Jonah mit gewisser Genugtuung. Er war ziemlich sicher, dass sie die Wahrheit sagte. »Es ist wichtig, dass eine Polizistin Fotos von dieser Verletzung macht. Von allen Ihren Verletzungen, egal welchen.«

»Ich weiß.« Louise Reakes brach wieder in Tränen aus.

Jonah musterte sie kurz, als sie ihre linke Wange rieb.

»Sie sagen, Sie sind ins Gras gefallen. Können Sie sich sonst noch an etwas von Ihrer Umgebung erinnern?«

»Ja, da waren Bäume«, sagte sie undeutlich. »Ich bilde mir ein, da waren Bäume. Aber … aber ich glaube nicht, dass ich nach dem Club in einem Wald war. Das kann ich mir eigentlich nicht vorstellen.«

Jonah schaute kurz zu Lightman, der sich mit ungewohntem Eifer Notizen machte. Er vermutete, dass Lightmans Gedanken in ähnlichen Bahnen verliefen wie seine. Dass Reakes angesichts ihrer großen Erinnerungslücken so gut wie überall gelandet sein könnte.

»War da sonst noch jemand, in Ihrem Traum?«

Reakes starrte abwesend vor sich hin. Schließlich schluckte sie und setzte an: »Ich ... keine Ahnung. Es könnte jemand da gewesen sein. Irgendwann wurde an diesem Abend jemand wütend. Vielleicht auf mich, vielleicht auch ... vielleicht habe ich auch eine Schlägerei gesehen. Aber ich ... ich weiß es nicht. Es ist alles so verschwommen.«

Jonah nickte. »Das macht nichts. Aber war da sonst noch was? Sie haben etwas von bruchstückhaften Erinnerungen gesagt.«

Louise Reakes hatte den Blick auf ihre Hände gerichtet und ließ sich Zeit, bis sie sagte: »Ich glaube, ich habe mich mit dem Opfer unterhalten. Im Club. Wie lang, weiß ich allerdings nicht. Ich habe nur vage Erinnerungen an sein Gesicht, und er hat irgendwas gesagt, aber ich habe keine Ahnung, was das war.« Sie bedachte Jonah mit einem gequälten Blick. »Das ist mir erst heute Morgen eingefallen. Sorry.«

Nach einem Blick auf Jonah fragte Lightman: »Was glauben Sie? War das, nachdem Ihre Freundin April gegangen ist?«

»Ich denke schon.«

»Und war da sonst noch etwas?«

»Nichts.« Sie klang eher niedergeschlagen als aufmüpfig. »Tut mir leid.«

Jonah wartete einen Moment, bevor er fragte: »Sie haben erwähnt, dass Alex Plaskitt versucht haben könnte, Sie auszurauben.«

»Deshalb hätte ich ihm doch nichts angetan«, erwiderte sie darauf prompt.

»Trotzdem haben Sie seinen Tod zu vertuschen versucht«, führte Jonah an. »Das tut man nicht, wenn man unschuldig ist.«

»Ich habe Ihnen doch gesagt ...«

»Wen versuchen Sie zu decken, Ms. Reakes?«, schnitt er ihr energisch das Wort ab.

Louise Reakes blickte nach oben, als versuchte sie, irgendwo Halt zu finden. »Ich weiß nicht, ob ich etwas zu vertuschen versucht habe. Ich war einfach in Panik.«

»Warum hatten Sie solche Angst, Ihrem Mann zu erzählen, was passiert ist?«

»Ich hatte keine …« Louise Reakes gab ein eigenartiges kurzes Lachen von sich. »Das habe ich Ihnen doch alles schon erzählt.« Moorcroft neigte sich zu ihr und murmelte etwas, aber sie schüttelte unwirsch den Kopf. »Er findet es furchtbar, wenn ich so viel trinke, und ich hatte Angst, er könnte denken, es wäre irgendwie meine Schuld gewesen. Mehr nicht.«

»Das ist aber ein komischer Gedanke«, schaltete sich Lightman an dieser Stelle ein. »Dass der Tod eines jungen Mannes irgendwie Ihre Schuld gewesen sein könnte.«

»Ich … damit meine ich, dass er gesagt hätte, ich hätte mich nicht so stark betrinken sollen. Sonst häte ich alles mitbekommen und es vielleicht sogar verhindert.« Louise Reakes bewegte sich auf dem schmalen Grat zwischen kooperieren und nicht kooperieren.

»Ich würde Ihnen davon abraten, zu viel in Aussagen hineinzulesen, die meine Mandantin im Schockzustand gemacht hat«, gab ihr Anwalt zu bedenken.

»Hatte Ihr Mann denn Anlass zu der Annahme, dass Sie eine Affäre hatten?«, hakte Lightman nach, ohne von Moorcroft Notiz zu nehmen.

»Nein!«, stieß Louise aufgebracht hervor. »Warum auch? Ich bin ihm total treu.«

»Was hat er gesagt, als Sie ihm erzählt haben, was passiert ist?« Die Ungerührtheit, mit der Lightman das sagte, setzte Reakes sichtlich zu.

Moorcroft rutschte auf seinem Stuhl herum und richtete seinen Blick von Lightman auf Jonah. »Was sollen diese Fragen mit der

Einvernahme meiner Mandantin zu Alex Plaskitts Tod zu tun haben?«

»Das wird sich gleich zeigen«, entgegnete Jonah bestimmt, sein Blick weiter auf Louise Reakes gerichtet. »Bitte fahren Sie fort, Sergeant.«

»Würden Sie uns bitte erzählen, was er gesagt hat?«, sagte Lightman nüchtern.

Louise schüttelte den Kopf. Kurze, abrupte Zuckungen. »Das weiß ich nicht. Er hat nur gefragt … was passiert ist.«

»Dazu können Sie sich doch sicher etwas ausführlicher äußern«, sagte Jonah in wesentlich weniger sachlichem Ton als Lightman. Während sich sein Sergeant hervorragend darauf verstand, gnadenlos unemotional zu bleiben, hatte Jonahs wahre Stärke seit jeher im Angriff gelegen. Er konnte plötzlich einen Ton anschneiden, der in seiner schroffen Unerbittlichkeit viele Vernommene einknicken ließ. Die tiefen Spuren, die die Misshandlungen seines Vaters in ihm hinterlassen hatten, hatten auch ihre Vorteile. »Sie behaupten zwar, sich nicht an die Vorfälle vom Freitagabend erinnern zu können, aber als Sie gestern Morgen Ihren Mann angerufen haben, waren Sie wieder nüchtern. Was hat er also *genau* gesagt?«

»Er wollte wissen … ob es jemand war, den ich kenne …«, begann Louise Reakes, um jedoch sofort wieder zu verstummen. Über ihr Gesicht huschte ein vielsagender Ausdruck, als sie den Blick von Jonah abwandte und schockiert an die Wand starrte.

22.

Es war wohl eher ein Ablenkungsmanöver, dir von dem Italiener zu erzählen. Wenn wir in chronologischer Reihenfolge fortfahren wollen, muss ich als Nächstes auf etwas zu sprechen kommen, das mir heute schlagartig klar geworden ist.

Ich verstehe nur nicht recht, warum es so lange gedauert hat, bis ich es begriff. Ich musste an eins unserer Telefongespräche denken und wie deprimierend ich es fand, dass du auch schon von meiner Schuld überzeugt warst, bevor überhaupt ein Verdacht auf mich gefallen war.

Nachdem ich das alles zu Papier gebracht habe, wird mir plötzlich bewusst, dass ich dich seit heute Abend besser verstehe als jemals zuvor. Ich verstehe, warum du so lange so wütend auf mich warst und dass es nicht wirklich etwas mit meinem Alkoholkonsum oder meinem verzweifelten Kinderwunsch zu tun hat. Es hat nichts damit zu tun, dass ich jedes Mal unbedingt das Haus putzen musste, wenn du einfach nur abschalten wolltest.

Es erklärt nicht nur, warum du so wütend auf mich warst, sondern auch, warum du so schnell geglaubt hast, dass ich dir untreu war. Und dass ich getötet habe. Es entlastet dich nämlich, wenn du auf mich sauer sein kannst, so ist es doch, Niall? Nichts, was du getan hast, konnte jemals so schlimm sein wie das, was ich getan habe, und das hat jede Schuld von dir genommen.

Aber egal, zurück zu unserem Telefongespräch. Was ich immer wieder vergessen habe, war sein Anfang: dass ich es fünfmal klingeln lassen musste, bis du endlich drangegangen bist. Aber das Freizeichen, das ich gehört habe, war nicht das lange, sirrende Piepen eines Auslandsgesprächs, sondern das klare kurze, wie man es im Inland hört. Du warst schon lange, bevor dein Flieger ging, zurück in England und warst wahrscheinlich auch schon hier, bevor diese ganze Scheiße losging.

Du hast mich belogen, und ich habe erst dank eines Polizeiverhörs die Wahrheit erfahren. Eigentlich kaum zu glauben, dass ich so schwer von Begriff war.

23.

Louise Reakes hatte nicht einmal den Versuch unternommen, ihnen etwas zu verheimlichen. Als Jonah sie forsch gefragt hatte, was ihr gerade klar geworden sei, hatte sie ihn mit großen Augen angeschaut und ohne Umschweife geantwortet: »Niall war gar nicht mehr in Genf.«

Sie bekamen noch ein paar Wörter mehr aus ihr heraus, bevor Moorcroft dazwischenging und um eine private Unterredung mit seiner Mandantin bat. Aber sie hatten bereits genug gehört.

»Das müssen wir uns von der Fluggesellschaft bestätigen lassen«, sagte Jonah zu Lightman, als sie rasch zum CID zurückgingen. »Finden Sie heraus, wann er tatsächlich zurückgekommen ist und ob sich irgendwie nachweisen lässt, dass er am Freitagabend in Southampton war. Setzen Sie O'Malley darauf an.«

»Mache ich«, sagte Lightman leicht verlegen. »Sorry, da habe ich gepennt. Hätte mir auch schon früher einfallen können, bei den Airlines nach …«

»Hinterher ist man immer klüger«, sagte Jonah. »Wir hatten ja bereits überprüft, ob er tatsächlich auf dem Kongress war, und es schien alles zu passen. Er hat sich große Mühe gegeben, seine Spur zu verwischen. Die Frage ist nur, warum.«

»Wenn man berücksichtigt, dass er seiner Frau sofort eine Affäre unterstellt hat«, bemerkte Lightman, »könnte er versucht haben, sie in flagranti zu ertappen.«

»Durchaus möglich«, sagte Jonah. »Ein gescheiterter Versuch, ihr eine Falle zu stellen. Inzwischen bin ich allerdings ziemlich sicher, dass sie tatsächlich von jemand attackiert worden ist, und wüsste gern, wo das war. Sie kann sich erinnern, dass sie mit dem Gesicht voran ins Gras gefallen ist und dass um sie herum Bäume waren. Wenn die Verkehrsüberwachungskameras keins der Autos unserer Verdächtigen in der Umgebung registriert haben, dann ist unser Suchradius relativ klein. Nicht größer, als eine betrunkene Frau torkeln kann.« Vor der Tür seines Büros blieb Jonah noch einmal stehen. »Lässt sich schon absehen, wann Juliette zurückkommt?«

»Ich frage sie gleich mal«, erwiderte Lightman.

»Sobald sie zurück ist, fahren Sie sofort mit ihr los und suchen nach Stellen, die zu dem beschriebenen Angriff passen könnten. Und sobald Sie welche gefunden haben, sagen Sie Linda McCullough, dass sie sich dort mit Ihnen treffen soll.«

Während Lightman sich Notizen machte, brachte Jonah O'Malley kurz auf den neuesten Stand und erkundigte sich, was bei der Überprüfung der Verkehrsüberwachungskameras herausgekommen war.

»Louise Reakes' Wagen ist nirgendwo aufgetaucht«, antwortete der Sergeant. »Der von April Dumont schon, aber wesentlich früher am Tag. Sie muss sich ein Taxi zur Saints Close genommen haben. Das heißt, dass sie auch später im Taxi unterwegs gewesen sein müsste. Im Moment halte ich gerade nach Step Conti Ausschau.«

»Wenn Sie mit der Airline fertig sind, suchen Sie auf diesen Überwachungsvideos auch nach Niall Reakes' Wagen«, sagte Jonah angespannt. »Louise Reakes ist von jemand angegriffen worden, und ihr Mann war nicht, wo er gewesen zu sein behauptet hat. Wir müssen herausfinden, wo er tatsächlich war und was genau mit seiner Frau passiert ist.« Und als er merkte, dass das alles für seine Verhältnisse etwas schärfer und gereizter rüberkam als üblich, fügte er hinzu: »Bitte.«

»Es tut mir furchtbar leid«, sagte Louise Reakes ruhig, als die Polizisten das Vernehmungszimmer verlassen hatten. Sie brachte es nicht über sich, Moorcroft anzusehen. »Ich wollte … ich bin zu müde, um noch einen klaren Gedanken zu fassen. Ich will Niall nicht in Schwierigkeiten bringen.«

Nach kurzem Schweigen sagte Moorcroft: »Natürlich nicht, und ich bin auch sicher, dass er keine Schwierigkeiten bekommt. Außerdem ist es richtig, dass du alles zur Sprache bringst, was Zweifel an deiner Täterschaft weckt.«

Darauf kam es wieder zu einer Pause, bevor sie sagte: »Das glaube ich auch nicht. Ich kann mir nämlich schon denken, was er getan hat. Und mit wem. Jedenfalls nicht das, was die Polizei denkt.«

Nach einem weiteren Moment der Stille sagte Moorcroft: »Vielleicht solltest du ihnen von deinem Verdacht erzählen – wobei es mir sehr leidtäte, wenn stimmt, was du vermutest.«

Zwanzig Minuten nach Verlassen des Vernehmungszimmers klingelte Jonahs Telefon. Es war Hanson.

»Wir haben keinerlei Hinweise gefunden, dass sich Alex Plaskitt und Louise Reakes in der London Road begegnet sind«, fasste sie das Ergebnis ihrer Recherchen zusammen. »Er war auch zu weit hinter ihr, um ihr vom Club gefolgt sein zu können. Das heißt, entweder haben sie schon vorher verabredet, dass er zu ihr nach Hause kommt, oder es steckt etwas anderes dahinter.«

»Interessant«, sagte Jonah, dem spontan keine Erklärung einfiel, wie das ins Gesamtbild passen sollte. War Niall Reakes vielleicht spät nachts nach Hause gekommen und hatte dort seine Frau mit Alex Plaskitt angetroffen? Hatte Louise Reakes den Angriff nur erfunden und Alex Plaskitt ins Haus gelassen? Oder war auf ihrem Heimweg etwas anderes passiert?

»Ich bin ihren wahrscheinlichsten Nachhauseweg abgefahren«, fuhr Hanson fort. »Wenn sie tatsächlich überfallen wurde, müsste es im Asylum Green passiert sein. Es liegt auf dem Weg zu ihrem Haus, und es ist die einzige Grünfläche in dieser Gegend. Und wegen der Bäume dort wäre sie von der Straße praktisch nicht mehr zu sehen gewesen. Sollen wir jemand hinschicken?«

»Ich sage Lindas Team Bescheid«, sagte Jonah. »Sind Sie inzwischen wieder auf dem Rückweg?«

»Ja, bin jeden Moment da«, bestätigte Hanson.

»Gut. Dann fahren Sie mit Ben gleich wieder los und treffen sich mit Linda im Asylum Green.«

O'Malley steckte den Kopf zur Tür herein. »Niall Reakes ist auf dem Weg hierher. Ich habe seine Reiseroute überprüft. Er war nicht bis zum Schluss auf dem Ärztekongress, sondern ist schon am späten Freitagabend zurückgeflogen, allerdings nicht aus Genf, sondern aus Zürich. Seine Maschine ist zwanzig nach zehn in Gatwick gelandet. Er hätte also bis halb eins locker hier sein können. Zeit genug, um zu merken, dass seine Frau nicht zu Hause war, und sich auf die Suche nach ihr zu machen.«

Jonah grinste über beide Ohren. »Wenn das keine guten Nachrichten sind.«

Als O'Malley darauf nicht einging, wurde Jonah schnell wieder nachdenklich. Wenn Niall Reakes seine Frau mit Alex Plaskitt im Bett ertappt hatte, war durchaus vorstellbar, dass er versucht hatte, sie beide umzubringen. Aber wie kam es dann, dass sie auf einer Rasenfläche überfallen worden war? War Alex Plaskitt zufällig Zeuge eines Überfalls auf Louise Reakes geworden, und hatte er versucht, ihn zu verhindern? Oder tischte ihnen Louise Reakes, die es bekanntlich mit der Wahrheit nicht so genau nahm, irgendwelche Lügenmärchen auf, um ihren Mann zu schützen?

Auch das ergab wenig Sinn, fand Jonah. Warum sollte sie den Mann decken, der ihren Lover umgebracht und versucht hatte, es ihr anzuhängen? Außer Niall Reakes hatte ihr gedroht. Oder sie war von Anfang an in die Sache verwickelt gewesen.

Hanson beschloss, beim Amtsgericht zu parken, das direkt am Asylum Green lag. Dann wären sie nicht so lange zu Fuß in dem eisig kalten Wind unterwegs, auch wenn sie am Ende in ihm herumstehen durften.

Es hatte etwas von einem Déjà-vu-Erlebnis, als sie auf den Parkplatz fuhr. Es war erst wenige Stunden her, dass sie hierhergekommen war, um eine Verlängerung von Reakes' U-Haft zu beantragen.

Da aber war sie noch nicht annähernd so angespannt gewesen, nur ein bisschen nervös, ob sie den Richtern ihr Anliegen auch überzeugend genug vorbringen könnte. Jedenfalls hatte sie noch nicht diese Katastrophenstimmung erfasst, diese permanente Panik, wie eine im Hintergrund ständig präsente Alarmsirene. Inzwischen versuchte sie sich immer verzweifelter einzureden, dass das alles nichts zu bedeuten haben musste. Jason könnte ihre Textnachricht zwar gelesen, dann aber vergessen haben, darauf zu antworten. Ihr passierte das manchmal – um deswegen später prompt einen Rüffel einzustecken. Aber Jason war jemand, der immer zurückschrieb und ihr zur Schlafenszeit jedes Mal ein paar Zeilen schickte. Und dass er das nicht getan hatte, hieß, dass etwas ganz und gar nicht stimmte.

Zum Glück schien Ben nichts von dem mitzubekommen, was in ihr vorging. Wie immer die Ruhe in Person, stieg er aus, kreiste kurz mit den Schultern und ging zu der kleinen Grünanlage. Als Hanson, den Schal gegen den Wind über die Nase hochgezogen, ihn einholte, sagte er: »Ob sie wohl tagsüber oft hier langgegangen ist? Louise Reakes, meine ich. Unter normalen Umständen würde man wahrscheinlich um ein Uhr nachts einen weiten Bogen um so eine verlassene Stelle machen. Aber wenn sie oft hier vorbeigekommen ist und betrunken war, hat sie sich vielleicht nichts dabei gedacht.«

»Ja«, sagte Hanson. Dann fügte sie hinzu: »Sie sieht mir nach jemand aus, der regelmäßig joggt. Vielleicht war das ihre Laufstrecke.«

Lightman sah sie von der Seite an. »Sehe ich wie jemand aus, der joggt?«

»Würde ich schon sagen.« Sie musterte ihn kurz. »Joggst du denn nicht?«

»Nur, wenn es sich nicht anders machen lässt«, sagte er. »Wenn nirgendwo ein Schwimmbad oder ein Tennisplatz oder sonst was in der Nähe ist.«

Hanson schüttelte den Kopf und dachte über eine witzige Entgegnung nach, wo sie doch den lockeren Umgangston wieder angeschlagen hatten. Aber sie merkte, dass ihr im Moment nicht danach war. Stattdessen fragte sie sich plötzlich, ob ihre Befürchtungen wirklich etwas mit Jason zu tun hatten oder ob das alles nur der Langzeiteffekt von Damians ständiger Präsenz in ihrem Leben war. Ob sie gerade eine Art Bruchstelle erreicht hatte.

Sie überquerten The Avenue, die zweispurige Straße, die wie ein langes rennbahnartiges Oval um das Asylum Green herum führte, einen schmalen Streifen von einem Park, der sich an der Südspitze ein wenig weitete. Dort, nicht weit von der breitesten Stelle, stand bereits ein Wagen der Spurensicherung, aus dem Linda McCullough stieg. Sie war ganz in Weiß gekleidet und wollte sich gerade an die Arbeit machen. Ihr Assistent öffnete die Beifahrertür und nickte ihnen zu.

»Was sollen wir uns ansehen?«, fragte McCullough.

Mit einem kurzen Blick signalisierte Lightman Hanson, dass sie das Reden übernehmen sollte.

»Danke, dass du so schnell gekommen bist«, sagte sie zu McCullough, erleichtert, dass ihre Stimme trotz allem völlig normal klang. »Wir suchen Spuren eines Angriffs auf unsere Verdächtige. Ich habe mir die verschiedenen möglichen Routen angesehen. Wenn sie das Green überquert hat, dann am ehesten an diesem Ende. Sie müsste von der London Road gekommen und schräg durch den Park zur anderen Seite der Avenue gegangen sein.

»Okay.« McCullough zog ein Paar Latexhandschuhe aus der Tasche und reichte sie Hanson. »Ihr beide könnt ruhig auch mitsuchen. Wenn ihr irgendwelche Abschabungen, fallen gelassene Gegenstände, Bodenverfärbungen oder Blut im Gras oder auf dem Straßenbelag seht, sagt mir Bescheid.«

Darauf begannen Hanson und Lightman, vorsichtig den gefrorenen Rasen abzugehen. Sie bewegten sich langsam durch das zwischen den Bäumen hindurchfallende Sonnenlicht und kamen trotz der eisigen Kälte rasch in einen beruhigenden Rhythmus. Sie mussten nichts anderes tun, als vor ihren Füßen auf den Boden zu schauen und gelegentlich eine Bemerkung zu machen.

Wenn Hanson hin und wieder zu Ben hinüberschaute, fiel ihr auf, dass er nicht so ungerührt wirkte wie sonst. Etwas schien ihn zu beschäftigen.

»Du machst dir aber jetzt wegen Niall Reakes' Flügen keine Vorwürfe, oder?«, fragte sie ihn beiläufig. »Wenn doch, bist du ein ganz schöner Trottel.«

In seinen Augen leuchtete kurz Überraschung auf, als er sie ansah. Dann lächelte er, sehr verhalten. »Ich habe nie abgestritten, dass ich ein Trottel bin.«

»Du hast mit dem Organisationsteam des Kongresses gesprochen«, sagte Hanson. »Du hast bei der Airline angerufen. Es ist nicht deine Schuld, dass sie es nicht ordentlich gecheckt haben.«

»Aber man muss bei solchen Nachfragen immer von einem gewissen Schlendrian ausgehen«, sagte er achselzuckend. »Deshalb überprüfe ich so etwas normalerweise besonders genau. Und das hätte ich auch in diesem Fall tun sollen.«

»Es hätte nichts an der Sache geändert«, sagte Hanson. »Niall Reakes ist uns trotzdem eine Erklärung schuldig. Sei also nicht so streng mit dir. Sonst kriegen wir noch alle ein schlechtes Gewissen.«

Bens Lächeln steigerte sich zu einem Lachen, und es freute sie, dass sie ihn offenbar aufgeheitert hatte. Das gab ihr das gute Gefühl, nützlich zu sein und alles im Griff zu haben. Und das war im Moment sehr wichtig für sie.

Nach zehn Minuten fand Lightman in einem Fleck Restschnee eine leere Zigarettenschachtel. McCullough kam zu ihm und tütete sie ein, auch wenn unwahrscheinlich war, dass sie etwas zu bedeuten hatte. Fünf Minuten später fand McCulloughs Team einen Handschuh, der aussah, als könnte er einer Frau gehört haben. Er war aus marineblauem Fleece, ein billiges Modell, wie man es in Tankstellen kaufen konnte, nass von geschmolzenem Schnee. Auch er wurde eingetütet.

Wieder ein paar Minuten später, etwa in der Mitte der Grünfläche, sah Hanson im Gras etwas aufblitzen. Als sie in die Hocke ging, sah sie, dass es ein Ohrring war. Dreierreihen aus Strass, in einem silbernen Quadrat gefasst. Hanson konnte sich vorstellen, dass Louise Reakes so etwas am Freitagabend getragen haben könnte, und sie versuchte, sich zu erinnern, ob sie auf den Überwachungsvideos Ohrringe bemerkt hatte.

Lightman stieg vorsichtig um sie herum. Dann blieb er stehen und sagte:

»Das ist Blut.«

Jonah begann Niall Reakes von dem Moment an unter Druck zu setzen, als er durch die Tür des CID kam. Ganz der distanzierte Beamte, unterband er von vorneherein jedes persönliche Wort, als er den Pharmareferenten rasch nach oben führte. O'Malley erwartete sie bereits an der Tür eines Verhörraums, und fast musste Jonah lachen, als er den mitleidigen Blick sah, mit dem sein Sergeant den Verdächtigen bedachte.

Hatte Reakes bei seiner Ankunft nur besorgt gewirkt, hatte er inzwischen buchstäblich zu zittern begonnen, als Jonah bei Beginn der Gesprächsaufzeichnung alle Anwesenden vorstellte. Nach dieser kurzen Einführung bedachte Jonah Reakes nur kurz mit einem durchdringenden Blick, und prompt knickte dieser binnen weniger Sekunden ein.

»Ich muss Ihnen etwas gestehen«, begann Reakes und legte eine Hand auf den Tisch, als müsste er sich abstützen. »Es ist nicht … es hat nichts mit dem Tod dieses Manns zu tun. Aber ich weiß, dass Sie das denken.«

»Geht es dabei darum, wo Sie am Freitagabend waren?«, fragte Jonah unnachsichtig.

»Ja.« Reakes schluckte. »Ja. Ich bin früher als geplant von dem Kongress nach Hause geflogen. Ich habe meiner Assistentin Jessie gesagt, meine Frau sei sehr krank, und dass sie mich für den letzten Abend und den Morgen danach vertreten solle.«

Reakes' Akzent hörte sich inzwischen nicht mehr annähernd so stark nach Mittelschicht an wie bisher und ließ keinen Zweifel daran, dass er die meiste Zeit seines Lebens nur so getan hatte, als ob. Dass er als etwas Besseres hatte erscheinen wollen, als er war. In Jonah weckte das sofort ein gewisses Mitgefühl.

»Und trotzdem sind Sie nicht zu Ihrer Frau gefahren, um nach ihr zu sehen«, sagte er.

»Nein. Ich habe gelogen.« Auf seinem Gesicht hatte sich ein hässlicher Schweißfilm gebildet, und darauf konzentrierte sich Jonah jetzt anstelle des Mitgefühls. Auf die Abneigung, die er gegen diesen Mann empfand. Es erleichterte ihm, in dem kurzen Zeitfenster, das ihnen blieb, bevor Reakes nach einem Anwalt verlangte, zum Angriff überzugehen. »Ich bin früher zurückgeflogen, um mich mit meiner Ex-Frau zu treffen.«

Jonah schaute kurz zu Lightman und sagte: »Und das soll ich Ihnen glauben?«

»Es ist aber … wahr.« Reakes schien verzweifelt. Als wäre ihm übel. »Es war nicht das erste Mal. Dina wird es Ihnen bestätigen.«

»Wollen Sie damit sagen, Sie haben eine Affäre mit Ihrer Ex?«

»Von einer Affäre würde ich da nicht reden.« Reakes rang die Hände. Sie zitterten unkontrolliert. »Obwohl … ich … sie hat es zumindest darauf angelegt.«

Jonah lachte auf. »Wir sollen Ihnen glauben, dass Sie Ihre Arbeitgeber und Ihre Frau belogen haben und es sich dann eine hübsche Stange Geld haben kosten lassen, um früher nach Hause zu fliegen und sich mit Ihrer Ex-Frau zu treffen? Und alles nur für einen netten Plausch?«

»Sie will mir einen neuen Job beschaffen«, begann Reakes, bevor Jonah zu Ende gesprochen hatte. »Als Vizepräsident bei Glaxo. Ein Freund von ihr sitzt im Vorstand des Unternehmens. Sie hat mir schon im Juni davon erzählt, und ich … ich wollte den Posten unbedingt. Dort wollte ich immer schon arbeiten.«

»Warum haben Sie davon Ihrer Frau nichts erzählt?«, fragte O'Malley. »Dass Ihnen Ihr Traumjob angeboten worden ist.«

»Weil … na ja, weil sie Dina als Bedrohung sieht.« Reakes versuchte diesen typischen Unter-uns-Männern-Ton anzuschlagen, was ihm aber nicht gelang. »Mir war von Anfang an klar, dass Louise sagen würde, ich soll mich von ihr fernhalten. Und das hätte geheißen: keine Stelle.«

»Nur damit ich Sie richtig verstanden habe«, sagte Jonah. »Sie haben also eine Affäre mit einer Frau, die Ihnen unter der Voraussetzung, dass Sie mit ihr schlafen, eine Stelle in Aussicht stellt? Sehe ich das richtig?«

»Nein«, sagte Reakes mit gequälter Miene, als fände er diese Unterstellung vollkommen absurd. »Eine derartige Abmachung hat es nie gegeben. Darauf hätte ich mich unter keinen Umständen eingelassen.«

»Wie hat die Ehe mit Ihrer Ex-Frau geendet?«, fragte Jonah.

»Ich … sie hat mich verlassen. Wegen eines anderen.« Dieses Eingeständnis schien Niall Reakes, aus welchem Grund auch immer, peinlicher zu sein als alles andere, was er bisher zugegeben hatte.

»Und jetzt will sie unbedingt wieder zu Ihnen zurück und versucht, Sie zu diesem Zweck mit Ihrem Traumjob zu ködern? Warum?«

»Weil ich ihr fehle. Sie hat gemerkt, dass es ein Fehler war, den Kontakt zu mir abzubrechen, als ich Louise geheiratet habe. Aber … aber ich liebe meine Frau. Sehr.«

»Ungeachtet der Tatsache, dass Sie sehr schnell zur Hand waren, ihr eine Affäre zu unterstellen«, hielt Jonah dem entgegen. »Und ihr einen Mord zuzutrauen.«

»Das stimmt doch gar nicht!«, brauste Reakes auf. »Ich war nur wahnsinnig sauer auf sie, weil … weil jetzt wegen dieser dummen Geschichte nichts mehr aus der ganzen Sache wird.« Nach einer kurzen Pause fuhr er in ruhigerem Ton fort: »Ich habe meine Firma belogen, und meine neue Stelle kann ich jetzt wahrscheinlich auch in den Wind schreiben. Und ans Licht gekommen ist das alles nur, weil sich … weil sich Louise wieder mal bis zur Besinnungslosigkeit besaufen musste.«

Jonah war versucht, Reakes zu fragen, ob das seiner Meinung nach Karma sei. Stattdessen fragte er ihn: »Wo waren Sie am Freitagabend?«

»Im Garwick Hilton.«

»Und mit Ihrer Ex-Frau haben Sie sich auf Ihrem Zimmer getroffen?«

»Nein. In der Bar.«

»Bis wann?«

Niall überlegte eine Weile, dann sagte er: »Bis kurz nach zwölf, glaube ich.«

»Was fahren Sie für ein Auto?«

Reakes machte den Eindruck, als wäre er auf dem falschen Fuß erwischt worden. Leicht verunsichert sagte er: »Einen Jaguar. Einen F-Type.«

»Schöner Sportwagen«, bemerkte Jonah. »Sie hätten also locker bis Viertel vor zwei zu Hause sein können. Wenn Sie ein bisschen aufs Gas gestiegen wären, hätten Sie es wahrscheinlich sogar noch schneller geschafft.«

»So war es aber nicht«, protestierte Reakes.

»Sie sind also nicht nach Hause gekommen und haben Ihre Frau mit einem anderen Mann im Bett überrascht?«, fragte Jonah. »Sie haben ihn nicht umgebracht und sie in ihrem betrunkenen Zustand allein mit ihm zurückgelassen, damit sie hinterher glaubte, sie wäre es gewesen? Das wäre doch eine äußerst raffinierte Möglichkeit gewesen, ihr eins auszuwischen, oder etwa nicht?«

Darauf wurde es ein paar Sekunden still, bis Reakes sagte: »Ich möchte jetzt meinen Anwalt.«

»Soll ich die Ex-Frau gleich anrufen?«, fragte O'Malley, der Jonah zurück ins CID folgte.

»Ja.« Jonah nickte. »Obwohl ich stark vermute, dass er sich bereits mit ihr abgesprochen hat.«

»Sie glauben ihm nicht?«

Jonah sah seinen Sergeant an. »Es ist nicht von vorneherein auszuschließen, dass er die Wahrheit sagt. Aber rein rational betrachtet, hat er einen enormen Aufwand betrieben, nur um diesen Job zu bekommen.«

»Das auf jeden Fall«, sagte O'Malley. »Mich würde auch interessieren, warum er nicht von Genf, sondern von Zürich zurückgeflogen ist. Dafür muss er bestimmt zwei, drei Stunden mit dem Auto unterwegs gewesen sein. Ich sehe gleich mal nach, ob es andere Flüge gegeben hätte, bei denen er sich die lange Fahrt hätte sparen können.«

»Ja«, sagte Jonah, der vergeblich versuchte, sich die Lage der zwei Städte auf der Landkarte vorzustellen. »Das ist wahrscheinlich das Seltsamste daran.« Er hielte kurz inne und dachte über die auffällige Mordwaffe nach. »Vielleicht sollten wir auch checken, ob es in Zürich ein Geschäft gibt, in dem sie diese Messer verkaufen.«

»Mache ich«, sagte O'Malley.

»Die Blutproben von Louise Reakes sind im Labor, oder?«, fuhr Jonah nachdenklich fort.

»Mhm«, brummte O'Malley. »Ebenfalls bis morgen zu nichts zu gebrauchen.«

»Außer wir appellieren wieder mal an die Hilfsbereitschaft unserer Kollegen.« Jonah holte sein Handy heraus und wählte Linda McCulloughs Nummer.

Im Hintergrund war Verkehrslärm zu hören, als sie abnahm.

»Wir sind gerade vor Ort«, sagte sie sofort. »Im Asylum Green. Und wir haben Blut gefunden.«

»Blut?«, fragte Jonah verständnislos.

»Ja, Blut. Wissen Sie nicht, was das ist, Sheens? Dieses rote Zeug, das durch die Adern der meisten Menschen fließt.«

Jonah musste halb grinsen, als er antwortete. »Das werde ich gleich mal googeln.«

»Viel ist es allerdings nicht«, sagte McCullough. »Hatte diese Frau irgendwelche Verletzungen?«

»Zumindest keine, die sie uns gezeigt hat«, sagte Jonah nachdenklich. »Aber sie hat eine schmerzende Stelle am Rücken erwähnt. Wir werden auf jeden Fall noch Fotos davon machen lassen.« Er schaute zu O'Malley auf, der nickte. Vermutlich kümmerte sich darum bereits eine der weiblichen PSCOs.

»Auch ein paar persönliche Gegenstände haben wir eingetütet«, fuhr McCullough fort. »Ob sie allerdings in Zusammenhang mit unserem Fall stehen, ist fraglich.«

»Danke«, sagte Jonah. »Wie lange, glauben Sie, werden Sie noch da sein?«

»Warum fürchte ich, dass sich diese Frage nicht auf mein mögliches Ableben bezieht?«, fragte McCullough.

»Keine Ahnung«, konterte Jonah. »Aber wir haben eine Blutprobe, die dringend auf Rohypnolspuren untersucht werden müsste, und ein nicht besetztes Labor.«

Wie nicht anders zu erwarten, stimmte McCullough ein langes Klagelied an, bevor sie sich einverstanden erklärte. »Ich warte übrigens immer noch auf die Biere, die Sie mir schulden, Sheens«, fügte sie hinzu.

»Ein Wort genügt«, antwortete Jonah.

Die Temperatur war inzwischen knapp über dem Gefrierpunkt, und Hanson litt sichtlich. Selbst mit ihrem bis unters Kinn geschlossenen Mantel und den Händen in ihren Taschen bibberte sie vor Kälte.

»Ich hätte mir noch ein paar Schichten mehr anziehen sollen«, sagte sie zu Lightman. Sie standen unter einem der Bäume auf dem Asylum Green. Zumindest Hanson drängte sich an Lightman, der wie immer den Eindruck erweckte, als könnte ihm nichts etwas anhaben.

»Willst du lieber im Auto warten?«, fragte er sie. »Bringt ja nichts, wenn wir beide hier rumstehen und frieren.«

»Das ist wirklich nett von dir«, sagte Hanson und meinte es auch. »Aber davon würde sich mein Stolz nie erholen.«

Ein paar Minuten später kam McCullough zu ihnen und verkündete, dass sie fertig waren. Hanson seufzte vor Erleichterung.

»Wir haben Blut- und Bodenproben und ein bisschen Gras«, sagte sie.

»Können Sie schon sagen, wie viel es war?«, fragte Hanson. »War es eine ernstere Verletzung oder nur, keine Ahnung, ein Nasenbluten?«

»Auf die Schnelle unmöglich festzustellen«, sagte McCullough. »Viel ist es jedenfalls nicht.«

»Und ob ein Zusammenhang besteht, wissen wir ohne Untersuchung wohl auch nicht«, fügte Hanson, inzwischen wieder gefasster, hinzu.

»Leider nein«, sagte McCullough amüsiert. »Willkommen in der Welt der Spurensicherung.«

Danach gingen Lightman und Hanson rasch zu ihrem Wagen, den sie sofort anließ, damit er sich möglichst schnell aufheizte. Als Hanson den Riemen ihrer Umhängetasche über ihren Kopf streifte, spürte sie, wie ihr Handy zu vibrieren begann. Sie zog es heraus und sah, dass eine Nachricht von Jason eingegangen war. Sie begann mit den Worten: *Ich weiß nicht, wie ich es dir sagen soll …*

Ihr wurde seltsam mulmig, als sie die Nachricht öffnete, und sie hatte das Gefühl, seitlich aus dem Wagen zu rutschen, als sie weiterlas.

»Ist irgendwas?«, fragte Lightman.

Um ihre Blamage perfekt zu machen, brachte Hanson nur ein unterdrücktes Schluchzen heraus, als sie zu antworten versuchte.

O'Malley hatte die Nummern von Dina Weymans Handy und Festnetzanschluss. Er erreichte sie auf Letzterem. Der Anruf wurde jedoch von einem mürrisch klingenden Mann entgegengenommen, bei dem es sich vermutlich um Dina Weymans Ehemann handelte.

»Warum wollen Sie sie sprechen?«, fragte er schroff, als O'Malley ihm erklärte, wer er war.

»Wir möchten die Aussage eines Zeugen bestätigt bekommen«, sagte O'Malley. »Man hat uns gesagt, Ihre Frau könnte uns dabei helfen.«

Am anderen Ende der Leitung waren undefinierbare Geräusche zu hören, dann ein gedämpfter, aber heftiger Wortwechsel, gefolgt von lautem Türenschlagen. O'Malley fragte sich, ob er mitten in einen häuslichen Streit geplatzt war.

Schließlich kam Dina Weyman ans Telefon. »Hallo?« Ihre Stimme war so heiter und sorglos wie die eines Kindes.

»Spreche ich mit Dina Weyman?«

»Ja«, sagte sie. »Sie sind also von der Polizei.« In ihrer Stimme schwang ein leichtes Seufzen mit, als wäre es unsäglich langweilig, mit der Polizei zu reden.

»Detective Sergeant O'Malley«, sagte er. »Ich hätte wegen Freitagabend ein paar Fragen an Sie.«

»Wieso? Was soll da gewesen sein?« Die Frage hätte unfreundlich sein können, aber Weyman schaffte es, gerade genug Leichtigkeit hineinzulegen, um damit durchzukommen.

»Niall Reakes behauptet, dass Sie sich in einem Hotel mit ihm getroffen haben«, sagte O'Malley. »Wir wollten uns nur seine Angaben bestätigen lassen.«

Darauf trat eine Pause ein, bevor Dina Weyman antwortete. »Entschuldigung, Niall hat gesagt, ich hätte mich mit ihm getroffen?«

»Ja.« O'Malley setzte sich kerzengerade auf. »Am Freitagabend.«

Es kam zu einer weiteren Pause, und dann sagte Dina Weyman in einem wesentlich weniger beiläufigen Ton: »Tut mir leid, aber wir haben uns nicht getroffen. Das hatten wir zwar vor, aber Niall hat mich versetzt.«

24.

Ich möchte dir von der einzigen anderen Erinnerung erzählen, die ich habe, eine Erinnerung, von der ich nicht einmal weiß, ob ich mir das alles vielleicht nur einbilde. Aber ich muss dir davon erzählen, weil ich jedes Mal Angst bekomme, wenn ich daran denke.

In meiner Erinnerung – oder in meinem Traum – habe ich geweint. Ich liege auf der Seite, die Hände in meinem Haar, und der Boden unter mir fühlt sich kalt an. Ich kann nicht aufhören zu schluchzen, und jemand redet beruhigend auf mich ein.

Das versetzt mich in heftigere Panik als alles andere, die Erinnerung an diese sanften, beruhigenden Laute. Sie machen mir furchtbare Angst, aber ich verstehe nicht, warum.

25.

Jonah konnte sich nur mit Mühe ein Lachen verkneifen, als ihm O'Malley den Verlauf seines Gesprächs mit Dina Weyman schilderte. Zum Teil entsprang dieses Lachen einem Gefühl stillen Triumphs, zum Teil spiegelte es die Absurdität des Ganzen wider.

»Wie hat sie sich angehört?«, fragte Jonah, sobald O'Malley mit seinem kurzen Bericht geendet hatte. »Hat sie damit gerechnet, dass wir uns bei ihr nach Niall Reakes erkundigen würden?«

»Nein«, sagte O'Malley. »Aber ich hatte auch den Eindruck, dass sie eine verdammt gute Schauspielerin ist. Eine Frau, die sehr gut steuern kann, wie sie rüberkommt.«

»Es könnte also sein, dass die beiden sich vorher abgesprochen haben«, sagte Jonah. »Aber sie hat sich letztlich nicht daran gehalten. Na schön. Dann haben wir wohl einen neuen Hauptverdächtigen. Irgendwas Neues von Niall Reakes' Anwalt?«

»Bisher nicht.«

»Ich hätte gern mehr, mit dem ich ihn unter Druck setzen kann, bevor wir ihm weiter auf den Zahn fühlen«, fuhr Jonah nachdenklich fort. »Dieser Anwohner ein Stück die Straße rauf hat irgendwas von ein paar Jugendlichen erzählt, die am Freitagabend ihre Motoren haben aufheulen lassen. Niall Reakes fährt einen F-Type. Der röhrt schon ganz ordentlich.«

»Er ist aber auf keiner Überwachungskamera aufgetaucht«, gab O'Malley dem DCI zu bedenken.

»Wäre es möglich, einen größeren Umkreis abzudecken?«, fragte Jonah. »Er könnte auf einer anderen Route als sonst nach Hause gekommen sein.«

»Eigentlich habe ich alle möglichen Routen zur Saints Close abgecheckt«, sagte O'Malley skeptisch. »Aber ich sehe trotzdem noch mal nach. Auch der Sache mit diesem Messer müssen wir noch genauer nachgehen«, fügte er hinzu. »Das könnte eine Weile dauern …«

»Darum soll sich Ben kümmern, sobald er zurück ist«, schlug Jonah vor.

»Er wird begeistert sein«, sagte O'Malley mit einem Grinsen. »Irgendwas richtig gründlich überprüfen.«

Jonah sah auf die Uhr. Schon halb sechs vorbei. Sie mussten noch ein paar echte Fortschritte machen, bevor sie nach Hause fahren konnten. Wenn sie Niall Reakes über Nacht festhalten wollten, mussten sie ihn verhaften, aber ohne konkrete Beweise wollte Jonah nicht auch noch einen zweiten Verdächtigen festnehmen.

Außerdem war er frustriert, weil sich einfach kein stimmiges Bild abzeichnen wollte, wie alles zusammenhing. Der Angriff auf Louise Reakes passte vielleicht zu dem Umstand, dass Alex Plaskitt an einer anderen Stelle erstochen worden war als in der Saints Close. Aber wie sollten die beiden hinterher im Haus der Reakes' gelandet sein, wenn der Überfall auf Louise Reakes von ihrem Mann verübt worden war?

Plötzlich verspürte er den unwiderstehlichen Drang, die Polizeistation zu verlassen und loszuziehen, um selbst aktiv ein paar Nachforschungen anzustellen. Aber es gab keine konkrete Spur, der er folgen konnte.

Das Telefon auf O'Malleys Schreibtisch klingelte, und während Jonah weiter überlegte, was er als Nächstes tun sollte, ging O'Malley dran. Angesichts des Wortschwalls, der aus dem Hörer zu kommen schien, zuckte der Sergeant zunächst leicht zusammen. Doch dann wurde seine gequälte Miene hellwach.

»Das bedaure ich natürlich außerordentlich, Mr Derbyshire«, sagte er nach einer Weile. »Wir schicken sofort jemand vorbei.«

Er legte auf und sagte zu Jonah: »Das war einer der Anwohner in der Saints Close. Er wollte wissen, wann jemand vorbeikommt und das ganze Blut wegmacht.«

»Welches Blut?«, fragte Jonah verständnislos.

»Seit der Schnee geschmolzen ist, sind anscheinend bis zur Straße runter regelrechte Lachen davon zum Vorschein gekommen.«

»Entschuldige bitte, aber das ist mir furchtbar peinlich.«

Das musste Hanson inzwischen mindestens zehnmal gesagt haben. Und jedes Mal in dem festen Glauben, es wäre das Ende der Tränen. Aber sie quollen einfach weiter heraus, sodass Ben schließlich behutsam vorschlug, die Plätze zu tauschen. Nachdem er sich ans Steuer gesetzt hatte, fuhr er erst einmal auf den Drive-thru-Starbucks und ließ sie im Auto sitzen, damit sie sich wieder beruhigte, während er Tee holen ging. Aber auch bei seiner Rückkehr ging es ihr keinen Deut besser. Und daran änderte sich auch nach mehreren Schlucken dampfend heißem Earl Grey nichts.

»Das muss dir doch nicht peinlich sein«, versuchte er ihr zum wiederholten Mal klarzumachen. Und dann: »Du brauchst mir nicht zu erzählen, was dahintersteckt, aber vielleicht hilft es auch.«

Wäre es nicht so fürchterlich gewesen, hätte sie es sich bestimmt weiter verkniffen.

Doch schließlich hielt sie Lightman das Handy hin und ließ ihn selbst die schrecklichen Dinge lesen, die Jason jetzt über sie dachte.

> Ich habe zufällig deinen Ex kennengelernt, von dem ich bisher gar nichts wusste und mit dem du dich bis letzte Woche weiter getroffen hast …

Sie versuchte, ihre Tränen zusammen mit einem Mundvoll Tee hinunterzuschlucken, während er die Nachricht las. Lightman brauchte etwa eine halbe Minute, um an ihr Ende zu kommen. Währenddessen fragte sie sich, ob er diese dreisten Unterstellungen ebenfalls für bare Münze nehmen würde, und begann, sich noch elender zu fühlen.

Damian hatte nämlich sogar Ben Lightman in seine Verleumdungen einbezogen und es damit geschafft, sie noch mehr zu blamieren.

> Er hat mir erzählt, dass du auch mit einem anderen Kollegen ausgehst und vor deinen Freundinnen damit angegeben hast, wie gut er aussieht. Vermutlich hat er Ben Lightman gemeint, und ich kann nur hoffen, dass ihm klar ist, auf wen er sich da einlässt.

Das Raffinierte daran war natürlich, wie geschickt Damian seinen Verleumdungen durchaus zutreffende Fakten zugrunde legte, sie dann aber so hindrehte, dass sie in ein schlechtes Licht gerückt wurde. So hatte er es immer schon gemacht. Unwiderlegbare Fakten, die er krass verdrehte.

Jason war Wachs in seinen Händen gewesen.

> Hätten seine Behauptungen nicht so vieles erklärt, hätte ich sie bestimmt angezweifelt. Dass du zum Beispiel behauptest, abends oft beschäftigt zu sein und mehr Freiraum zu brauchen. Oder dass du mir nie Freunde von dir vorgestellt oder einen Besuch in deiner Heimatstadt vorgeschlagen hast. Es muss ganz schön anstrengend sein, alle diese Lügen aufrechtzuerhalten, Juliette. Du tust mir aufrichtig leid.

Die traurige Tatsache war, dass Juliette keine echten Freunde in Southampton hatte. Und Damian der Hauptgrund war, weshalb sie es vermied, nach Birmingham zu fahren. Aber ihr Ex wusste genau, wie er das alles hindrehen musste.

Und wenn es Jason glaubte, was hinderte Ben daran, es ebenfalls zu glauben?

Aber sobald er fertig gelesen hatte, ließ Lightman das Handy sinken und sagte: »Unglaublich … so ein fieser, hinterfotziger Dreckskerl.«

Dafür war sie ihm so dankbar, dass ihr Schluchzen noch lauter wurde statt leiser. Doch sie schaffte es, ihn dennoch zaghaft anzulächeln und zu sagen: »Tja, ein echter Glücksgriff eben.«

»Für wen von euch beiden?«, fragte Lightman mit hochgezogener Augenbraue, worauf Hanson sogar ein wenig lachen musste.

»Ich scheine wirklich ein Händchen für solche Typen zu haben, hm?«

In einer Hand immer noch Hansons Handy, nahm Ben einen Schluck Tee und sagte: »Ich nehme mal an, das ist nicht das erste Mal, dass Damian versucht, dein Leben zu zerstören.«

Hanson schüttelte den Kopf und spürte, wie die Wahrheit förmlich aus ihr herausbrach. »Er schickt mir ständig Mails. Von anonymen Accounts.« Sie schluckte schwer, aber nachdem sie einmal damit begonnen hatte, tat es ihr seltsamerweise gut, Ben ihr Herz auszuschütten. »Und er treibt sich immer wieder vor meinem Haus herum. Manchmal beobachtet er mich aus dem Auto. Gerade nicht oft genug, dass es Belästigung wäre, und nicht immer … nicht immer so nah, dass ich ihn eindeutig identifizieren kann, bevor er wieder verschwindet.« Sie lächelte resigniert. »Er ist ganz schön gerissen.«

Lightman nickte bedächtig. »Hast du dir das alles aufgeschrieben?«

Hanson begann zu nicken. Dann sagte sie achselzuckend: »Zunächst schon. Aber in letzter Zeit bin ich … ein bisschen lax geworden. Es hat mir zu sehr zugesetzt.« Um sich zu beruhigen, holte sie tief Luft. »Einige der schlimmsten Sachen habe ich allerdings aufgeschrieben. Zum Beispiel, als er mir sämtliche Reifen aufgestochen hat. Und die … die verstümmelte Barbiepuppe, die er mir vor die Tür gelegt hat. Und der Bewegungsmelder, den er erst gestern Abend kaputt gemacht hat.«

Lightman schüttelte den Kopf. »Dieser Typ hat offensichtlich ernste Probleme. Hast du das gemeldet?«

Hanson nickte. »Bis auf den kaputten Bewegungsmelder. Aber die anderen zwei Vorfälle schon. Allerdings konnte ich nicht beweisen, dass er es war. Ich habe mir bei Amazon zwei große, kaum zu übersehende Kameraattrappen bestellt und am Haus angebracht. Trotzdem hat er den Bewegungsmelder zerstört. Anscheinend hat er von der Einfahrt so lange mit Steinen danach geworfen, bis er kaputt gegangen ist.«

»Ich glaube, die Chancen, dass er es war, stehen ziemlich gut«, bemerkte Lightman trocken. »So viel Mühe, anderen auf die Nerven zu gehen, machen sich nicht viele Leute.«

»Jetzt hör aber mal«, protestierte sie. »Strenge ich mich etwa nicht auch gewaltig an, lästig zu sein?«

»Da muss ich dir leider recht geben.« Er zögerte kurz. »Bei dieser Gelegenheit sollte ich dir vielleicht lieber sagen, dass das nicht der erste verleumderische Scheiß deines Ex ist, den ich zu lesen bekomme.«

Hansons ohnehin schon angeknackstes Selbstbewusstsein erlitt einen weiteren Dämpfer. »Wie meinst du das?«

»Einen Monat, nachdem du zu uns gekommen bist, habe ich eine Mail bekommen«, sagte er. »Ihr anonymer Absender hat darin durchblicken lassen, dass du deine letzte Stelle wegen krassen Fehlverhaltens verloren hast, aber dass man in Birmingham versucht hat, alles unter den Teppich zu kehren.«

»Nicht zu fassen!«

»Ich fand, ich sollte den Chef darüber in Kenntnis setzen, und wie sich herausgestellt hat, hat auch er eine ähnliche Mail bekommen.«

Hanson drehte sich von ihm weg, ein instinktiver Verteidigungsreflex. Sie hatte sich nicht vorstellen können, von ihrem ehemaligen Freund noch mehr gedemütigt zu werden. Aber natürlich war es Damian gelungen, alle Register zu ziehen. Das Messer noch tiefer hineinzustoßen. Sie kannte niemanden, der eine solche Gabe hatte, anderen wehzutun.

»Eigentlich wollte ich es dir schon damals erzählen«, sagte Ben mit einem entschuldigenden Unterton, »aber der Chef meinte, es würde dich nur zusätzlich belasten – selbst wenn du wüsstest, dass er kein Wort davon glaubt. Und ich fand, da hatte er wahrscheinlich recht.«

»Bist du sicher, dass er es nicht geglaubt hat?«, fragte Hanson. Allein bei dem Gedanken schüttelte es sie. Das musste – wann? – ein, zwei Wochen nach dem Streit mit dem DCI wegen seines eigenen Verhaltens bei einem Ermittlungsverfahren gewesen sein. Was muss er von ihr gedacht haben?

»Kein Wort hat er geglaubt«, sagte Lightman mit einem Grinsen. »Dafür ist er viel zu clever. Was er aber getan hat, er hat in aller Stille mit der IT-Abteilung geredet und sie gebeten, ähnliche Inhalte herauszufiltern und ihm zu melden. In der Hoffnung, den Täter überführen zu können. Und nur damit du's weißt, als Erstes hat er auf einen verärgerten Ex getippt, wie übrigens ich auch.«

Darauf kam es zu einer kurzen Pause, und dann sagte Ben: »Die Frage ist jetzt wahrscheinlich, was wir deswegen unternehmen.«

Das Wort »wir« hatte zur Folge, dass es Hanson gleich bedeutend besser ging.

»Du fragst dich nicht, ob an Damians Behauptungen etwas Wahres sein könnte?« Sie gab sich große Mühe, ihrer Stimme einen beiläufigen Ton zu verleihen. »Und ob ich nicht doch eine durch und durch falsche und hintertriebene Psychopathin bin, die alle an der Nase herumführt?«

Darüber konnte Lightman nur lachen. »Werden Sie mal nicht größenwahnsinnig, Constable.«

»Zu Befehl, Sarge.« Hanson konnte sich ein Grinsen nicht verkneifen. Ein echtes Grinsen, das fast zu einem Lachen wurde.

»Das kriegen wir schon geregelt«, sagte Ben mit einem aufmunternden Nicken.

»Glaubst du wirklich?«, fragte sie etwas weniger zuversichtlich. »Ich weiß doch, wie so was läuft und was passiert, wenn Frauen nachgestellt wird, wenn sie belästigt werden. Da hilft der starke Arm des Gesetzes oft wenig.«

»Schon möglich«, pflichtete ihr Lightman bei. »Aber es gibt vielleicht bessere Möglichkeiten, als sie das Gesetz bietet, um so jemandem das Handwerk zu legen.«

»Vielleicht hast du sogar recht«, sagte sie nachdenklich. Anfangs hatte das auch sie gedacht, doch irgendwann hatte sie der Mut verlassen.

»Ich kann Jason alles erklären«, sagte Lightman nach einer Weile. »Wenn es von mir kommt, kann er es nicht so einfach abtun.«

Hanson spürte, wie ihr Gesicht zu glühen begann. »Das brauchst du nicht.«

»Ich glaube aber, dass es hilfreich wäre.«

»Nein, das ist wirklich nicht nötig«, sagte sie, dann schluckte sie. »Aber schon komisch, wie schnell er bereit war, das alles zu glauben … na ja, ich denke, das verrät einiges über ihn. Ist nicht er derjenige, der einen Abschluss in Kriminalpsychologie hat? Da müsste doch auch er derjenige sein, der weiß, wie man so etwas durchschaut.«

»Ich schätze mal, dein Ex hat einfach sehr geschickt mit seinen Gefühlen gespielt«, sagte Ben ruhig. »Deshalb würde ich es ihm nicht allzu übel nehmen.«

»Und was ist dann mit dir?«, konterte Hanson. »Du hast keine Beziehung mit mir und glaubst trotzdem kein Wort davon.«

»Na ja«, sagte Lightman, »wie du sicher weißt, habe ich keine Gefühle, mit denen jemand spielen könnte, deshalb …«

Das brachte Hanson zum Lachen. »Da hast du allerdings auch wieder recht.«

»Könnten Sie sich jetzt nach rechts drehen?«

Die Polizistin, die sich anhörte, als käme sie aus Swansea, war sehr rücksichtsvoll. Sie wirkte mitfühlend, sogar freundlich.

Als Louise sich auf die Seite drehte, kam sie sich vor wie bei der Aufnahme des Verlobungsfotos mit Niall. Allerdings waren sie damals auf einem Gelände des National Trust gewesen. Nicht in einem nüchternen kleinen Raum einer Polizeistation. Außerdem hatte sie damals einen nagelneuen Wollpullover und Jeans angehabt. Nicht bloß ihren BH und eine Strumpfhose.

Und damals hatte nur ihr unablässig lächelnder Mund wehgetan. Nicht ihr Rücken, ihr Kopf und eine schwer zu lokalisierende Stelle in ihrer Brust.

Das sanfte Blitzlicht der Kamera leuchtete dreimal auf, und die Polizistin bat sie, den linken Arm seitlich vom Körper zu strecken. Louise drehte den Kopf so, dass sie den Arm auch selbst sehen konnte. Denn irgendwo musste sie einen blauen Fleck haben, den sie noch nicht entdeckt hatte.

»Wenn Sie einfach nach vorn schauen könnten …«

Nachdem sie eine rötlich gelbe Verfärbung auf der Rückseite ihres Arms ausgemacht hatte, richtete Louise ihren Kopf wieder geradeaus. Es blitzte erneut.

Und dann war Louise plötzlich nicht mehr in diesem Raum, sondern lag mit dem Gesicht nach unten auf dem eiskalten Rasen und hatte den Geschmack von Erde und Laub im Mund. Sie versuchte mühsam, sich zu bewegen. Zu atmen. Da, wo seine Hand sie auf den Boden drückte, schmerzten ihr Rücken und ihr linker Arm.

Das ist ein Messer, Süße, sagte er. *Spürst du es? Jedes Mal, wenn du dich bewegst, werde ich es dir tiefer in den Rücken drücken. Halt also lieber still, ja?*

Und dann kauerte sie plötzlich wieder auf dem Boden eines hell erleuchteten Raums. Ihr Atem ging rasch und flach, und sie flehte die Polizistin an, sie erst einmal Luft schöpfen zu lassen.

Sobald Hanson und Lightman im CID zurück waren, bestellte Jonah alle zu einer Einsatzbesprechung ins Konferenzzimmer ein, um ihr weiteres Vorgehen zu planen. Der einzige Vorteil, an einem

Sonntagabend in der Station zu sein, bestand darin, dass sie frei unter den zahlreichen Räumen wählen und sich im heißbegehrten Konferenzzimmer mit den großen Fenstern und den bequemen Stühlen treffen konnten.

Der DCI ließ ihnen allen etwas Zeit, um sich auf ihren Plätzen einzurichten, und musterte Hanson. Sie sah aus, als hätte sie geweint. Erst vor kurzem. Sie hatte die zaghafte, zurückhaltende Ausstrahlung von jemandem, der sich gewaltig zusammenreißen musste. Er nahm sich vor, später mit ihr zu reden, fand es jedoch frustrierend, es nicht sofort tun zu können. Aber sie hielten zwei Personen, gegen die möglicherweise Anklage erhoben würde, in U-Haft fest und standen deshalb unter enormem Zeitdruck.

Nachdem Jonah mit dem Beamer einen Stadtplan an die Wand geworfen hatte, begann er.

»Zwar steht inzwischen fest, dass Alex Plaskitt in Louise Reakes' Bett gestorben ist, doch wir können mit ziemlicher Sicherheit davon ausgehen, dass der Angriff auf ihn nicht auch dort erfolgt ist. Es gibt in der Saints Close deutlich sichtbare Blutspuren, die alle erst zum Vorschein gekommen sind, als der Schnee geschmolzen ist.«

Darauf trat kurz Schweigen ein, bevor sich O'Malley zu Wort meldete. »Das widerspräche unserer Theorie, dass Niall Reakes die beiden im Bett erwischt hat und durchgedreht ist.«

»Richtig«, pflichtete ihm Jonah bei. »Allerdings besteht weiterhin die Möglichkeit, dass er sich auf die Suche nach seiner Frau gemacht und erst zugeschlagen hat, als ihm klar wurde, dass da irgendetwas lief zwischen Plaskitt und seiner Frau.«

»Wir haben auch im Asylum Green Blutspuren gefunden«, sagte Lightman. »Sie könnten von Alex Plaskitt stammen. Oder von Louise Reakes. Außerdem haben wir einen Ohrring und einen Handschuh. Wenn diese Gegenstände Louise Reakes gehören, können wir davon ausgehen, dass dort etwas vorgefallen ist – möglicherweise eine handgreifliche Auseinandersetzung.«

»Angenommen, es war Louise Reakes' Mann«, flocht O'Malley

ein. »Besteht trotzdem die Möglichkeit, dass sie ihn zu decken versucht? Zum Beispiel, weil sie wegen ihres Seitensprungs ein schlechtes Gewissen hat?«

»Hätte er sich dann wirklich geweigert, sie zu sehen?«, fragte Hanson skeptisch. »In diesem Fall müsste es doch in seinem Interesse liegen, sie bei Laune zu halten.«

»Außer er hat es nur zum Schein abgelehnt, sie zu sehen«, führte O'Malley achselzuckend an. »Sie tun nur so, als würden sie sich bekriegen, während sie in Wirklichkeit unter einer Decke stecken.«

»Wenn wir die Blutanalysen haben, sehen wir auf jeden Fall klarer.« Jonah war sich deutlich bewusst, dass er den allgemeinen Enthusiasmus wie üblich etwas dämpfte. »Außerdem müssen wir herausfinden, ob Niall Reakes wirklich in Southampton war. Ich möchte alle öffentlichen Verkehrsmittel überprüft haben. Züge, Busse, Taxis.«

»Ich kümmere mich darum«, sagte Hanson.

»Dann wäre da noch Reakes' seltsamer Abstecher nach Zürich«, fuhr Jonah fort. Er wechselte die Tabs und öffnete eine vergrößerte Darstellung der Strecke von Genf nach Zürich. »Wir haben den Beleg für den neuen Flug, den er gebucht hat. Er hat ihn ein kleines Vermögen gekostet. Außerdem braucht man von Genf nach Zürich mit dem Auto drei Stunden. O'Malley geht der Frage nach, ob er das vielleicht gemacht hat, um dort die Mordwaffe zu kaufen.«

»Und ich habe eine Bestätigung, dass es in den Flügen von Genf noch freie Plätze gab«, sagte O'Malley. »Meistens für weniger Geld. Er hätte ohne weiteres direkt nach Hause fliegen können.«

Hanson blickte auf. »Wenn er extra nach Zürich gefahren ist, um das Messer zu kaufen, dann wäre der Angriff vorsätzlich erfolgt. Das passt nicht zu der Version, dass er sie mit einem anderen Mann im Bett erwischt hat.«

»Außer er war sich bereits sicher, dass ihn seine Frau betrog«, führte O'Malley an. »Er kannte Alex Plaskitt vielleicht nicht, aber er könnte Grund zu der Annahme gehabt haben, dass seine Frau fremdging. Er könnte alles schon seit Monaten geplant haben.«

Lightman veränderte kaum merklich seine Haltung, worauf Jonah fragte: »Irgendwelche Ideen, Ben?«

Lightman ließ den Atem entweichen. »Irgendwie finde ich sein Verhalten … eigenartig. Wenn wirklich alles geplant war, halte ich es für sehr unwahrscheinlich, dass er das Flugticket erst in letzter Minute gebucht hat. Das Risiko war groß, dass er keines mehr bekommen hätte.«

»Stimmt«, sagte Jonah. »Das ist richtig.«

»Sieht das nicht eher nach einer plötzlichen Krisensituation aus?«, fragte Hanson nachdenklich. »Seine Ex-Frau …«

»Dina Weyman«, sagte Jonah.

»Sind wir sicher, dass sie die Wahrheit sagt?« Hanson sah Lightman an. »Vielleicht hat sie ihn zu sich bestellt, weil sie dringend mit ihm sprechen musste.«

»Schwer zu sagen.« Jonah zuckte mit den Achseln. »Vielleicht müssen wir auch sie vorladen. Jedenfalls erscheint mir Niall Reakes' Geschichte von diesem interessanten Stellenangebot nicht sehr glaubhaft. Wie Sie bereits gesagt haben, hört sich das Ganze eher nach einer unerwartet aufgetretenen Krise an.«

»Im Moment stellt sich die Sache für uns jedenfalls so dar, dass ihn Dina Weyman kurzfristig sprechen wollte«, sagte Lightman nachdenklich. »Und aus irgendeinem Grund musste er vorher noch nach Zürich. Vielleicht hat er dort etwas für sie erledigt. Und nachdem sie sich dann getroffen haben, hat es Weyman geleugnet.«

Nach einer kurzen Pause sagte Jonah: »Reden Sie mit ihr. Und mit jedem, der sie kennt.« Er sah O'Malley an. »Haben Sie nicht gesagt, dass auch April Dumont die Ex-Frau kennt?«

»Ja, tut sie«, sagte O'Malley grinsend. »Und sie scheint ebenfalls kein Fan von ihr zu sein.«

»Reden Sie auch mit ihr«, sagte Jonah. »So bald wie möglich.«

»Ich habe kurzfristig ein weiteres Treffen mit Step Conti vereinbart«, sagte Lightman. »Soll ich diesen Termin dann sausen lassen?«

Jonah zögerte. Eigentlich hatte im Moment Priorität, allem nachzugehen, was mit Niall Reakes zusammenhing. Aber die Möglichkeit, dass Reakes doch etwas im Schilde führte, dass er das Ganze von langer Hand geplant haben könnte, rückte alles in ein anderes Licht. Jonah fragte sich, ob es irgendeine Verbindung zwischen Niall Reakes und Alex Plaskitt gab, von der sie nichts wussten.

»Treffen Sie sich ruhig mit Conti«, sagte Jonah schließlich. »Zeigen Sie ihm Fotos der beiden Reakes', und sehen Sie, was er sagt. O'Malley, wir beide knöpfen uns Niall Reakes noch mal vor. Juliette, Sie versuchen, uns für heute Abend einen Termin für ein Gespräch mit Dina Weyman zu beschaffen.« Er bedachte sie mit einem entschuldigenden Lächeln. »Super Wochenende, hm?«

»Ich hätte sowieso nichts Besseres zu tun gehabt, als vor der blöden Glotze zu hängen«, sagte Hanson seltsam aufgekratzt. »Überhaupt kein Problem!«

Hanson war auch aus eigenem Interesse froh, dass sie bei ihren Ermittlungen voranzukommen schienen. Es hieß nämlich, dass sie sich in die Arbeit stürzen konnte und nicht ständig an Jason denken musste, den sie zu allem Überfluss auch noch jeden Tag sehen würde. Genau das war der Grund, warum sie nie mit einem Kollegen ausgehen sollte.

Und warum du dich endlich mal um mehr soziale Kontakte bemühen müsstest, fügte sie für sich selbst hinzu.

Als sie ihren Laptop hochfuhr, wanderte ihr Blick in die Richtung, wo an einem normalen Arbeitstag Jason saß. Sie musste an Louise Reakes und ihren Mann denken, der so rasch dabei gewesen war, seine Frau zu verurteilen. Und sie fand, dass Jason in gewisser Weise genau das Gleiche getan hatte.

Kurz entschlossen holte sie ihr Handy heraus und schrieb ihm eine Nachricht.

Danke für deinen enormen Vertrauensbeweis. Dazu habe ich nichts zu sagen, außer dass ich möchte, dass deine Sachen aus meinem Haus verschwunden sind, wenn ich nachher nach Hause komme.

Nachdem das erledigt war, war sie bereit, sich in die Arbeit zu stürzen.

Um sich auf Niall Reakes' Vernehmung vorzubereiten, zog sich Jonah in sein Büro zurück. Er wusste, dass er sich dabei keine Schwächen leisten konnte. Reakes wurde von Daniella Hart vertreten, die in derselben Kanzlei arbeitete wie Patrick Moorcroft. Auch sie war teuer, und Jonahs bisher einzige Begegnung mit ihr hatte es in sich gehabt.

Als er kurz bei der Anwältin und ihrem Mandanten vorbeigeschaut hatte, um sie über den weiteren Ablauf in Kenntnis zu setzen, hatte er die Atmosphäre als angespannt empfunden. Reakes war eindeutig verärgert, dass er sich mit jemand Geringerem als Moorcroft zufriedengeben musste. Ebenso offensichtlich war, dass Daniella Hart nicht gern als zweite Wahl angesehen wurde. Jonah konnte sich ein Grinsen nicht verkneifen, als er wieder ging.

Er suchte gerade seine Notizen zusammen, als sein Festnetzanschluss läutete. Es war McCullough mit den Ergebnissen der Blutanalyse.

»Für Rohypnol ist der Test negativ.« Weil im Hintergrund Musik lief, sprach McCullough etwas lauter als üblich. »Alkoholspuren ließen sich allerdings noch nachweisen. Der Wert deutet darauf hin, dass sie an diesem Abend ordentlich über die Stränge geschlagen hat. Jedenfalls dürfte sie genug getrunken haben, um den massiven Gedächtnisverlust zu erklären. Interessanter ist allerdings, dass in ihrem Blut auch Spuren von Viagra waren.«

»Das ist … allerdings bemerkenswert …«

»Viagra soll heutzutage bei Männern sehr beliebt sein«, bemerkte

McCullough trocken. »Im Internet kursieren jede Menge Gerüchte, dass davon auch Frauen erregt werden können. Wenn das stimmt, wäre das für jeden potenziellen Vergewaltiger mit Sicherheit ein Plus. Wenn das Opfer zu Beginn des Abends sichtlich geil war, lässt sich eine Vergewaltigungsklage relativ einfach abschmettern.«

»Aber stimmt es denn?«, fragte Jonah interessiert.

McCullough lachte abschätzig. »Ich würde sagen, es ist äußerst unwahrscheinlich, dass es überhaupt etwas in der Art bewirkt. Viagra erhöht lediglich die Durchblutung im Unterleib. Männer, die es nehmen, brauchen es nicht, weil sie nicht scharf werden, sondern weil sie keinen hochbekommen.«

»Aha«, sagte Jonah, der inzwischen nicht mehr so sicher war, ob es eine gute Idee gewesen war, das Gespräch in diese Richtung zu lenken. »Dann ist es also mehr als nur ein bisschen eigenartig, dass Louise Reakes Viagra im Blut hatte.«

Er dachte an Niall Reakes. Die neue Erkenntnis war für Jonah eher ein Hinweis, dass Reakes nicht in die Sache verwickelt war. Außer er hatte ein Getränk versetzt, von dem er wusste, dass seine Frau es trinken würde. Angeblich ließen sich Viagrapillen zerdrücken und allem Möglichen beifügen. Aber ergab das einen Sinn? Es hätte bedeutet, dass er es gezielt auf einen Seitensprung seiner Frau angelegt hatte, um sich an ihr rächen zu können.

»Außerdem haben wir inzwischen die Fingerabdrücke von den Gegenständen, die wir im Park gefunden haben«, fuhr McCullough fort. »Mögliche Übereinstimmungen erhalten wir allerdings erst morgen, aber wenn Sie die Gegenstände Ihren Verdächtigen jetzt schon zeigen wollen, können Sie sie gern haben.«

»Ich lasse sie von einem meiner Leute abholen, danke.«

Jonah beendete das Gespräch mit dem Gefühl, dass einfach nichts zusammenpasste. Sämtliche Theorien, die das alles hätten in einen sinnvollen Zusammenhang bringen können, waren höchst abstrus.

Das hieß, sie mussten sich jetzt an die wenigen harten Fakten halten, die sie hatten. Ein paar Dinge gab es schließlich, an denen nicht zu rütteln war.

Jonah zog sich wieder ins CID zurück und sagte O'Malley, er sei gleich fertig. Dann fragte er Hanson, ob sie schon etwas von Dina Weyman, Reakes' Ex-Frau, gehört hätte.

»Sie will zurückrufen«, antwortete Hanson. »Angeblich ist sie gerade in einer wichtigen Sitzung, aber sie will sehen, was sich machen lässt.«

»Okay, gut. Würden Sie bitte Louise Reakes die Sachen zeigen, die Sie im Park gefunden haben. Sie liegen abholbereit bei Linda.«

Hanson nickte und stand auf. Sie wirkte immer noch leicht abwesend, fand er, aber sie war weder apathisch noch so angespannt wie vorhin. Egal, was dahintersteckte, sie schien sich im Griff zu haben.

»Hier drinnen alles okay?«, fragte er O'Malley, um einen leichten Ton bemüht, sobald Hanson gegangen war.

»Klar, ich denke schon«, sagte O'Malley achselzuckend. »Mal abgesehen davon, dass Sonntagabend ist und jeder lieber zu Hause wäre. Und Juliette sich im Park ein bisschen unterkühlt hat, glaube ich.«

Jonah nickte und schaute zu Lightman, der gerade telefonierte.

»Hat Ben Step Conti dran?«

»Ja.« O'Malley nickte. »Sie haben eben erst angefangen. Brauchen Sie was von ihm?«

»Nichts, was nicht warten kann, bis wir mit Niall Reakes geredet haben«, sagte Jonah. »Kommen Sie.«

»Entschuldigen Sie die Störung«, sagte Lightman, nachdem Conti von seiner Frau ans Telefon geholt worden war. »Ich weiß, dass Sonntagabend nicht der beste Zeitpunkt für solche Anrufe ist.«

»Ach was«, sagte Conti. »Sie haben mich gerade aus dem längsten *Peppa Wutz*-Marathon der Welt geholt.« Dem fügte er, ernster, hinzu: »Im Übrigen stehe ich gern zur Verfügung, wenn ich irgendwie helfen kann. Alex war einer meiner besten Freunde.«

Lightman dankte ihm. »Wir hätten noch ein paar Fragen. Die erste ist: Haben Sie Alex Plaskitt am Freitagabend mit einer Frau gesehen?«

Nach längerem Schweigen sagte Conti: »Tut mir leid, das hätte ich Ihnen wohl schon früher sagen sollen. Karen – meine Frau – hat mir bereits Vorhaltungen gemacht, dass ich es Ihnen nicht gleich erzählt habe. Ich wollte nur … Ja, ich habe Alex mit jemand gesehen.« Aus dem Hörer kam ein deutlich hörbares Schluckgeräusch. »Da war eine Frau, die ihn … na ja, sie hat ihn ziemlich direkt angemacht. Und irgendwann … hat er sie dann geküsst.«

»Warum rücken Sie damit erst jetzt heraus?«

»Weil es sehr früh am Abend passiert ist«, sagte Conti. »Lange bevor ich gegangen bin. Und er hat es eindeutig sofort bereut. Er hat einen Rückzieher gemacht, und sie war hinterher ziemlich sauer auf ihn. Ich musste mich sogar einschalten, um die Lage etwas zu beruhigen.«

Das alles schien Conti ziemlich peinlich, was unter diesen Umständen vielleicht verständlich war.

»Fühlte die Frau sich von Plaskitt zurückgewiesen?«, fragte Lightman.

»Ja.«

»Wie hat sie reagiert, als Sie mit ihr gesprochen haben?«

»Nach einer Weile hat sie sich etwas beruhigt«, sagte Conti. »Ich glaube, sie war einfach nur betrunken. Jedenfalls hat sie ihn danach in Ruhe gelassen. Ich habe sie mit zwei anderen Männern sprechen sehen, bevor ich gegangen bin, und sie hat dabei den Eindruck gemacht, als würde sie sich durchaus amüsieren.«

»Ich würde Ihnen gern ein Foto schicken«, sagte Lightman. »Wenn das für Sie okay ist. Eine Frau, von der wir wissen, dass sie in dem Club war. Haben Sie Ihr Handy gerade zur Hand?«

»Ja.«

Conti wartete schweigend, während ihm Lightman das Festnahmefoto von Louise Reakes und ein Bild der Überwachungskamera schickte, auf dem sie zu sehen war. Als sie auf Contis Handy eingingen, war im Hintergrund ein leiser Glockenton zu hören.

»Ist das die Frau, die Alex Plaskitt geküsst hat?«

Nach einer kurzen Pause sagte Conti: »Nein, das war sie nicht. Sorry.«

Im ersten Moment wusste Lightman nicht weiter. Wie konnte es angesichts dessen, was später in dieser Nacht passiert war, jemand anderer gewesen sein als Louise Reakes?

»Gut«, sagte er so beiläufig wie möglich. »Könnten Sie mir vielleicht die Frau beschreiben, mit der Sie ihn gesehen haben?«

»Klar. Sie war schwerlich zu übersehen. Blond. Auffallend groß in ihren High Heels. Tätowiert. Ein Tattoo quer über der Brust, eins unten am Rücken.« Er verstummte kurz. »Ach ja, und sie war Amerikanerin. Südstaaten. Das war nicht zu überhören.«

»Danke«, sagte Lightman. »Ich glaube, wir wissen, wer das ist.«

Niall Reakes wirkte wesentlich gefasster als bei seiner letzten Vernehmung. Er schien fest damit zu rechnen, dass Dina Weyman seine Aussagen bestätigen und zur Aufklärung der Sache beitragen würde. Er lächelte sogar, als Jonah sich für die Verspätung entschuldigte.

Daniella Hart neben ihm war die Ruhe in Person. Sie beobachtete Jonah mit einem verhaltenen Lächeln, das dieser erwiderte. Er konnte sich noch von ihrer letzten Begegnung daran erinnern. Diese leicht spöttische Aura. Er war versucht, ihr zu sagen, dass er dagegen inzwischen immun war. Er war seit vier Monaten mit jemandem zusammen, der sich ständig über ihn lustig machte.

Jonah beschloss, sich im Vorfeld freundlich zu geben und Reakes in dem Glauben zu lassen, dass alles in Ordnung war. Doch sobald die offizielle Vernehmung begann, erklärte er ruhig: »Wir haben inzwischen mit Ihrer Ex-Frau über das Treffen am Freitagabend in Gatwick gesprochen. Sie behauptet, sich in den letzten zwei Monaten kein einziges Mal mit Ihnen getroffen zu haben.«

Darauf wurde es erst einmal still. Dann platzte ein kurzes Lachen aus Reakes heraus. »Wie bitte?«

»Dina Weyman hat erklärt, dass Sie sich am Freitagabend nicht mit ihr getroffen haben«, wiederholte Jonah. »Sie hat gesagt, Sie hätten sie zwar um ein Treffen gebeten, seien dann aber nicht zu diesem erschienen.«

»Deshalb wüssten wir jetzt gern, wo Sie wirklich waren«, fügte O'Malley hinzu.

Reakes warf seiner Anwältin einen verzweifelten Blick zu, worauf diese ihm rasch etwas ins Ohr flüsterte. Reakes schüttelte jedoch energisch den Kopf.

»Ich habe mich mit ihr getroffen! Was soll dieser Unsinn?« Reakes beugte sich vor und ballte die Fäuste auf dem Tisch. »Ich weiß nicht, was sie damit bezweckt, aber ich habe mich mit ihr getroffen.«

»Warum erzählt sie uns dann das Gegenteil?«, fragte O'Malley betont beiläufig. »Sie werden doch zugeben, dass das etwas eigenartig ist.«

Reakes schaute mit zusammengebissenen Zähnen von einem zum anderen. »Sie können doch … Das ist wieder mal typisch für sie.« Er schüttelte den Kopf, und Jonah sah, wie er am ganzen Körper erzitterte. »Solche Spielchen spielt sie ständig. Ich weiß nicht einmal, was sie damit bezwecken könnte, außer …« Er verstummte, und Jonah sah voller Genugtuung, wie Reakes etwas dämmerte.

»Ich glaube, Sie wissen ganz genau, warum sie das getan hat«, sagte er.

»Meinen Mandanten zu bitten, Mutmaßungen über die Motive seiner Ex-Frau anzustellen, scheint mir kontraproduktiv, wenn Sie ihr diese Fragen selbst stellen können«, erklärte Daniella Hart.

»Es ist nie kontraproduktiv, auf jemandes Mienenspiel zu reagieren«, entgegnete Jonah lächelnd. »Das ist nichts weiter als gute Polizeiarbeit.«

Reakes begann, den Kopf zu schütteln. Dann legte er die Hände flach auf den Tisch, als versuchte er, die Situation und auch sich in den Griff zu bekommen.

»Wozu dieser Umweg über Zürich?«, fragte O'Malley. »Warum sind Sie nicht von Genf nach Hause geflogen? Es gab genügend Flüge, die zudem deutlich billiger gewesen wären. Sie hätten zum Abendessen zu Hause sein können.«

Jonah, der Reakes aufmerksam beobachtete, war ziemlich sicher, dass er leicht erblasste.

»Wollten Sie in Zürich noch etwas kaufen?«, fragte Jonah.

»Ich sage jetzt … nichts mehr«, brachte Reakes mühsam hervor. »Reden Sie noch mal mit Dina. Bitte. Und sagen Sie ihr …« Er verstummte, fast als ob ihm das Sprechen Mühe bereitete. »Sagen Sie ihr, Sie wüssten, dass wir uns mehrere Monate lang regelmäßig getroffen haben. Vielleicht hilft das ihrem Gedächtnis auf die Sprünge.«

»Wir haben zwei Gegenstände mitgebracht und möchten Sie bitten, sie sich anzusehen«, sagte Hanson, die froh war, dass die PCSO dabei war. Louise Reakes schien einem Zusammenbruch von Mal zu Mal näher zu kommen. Ihre fahrigen Bewegungen und zuckenden Blicke verhießen nichts Gutes.

Hanson reichte ihr die erste Beweismitteltüte. Sie enthielt den Damenhandschuh, den sie im Asylum Green gefunden hatten. Die Innenseite der Tüte war beschlagen; wahrscheinlich war der Handschuh noch feucht. Aber seine Form war trotzdem gut zu erkennen.

Louise nahm ihn und betrachtete ihn kurz, bevor sie den Kopf schüttelte. »Er ist nicht von mir, und ich habe ihn auch noch nie gesehen.«

»Okay«, sagte Hanson und reichte ihr den Ohrring. Diesmal reagierte Louise Reakes sofort. Sie nickte und strich mit dem Daumen über den Ohrring unter dem Plastik.

»Der ist von mir«, sagte sie. »Ich habe ihn am Freitag getragen. Wo haben Sie ihn gefunden?«

»Auf dem Weg, auf dem Sie vermutlich nach Hause gegangen sind«, antwortete Hanson.

Louise Reakes nickte abwesend und führte eine Hand an ihr linkes Ohr. Irgendetwas in ihrem Gesichtsausdruck veränderte sich. Und dann sagte sie apathisch: »Er hat sich an seinem Ärmel verfangen. Als er mich auf den Boden gedrückt hat.«

Jonah verließ das Vernehmungszimmer in der festen Überzeugung, dass zwischen Niall Reakes und Dina Weyman wesentlich mehr lief, als ihm bisher bewusst gewesen war.

»Können Sie die Überwachungsvideos auch nach Weymans Autonummer durchsehen?«, fragte er O'Malley. »Wenn Niall Reakes nicht selbst nach Southampton gefahren ist, hat sie ihn vielleicht mitgenommen.«

Auf dem Weg zurück in sein Büro fragte er sich, wie das alles, wenn überhaupt, mit Alex Plaskitts Tod zusammenhängen könnte und warum Reakes so unangenehm berührt gewirkt hatte, als sie ihn auf seinen Abstecher nach Zürich angesprochen hatten. Und warum ihm so viel daran lag, dass sie noch einmal mit Dina Weyman redeten.

Lightman klopfte an den Türrahmen, und Jonah winkte ihn herein.

»Ben, was gibt's?«, fragte er.

»Interessante Neuigkeiten«, sagte Lightman. »Alex Plaskitt hat im Club tatsächlich mit einer Frau rumgeschäkert. Allerdings nicht mit Louise Reakes, sondern mit April Dumont.«

Jonah gab ein kurzes, schockiertes Lachen von sich. »Nicht im Ernst.«

»Die Personenbeschreibung lässt wenig Zweifel daran«, sagte Lightman.

»Okay«, sagte Jonah, deutlich ernster. »Ich möchte sie so bald wie möglich sprechen.«

»Leider ist sie noch in Leeds und kommt heute erst spät zurück. Deshalb habe ich sie morgen um neun einbestellt. Sorry.«

»Dann eben morgen um neun. Gab's von Step Conti was Interessantes über Niall Reakes?«

»Nein, nichts«, sagte Lightman. »Er hat auf den Fotos, die ich ihm geschickt habe, weder Niall noch Louise Reakes erkannt.«

»Das ist schon mal etwas. Danke, Ben.«

Nachdem Lightman gegangen war, sprangen Jonahs Gedanken zwischen Louise Reakes, ihrem Mann und der überraschend ins Spiel gekommenen April Dumont hin und her. Er wog die begrenzte Zeit, die sie noch hatten, bevor sie Anklage gegen Louise Reakes erheben mussten, gegen seinen Plan ab, ihren Ehemann erst zu verhaften, wenn es sich nicht mehr umgehen ließ. Falls sie unter völlig neuen Gesichtspunkten Anklage gegen ihn erheben mussten, wollte Jonah nichts überstürzen, um sich keine weitere U-Haftfrist aufzubürden.

Er ging noch einmal zu O'Malley, der mit geröteten Augen an seinem Schreibtisch saß.

»Ist Niall Reakes' Wagen tatsächlich auf keinem Überwachungsvideo aufgetaucht?«

O'Malley schüttelte den Kopf. »Bis Samstagmorgen nicht. Auch der von Dina Weyman nicht.«

»Louise Reakes hat übrigens bestätigt, dass der Ohrring ihr gehört«, sagte Jonah. »Und sie hat ihrer Aussage etwas hinzugefügt. Sie konnte sich wieder erinnern, dass sie ein Mann mit dem Gesicht nach unten auf dem Boden festgehalten und ihr etwas, das sich wie ein Messer angefühlt hat, in den Rücken gedrückt hat. Außerdem erinnert sie sich daran, dass sich ihr Ohrring an seinem Ärmel verfangen hat, als er sie gepackt hat.«

»Irgendwas Konkretes über den Angriff?«

Hanson nickte finster. »Er hat ihr das Kleid hochgezogen und die Unterwäsche runter. An mehr kann sie sich nicht erinnern. Aber wenn es stimmt, hört es sich sehr nach einer Vergewaltigung an. Diesmal hat sie sich auch zu einer entsprechenden Untersuchung bereiterklärt.«

Jonah versuchte, das Element einer Vergewaltigung in seine Theorien einzubauen. Könnte Niall Reakes seine Frau vergewaltigt haben, nachdem er sie mit Alex Plaskitt ertappt hatte? Hatte er Plaskitt erstochen und seine Frau vergewaltigt? Doch was war dann während der Vergewaltigung mit Plaskitt passiert? Und war es wirklich ein Zufall, dass Plaskitt eine Stunde zuvor noch Louise Reakes' beste Freundin geküsst hatte?

»Haben wir Dina Weymond inzwischen erreicht?«

O'Malley schüttelte den Kopf. »Sorry. Ich hab's unter beiden Nummern versucht. Soll ich jemand hinschicken?«

Jonah schaute auf die Uhr und gab einen langen Seufzer von sich. »Viertel vor acht. Das muss wohl bis morgen warten. Wir können Niall Reakes nicht mehr viel länger festhalten, ohne ihn zu verhaften.« Er nickte sich selbst zu. »Okay. Wir lassen Louise Reakes gegen Kaution frei, sobald die ärztliche Untersuchung abgeschlossen ist. Auch ihrem Mann werde ich sagen, dass er gehen kann, und ihn bitten, morgen wieder herzukommen. Das Haus wurde gründlich durchsucht. Deshalb gibt es dort keine Beweise mehr, die zerstört oder entfernt werden könnten. Wahrscheinlich haben wir mehr zu gewinnen, wenn wir es zu einer Konfrontation zwischen den beiden kommen lassen. Und wir werden dabei sein, wenn es dazu kommt.«

O'Malley verzog das Gesicht. »Und ich dachte schon, Sie würden uns endlich nach Hause schicken.«

»Ich habe nichts dagegen, bei einer Observierung mitzumachen«, sagte Hanson. »Falls das gewünscht wird.«

Jonah nickte. »Ich schaue mal, ob auch Ben dabei ist. Wenn Sie bis eins durchhalten, müsste das genügen. Danach sollen zwei Streifenpolizisten übernehmen. Würden Sie sie dann morgen um acht ablösen, Domnall?«

»Danke, Chief«, sagte O'Malley. »Wirklich nett von Ihnen.«

»Wer sagt's denn?«, pflichtete ihm Jonah bei. »Chef des Jahres.«

Hanson hatte eine weitere Nachricht von Jason erhalten, als sie aufbrechen wollte, und wurde deshalb etwas ungeduldig. Um Louise Reakes aus der Untersuchungshaft zu entlassen, war einiger Schreibkram nötig, und Hanson musste unbedingt auf dem Parkplatz sein, bevor Reakes und ihr Mann nach draußen kamen, damit sie ihnen mit dem Auto folgen konnte. Vorausgesetzt, Reakes fuhr seine Frau überhaupt nach Hause.

Sie überlegte, ob sie einfach ignorieren sollte, was Jason geschrieben hatte. Sie wollte nichts mehr von ihm lesen. Und noch weniger etwas von ihm sehen. Wenigstens heute nicht mehr. Morgen und an allen Tagen danach würde es sich nicht vermeiden lassen. Deshalb öffnete sie die Nachricht, sobald sie in ihren Mantel geschlüpft war, sich den Schal um den Hals geschlungen und den Tragriemen ihrer Tasche über den Kopf gestreift hatte.

Du willst mir also deinen Standpunkt nicht erklären? Und wie ein erwachsener Mensch über alles reden?

Nur gut, dass Jason nicht hier war. Ihre Wut auf ihn kochte sofort wieder hoch. Ihre Daumen stießen heftig auf das Display ein, als sie zurücktextete.

Ich habe nichts zu besprechen mit jemand, der einem Kerl, den er in einem Pub kennengelernt hat, jedes Wort glaubt, auch wenn es noch so sehr in Widerspruch zu dem Menschen steht, der ich deinen eigenen Aussagen zufolge bin. Offensichtlich spielt die Zeit, die wir zusammen verbracht haben, keine Rolle für dich. Denn sonst würdest du nicht so bereitwillig den unglaublichen Unterstellungen eines Mannes glauben, den ich mir schon sehr lange vom Hals zu halten versuche.

Ihre Augen wurden wieder feucht, aber diesmal waren es Tränen der Wut. Sie hatte es so was von satt, sich verraten zu fühlen.

Louise Reakes stand stumm da, als sie ihre persönlichen Dinge zurückbekam. Nur ihren Ohrring behielten sie noch. Sie vermutete, dass er als Beweismittel galt und noch einbehalten werden musste. Aber Handtasche, Schlüssel und Telefon wurden ihr ausgehändigt. Sie bestätigte ihren Erhalt und empfand es sogar als tröstlich, die einzelnen Gegenstände in die für sie vorgesehenen Fächer der Handtasche zu stecken. Sich damit zu beschäftigen, war besser, als an die bohrende Vernehmung zu denken, der sie gerade unterzogen worden war.

Niall war eine stumme, hinter ihr aufragende Präsenz. Er schien außerstande, etwas zu ihr zu sagen. Was ihr nur recht war. Auch sie hatte nicht das Bedürfnis, mit ihm zu sprechen. Die Vorstellung, in seinem dämlichen Flitzer eingeschlossen zu sein, war ihr schier unerträglich, und sie überlegte, ob sie ihn wegschicken und sich lieber ein Taxi nehmen sollte.

Doch dann dachte sie, welchen Eindruck das auf die Polizei machen würde. Sie wusste, dass ab jetzt alles, was sie tat, genauestens registriert und beurteilt würde. Angefangen bei den Kleidern, die sie trug, bis hin zu der Art, wie sie sprach oder wie sie ihren Mann behandelte und er umgekehrt sie. Deshalb ging sie wortlos mit ihm nach draußen und stieg unbeholfen in den Jaguar. Von dem langen Aufenthalt in der Polizeistation fühlte sich ihr Körper steif und verkrampft an.

Sie brauchte dringend Bewegung, merkte sie, als sie die Tür hinter sich zuzog. Joggen. Schwimmen. Und dann musste sie unbedingt Musik machen. Mein Gott, wie sie sich danach sehnte, die Hände wieder über die Harfenseiten streifen zu lassen, um endlich diese albtraumhaften letzten achtundvierzig Stunden ausblenden zu können.

Auf halbem Weg nach Hause brach Niall endlich das Schweigen. Zaghaft.

»Wir müssen über … Verschiedenes sprechen.«

»Müssen wir das?«

Sie sah, wie er das Gesicht verzog, bevor er fortfuhr: »Ja. Müssen wir. Ich glaube, wir sind uns beide eine Erklärung schuldig.«

»Ich habe dir gestern eine zu geben versucht«, entgegnete sie kalt. »Aber du wolltest dich nicht mit mir treffen.«

»Ich weiß«, sagte er. »Ich war nicht ganz … begreif doch, was für ein Schock das alles für mich war.«

Sie sah ihn fassungslos an. »Ich soll Verständnis dafür haben, was für ein Schock das alles für *dich* war? Wer von uns beiden ist neben einem Toten aufgewacht? Du oder ich? Und jetzt erwartest du von mir, dass ich für dich Verständnis habe?«

»Woher weiß ich denn, dass das überhaupt stimmt?«, hielt Niall lautstark dagegen. »Ich habe nicht die leiseste Ahnung, was eigentlich passiert ist.«

»Das weiß ich genauso wenig«, erwiderte Louise und wunderte sich, dass sie dabei so ruhig blieb. »Und überhaupt hätten wir das Ganze gemeinsam angehen sollen. Wir hätten als Team auftreten sollen. Aber wir sind schon lange kein Team mehr, Niall. Und umso trauriger finde ich es, dass ich mir andauernd den Kopf darüber zerbrochen habe, wie es mit uns weitergehen soll, wo doch schon seit Monaten alles zu Ende ist.«

Danach sagte er nichts mehr, und Louise drehte sich zur Seite, um sich gegen die Tür zu lehnen. Es gab so vieles, was sie ihn hätte fragen sollen. Ob er in Dina verliebt war. Ob sie geplant hatten, wieder zusammenzuleben. Auch, wonach ihn die Polizei gefragt hatte. Aber dafür fühlte sie sich im Moment einfach nicht in der Lage.

Einem anderen Fahrzeug zu folgen, war sowohl einfacher als auch schwieriger, als die meisten Leute dachten. Einfacher war es, weil die wenigsten in den Rückspiegel schauten. Man konnte jemandem meilenweit folgen, ohne dass es der Betreffende merkte. Und selbst wenn es jemandem auffiel, dachte er sich meistens nichts dabei. Autos nahmen in der Regel Hauptverkehrsstraßen, und wenn der Wagen hinter einem irgendwo abbog, bevor man sein Ziel erreichte, vergaß man ihn normalerweise schnell. Vorausgesetzt natürlich, man achtete überhaupt auf seinen Hintermann.

Das Schwierige dabei war, das Auto, dem man folgte, nicht aus den Augen zu verlieren. An jeder Kreuzung bestand die Gefahr, abgehängt zu werden. Und wenn man mehrere Male hintereinander bei Rot über eine Kreuzung fuhr, machte man den Beschatteten garantiert auf sich aufmerksam.

Zum Glück herrschte an diesem Abend wenig Verkehr, sodass Hanson keine Mühe hatte, hinter Reakes' Jaguar zu bleiben. Für ihn und seine Frau war sie wahrscheinlich nur ein anonymes Paar Autolichter.

Es lief so gut, dass sie sogar Zeit fand, auf den übrigen Verkehr zu achten. Ihr fiel auf, dass mit den Scheinwerfern des Fahrzeugs hinter ihr etwas nicht stimmte. Ein Licht war wesentlich heller als das andere und blendete sie hin und wieder im Rückspiegel. Je mehr sie das störte, desto mehr hoffte sie, der Fahrer möge endlich abbiegen.

Das tat er jedoch nicht, sodass ihr nach ein paar Kilometern der Verdacht kam, sie könnte nicht die Einzige sein, die jemandem folgte.

Unwillkürlich musste sie an Damian denken, der sich gewaltig anstrengte, ihr Leben zu ruinieren, und nichts lieber tat, als ihr Angst einzujagen. Und sie fragte sich, ob sie anfangen sollte, sich Sorgen zu machen.

26.

Das alles hat unausweichlich zu diesem Abend geführt. Zu unserer wortkargen, unerfreulichen Rückkehr von der Polizeistation. In ein Zuhause, das sich anfühlt, als bestünde es nur aus Papier und als könnte es jeden Moment weggeweht werden.

Ich bilde mir immer noch ein, dich oben herumgehen zu hören, obwohl sich die Haustür schon vor Stunden hinter dir geschlossen hat. Auch wenn ich will, dass du aus meinem Leben verschwindest, hat es mich verletzt und geärgert, dass du gegangen bist. In mir herrscht ein fürchterliches Gefühlschaos, und ich frage mich, ob es auch dir so geht oder ob dein Rückzug ein Zeichen dafür ist, dass du innerlich schon längst nicht mehr hier bist.

Ich habe fast eine Stunde lang ein Haus geputzt, das ohnehin sauber war, bis ich einfach nicht mehr konnte. Und als ich dann mit einem Putzlappen in der Hand dastand und spürte, wie mein Bewegungsbedürfnis nachließ, fühlte ich mich im wahrsten Sinn des Wortes verraten und verkauft.

Ich musste an dich denken. An dich und Dina. Und mir wurde klar, dass ich endlich alles wissen will. Bis in alle Einzelheiten. Alles, was zwischen euch beiden gelaufen ist.

Und deshalb habe ich zum ersten Mal den PC in deinem Arbeitszimmer angemacht. Zum Glück war es dir zu viel Aufwand, ihn ins Hotel mitzunehmen. Und obwohl ich schon oft mit diesem Gedanken gespielt habe, habe ich mich immer gescheut, es auch zu tun.

Da er mit deinem Handy verbunden ist, hat er sich als eine unerschöpfliche Informationsquelle erwiesen. Versteckt unter harmlosen Fotos von uns, von beruflichen Events und von schönen

Landschaften, waren Aufnahmen von Dina. Eindeutig Selfies, die sie dir geschickt hat. Sie erstrecken sich über einen Zeitraum von Jahren, diese Bilder. Schreckliche, schmerzhafte kleine Stiche, eingestreut unter Aufnahmen unseres Alltags.

Es war nur ein Foto von euch beiden darunter. Wie an einem Teil von Dinas gebräuntem Unterarm am Bildrand zu erkennen ist, hat eindeutig sie es aufgenommen. Sie hat das Handy für einen Schnappschuss von euch beiden über ihren Kopf gehalten, dein Gesicht, mit einem leicht benommenen Ausdruck, ganz nah an ihrem. Ihr beide vom Blitz erhellt, in scharfem Kontrast zu der gedämpften Beleuchtung eurer Umgebung, vermutlich ein Club.

Bei einem Blick auf die Datums- und Ortsangabe beschlich mich ein ungutes Gefühl. Das Bild war letzten Sommer in Southampton aufgenommen worden. Und mir fiel wieder ein, dass ich damals in einem ähnlichen Club war. Mit April. Und dass ich an der Bar gerade zwei Drinks für uns geholt und nach ihr gesucht hatte und absolut sicher war, dass du neben ihr standst, als ich sie im Gedränge entdeckte.

Ich war wirklich vollkommen überzeugt, dass du es warst. Du, der du angeblich in Birmingham warst, dich aber in Wirklichkeit hier, im selben Club wie ich, mit April unterhalten hast.

Bis ich es zu euch geschafft hatte, warst du bereits weg, und als ich April ihren Drink gab und fragte: »War das gerade Niall?«, sah sie mich irgendwie eigenartig an.

»Niall? Nein.« Sie blickte sich nachdenklich um. »Wahrscheinlich hatte er lediglich eine gewisse Ähnlichkeit mit ihm. Da bekomme ich ja fast ein schlechtes Gewissen, mit ihm geflirtet zu haben.« Sie lachte und nahm einen kräftigen Schluck von ihrem Drink. »Aber es war eindeutig nicht dein Mann. O mein Gott, stell dir bloß mal vor, was er gesagt hätte, wenn er uns hier gesehen hätte!«

Ich erinnere mich, wie meine Gewissheit, dich gesehen zu haben, verflog, verjagt von der Erleichterung darüber, dass du mich nicht beim Trinken erwischt hast. Und danach hat mein Drink wahrscheinlich erfolgreich dazu beigetragen, mich daran zweifeln zu lassen, dass das alles jemals passiert ist.

Aber es ist passiert, Niall. Ich habe jetzt das Foto, das es beweist. Du warst in diesem Club. Mit Dina. Und April … hat mich belogen.

Da saß ich, und mir wurde klar, dass du alles vergiftet hast. Jetzt konnte ich nicht einmal mehr meiner besten Freundin trauen. Ich hatte fest geglaubt, sie wäre immer ehrlich zu mir gewesen, dabei hat sie mir deine Affäre mit Dina verschwiegen. Und ganz besonders ihre hinterhältigen Intrigen. Vor allem die.

Wenn du wüsstest, wie verlassen ich mich in diesem Moment gefühlt habe. Und stinksauer war ich natürlich auch. Am liebsten hätte ich dich auf der Stelle angerufen und dir alles an den Kopf geworfen. Da war so viel, was ich dir sagen wollte, aber mein Stolz hat es nicht zugelassen. Ich hatte dich gebeten zu gehen, und zu dieser Entscheidung wollte ich stehen, auch wenn es mich halb umbrachte.

Doch dann kam ich auf die Idee, dir zu schreiben. Das schien die ideale Lösung zu sein. Es ermöglichte mir, alles rauszulassen und zu Papier zu bringen. Und am Ende konnte ich selbst entscheiden, ob ich dir meinen Brief schicken oder ihn verbrennen sollte. Deshalb habe ich mich in der letzten Stunde hingesetzt und alles niedergeschrieben.

Ich hatte erwartet, dass es eine befreiende Wirkung hätte, aber ich fühle mich immer noch genauso wütend und leer wie zu Beginn. Vielleicht, weil du es nicht gelesen hast und vielleicht auch nie lesen wirst. Vielleicht, weil ich in Wirklichkeit Antworten will.

Du hast nichts erklärt. Und obwohl das zum Teil meine Schuld sein könnte, weil ich in meiner tiefen Gekränktheit auf Abstand zu dir gegangen bin, hättest du es zumindest versuchen können. Wenigstens versuchen hättest du es sollen! Ich finde, nach fünf Jahren habe ich das verdient, Niall.

27.

Inzwischen war Hanson sicher, dass ihr der Wagen folgte. Die kleine Drei-Auto-Kolonne war in zu viele Nebenstraßen gebogen, als dass noch Zweifel daran bestehen konnte. Alle drei nahmen die komplizierte Route, die Niall Reakes für die schnellste zu halten schien. Hanson hatte sich auf den fast verlassenen Straßen weit zurückfallen lassen.

Nicht so das Auto hinter ihr. Es blieb ihr dicht auf den Fersen, als hätte es sein Fahrer darauf angelegt, von ihr bemerkt zu werden, was sie mehr und mehr zu ärgern begann.

Etwa fünfhundert Meter vor der Saints Close blinkte sie links und fuhr plötzlich in eine Parklücke, sodass der Wagen hinter ihr an ihr vorbeifahren musste. Sie war zuversichtlich, die Reakes' von hier an nicht mehr aus den Augen zu verlieren, selbst wenn ein anderes Auto zwischen ihnen war.

Sie drehte den Kopf zur Seite und erwartete, einen windschnittigen schwarzen BMW vorbeifahren zu sehen. Aber die Umrisse stimmten überhaupt nicht. Es war ein kleinerer, älterer Wagen. Ein Vauxhall Corsa, glaubte sie. Oder etwas in dieser Richtung. Und er fuhr nicht langsamer, als er sie überholte, sondern beschleunigte.

Hanson atmete tief aus und fuhr wieder los. Manchmal gibt es solche Zufälle, dachte sie. Das war allem Anschein nach einer. Ein Auto, das zufällig genau die gleiche Strecke fuhr.

Sie konnte die Lichter der zwei Autos gerade noch vor sich sehen, als sie in die Saints Close bogen. Das weckte erneute Zweifel in ihr. War es möglich, dass beide Fahrer in derselben kurzen Stichstraße wohnten?

Sie fuhr langsamer, als sie sich der Saints Close näherte, wo sie den hellen roten Lichtschein von Niall Reakes' Jaguar sehen konnte, der vor Haus Nummer 11 halb auf dem Gehsteig stand. Etwas weiter die Straße hinauf waren die Scheinwerfer eines Fahrzeugs zu sehen, das gerade wendete. Offensichtlich war der Corsa noch ein Stück weiter gefahren.

Hanson fuhr nahe genug, um es noch gut sehen zu können, am Haus der Reakes' an den Straßenrand und schaltete die Scheinwerfer aus. Sie beobachtete, wie der Corsa sein Wendemanöver beendete und anhielt. Seine Lichter gingen im selben Moment aus wie die des Jaguar.

Niall und Louise Reakes stiegen aus, und Hanson achtete sehr genau auf das Verhalten der beiden, ließ aber auch den Corsa nicht aus dem Auge. Er stand mit ausgeschaltetem Licht am Straßenrand, als das Paar wortlos auf das Haus zuging.

Soweit sie sehen konnte, war die Stimmung zwischen Louise und Niall Reakes gereizt. Sie hatten einander weder angesehen noch miteinander gesprochen, als sie hinter ein paar Bäumen verschwanden.

Und dann, endlich, wurde Hanson klar, dass sie sich, was den anderen Wagen anging, getäuscht hatte. Er war von dem Moment an, als sie von der Station losgefahren waren, Niall und Louise Reakes gefolgt und nicht ihr.

Um 20:25 Uhr schickte Jojo Jonah eine Nachricht, ob sie ihm auch etwas zu essen bestellen sollte. Seine Antwort war der größte Daumen, den sein Handy senden konnte. Vorerst observierten zwei seiner Leute das Ehepaar Reakes, und die Nachtschicht würden später zwei von Heerdens Streifenpolizisten übernehmen.

Das ermöglichte es Jonah, sich mit seiner Freundin zu treffen. Zwar bekam er deswegen wie immer ein schlechtes Gewissen, aber so war es eben manchmal. Er textete Jojo, dass er in zwanzig Minuten bei ihr sei, und schickte anschließend Hanson eine kurze

Nachricht, dass er jetzt nach Hause fahre, aber jederzeit auf seinem Handy zu erreichen sei.

O'Malley war bereits gegangen, und Lightman füllte eine Thermosflasche, um sie mitzunehmen. Jonah winkte ihm zu, als Hanson zurückschrieb, dass den Reakes' ein zweites Auto gefolgt war, dessen Fahrer ebenfalls das Haus zu beobachten schien. Sie wollte wissen, ob sie ihn zur Rede stellen sollte.

Jonah seufzte und textete ihr rasch, sie solle bleiben, wo sie war.

»Kennen wir Bekannte von Alex Plaskitt oder den Reakes', die einen Corsa fahren?«, fragte er danach Lightman, der gerade aus der Küche kam.

»Das könnte O'Malley wissen«, sagte Ben und griff nach seinem Mantel. »Sonst kann ich es auch nachsehen. Warum?«

»Juliette sagt, dass in der Saints Close ein Auto steht, dessen Fahrer das Haus beobachtet.«

»Sagen Sie ihr, ich bin in fünfzehn Minuten bei ihr.« Er steckte seine Schlüssel in die Manteltasche. »Dann werden wir schon sehen, wer das ist.«

»Eigentlich sollte ich hinfahren«, sagte Jonah.

»Aber im Moment sind Sie der Einzige, auf den eine Freundin wartet. Deshalb sollten Sie das lieber bleiben lassen, finde ich. Vielleicht können Sie mir ja einen ähnlichen Gefallen tun, wenn mein Liebesleben mal etwas ausgefüllter ist.«

»Danke, Ben«, sagte Jonah erleichtert. Er glaubte zwar nicht, dass ihm Jojo Vorhaltungen machen würde, wenn er ihr absagte, aber es wäre ihm unangenehm gewesen, sie schon wieder zu versetzen. »Aber halten Sie mich über alles auf dem Laufenden.«

»Mache ich.«

Hanson konzentrierte sich voll auf den Corsa, der mit ausgeschaltetem Licht etwa fünf Meter von ihr entfernt stand. Hinter seinem Steuer war die dunkle Silhouette eines Unbekannten zu erkennen, bedrohlich reglos und unheilschwanger.

Ben hatte ihr eine Nachricht geschickt, dass er zu ihr unterwegs war, und sie gefragt, ob ihr gestörter Ex einen Corsa fuhr. Darüber musste sie grinsen.

In etwas Geringerem als einem Benz würde der sich nie sehen lassen.

Bens Antwort war ein erhobener Daumen gewesen, begleitet von einer Bemerkung über ihren erstaunlichen Männergeschmack. Und obwohl sie nicht das Gefühl hatte, ihn zu brauchen, damit er auf sie aufpasste, war sie froh, dass er kam.

Das erste Lebenszeichen aus dem Reakes-Haus war das plötzliche Aufleuchten der roten Rücklichter des Jaguar. Ihm folgte das kehlige Knurren des Motors, als der Sportwagen zu wenden begann. Niall Reakes musste das Haus verlassen haben, während sie sich auf den Corsa konzentriert hatte. War er allein?

Hanson griff nach ihrem Handy und rief Ben an.

»Es tut sich was«, teilte sie ihm mit. »Der Jaguar fährt weg.«

»Ich biege gleich in die Close«, antwortete Ben. Seine Stimme, hörte sich über die Freisprechanlage seines Wagens weit weg an.

»Vielleicht wartest du erst mal ab und folgst ihm«, sagte Hanson.

»Denkst du, du kommst mit diesem geheimnisvollen anderen Fahrzeug auch allein klar?«, fragte er.

»Ich habe meinen Schlagstock und die Schutzweste dabei«, sagte sie, nur halb im Scherz. »Das müsste reichen.«

Als der Jaguar gewendet hatte und in Richtung Straße an Hanson vorbeifuhr, bekam sie seinen Fahrer gut zu sehen. Es war Niall Reakes, und er war allein.

»Wie es aussieht, kriegst du es nur mit dem Mann zu tun«, sagte sie zu Ben. »Das heißt, seine Frau ist noch zu Hause, und unser geheimnisvoller Dritter sitzt weiter in seinem Auto. Ich sollte also auf jeden Fall besser hierbleiben.«

»Okay«, sagte Ben. »Ich gebe dir Bescheid, wohin er fährt. Und du hältst mich auf dem Laufenden, was sich bei dir tut.«

Louise fand, dass ihr jetzt nur noch Musik helfen konnte. Das war bisher an allen Tiefpunkten ihres Lebens so gewesen. Als ihre Mutter gestorben war. Als ihr Vater plötzlich seine neurotische Überfürsorglichkeit aufgegeben hatte und ans andere Ende der Welt zog, als wäre er fest entschlossen, seine Tochter nie wieder zu sehen. Alle diese Schicksalsschläge hatte Louise mit Hilfe der Musik überstanden.

Deshalb ging sie jetzt sofort ins Musikzimmer, als sich endlich die Tür hinter Niall geschlossen hatte. Sie zog die Harfe zu sich heran und legte sich ihr tröstliches Gewicht auf die Schulter. Ihre Hände fanden wie von selbst ihre Positionen für den Beginn des Donizetti.

Und dann dachte sie wieder einmal an das erste Mal, als sie für Niall gespielt hatte, und zögerte. Sie ertappte sich dabei, dass sie in ihrer Erinnerung alle möglichen Gespräche mit ihm rekapitulierte, die nahtlos in Worte übergingen, die sie mit Alex Plaskitt gewechselt haben könnte. Ausführliche Unterhaltungen, die sie an der Bar des Blue Underground vielleicht mit ihm geführt hatte.

Minuten später saß sie mit einem drückenden Gefühl in der Brust und schwer im Schoß liegenden Händen immer noch so da. Die einzige Musik, die sie in ihrem Kopf hören konnte, war der peitschende Beat einer Technonummer, der sich sogar jetzt noch, zwei Tage später, in ihre Erinnerung hämmerte.

Entmutigt stellte sie die Harfe an ihren Platz zurück und verließ das Zimmer. Wie sollte sie das alles verarbeiten, wenn sie nicht Harfe spielen konnte?

Sie ging in die Küche und machte den Wasserkocher an. Auf dem Herd waren ein paar Krümel, und sie suchte nach einem Wischtuch. Dabei stellte sie fest, dass einige am Kocher und hinter dem Brotkasten gelandet waren. Niall hatte immer schon eine sehr schwungvolle Art gehabt, Brot zu schneiden. Sie hatte danach immer das Gefühl, die Küche putzen zu müssen.

Um die Arbeitsplatte ordentlich abwischen zu können, begann sie, alle möglichen Gegenstände von dort auf den Tisch zu stellen. Sobald sie jedoch einmal damit angefangen hatte, fiel es ihr schwer, wieder aufzuhören. Sie holte Sprays und Handschuhe und Lappen heraus und machte sich daran, jegliche Schmutzspuren zu beseitigen. Als sie mit der Arbeitsplatte fertig war, nahm sie sich Fußboden, Kühlschrank und Herd vor. Und die Kammer.

Sie dachte an nichts anderes mehr, als die nächste Unvollkommenheit aufzuspüren und zu beseitigen. Und obwohl sie sich halb dafür hasste, merkte sie, dass sie endlich zur Ruhe kam.

Hanson war inzwischen extrem angespannt. Sobald der Jaguar weg war, hatte sie das Gefühl, dass etwas anderes passieren musste. Sie hatte damit gerechnet, dass der Fahrer des Corsa Niall Reakes folgen würde. Aber der Wagen bewegte sich nicht von der Stelle, und auch sonst geschah nichts. Eine ganze Stunde verging, und dann der größte Teil einer weiteren.

Die Ereignislosigkeit war zermürbend, und nicht nur deshalb, weil es in ihrem Auto inzwischen eiskalt war. Sie stand schon kurz davor, auszusteigen und nachzusehen, wer in dem verdammten Corsa saß, als sich endlich etwas tat. Die Fahrertür ging auf, das Wageninnere wurde von bläulichem Licht erhellt, und eine Gestalt stieg aus. Wegen ihres Schals, ihrer Mütze und des hochgestellten Mantelkragens war frustrierend wenig von ihrem Gesicht zu sehen. Nicht einmal, ob es sich um einen Mann oder eine Frau handelte, war zu erkennen.

Hanson griff nach ihrem Handy und begann Fotos von der Gestalt zu machen. Sie versuchte, sie mit purer Willenskraft dazu zu bringen, sich ihr zuzuwenden. Als die Gestalt auf das Haus Nummer elf zuging, stieg Hanson so unauffällig wie möglich aus und folgte ihr. Ihr Atem bildete Wölkchen, als sie auf dem Gehsteig vorsichtig zur Einfahrt der Reakes' ging, von der aus sie die Haustür sehen konnte.

Die Gestalt stand inzwischen vor der Tür, und Hanson konnte die Türglocke sogar bis zu der Stelle hören, wo sie stehen geblieben war. Auch Louise Reakes' Gesicht konnte sie deutlich sehen, als sie an die Tür kam.

»Sie wissen, wer ich bin«, hörte Hanson eine Stimme.

28.

Sie wissen, wer ich bin.

Diese fünf Wörter steigerten Louise Reakes' Verunsicherung und Angst noch mehr und trieben ihren Puls vollends in die Höhe. Sie wollte nicht wissen, was diese zerknautschte Gestalt an ihrer Tür zu sagen hatte. Sie wollte nicht noch mehr über die schrecklichen Dinge wissen, die sie getan hatte.

»Tut mir leid«, sagte sie. »Aber das weiß ich nicht. Außerdem wollte ich gerade schlafen gehen. Wenn Sie also …«

Sie wollte die Tür bereits wieder schließen, aber der Mann drückte dagegen.

»Ich habe aber schon einmal mit Ihnen gesprochen«, sagte er. »Erinnern Sie sich nicht mehr an mich?«

»Nein«, sagte sie. »Leider nicht.«

Aber das hieß nicht, dass er nicht recht haben konnte.

»Ich muss mit Ihnen reden«, sagte der Mann und fing plötzlich auf eine zutiefst unangenehme Weise zu weinen an. Sie war abgestoßen von ihm. Angewidert. Zugleich hatte sie Mitleid mit ihm. Auch sie hatte in den letzten zwei Tagen viel geweint und wollte nicht, dass es ihm genauso schlecht ginge wie ihr.

Und dann dämmerte ihr, wer er sein musste, und sie versuchte nicht mehr, die Tür zu schließen. »Sie sind Alex' … Alex' Mann.«

Er nickte, und Louise ließ den Atem entweichen. So schwer es auch für sie würde, wusste sie, dass sie ihm ein Gespräch schuldig war. Sie öffnete die Tür und ließ ihn nach drinnen.

»Er ist noch bei ihr«, berichtete Hanson dem DCI. »Ich habe sie Tee machen sehen, während er einfach dastand, und jetzt sind sie im Wohnzimmer, wo wir gestern mit ihr gesprochen haben. Leider sind die Vorhänge zugezogen, sodass mir die Sicht versperrt ist.«

»Hatten Sie den Eindruck, dass sie sich kennen?«, fragte Sheens.

»Zuerst dachte ich das«, sagte Hanson. »Aber sie hat ihn erst ins Haus gelassen, nachdem sie eine Weile miteinander geredet haben. Möglicherweise musste er sich ihr erst vorstellen.«

»Und Sie glauben, dass er Ihnen vom Kommissariat gefolgt ist?«

»Ja. Es ist gut möglich, dass er bis dahin noch nicht gewusst hat, wo sie wohnt.«

Darauf wurde es kurz still am anderen Ende der Leitung. Fast konnte sie den DCI nachdenken hören.

»Könnten Sie mit dem Wagen näher ranfahren und ein Fenster runterlassen?«, schlug er schließlich vor. »Dann hören Sie vielleicht, wenn es zwischen den beiden laut wird. Und wenn er geht, bleiben Sie in der Saints Close. Wie es aussieht, nimmt sich Louises Mann ein Zimmer in einem Hotel. Ich werde zwei Streifenpolizisten hinschicken, damit sie Ben ablösen und er wieder zu Ihnen kommen kann. Nötigenfalls kann er dann Benhawy folgen.«

»Alles klar.«

Hanson startete den Motor und begann, langsam auf das Haus zuzufahren. Von der Idee, bei Minusgraden das Fenster herunterzulassen, war sie allerdings nicht gerade begeistert. Noch weniger wollte sie aber etwas Wichtiges verpassen. Deshalb hielt sie direkt vor dem Haus an und fischte ihre Schutzweste und einen dicken Pullover vom Rücksitz.

Louise Reakes reichte ihrem Besucher den Tee. Ohne eine Reaktion zu zeigen, legte Issa seine Hand um den heißen Becher, statt ihn nur am Henkel zu greifen. Er schien zu sehr mit anderen Dingen beschäftigt, um irgendetwas zu spüren. Sein Blick zuckte unstet durch den Raum und verharrte immer nur kurz auf den Möbeln, den Gemälden, den Fotos von ihr und Niall. Louise fühlte sich von seiner Neugier unbehaglich entblößt.

Als sie sich auf das Sofa setzte, überkam sie wieder dieses Gefühl von Unwirklichkeit, das sie schon in der Polizeistation und auf der Fahrt nach Hause gehabt hatte. Wie konnte es sein, dass sie hier mit dem Ehemann eines Toten zusammensaß?

»Natürlich würde ich Ihnen gern mehr über diese Nacht erzählen«, sagte sie ruhig. »Ich kann gut verstehen, dass Sie alles darüber wissen wollen.«

Ganz langsam richtete sich sein Blick auf sie. »Haben Sie ihn erst an der Bar kennengelernt?«, fragte er. »Oder kannten Sie ihn schon länger?«

Louise schüttelte den Kopf. »Ich kannte ihn gar nicht. Ich erinnere mich nur, kurz mit ihm gesprochen zu haben. Sonst kann ich mich an überhaupt nichts erinnern.«

»Können Sie sich daran erinnern, mit mir gesprochen zu haben?«, fragte er.

Sie schüttelte den Kopf. »Waren Sie auch in dem Club?«

»Nein, wir haben nur miteinander telefoniert«, sagte er merklich ungehalten. »Daran müssen Sie sich doch erinnern. Ich habe ihn anzurufen versucht, aber stattdessen sind Sie drangegangen.«

Louise spürte, wie sich ihre Stirn vor Anspannung in Falten legte. Die Kopfschmerzen, die nach zwei Tagen endlich nachgelassen hatten, drohten zurückzukehren.

»Daran kann ich mich aber nicht mehr erinnern«, sagte sie. Und getrieben von dem Wunsch, endlich die ganze Wahrheit zu erfahren, fügte sie hinzu: »Was habe ich gesagt?«

Benhawy verzog angewidert den Mund. »Nichts, was mir weitergeholfen hat. Dass es Alex' Handy sei, dass er aber gerade nicht drangehen könne. Und dann hat er es Ihnen weggenommen und sich entschuldigt. Sie haben sich ziemlich betrunken angehört. Er auch.«

Louise spürte heftige Scham in sich aufsteigen. Sie konnte sich gut vorstellen, dass die betrunkene Louise so etwas getan hatte. Säuferlouise wollte immer ihren Spaß haben, egal, auf wessen Kosten.

»Es tut mir furchtbar leid«, sagte sie. »Ich glaube, ich wusste an diesem Freitag nicht mehr, was ich tat. Ich war … stinksauer. Und ich habe mich fürchterlich betrunken.«

Doch Alex Plaskitts Mann schien ihr gar nicht zuzuhören. Er studierte wieder ihr Wohnzimmer. Allem Anschein nach enttäuscht, aber vielleicht auch nur verwirrt.

»Ich dachte, Sie seien … reicher«, sagte er schließlich.

Fast hätte Louise gelacht. »Reicher?«

»Darauf stand er.« Kurz blieb sein Blick auf ihr haften, um sich jedoch sofort wieder abzuwenden. »Auf die reichen Mädchen vom Land. Mit denen sein Vater einverstanden gewesen wäre.«

»Hören Sie.« Louises Unbehagen wuchs zusehends. »Ich weiß nicht … ich glaube nicht, dass in dieser Richtung was zwischen uns gelaufen ist. Ich glaube nicht, dass er etwas von mir wollte.«

Doch dann hörte sie auf sich selbst und dachte an den Mann, der sie in ihrem Traum verfolgt hatte. An den Schmerz in ihrem Rücken und an die Erde in ihrem Mund. Und ihr wurde übel.

»Haben Sie Kinder?«, fragte er.

»Nein«, sagte Louise und schüttelte den Kopf. Gleichzeitig fragte sie sich, warum er das wissen wollte. »Sorry, ich … wie war noch gleich Ihr Name?«

»Issa«, sagte er ruhig. Fast wie ein Kind. Und dann fragte er unvermittelt: »Was haben Sie bloß an sich?«

»Was ich … wie meinen Sie das?«, fragte Louise verständnislos.

Er sah sie an, als hätte sie ihn persönlich hintergangen, und sie bekam das Gefühl, dass sie das irgendwie tatsächlich getan haben musste. Dass sie eine Betrügerin war.

Die Stimme von Alex Plaskitts Mann schwärte vor Hass, als er fortfuhr: »Irgendetwas müssen Sie doch an sich haben, dass er alles aufs Spiel gesetzt hat. Nur um Sie ficken zu können.«

»Was soll ich … Ich habe nichts an mir.«

Als Benhawy unvermittelt aufsprang und sich vor ihr aufbaute, spürte sie, wie ihre frühere Furcht zurückkehrte. Irgendetwas an der Art, wie er sie anstarrte, stimmte ganz und gar nicht, und der schwere Teebecher in seiner Hand wurde zu einer potenziellen Waffe.

»Egal, womit Sie ihn auch verführt haben, Sie haben alles zerstört.«

Louise wich vor ihm zurück und sagte so bestimmt sie konnte: »Ich muss Sie jetzt bitten zu gehen.«

Es war 22:40 Uhr, als Ben in die Saints Close zurückkam. Sobald sie Benhawy das Haus verlassen und Louise Reakes in der Küche hatte herumkramen sehen, hatte Hanson das Autofenster wieder geschlossen. Trotzdem war es in dem kleinen Nissan eiskalt, und sie war mehr als froh, dass Lightman etwas zu essen und Kaffee mitgebracht hatte.

»Ein Traum!«, sagte sie, als er auf der Beifahrerseite einstieg und ihr die Sachen hinhielt. »Das ist wohl das Beste, was du je getan hast.«

Grinsend hob Ben seinen Kaffeebecher und wollte einen Schluck nehmen. Doch dann hielt er inne und sagte: »Das dürfte eher gewesen sein, als ich vor ein paar Monaten dieser psychotischen Frau ihr Messer abgenommen habe …«

Hanson nahm einen kräftigen Bissen von ihrem Cheeseburger und schluckte, bevor sie antwortete: »Nein. Das hier ist viel besser.«

»Na, dann weiß ich ja künftig Bescheid.« Er kaute kurz. »Was war neulich dein Eindruck von Benhawy?«

»Ich bin ziemlich sicher, dass er die ganze Nacht nicht geschlafen hat, als wir am Samstagmorgen bei ihm angerückt sind«, sagte Hanson nachdenklich. »Und ich kann mir nicht vorstellen, dass sich sein psychischer Zustand nach der Nachricht von Plaskitts Tod gebessert hat. Würde mich sogar sehr wundern, wenn er jetzt schon wieder zurechnungsfähig wäre.«

»Allerdings«, sagte Ben. »Wer bei dieser Kälte stundenlang vor jemandes Haus im Auto sitzt, muss schon einen echten Knall haben. Jedenfalls, wenn ihm niemand die Anweisung erteilt hat, es zu tun.«

»Tja«, seufzte Hanson. »Ich wüsste nur zu gern, worüber die beiden gesprochen haben. Ein Teil von mir denkt, die beiden könnten irgendwas aushecken, der andere sagt, dass Louise Reakes ernsthaft in Gefahr schwebt.«

Jonah spürte kurz Schuldgefühle, als er es sich mit Jojo, ihre Beine um die seinen geschlungen, ihr Kopf an seiner Schulter, auf dem Sofa gemütlich machte, während Ben Lightman und Juliette Hanson da draußen in einem kalten Auto Wache hielten.

Als er sich leicht streckte, um nach seinem Handy zu greifen, rutschte Jojo etwas zur Seite und quittierte das prompt mit einem leisen Grummeln.

»Dabei war es gerade so kuschlig, Sheens.«

»Das ist heute das letzte Mal, Ehrenwort.« Er tippte eine kurze Nachricht an Hanson. »Alles okay?«

»Das letzte Mal, falls nicht doch noch was passiert«, konterte Jojo, als er auf Senden tippte.

»Na ja, eigentlich hatte ich gehofft, dass *hier* etwas passiert …«

Jojo drehte sich herum, bis sie ganz auf ihm lag, und sah ihn forschend an. Dann verzogen sich ihre Lippen zu einem Schmunzeln.

»Das ließe sich unter Umständen machen.« Und ihre Hand glitt über seine Brust, bis sie seinen Hosenbund fand.

Louise zitterte am ganzen Körper, so sauer war sie auf jeden Mann der Welt. Auf Benhawy wegen seiner schrecklichen, zutiefst verletzenden Anschuldigungen. Auf diesen verfluchten DCI, weil er ihr nicht glaubte und zugleich nicht herausfand, was tatsächlich passiert war. Und auf Niall wegen *allem.*

Erst jetzt wurde ihr bewusst, wie verfahren ihre Situation tatsächlich war. Dass sie sich nie mehr würde sicher fühlen können. Selbst wenn sie nicht ins Gefängnis kam, wäre da immer noch Benhawy, der glaubte, sie sei schuld an Alex Plaskitts Tod. Und sich möglicherweise an ihr zu rächen versuchte. Und was war, wenn gar nicht Plaskitt sie angegriffen hatte? Wenn es jemand anders gewesen war, jemand, der sich weiterhin irgendwo da draußen herumtrieb, gesichtslos und bedrohlich?

Sie schob eine Hand in ihr Haar und zog so fest daran, bis es wehtat. Es war, als hätte sie sich in eine Lage gebracht, aus der es kein Entkommen mehr gab. Sie hätte Benhawy von der Vergewaltigung erzählen sollen. Oder von der versuchten Vergewaltigung oder was es sonst gewesen war. Und vor allem hätte sie sich früher untersuchen lassen sollen.

Nach dieser peinlichen Einsicht kam ihr eine zweite. Langsamer als die erste, aber begleitet von einem kalten Schauder, der ihr den Rücken hinunterkroch.

Die Polizei glaubte, sie sei es gewesen. Nicht ihr Mann, der, da war sie inzwischen sicher, gelogen hatte, um eine Affäre mit seiner Ex zu vertuschen. Der Polizei gegenüber hatte er wahrscheinlich alles zugegeben. Möglicherweise hatten sie Dina sogar einbestellt, damit sie seine Aussagen bestätigte, ein Gedanke, bei dem ihr fast übel wurde.

Jedenfalls verdächtigten sie Niall nicht mehr. Sie glaubten, sie sei es gewesen, die Frau, die neben ihrem Opfer geschlafen und dann versucht hatte, die Tat zu vertuschen. Wie hätten sie auch etwas anderes denken sollen?

Das hieß, sie suchten gar nicht nach dem Mann, der sie angegriffen hatte. Nein, sie suchten nicht einmal nach ihm.

Für Hanson und Lightman war die junge Nacht denkbar ereignislos verlaufen. Die meiste Zeit hatten sie in kameradschaftlichem Schweigen in ihrem eiskalten Wagen gesessen und nur hin und wieder ein paar sinnlose Wortspiele ausgetauscht.

Nach einer spaßigen Bemerkung Bens, wie oft es ihrem Ex-

Freund wohl so gegangen sein musste, hatten sie auch kurz über Damian gesprochen.

»Stell dir mal vor, wie viele Stunden er so in seinem Auto gesessen haben muss, bloß damit du dich ein paar Momente schlecht fühlst«, hatte er kopfschüttelnd gesagt. »Dieser Typ muss echt eine Meise haben.«

Über Damian zu lachen, hatte Hanson gutgetan. Sobald sie ihn als eine bedauernswerte Kreatur sehen konnte, ging es ihr gleich wesentlich besser.

Doch dann war zwanzig vor zwölf ein Taxi aufgetaucht und hatte vor Haus Nummer elf angehalten. Kurz darauf war Louise Reakes nach draußen gekommen, das Haar zu einem Knoten hochgebunden, ihr Kleid und die Leggins gegen eine Jeans und High Heels getauscht. Mit einem Seufzer hatte Hanson gefragt: »Schon erste Wetten, wo sie hinfährt?«

29.

Ich hatte eigentlich nicht vor, noch mehr zu schreiben, zumindest vorerst nicht. Aber inzwischen hat sich einiges getan. Ich habe dafür *gesorgt*, dass sich etwas getan hat. Plötzlich habe ich es nicht mehr ausgehalten, noch länger herumzusitzen und zuzusehen, wie mir alles immer weiter aus den Händen gleitet.

Mit der erschreckenden Einsicht, dass niemand nach der Person sucht, die mich angegriffen hat, ist mir klar geworden, dass ich selbst etwas unternehmen muss. In Ermangelung einer besseren Idee begann ich, mich im Internet über Alex Plaskitt kundig zu machen, und stieß dabei auf eine wahre Goldgrube. Ein YouTube-Kanal mit Fitnessvideos.

Ich sah mir ein Video nach dem anderen an und hielt geradezu zwanghaft nach Hinweisen Ausschau, was für ein Mensch er gewesen sein mochte. Worauf ich jedoch nicht gefasst war, waren diese Liveaufnahmen. Es war wie ein Schlag in die Magengrube, zu sehen, wie lebendig und energiegeladen und sympathisch er wirkte. Er machte immer weniger den Eindruck eines Gewalttäters auf mich, sondern mehr und mehr den eines Opfers, an dessen Tod ich unwissentlich mitschuldig geworden war.

Und während ich mir die Clips anschaute, verdichtete sich ein Verdacht, der mich schon die ganzen letzten zwei Tage beschlichen hatte.

Ich konnte immer weniger die Augen vor der Tatsache verschließen, dass ich einen Teil dieses verhängnisvollen Abends mit Alex Plaskitt verbracht haben musste. Jedes Mal, wenn ich geleugnet habe, ihm begegnet zu sein, habe ich gelogen, und ich glaube, ein Teil von mir hat das immer gewusst. *Sie* hat es gewusst.

Ich glaube, dass ich nicht nur mit ihm *geredet* habe. Ich glaube, ich habe mit ihm geflirtet, und zwar ganz bewusst. Nicht nur, weil es die betrunkene Louise wollte, sondern weil *alles* von mir es wollte.

Irgendwann habe ich am Freitagabend neben ihm gesessen. Vage kann ich mich erinnern, dass ich mir vorgestellt habe, Dina zu sein. Ich erinnere mich sogar ganz konkret, Verschiedenes von dem getan zu haben, was April mir geraten hat. Ich erinnere mich, meine Hand auf seinen Arm gelegt zu haben, als ich über eine Bemerkung von ihm gelacht habe.

Aber das war alles, woran ich mich erinnern konnte. Sonst war da weiterhin nur diese gähnende Leere, die mich zur Weißglut brachte. Nicht einmal mit immer mehr Putzen gelang es mir, mich zu beruhigen. Ich war sicher, dass ich etwas Schreckliches getan hatte.

Ich wusste, dass ich unbedingt herausfinden musste, was ich zu ihm gesagt und ob ich mich in unserem Haus mit ihm verabredet hatte. Ich musste herausfinden, wie viel von dieser ganzen Scheiße ich mir selbst eingebrockt hatte.

Es war eine folgenschwere Entscheidung, das Haus kurz vor Mitternacht zu verlassen, ganz allein und mit einem Ziel, das mir eine Höllenangst machte. Aber ich tat es. Ich musste es tun.

Weißt du, was das Schlimmste daran war? Dass ich es fast nüchtern tun musste. Damit ich mich hinterher an alles erinnern konnte. Ich konnte nicht die ganze Verantwortung an die betrunkene Louise abgeben und alles ihr überlassen. Während ich auf das Taxi wartete, genehmigte ich mir noch schnell einen Gin Tonic Stärke Eineinhalb, sodass ich das Gefühl hatte, mehr oder weniger ich selbst zu sein, als ich auf die Tür des Blue Underground zusteuerte.

Dort wäre ich erst einmal beinahe abgewiesen worden. Der Türsteher wollte meinen Ausweis sehen, und ich durchwühlte meine Handtasche danach, ohne ihn zu finden. Ich stand kurz davor, in Tränen auszubrechen. Warum musste ich mich ausgerechnet an diesem Abend ausweisen? Es passiert mir nur äußerst selten, dass ich aus irgendeinem Grund wie ein Teenager rüberkomme anstatt wie eine Erwachsene.

»Ich dachte nicht, dass ich einen brauche«, sagte ich dem Türsteher mit einem Anflug von Verzweiflung. »Ich bin dreiunddreißig.«

Der Türsteher seufzte und winkte mich nach einer etwas gründlicheren zweiten Inspektion durch. Ich lächelte ihn an und huschte an ihm vorbei.

In der Realität sah das Blue Underground ganz anders aus, als ich es in Erinnerung hatte. Das hing zum einen damit zusammen, dass es an diesem Abend nur zu einem Viertel voll war, zum anderen, dass ich es mit den Augen der nüchternen Louise betrachtete. Auch das Publikum war anders. Die meisten wirkten wie Studenten. Viele von ihnen keine Engländer. Und die Musik war poppiger. Weniger *Club*.

Allerdings waren mir die Musik oder die Besucher des Clubs herzlich egal. Ich sah mir das Personal genauer an, ob jemand darunter war, den ich erkannte.

Lange brauchte ich nicht. Ein Typ um die zwanzig, am anderen Ende der Bar, mit gelockten Haaren und einem Augenbrauenpiercing, gab einem Gast gerade einen Drink. Er war am Freitag hier gewesen. Ich war ganz sicher. Ich hatte mit ihm gesprochen.

Wie sich herausstellte, ist es erstaunlich einfach, von einer bestimmten Person schnell bedient zu werden, wenn einem egal ist, was andere über einen denken. Ich zwängte mich durch die Menge und machte ihn auf mich aufmerksam, indem ich ihn anlächelte und meine Kreditkarte hob. Er kam sofort zu mir und ignorierte drei oder vier Gäste, die vor mir dran gewesen wären.

»Ein Kronenbourg bitte.« Ich bestellte bewusst etwas, bei dem er beim Einschenken eine Weile stehen bleiben musste. Und sobald er nach einem Glas griff und es unter den Zapfhahn hielt, fügte ich mit einer Stimme, die sich für mich sehr gepresst anhörte, hinzu: »Außerdem bräuchte ich deine Hilfe. Ich war am Freitag hier. Erinnerst du dich?«

Der junge Typ musterte mich, und plötzlich veränderte sich sein Gesichtsausdruck. Er wirkte verlegen. Beunruhigt.

»Ich weiß nicht …«

»Ich war mit einer lauten blonden Amerikanerin hier«, fuhr ich betont selbstbewusst fort. »Jede Menge Tattoos. Und nachdem ich gegangen bin, ist etwas Schreckliches passiert. Die Polizei muss hier gewesen sein und Fragen gestellt haben. Sie war doch hier, oder?«

Der Barkeeper blickte sich um, dann nickte er langsam. Er hatte das Glas fast vollgeschenkt.

»Sorry, mach ruhig zwei Kronenbourg draus«, sagte ich.

Sein Gesicht ließ keinen Zweifel daran, dass ihm das nicht gefiel. Er rührte sich nicht, während sich jemand neben mich drängte, dann griff er unwillig nach einem zweiten Glas.

»Sag mir einfach nur, was ich getan habe«, flehte ich ihn an. »Ich muss es wissen. Ich war so betrunken, dass ich mich an nichts mehr erinnern kann.« Ich schluckte und spürte, wie mein Herz unangenehm flackerte. So sehr fürchtete ich mich vor dem, was er sagen würde. »Habe ich mit einem Typen geredet? Groß, sportliche Figur?«

Der Barkeeper begann, das zweite Bier zu zapfen, und seufzte. Auch wenn ich es wegen der lauten Musik nicht hören konnte, sah ich es daran, wie sich seine Schultern bewegten.

»Ja«, sagte er endlich. »Du hast da drüben mit ihm gesessen.«

»Da drüben?«

Er deutete mit dem Kopf an das Ende der Bar, das am weitesten vom Eingang entfernt war. Dort standen zwar ein paar Hocker, aber niemand bediente.

»Habe ich mit ihm … geflirtet?«

Der Typ zuckte mit den Achseln. »Ich würde schon sagen. Aber … du bist nicht mit ihm nach Hause gegangen oder sonst was. Er war ziemlich sauer, dass du plötzlich einfach abgehauen bist.«

Wieder krampfte sich mir das Herz zusammen. »Wirklich? Hat er was in dieser Richtung gesagt?«

»Nein.« Er schüttelte den Kopf. »Aber so was merkt man einfach.« Er schaute zu einer Barfrau, die ein Stück weiter bediente. »Aber jetzt muss ich dich bitten zu zahlen. Ich muss mich auch um die anderen Gäste kümmern. Während du hier warst, hast du nichts getan, was … Ich habe gehört, was passiert ist, aber leider kann ich dir nicht weiterhelfen.«

Und damit stellte er meine zwei überflüssigen Biere auf den Tresen und streckte die Hand nach meiner Kreditkarte aus. Und egal, was ich an Fragen noch hinterherschoss, er sagte nichts mehr.

30.

»Und? Was haben Sie für einen Eindruck von ihr?«, fragte der DCI, als Hanson ihren kurzen Bericht über die Observierung des Reakes-Hauses beendete. Es war Viertel vor neun Uhr morgens, und Sheens war gerade von der morgendlichen Besprechung zurückgekommen. Nach dem Wochenende war im CID wieder einiges los, nur ihr Team war etwas dezimiert. Die Observierung des Reakes-Hauses übernahm inzwischen O'Malley, und Lightman war noch einmal zu April Dumont gefahren.

»Von Louise Reakes, meinen Sie?«, fragte Hanson. »Schwer zu sagen. Ben hat zwar nicht wirklich rausgekriegt, was sie bei ihrem Besuch gestern im Club eigentlich wollte, aber wenn sie tatsächlich auf eigene Faust Ermittlungen anstellt, deutet es darauf hin, dass sie sich wirklich an nichts erinnert.«

»Das auf jeden Fall«, sagte Sheens. »Ob sie allerdings etwas mit Plaskitts Tod zu tun hat, ist nach wie vor höchst unklar.«

»Ich würde mir gern das Messer genauer ansehen«, sagte Hanson. »Es ist unser wichtigstes Beweismittel. Wenn ich es mit einem unserer Verdächtigen in Verbindung bringen kann, wissen wir wenigstens, wen wir in die Mangel nehmen müssen.«

»Da haben Sie wahrscheinlich recht.« Sheens nickte bedächtig. »Sehen Sie einfach, ob Sie was mit dem anfangen können, was Ben bisher darüber rausgefunden hat.«

Ben hatte jeden seiner Schritte so präzise dokumentiert, wie sie erwartet hatte. So konnte sie fast direkt an dem Punkt weitermachen, wo er aufgehört hatte, und bald war sie damit beschäftigt, die Käuferliste eines solchen Messers mit denen ihrer Verdächtigen zu vergleichen. Die ideale Beschäftigung, um an nichts anderes denken zu müssen. Jede Menge Fakten und volle Konzentration aufs Detail.

Sie brauchte eine Weile, um zu merken, dass jemand schon eine ganze Weile um ihren Schreibtisch herumschlich. Und als sie schließlich aufblickte, fiel es ihr schwer, nicht das Gesicht zu verziehen. Vorübergehend hatte sie ganz vergessen, dass Jason heute wieder hier sein würde.

Trotzdem traf es sie nicht unvorbereitet. Sie hatte sich bereits genau überlegt, wie sie sich verhalten würde.

Sie bedachte ihn mit einem strahlenden Lächeln und sagte: »Was kann ich für Sie tun, Sir?«

Ihr Rückgriff auf eine bewusst förmliche Ansprache ließ Jason sichtlich zusammenzucken. »Juliette, könnten wir … könnten wir bitte reden?«

Hanson schaute auf ihren Bildschirm. »Ich habe gerade viel zu tun.«

»Ich auch«, sagte Jason leicht frustriert. »Aber ich werde meine Arbeit wesentlich schneller erledigen, wenn wir diese dumme Geschichte klären könnten. So kann ich mich jedenfalls nicht konzentrieren.«

Hanson war versucht, ihn zu fragen, wessen Schuld das wohl war. Aber trotz allem war er ja immer noch Jason, der Mann, an dem ihr bis vor einem Tag noch viel gelegen hatte. Der Mann, mit dem sie ihre Zeit verbracht hatte. Selbst wenn ihre Beziehung nicht sehr leidenschaftlich gewesen war, hatte sie zumindest das Gefühl gehabt, ihm vertrauen zu können. Es fiel ihr schwer, sich nicht zu wünschen, dass er bis zu einem gewissen Grad eine gute Meinung von ihr hatte.

»Na gut«, sagte sie und stand auf. »Dann gehe ich mal Kaffee holen.«

Sie legte Lightman eine kurze Nachricht auf den Schreibtisch, holte ihren Mantel und ging nach draußen, ohne sich weiter um Jason zu kümmern. Sie würde ganz sicher nicht den ersten Schritt machen. Selbst wenn sie bereit war, mit ihm zu reden, würde sie von sich aus erst mal nichts herausrücken. Sollte doch Jason sagen, was er zu sagen hatte, oder sich entschuldigen oder was er sonst wollte.

Sie gingen bereits über den Parkplatz, als Jason endlich anfing: »Also. Dein Ex. Damian.«

»Ja«, sagte sie. »Mein Ex.« Sie zog das Wort ein wenig in die Länge, aber auf mehr ließ sie sich nicht ein.

»Seit wann triffst du dich nicht mehr mit ihm?«

»Seit ein paar Monaten. Bevor ich nach Southampton gezogen bin. Möchtest du vielleicht wissen, warum ich mich von ihm getrennt habe?«

»Ja.«

»Weil sein Verhalten ein Paradebeispiel für narzisstische Gewalt ist«, sagte sie so emotionslos, wie sie konnte. »Das Peinliche daran ist vor allem, wie lange ich gebraucht habe, seine Spielchen zu durchschauen.«

Nach einer längeren Pause fragte Jason: »Inwiefern war er gewalttätig?«

Hanson seufzte. »Auf jede nur erdenkliche Art. Sobald er bei mir eingezogen ist, hat er aufgehört, sich an der Miete zu beteiligen. Er hat behauptet, er hätte gerade Geldprobleme, weil eine frühere Freundin alles Mögliche auf seinen Namen bestellt hätte. Dann hat er sich auch noch Geld von mir geliehen. Insgesamt ein paar Tausend Pfund. Ich musste meine Mom anpumpen, um das Geld zusammenzukratzen. Er hat behauptet, er würde auf einen Gehaltsbonus warten, mit dem er seine Schulden begleichen könnte. Er hat aber nie einen bekommen.«

Jason sagte nichts, nickte jedoch, als sie ihn ansah.

»Er hat mir ständig reingeredet, wie ich mich anziehen soll. Er hat gemeint, mit meinen Sachen würde ich aussehen wie eine Nutte. Er hat mir auch vorgeworfen, eine Nutte zu *sein*, weil ich ihm einmal, auf seine Fragen hin, erzählt habe, dass ich es mal mit einer offenen

Beziehung versucht habe.« Sie holte tief Luft. »Er hat alles, was in meinem Leben Gutes passiert ist, schlechtzumachen versucht. Etwa alle zwei Tage hat er etwas so unfassbar Fieses zu mir gesagt, dass ich zu heulen angefangen habe. Als das immer weiter so ging, habe ich irgendwann begonnen, ihn wie eine Irre anzuschreien. Aber am Ende ist es ihm immer gelungen, mich fertigzumachen. Meine Wut in heulendes Elend umkippen zu lassen.«

Als sie die Fußgängerampel erreichten, drückte Jason auf den Knopf. Hanson wandte den Blick von ihm ab, bevor sie fortfuhr.

»Und dann hat er sich bei mir entschuldigt, mir versprochen, Hilfe zu suchen. Dass er ein Trauma habe und manchmal einfach nicht anders könne. Mir hätte viel früher klar werden sollen, dass er sich nur bei mir entschuldigt hat, weil er sein Ziel längst erreicht hatte: herauszufinden, wie tief er mich verletzen konnte. Es hat ihm offensichtlich einen Kick verschafft, mich fertigzumachen, denn danach hat er jedes Mal scheinbar wieder eingelenkt, um mich nicht ganz zu verlieren. Es war immer die gleiche Leier. ›Mein Trauma, mein Trauma, was bin ich doch für ein armer Kerl.‹« Hanson gab ein kurzes schnaubendes Lachen von sich. Die Ampel schaltete auf Grün, und sie überquerten die Straße. »Das Perverse daran war, dass er derjenige war, der andere traumatisiert hat. Und er hat mich betrogen, nicht nur einmal. Ich wusste es, aber ich konnte es nicht beweisen, weil er die Nachrichten der Frauen sofort gelöscht hat. Eine von ihnen war eine gute Freundin von mir, die ich deswegen verloren habe.«

»Du sagst, er hat seine Nachrichten gelöscht …«, setzte Jason vorsichtig an.

»Er hat sie vor meinen Augen gelöscht«, platzte Hanson heraus. Sie wusste nur zu gut, worauf Jason hinauswollte. Er wollte wissen, ob sie ihm ständig nachspioniert hatte, wie Damian ihm bestimmt weiszumachen versucht hatte. »Wenn ich irgendwelche Nachrichten sehen wollte, wurde er sauer und meinte, ich solle ihm vertrauen. Meine Nachrichten wurden dagegen ständig gehackt. Manchmal schnappte er sich mein Handy und schrieb meinen Freunden fürchterliche Dinge, von denen sie dachten, sie seien von mir. Ich habe ihn ein paarmal dabei erwischt und kann nur ahnen, was er alles unter meinem Namen verbreitet hat. Aber ich habe es nie zu sehen bekommen, weil er auch das alles gelöscht hat.«

»Wie lang warst du mit ihm zusammen?«, fragte Jason.

»Eineinhalb Jahre.«

»Warum bist du bei ihm geblieben?« Die Frage klang so ungläubig, dass Hanson fast lachen musste.

»Muss ich dir wirklich erklären, wie emotionale Gewalt funktioniert?«, fragte sie ihn. »Wie so jemand seinen Charme spielen lässt, wenn er sich entschuldigt, und einem das Gefühl vermittelt, alles wäre wieder gut? Wie einem so jemand ein schlechtes Gewissen macht, wenn man mit ihm bricht? Wie einem so jemand weiszumachen versteht, dass er das alles nur ›für dich‹ tut. Eine Therapie, für die man, wie sollte es auch anders sein, selbst bezahlt. Muss ich dir eigens erzählen, wie so jemand sein Verhalten gegenüber deinen besorgten Freunden und Verwandten immer wieder so rechtfertigt, dass du eine Mitschuld daran trägst?«

»Aber du bist doch alles andere als leichtgläubig.« Jason blieb stehen und wandte sich ihr zu. »Hast du ihn nicht sofort durchschaut?«

»So schnell wie du etwa?«, fragte Hanson.

Darauf wusste Jason nichts zu erwidern. Sein Blick blieb weiter in die Ferne gerichtet. »Es tut mir leid. Ich … ich habe einfach keinen Grund gesehen, ihm nicht zu glauben, als er das alles erzählt hat.«

»Bis auf die vier Monate, in denen du mich besser kennengelernt hast als irgendjemand sonst«, entgegnete sie ruhig und ging einfach weiter.

O'Malley hatte sich ausgiebig mit Proviant eingedeckt. Er beklagte sich zwar immer bitterlich, wenn er für eine Observierung eingeteilt wurde, nutzte diese Gelegenheiten aber meistens als Vorwand, um sich mit Junkfood zu verwöhnen. Das hatte zur Folge, dass er sich letztendlich fast auf diese Einsätze freute.

Diesmal hatte er sich seine Essensvorräte aus der Backstube einer Tankstelle besorgt, die zum Glück schon um sieben öffnete. Er war mit allem, was er für einen langen Einsatz brauchte, kurz vor dem verabredeten Termin in der Saints Close eingetroffen. Jalousien und Vorhänge des Reakes-Hauses waren noch geschlossen.

Nachdem er eine Sausage Roll und ein Schokocroissant verdrückt hatte, war klar, dass er den Wagen später würde saugen müssen. Aber das war ihm die Sache wert.

Auch um neun rührte sich noch nichts. O'Malley nahm an, dass Musiker nicht so früh aufstehen mussten. Ihm war das nur recht, denn es hieß, dass er in Ruhe Kaffee trinken und sich in Gedanken auf seinen bevorstehenden Urlaub in Marokko einstimmen konnte. Er freute sich schon auf die Tage in der Sonne.

Zehn nach neun wurden seine diesbezüglichen Phantasien durch die Ankunft eines metallicblauen Corsa unsanft unterbrochen. Benhawy war wieder da. O'Malley fragte sich, was er vorhatte und ob er seinen Besuch angekündigt hatte.

Benhawy parkte direkt vor Haus Nummer elf und schien von O'Malleys Astra auf der anderen Straßenseite keine Notiz zu nehmen. Er wirkte grimmig entschlossen, als er ausstieg und auf das Haus zuging.

O'Malley beobachtete, wie er klingelte und dann, nach einer Minute, noch einmal auf den Knopf drückte. Als auch dann noch kein Lebenszeichen von drinnen kam, begann er, an der Seite des Hauses entlangzugehen und durch die Fenster zu spähen. O'Malley überlegte schon, ob er ihn zur Rede stellen sollte, doch dann machte Benhawy kehrt und ging zu seinem Wagen zurück. Statt jedoch wegzufahren, saß er nur auf dem Fahrersitz und beobachtete das Haus.

»Was denkt der Kerl eigentlich, wer er ist?«, brummte O'Malley. »Ein Cop etwa?«

Louise war fix und fertig. Nach einer weiteren Nacht extrem schlechten Schlafs und endloser Sorgen schien sie nicht einmal mehr zu den einfachsten Handgriffen imstande.

Sie hatte gedacht, sie sei erschöpft genug, um schlafen zu können. Aber von wegen. Schließlich hatte sie um drei Uhr früh ihren Laptop eingeschaltet und war wieder auf Alex Plaskitts YouTube-Kanal gegangen.

Dieses Bedürfnis entsprang zu gleichen Teilen ihren Schuldgefühlen und dem festen Entschluss, mehr zu erfahren. Da war ein Mann, dessen Tod sie möglicherweise verursacht hatte, der sie aber auch auf den Boden gedrückt und vergewaltigt haben könnte. Sie musste mehr über ihn in Erfahrung bringen, und das war alles, was ihr dafür zur Verfügung stand.

Irgendwann nach fünf war sie schließlich doch eingeschlafen und hatte prompt von Alex geträumt. In ihren Träumen hatte sie ihn zunächst zu retten versucht, um dann aber zu merken, dass er ihr nichts Gutes wollte und sie nur auszutricksen versuchte. Und später, als alles immer mehr durcheinander geriet, war sie von ihm schwanger und kurz davor, ihn zu heiraten.

Als sie um acht wieder aufwachte, fühlte sie sich emotional komplett ausgelaugt. Sie hatte es so was von satt, ständig verfolgt zu werden. Von Alex, zuerst strotzend vor Leben und dann nur noch ein gespenstischer Schemen. Von Erinnerungen an den Club. Und an den Angriff auf sie.

Und jetzt, an diesem Morgen, auch noch von Alex' Mann, der zurückgekommen war, um seine Belagerung fortzusetzen.

Sie beobachtete vom Fenster des Flurs im Obergeschoss, wie er auf das Haus zuging. Sie war froh über den Musselinvorhang, den sie dort aufgehängt hatte, obwohl Niall ihn fast so schlimm gefunden hatte wie eine Gardine. Sie konnte Benhawy sehen, ohne von ihm gesehen zu werden, und beobachtete mit einem Kloß im Hals, wie er schließlich aufhörte, immer wieder zu klingeln, und seitlich am Haus entlangging.

Was sollte sie tun, wenn er ins Haus zu kommen versuchte? Die Polizei rufen? Niall?

Niall konnte sie aber nicht anrufen. Sie würde ihn nie mehr anrufen können. Und die Polizei würde ihr nicht glauben, fürchtete sie. Warum sollten sie ihrer Hauptverdächtigen glauben? Sie hielten sie für eine Mörderin.

Schließlich gab Benhawy auf. Sie ließ vor Erleichterung die Schultern sinken, als er zu seinem Wagen ging. Er stieg ein, fuhr aber nicht weg. Von hier oben konnte sie ihn zwar nicht richtig sehen, aber sie war sicher, dass er das Haus beobachtete.

Und dann fiel ihr plötzlich jemand ein, den sie anrufen konnte. Den Menschen, der immer zu ihr stand.

Außer, dachte sie mit einem flauen Gefühl im Magen, außer dass April sie belogen hatte und sie noch nicht wusste, warum.

Der Weg zurück zur Polizeistation war quälend lang gewesen. Hanson wollte nichts mehr mit der ganzen Geschichte zu tun haben, aber selbst diese zehn Minuten hatten gewaltig an ihr gezehrt.

Als sie auf ihren Kaffee warteten, hatte Jason sie gefragt, ob zwischen ihnen alles wieder so werden könnte wie früher. Ob sie darüber hinwegsehen könnte, was er ihr geschrieben hatte. Sie nahm an, das bedeutete, dass er ihr glaubte. Wenigstens ein kleiner Triumph.

Aber sie antwortete mit einem klaren Nein.

»Ich will keine Beziehung mit jemand, der mir nicht vertraut«, hatte sie gesagt. »Wie sollte ich mich bei dir noch geborgen fühlen, wenn ich weiß, wie leicht du dich von ihm gegen mich hast aufhetzen lassen? Und wenn er irgendwann noch überzeugender auftritt?« Er schüttelte den Kopf, aber sie fuhr fort: »Und deine ganzen kleinen Frustrationen, die er sich so raffiniert zunutze gemacht hat. Dass du es nicht magst, wenn ich nach einem Treffen mit dir nach Hause gehe. Dass ich dir nicht oft genug schreibe. Dass ich freitagabends weiterhin mit meinen Kollegen in einen Pub gehe. Das alles wäre deshalb nicht aus der Welt, und letztendlich hat Damian mit dieser Aktion nur erreicht, dass dir klar geworden ist, dass ich dich nicht glücklich mache.«

Darauf hatte Jason nichts zu erwidern gewusst, und Juliette wurde schlagartig klar, wie recht sie offenbar mit diesem Satz hatte. Sie schluckte schwer, als sie sich umdrehte und auf den Rückweg machte. Er war, ebenfalls mit einem Becher Kaffee, schweigend neben ihr hergegangen, und die drückende Stille hatte sie den ganzen Weg zurück zur Polizeistation begleitet.

Erst als sie die Treppe zum CID erreichten, schien er plötzlich aus seiner Betäubung aufzuwachen.

»Juliette«, sagte er, und seine Stimme war so … so *traurig*, dass sie ihn nun doch ansehen musste. »Ich weiß, du glaubst, der Grund für das alles ist mangelndes Vertrauen, oder Unzufriedenheit mit unserer Beziehung. Aber das stimmt nicht. So ist es wirklich nicht. Ich habe mich von ihm einwickeln lassen, und ich weiß jetzt, dass es dir genauso ergangen ist. Kannst du dir nicht vorstellen, dass er einem Mann gegenüber genauso gewinnend auftreten kann wie gegenüber einer Frau?«

Er sah sie lange flehentlich an, was ihr unbehaglich war, denn natürlich hatte er in gewisser Hinsicht sogar recht. Andere waren aber nicht auf Damians Unterstellungen hereingefallen. Der DCI nicht. Ben nicht. Sie hatten sie noch nicht einmal einen Monat als neue Kollegin gekannt, als Damian versucht hatte, sie bei ihnen anzuschwärzen. Aber sie hatten ihn auf der Stelle durchschaut.

Jason machte plötzlich einen Schritt auf sie zu und sah sie beschwörend an.

»Denk einfach noch einmal in Ruhe über alles nach. Bitte, Juliette. Ich will dich nicht verlieren. Wahrscheinlich habe ich dir nicht deutlich genug gezeigt, wie viel mir an dir liegt. Oder wie weh es mir getan hat, als ich geglaubt habe, dieser ganze Unsinn wäre wahr.« Er drückte, ganz kurz, ihre freie Hand. »Es tut mir leid, dass ich so blöd war. Aber mehr war es nicht. Blödheit.«

Als er ihre Hand losließ, hatte Hanson das Gefühl, als würden alle ihre Abwehrmechanismen niedergewalzt. Und das ging mit einem verstörenden Déjà-vu-Erlebnis einher. Genau das Gleiche hatte auch Damian immer wieder gemacht.

Sie hätte nie gedacht, dass Jason auch nur annähernd so sein könnte wie er. Wie hatte er es geschafft, ihr Verhältnis so nachhaltig zu vergiften?

»Natürlich werde ich darüber nachdenken«, sagte sie auf seinen fragenden Blick hin. »Auch mir liegt viel an dir. Aber jetzt muss ich mich auf meine Arbeit konzentrieren.«

Sie betrat das CID vor ihm, und wenn sie ihm auch die Tür aufhielt, ging sie nicht mit ihm an ihren Schreibtisch zurück.

Lightman fuhr noch einmal zu April Dumonts Wohnung am Admirals Quay und parkte in der Tiefgarage des Hauses. Bei dem neuen Concierge musste er wieder den ganzen Affenzirkus über sich ergehen lassen, damit er im Lift nach oben fahren durfte.

Als er schließlich in der obersten Etage ausgespuckt wurde, erwartete ihn April Dumont bereits im Flur. Zu einem losen weißen Top mit einem sehr deutlich sichtbaren schwarzen BH darunter trug sie hautenge schwarzsilberne Leggings und Bikerstiefel. In der supereleganten Wohnung wirkte sie grotesk fehl am Platz.

»Dan ist in der Arbeit«, erklärte Dumont beiläufig und fläzte sich auf eins der Sofas.

»Aha«, sagte Lightman. »Dan ist …?«

»Mein Mann«, sagte sie und lachte über seinen überraschten Gesichtsausdruck. »Sie dachten wohl, ich sei frei und ungebunden? Nein. Ob Sie's glauben oder nicht, manche Ehen funktionieren mit ein bisschen Würze besser.«

Lightman nickte und beschloss, die Bemerkung nicht sofort zu notieren.

»Möchten Sie was trinken?«, fragte sie mit einem leicht anzüglichen Lächeln.

»Nein, danke«, sagte er. »Ich habe noch ein paar Fragen zu Freitagabend.«

»Erst hätte ich aber noch eine Frage an Sie«, sagte Dumont und setzte sich auf. »Warum haben Sie Louise verhaftet? Sie könnte keiner Fliege etwas zuleide tun.«

Lightman nickte. »Ich kann Ihre Skepsis durchaus verstehen. Doch die Umstände, unter denen die Leiche entdeckt wurde, waren sehr ungewöhnlich. Wir ermitteln …«

»Ich kenne Louise«, schnitt ihm April Dumont das Wort ab. »Sie würde nie mit einem Mann nach Hause gehen, den sie nicht kennt. Das sieht ihr einfach nicht ähnlich. Ganz und gar nicht sogar.«

»Wollen Sie damit sagen, dass Louise Reakes in dem Club … mit niemandem geflirtet hat?«

»Allerdings«, sagte April Dumont. »Sie war betrunken und hat sich elend gefühlt, und alles, was ich mitbekommen habe, war, dass sie sich mit zwei Männern unterhalten hat.«

»Könnten Sie uns sagen, mit wem Sie an diesem Abend nach Hause gegangen sind?«, fragte Lightman.

April Dumont gab ein kurzes Lachen von sich. »Nicht wirklich, Schätzchen. Außer dass er Adam hieß. Mehr weiß ich leider nicht über ihn.«

»Sind Sie mit zu ihm gegangen?«

»Ja. Wir hatten nur ein bisschen Spaß. Dan und ich hatten in letzter Zeit etwas Probleme. Wie so manch andere auch.«

»Haben Sie die Adresse dieses Adam?«

»Leider nein«, sagte sie. »Wir haben uns ein Taxi zu ihm genommen. Und hinterher hat er mir auch wieder ein Taxi gerufen.« Sie zuckte mit den Achseln. »Ich weiß nur, dass es irgendwo auf dieser Seite der Stadt war. Schönes Haus.«

Lightman lächelte vage und dachte, dass sie demnach kein nachweisbares Alibi für die Zeit von Alex Plaskitts Tod hatte. Und unabhängig davon, was Niall Reakes ihnen verheimlichen mochte, galt April Dumont weiterhin als Verdächtige.

Lightman musterte sie kurz, bevor er sagte: »Offen gestanden, werde ich nicht ganz klug aus Ihrem Verhalten.« Er ließ ihr Zeit, um sich zu ihm zu drehen und ihn anzusehen, bevor er fortfuhr: »Sie haben offensichtlich das Gefühl, auf Louise Reakes aufpassen zu müssen. Trotzdem haben Sie sie alleingelassen, als sie stark betrunken war.« Er neigte den Kopf leicht auf die Seite. »Ich finde, es passt eigentlich nicht zu Ihnen, dass Sie sie so mir nichts, dir nichts sich selbst überlassen haben.«

April Dumont zog einen Flunsch. Sie wirkte plötzlich sichtlich verlegen und ein bisschen verärgert. »Ich habe sie nicht einfach so im Stich gelassen. Ich war … ich war nur betrunkener, als ich hätte sein sollen. Ich bin eigentlich nur ihretwegen mit ihr weggegangen. Um sie auf andere Gedanken zu bringen.« Trotz der Helligkeit lag ein Schatten über ihren Augen. »Ich habe ihr ein Glas Wasser geholt und sie in die Arme genommen. Sie sah nämlich so aus, als würde sie jeden Moment in Tränen ausbrechen. Und ich habe ihr mindestens zwanzig Minuten lang geholfen, ihren Führerschein zu suchen. Ich habe alles getan, was eine gute Freundin tut, aber irgendwann war ich so betrunken, dass ich vergessen habe, dass ich mich eigentlich um sie kümmern sollte.«

Lightman sah sie kurz forschend an. »Sie hat ihren Führerschein verloren? Im Blue Underground?«

»Ja«, sagte Dumont. »Hat sie Ihnen das nicht erzählt? Sie musste ihn am Eingang vorzeigen, weil sie sehr jung aussieht, wenn sie zurechtgemacht ist, und später hat sie dann gemerkt, dass sie ihn verloren hat.«

»Haben Sie ihn denn gefunden?«, fragte er.

»Nein.« Dumont schüttelte den Kopf. »Noch nicht.«

»Okay«, sagte Lightman und fragte sich kurz, ob ihn vielleicht Alex Plaskitt gefunden hatte. »Was hat Sie veranlasst, mit diesem Mann nach Hause zu gehen?«

»Um es Dan heimzuzahlen, wenn er unbedingt meint, sich wie das letzte Arschloch aufführen zu müssen.«

»Ich glaube, dass dieser Adam nicht der erste Mann war, mit dem Sie an diesem Abend ein amouröses Verhältnis eingegangen sind«, sagte Lightman ruhig.

Er rechnete mit einer überraschten oder wütenden Reaktion, aber April Dumont lächelte nur amüsiert. »Ein amouröses Verhältnis? Reden Sie immer so geschwollen daher?«

»Das ist bei der Polizei so üblich«, erwiderte Lightman, seinerseits verhalten lächelnd. »Unseres Wissens haben Sie an diesem Abend noch jemanden geküsst.«

Immer noch grinsend schüttelte April Dumont den Kopf. »Ja, stimmt. So ein Oberschichttyp. Groß, mit einem Sixpack. War schwer, ihm zu widerstehen.«

»Aber Sie sind schnell weitergezogen?«

»Ja.« Ihr Lächeln verflog ein wenig. »Wie sich herausgestellt hat, war er verheiratet und hatte deswegen ein schlechtes Gewissen.« Sie zuckte mit den Achseln. »Es lag also eindeutig an ihm.«

»Waren Sie deswegen nicht sauer?«

Sie verdrehte die Augen. »Nicht wirklich. Kurz war ich natürlich schon ein bisschen angefressen. Er hatte unübersehbar Interesse an mir gezeigt. Aber dann hat sich sein Freund eingemischt. Sauer war ich eigentlich vor allem auf den Freund.«

»Sie haben nicht versucht, diesem Mann zu folgen?«, fragte Lightman. »Oder sich später mit ihm getroffen?«

»Ich kann ganz gut mit einem Nein umgehen.« Allmählich schienen sie seine Fragen zu kränken.

»Haben Sie herausgefunden, wer dieser andere Mann war?«, fragte Lightman.

»Nein«, antwortete sie. »Warum auch? Und warum machen Sie deswegen so ein Gewese?«

»Weil dieser Mann Alex Plaskitt war«, sagte Lightman. »Der Mann, der in Louise Reakes' Bett gestorben ist.«

Darauf trat erst einmal Stille ein. »Nein! Echt?«, brachte sie schließlich bestürzt hervor.

»Leider ja«, sagte Lightman.

April Dumont wandte sich von ihm ab und schaute aus dem Panoramafenster aufs Meer hinaus. »Wirklich ein Jammer«, sagte sie schließlich. »Er war echt lecker. Wenn auch vielleicht von der prüden Sorte.«

»Und Ihnen ist im weiteren Verlauf des Abends nichts Ungewöhnliches aufgefallen?«, fuhr Lightman fort. »Irgendetwas, das darauf hindeuten könnte, warum er umgebracht wurde?«

Sie schüttelte langsam den Kopf. »Nein, ich glaube nicht … höchstens vielleicht, dass ich es komisch fand, wie unglaublich besitzergreifend sein Freund war.« Lightman merkte, dass sie damit Step Conti meinte, und das gab ihm zu denken. »Als ich ihn geküsst habe«, fuhr April Dumont fort, »war es fast, als wäre er eifersüchtig.«

31.

Inzwischen ist es Morgen. Ich habe meine Ausführungen gestern Abend mittendrin abgebrochen und mich gefragt, ob ich noch mehr schreiben oder die Sache auf sich beruhen lassen soll. Ich hatte das Gefühl, dir nichts mehr zu erzählen zu haben. Aber es gab noch eine Menge unbeantworteter Fragen.

Und wie du weißt, mag ich keine halben Sachen. Außerdem juckt es mich nach meinem letzten Gespräch mit April, mehr zu schreiben.

Obwohl ich plötzlich nicht mehr sicher war, ob ich ihr wirklich trauen kann, habe ich sie heute Morgen angerufen. Es ist das erste Mal, dass ich an ihr zweifle. Das hört sich vielleicht etwas lächerlich an, nachdem sie mich so mir nichts, dir nichts im Stich gelassen hat, um ihrem neuesten Schwarm hinterherzujagen, und nachdem sich vor allem herausgestellt hat, dass auch sie ihre Geheimnisse hat. Ständig weicht sie aus, wenn man sie nach ihrem Job oder Arbeitgeber fragt, gar nicht erst zu reden von ihrem früheren Leben in Tennessee. Aber im Großen und Ganzen war sie immer für mich da, ein fester, verlässlicher Fels, der mir immer Halt gegeben hat.

Es war eine echte Erleichterung, ihre Stimme zu hören. Als wäre ich schlagartig wieder in die Normalität zurückgekehrt. Sie redete mit mir, und alles war gut.

Da hat es keine Rolle mehr gespielt, dass ich weiterhin unter Mordverdacht stehe oder dass du dich, wahrscheinlich für immer, aus dem Staub gemacht hast oder dass sie vor einer Weile gelogen hat oder dass ich mich fühle, als würde ich nie mehr schlafen können, ohne von einem Mann zu träumen, der mich lächelnd verfolgt. Von dem Moment an, in dem sie sagte: »Lou, Schätzchen, du machst dir keine Vorstellung, wie froh ich bin, deine Stimme zu hören«, hatte ich das Gefühl, wieder zurück in meiner eigenen Haut zu sein.

»Ich doch genauso«, versicherte ich ihr. »In letzter Zeit ist wirklich alles scheiße gelaufen.«

»Wem sagst du das, Schätzchen. Ich habe gerade mit diesem unfassbar gutaussehenden Cop gesprochen, der, jetzt ohne Übertreibung, hundert Prozent immun gegen jegliche Annäherungsversuche ist. Ein wahrer Jammer.«

Ich konnte mir ein Lächeln nicht verkneifen. »Der ältere oder der jüngere?«

»Ich glaube, er hat gesagt, er sei Sergeant«, versuchte sie, ihn zu beschreiben. »Schätzungsweise Anfang dreißig, mit Wangenknochen wie Messer und den unglaublichsten blauen Augen.« Sie seufzte. »Aber kalt wie ein Fisch. Null erotische Ausstrahlung.«

»Ich weiß, welchen du meinst.«

Mein Gott, wie gut es tat, so über die Polizei sprechen zu können und das Bild der angsteinflößenden Autoritätspersonen einen Moment zur Seite zu schieben.

»Und sonst? Alles okay bei dir?«, wollte April wissen. »Ich bin ganz verrückt vor Sorge um dich.«

»Ich weiß«, sagte ich ihr. Auf meinem Handy waren vierzehn unbeantwortete Anrufe und acht Nachrichten von ihr, als ich es zurückerhielt. Das war sogar für April viel. »Ich wollte unbedingt mit dir sprechen. Im Moment fahre ich gerade nach Hause. Ich fühle mich beschissen, aber es geht aufwärts.«

»Wo ist Niall?«

Ich zuckte leicht zusammen. »Ich … ich habe ihn vor die Tür gesetzt.«

»Tatsächlich?«

April klang aufrichtig überrascht, und ich begann sofort, meine Entscheidung zu rechtfertigen. »Wenn du dort gewesen wärst … in dieser grauenhaften Zelle …« Ich schluckte und versuchte, wütend zu sein, statt in Tränen auszubrechen. »Er hat mich bitter enttäuscht, April. Er hat sofort angenommen, dass ich mit diesem Mann ins Bett gegangen bin und ihn dann umgebracht habe. Und er hat sich geweigert, mich zu besuchen und über alles mit mir zu reden.« Frustriert, dass ich doch schon wieder heulen musste, wischte ich mir mit dem Daumen die Tränen aus den Augen. Ich hätte mich bei unserer Aussprache gern stärker gezeigt, Niall. Ich wollte der Typ Frau sein, der sich von ihrem grauenhaften Mann nichts gefallen lässt und ihn ohne lange Diskussionen vor die Tür setzt. »Sogar Patrick hat mir mehr Glauben geschenkt als Niall. Aber das Schönste kommt erst noch! Mit wem, glaubst du, war er wohl am Freitagabend zusammen? Ja, mit Dina.«

Mit zusammengebissenen Zähnen zischte April: »Hatten die beiden also doch was miteinander.«

»Allerdings«, sagte ich. »Jedenfalls fällt mir absolut keine andere Erklärung ein. Er konnte mir nicht in die Augen schauen, als wir entlassen wurden, hatte aber gleichzeitig keinerlei Hemmungen, mich sofort zu verurteilen. Eigentlich sollte ich stinksauer auf ihn sein, aber stattdessen bin ich bloß maßlos enttäuscht.«

»Liebes«, sagte April verständnisvoll. »Ich bin sicher, er wird wieder zur Besinnung kommen und einsehen, was er da kaputtgemacht hat. Das heißt aber nicht, dass du dich wieder auf ihn einlassen musst. Wer dir so etwas antun kann … also, ich würde mich da schon fragen, ob das der Mann ist, mit dem ich mein Leben teilen möchte.«

»Das kannst du laut sagen.« So aufmüpfig ich das auch gesagt habe, war ich erschüttert über dein Verhalten, Niall. Ungeachtet all dessen, was du empfunden haben magst, als Dina dich verlassen hat, kannst du mir glauben, dass das, was du mir angetan hast, viel, viel schlimmer ist.

April seufzte. »Ganz abgesehen davon ist er nicht der einzige Mann auf der Welt. Erinnerst du dich noch an diesen italienischen

Bambino auf Hannahs Hochzeit? Meinen Freund Chez? Er ist nach wie vor Single.«

»Oh … für solche Überlegungen ist es vielleicht noch etwas zu früh. Aber trotzdem danke.« Ich erzählte ihr nicht, dass für mich im Moment vollkommen undenkbar ist, mich mit einem anderen Mann zu treffen. Jedes Mal, wenn ich die Augen schließe, steigen sofort Erinnerungen in mir auf, wie mich jemand auf den Boden drückt und mit einem Messer bedroht. Außerdem könnte ich noch immer für etwas ins Gefängnis kommen, was ich ganz sicher nicht getan habe.

Und dann, gleich danach, fiel mir ein, dass ich endlich mal ernsthaft mit April reden musste. Über den anderen Vorfall im Blue Underground. Allein bei dem Gedanken zog sich mein Magen zusammen.

»Was hältst du davon, wenn ich bei dir vorbeikomme?«, schlug sie vor. Sie klang so enthusiastisch. Als ob es in ihren Augen keine bessere Möglichkeit gäbe, mich aufzumuntern.

Deshalb konnte ich sie in diesem Moment nicht auf diese Lüge ansprechen. Ich konnte es einfach nicht.

32.

Der DCI war auf einem Einsatz, als Hanson ins Büro zurückkam. Deshalb stellte sie den Träger mit den Kaffeebechern erst mal ab und setzte sich an ihren Schreibtisch. Sie machte sich daran, die Versandliste noch einmal durchzugehen und entdeckte schon nach kurzem eine potenziell interessante Adresse. Ein Messer wie die Tatwaffe war an eine Beraterfirma in Winchester verschickt worden. An einen gewissen Marc Ruskin. Sie blätterte in den Unterlagen, ob einer ihrer Verdächtigen etwas mit dieser Firma zu tun hatte, und tauchte sofort wieder so tief in die Ermittlungen ein, dass sie alles vergaß, was sie privat beschäftigte. Und so merkte sie auch erst, dass der DCI nach ihr suchte, als er ein paar Meter von ihr entfernt ihren Namen sagte.

»Entschuldigung«, fügte er hinzu, als er sah, wie sie zusammenzuckte. »Ich wollte Sie nicht erschrecken. Wie kommen Sie voran?«

»Ganz okay, glaube ich«, sagte sie. »Auf der Liste von Steel and Silver sind ein paar vielversprechende Adressen. Ich suche gerade nach irgendwelchen Überschneidungen mit der Liste unserer potenziellen Verdächtigen. Ach ja, und ich habe Ihnen einen Kaffee mitgebracht.« Sie deutete auf den Pappcontainer von Costa Coffee. »Hoffentlich ist er noch warm. Ein Flat White. Ist das okay?«

»O ja, danke. Das ist sogar perfekt.« Sheens fummelte den Becher aus der Papphalterung. »Aber jetzt. Wenn Sie mal eine Minute Zeit hätten, würde ich gern Ihre Meinung zu ein paar Fragen hören.«

Hanson rollte ein Stück von ihrem Schreibtisch zurück. »Nur zu.«

»Ich kann mir nicht vorstellen, dass sich Niall Reakes und Dina Weyman wegen eines Jobs getroffen haben«, begann er. »Wenn die beiden allerdings nur eine stinknormale Affäre miteinander haben, verstehe ich nicht, warum er das uns gegenüber nicht zugegeben hat. Es wäre schließlich das perfekte Alibi.«

»Zumal auch sein falsches Alibi an seiner Ex hängt«, fügte Hanson hinzu.

»Genau. Da ich mir außerdem nicht vorstellen kann, dass ihm seine Frau die Sache mit dieser neuen Stelle abnimmt, hat er auch gar nichts davon. Außer er und Dina Weyman versuchen noch etwas anderes zu vertuschen.«

Hanson wandte sich ab und schaute mit leerem Blick auf ihren Bildschirm, während sie in Gedanken noch einmal alles durchging. »Er schien sich sehr sicher zu sein, dass Weyman ihn decken würde. Aber offensichtlich ist sie inzwischen zu der Überzeugung gelangt, dass es für sie vorteilhafter ist, ihn zum Sündenbock zu machen.«

»Was definitiv auf ein Verbrechen hindeutet«, fügte der DCI hinzu.

»Niall Reakes ist nach Zürich gefahren, bevor er nach Hause geflogen ist. Er hat das Ticket in letzter Minute gebucht. Fast so, als ob er kurzfristig irgendwohin beordert worden wäre …«

Der DCI bedachte sie mit einem eigenartigen Blick. »Und er ist Pharmareferent.«

»Und seine Ex«, fügte Hanson rasch hinzu, »leitet in einem anderen Pharmakonzern ein Referententeam.« Der DCI sah sie an. »Könnte es so simpel sein?«

Mit dem Anflug eines Lächelns auf den Lippen stand Sheens auf. »Wenn das dahintersteckt, hat das alles möglicherweise gar nichts mit Alex Plaskitt zu tun. Bestellen wir Mr Reakes noch mal ein.«

O'Malley hatte fast seine ganzen Vorräte verputzt. Von dem vielen Zucker war ihm fast ein bisschen übel, und er brauchte dringend eine Pinkelpause. Weder Benhawy noch Louise Reakes hatten sich von der Stelle bewegt, und im Auto war es inzwischen eiskalt. Eine typische Observierung eben, dachte er.

Das einzig Positive daran war, dass er bereits dreieinhalb Stunden seines fünfstündigen Einsatzes hinter sich gebracht und gleich um die Ecke eine Tankstelle mit einer Kundentoilette ausgemacht hatte.

Natürlich kam ausgerechnet in dem Moment, als er sich eine kurze Pause gönnen wollte, ein Lotus laut röhrend in die Saints Close gebogen und fuhr langsam an Haus Nummer elf vorbei. O'Malley, der bereits seine Handykamera eingeschaltet hatte, konnte April Dumont, die nach einer Parklücke Ausschau hielt, deutlich erkennen.

Er machte drei Fotos und wartete. Inzwischen hatte Dumont in der zugeparkten Stichstraße eine Lücke entdeckt und parkte. Ihr Wagen stand halb auf dem Gehsteig, halb auf der Straße, als sie ausstieg und zu Louise Reakes' Haus zurückging. Statt jedoch in die Einfahrt zu biegen, kam sie weiter die Saints Close herunter. Als ihr Blick kurz O'Malleys Auto streifte, glaubte er bereits, entdeckt worden zu sein. Aber sie ging an ihm vorbei zu Benhawys Corsa.

Hastig schaltete O'Malley die Zündung ein und ließ das Fenster weit genug herunter, um den Wortwechsel der beiden belauschen zu können. Zunächst hörte er jedoch nur, wie Dumont an das Fenster des Corsa klopfte. Benhawy selbst konnte O'Malley nicht sehen, nur Dumont, der das Haar ins Gesicht fiel, als sie sich zu ihm hinabbeugte.

»Hi«, sagte sie laut und durchdringend. Allem Anschein hatte Benhawy das Fenster nicht heruntergelassen, um sie besser hören zu können. »Mir ist natürlich klar, dass Ihnen das alles noch tief in den Knochen steckt. Trotzdem müssen Sie hier verschwinden. Louise hat schon genug durchgemacht, und wenn Sie den ganzen Tag vor ihrem Haus herumstehen, hilft das niemandem, das werden Sie doch verstehen?«

O'Malley hielt den Atem an. Er wusste nicht, wie Benhawy reagieren würde, fürchtete aber, er könnte aus dem Wagen springen und Dumont attackieren. Stattdessen schwieg er nur, bis Dumont sagte: »Hey! Haben Sie nicht gehört?«

Dann sprang der Motor an, Dumont wich zurück, und Benhawy fuhr in Richtung Straße los. Sie sah dem Corsa hinterher, bis er um die Ecke gebogen war. Erst dann drehte sie sich um und ging auf den Eingang von Louise Reakes' Haus zu.

O'Malley schmunzelte. Endlich kam er zu seiner Pinkelpause.

Im Gegensatz zu ihrer ersten Begegnung wirkte Niall Reakes nicht mehr so überdreht, sondern eher resigniert. Er betrat das Vernehmungszimmer schleppend und sichtlich unmotiviert und ließ sich schwer auf seinen Stuhl plumpsen. Von der Selbstsicherheit, die er bei der Vernehmung an den Tag gelegt hatte, war nichts mehr zu spüren, und Jonah schwankte zwischen Genugtuung über seinen Einbruch und aufrichtigem Mitgefühl für seine prekäre Lage.

Daniella Hart, die Reakes auch diesmal vertrat, wirkte deutlich besser gelaunt. Sie bedachte Jonah und Hanson mit einem kampflustigen Lächeln, als sie den Aufnahmeknopf drückten. Jonah lächelte zurück. Er vermutete, dass Reakes seiner Anwältin nicht erzählt hatte, was wirklich hinter seinem Treffen mit Dina Weyman gestanden hatte.

»Danke, dass Sie noch einmal gekommen sind, Mr Reakes«, begann Jonah. »Mit Ihrer Ex-Frau müssen wir uns leider erst noch in Verbindung setzen.« Ihm entging nicht, dass sich Reakes' Züge ein wenig anspannten, aber es schien fast so, als hätte er damit gerechnet. Als wäre er darauf gefasst, verraten zu werden. »Bis dahin haben wir allerdings auch an Sie noch ein paar Fragen.«

Reakes nickte bloß, und Jonah schaute kurz zu Hanson. Jetzt war sie an der Reihe.

»Um rekonstruieren zu können, wo Sie am Freitagnachmittag waren, haben wir uns mit der Schweizer Polizei in Verbindung gesetzt«, begann sie mit versierter Kühle. »Bevor wir der Frage nachgehen, wo genau Sie in Zürich waren und was Sie dort abgeholt haben, möchten wir Ihnen die Gelegenheit bieten, uns bei unseren Ermittlungen in vollem Umfang zu unterstützen.«

Mit mahlenden Kiefern starrte Reakes auf den Tisch vor ihm. Daniella Harts Stift verharrte über ihrem Notizblock. Ihre ganze Aufmerksamkeit war inzwischen auf Jonah gerichtet. Das Schweigen zog sich nur ein paar Sekunden hin, fühlte sich aber deutlich länger an.

Schließlich sagte Reakes nur: »Das ist doch alles Scheiße.«

Hanson veränderte ihre Haltung und fuhr in ruhigerem Ton fort: »Das hier muss nicht in einer totalen Katastrophe enden, Mr Reakes. Sie sind nicht der Hauptverdächtige in diesem Verfahren.«

»Ich würde gern allein mit meinem Mandanten sprechen«, meldete sich an diesem Punkt die Anwältin zu Wort.

»Ich wollte mit der ganzen Sache nichts zu tun haben«, sagte Reakes, ohne auf sie zu achten, und hob den Kopf. »Sie haben mich reingelegt.«

»Auch wenn Drogenschmuggel eine schwere Straftat ist«, sagte Jonah, »interessiert uns nur, ob ein Zusammenhang mit Alex Plaskitts Tod besteht.«

»Da besteht natürlich keiner!«, platzte Reakes heraus. »Es ist ein gewaltiger Unterschied, ob man Stoff im Koffer hat oder jemanden tötet. Ich war am Freitag nicht einmal in Southampton.«

»Mr Reakes«, ging Daniella Hart dazwischen, »wir müssen unbedingt reden.«

Und diesmal nickte Reakes stumm. Jonah schaltete das Aufnahmegerät aus.

Die Anwältin und ihr Mandant brauchten fünfzehn Minuten, um sich darauf zu einigen, dass Reakes vollumfänglich kooperieren würde. Als Jonah und Hanson zurückkamen und die Aufnahme wieder starteten, erzählte er ihnen in aller Ausführlichkeit, wie er seine neuen Freunde vor acht Jahren auf einem Kongress in Dallas kennengelernt hatte. Zwei großartige Menschen, die sich allerdings nicht als die entpuppten, für die er sie gehalten hatte.

»Sie haben sich als Arztehepaar ausgegeben. Er Allgemeinmediziner, sie Dermatologin. Wir sind im Hotel ins Gespräch miteinander gekommen, und sie waren einfach … unglaublich cool und locker drauf. Die Sorte Leute, mit denen man spontan befreundet sein will.«

Am zweiten Abend des Kongresses hatte sich Reakes wieder mit ihnen getroffen, und sie erzählten ihm, dass die Frau an Brustkrebs Phase zwei litt. »Das einzige noch in der Testphase befindliche Medikament, das Aussicht auf Heilung versprach, war in England noch nicht zugelassen, weshalb sie kurzerhand in die Staaten gekommen waren. Sie sagten, sie hätten ein Vermögen dafür ausgegeben und es nach England geschickt. Und sich dafür massiv verschuldet. Sie müssten unbedingt eine Lösung finden, andernfalls bliebe ihnen keine andere Wahl, als ihr Haus zu verkaufen. Haben sie jedenfalls behauptet.« Reakes seufzte. »Irgendwann rückte auch ich damit heraus, dass ich finanziell in Schwierigkeiten steckte. Und dass niemand etwas davon wusste, am allerwenigsten Dina, mit der ich damals verlobt war.«

Reakes war es unübersehbar zutiefst zuwider, darüber zu sprechen, und seine Scham bestärkte Jonah in seiner Überzeugung, dass er die Wahrheit sagte. Er bat Reakes fortzufahren.

»Der Wein floss reichlich, und irgendwie schien es … vollkommen natürlich, darüber zu sprechen. Sie haben so einen offenen Eindruck auf mich gemacht …«

Jonah nickte. Er konnte es sich gut vorstellen. Erfolgreiche Schwindler verfügten häufig über eine besondere Gabe, sehr zugewandt und sympathisch zu erscheinen.

»Am nächsten Abend«, fuhr Reakes fort, »erzählten sie mir, sie hätten eine Lösung für das Problem mit dem Krebsmittel gefunden. Wie sie es sich finanziell leisten könnten. Sie waren so begeistert, dass ich mich richtig für sie gefreut habe. Dann gingen sie schlafen, und wir verabredeten, uns am letzten Abend erneut zu treffen. Nach dem Kongress ließen wir es noch einmal richtig krachen und schafften es irgendwie ins Bett. Danach habe ich nichts mehr von ihnen gesehen, aber dann kam sie – die Frau – am letzten Morgen vor dem Frühstück in mein Zimmer. Sie war völlig aufgelöst.«

»Ist ihr Plan mit dem Medikament in die Hose gegangen?«, fragte Jonah.

»Natürlich«, sagte Reakes bitter.

Dann schilderte er bedrückt, was sie ihm erzählt hatte. Ihr Flug war annulliert worden, und die Airline hatte sie auf eine Maschine umgelegt, die in Boston zwischenlandete, wo sie Drogenhunde hatten. Sie hatten in den Staaten, auf nicht ganz legalem Weg, eine größere Menge des Krebsmittels gekauft, und ihnen war natürlich klar, dass sie nicht riskieren konnten, es in Boston durch den Zoll zu bringen.

»Sie meinte, das Medikament einfach abzustoßen, könnten sie sich unmöglich leisten. Und sie wirkte so …« Er seufzte. »So verzweifelt, dass ich erst gar nicht lange überlegte. Und als sie fragte, was sie jetzt tun sollten, sagte ich einfach, sie sollten das Mittel mir geben. Ich hatte ohnehin alle möglichen Arzneimittelmuster dabei, weshalb ich mir nichts dabei dachte, auch ihr Medikament nach Hause mitzunehmen.«

»Und diese Medikamente …«, sagte Jonah.

»Waren natürlich kein Krebsmittel«, sagte Reakes nüchtern. »Später erfuhr ich, dass es sich dabei um Ecstasy handelte. Und bevor Sie fragen, nein, ich habe nicht nachgesehen, bevor ich es mit meinem Gepäck aufgegeben habe. Ich ging mit meinem Koffer in ihr Hotelzimmer, und sie dankten mir überschwänglich, als sie es mir gaben. Sie umarmten mich und weinten beide ein bisschen, und ich bin nie auf die Idee gekommen, mich zu fragen, ob in dem Beutel auf ihrem Bett eine versteckte Kamera sein könnte. Wahrscheinlich war ich da einfach ein bisschen zu leichtgläubig und naiv.«

»Und was ist dann bei Ihrer Ankunft in England passiert?«

»Die beiden holten die Drogen bei mir ab und sagten: ›Komm schon, Niall. Du hast doch gewusst, dass das kein Krebsmittel ist.‹ Und dann spielten sie mir das kurze Video vor, auf dem zu sehen war, wie ich die Drogen in meinem Koffer verstaue und ihnen meine gefälschten Papiere zeige. Alles andere hatten sie anscheinend herausgeschnitten. Ich kam mir einfach total …« Reakes sank seufzend in sich zusammen. »Ich dachte, ich hätte Freunde fürs Leben gewonnen, während sie mich in Wirklichkeit nur für ihre Zwecke einspannen wollten.«

»Haben sie Ihnen Geld dafür gegeben?«

»Ja. Sogar sehr viel. Und sie meinten, ich sollte mir keine Sorgen machen, ihre Organisation würde mich weiter bezahlen. Sie sagten, wir würden Freunde bleiben und ich könne meine Schulden abbezahlen.« Er schaute Jonah an und fügte gepresst hinzu: »Ich würde Ihnen gern ihre richtigen Namen sagen, oder wie Sie sie kontaktieren können. Aber das kann ich nicht. Sie haben den Stoff nur von mir abgeholt, und als ich unter den Nummern, die sie mir gegeben haben, anzurufen versucht habe, ist immer jemand anderes drangegangen.«

»Was diesen Punkt angeht, wird Sie ein anderes Ermittlerteam noch eingehender befragen«, sagte Jonah nicht ohne gewisses Verständnis. Er wusste, dass die National Crime Agency Reakes viele Fragen zu seinen Kontakten stellen würde. Aber Jonahs Hauptaugenmerk galt etwas ganz anderem. »Uns interessiert eigentlich nur, was am Freitag passiert ist. Ist Dina Weyman in irgendeiner Weise in diese Geschichte verwickelt?«

»Natürlich.« Reakes' Mund begann zu zucken. »Dummerweise ließ ich in einem unserer ersten Gespräche fallen, dass meine Verlobte ebenfalls in der Pharmabranche tätig ist. Solange wir zusammen waren, ließen sie die Finger von ihr, aber dann erschien eines Tages zu einer Übergabe nicht wie üblich das Paar, sondern Dina. Sie wurde … sie setzten sie ein, um Pharmareferenten für sie anzuwerben. Sie stieg rasend schnell auf in ihrer Organisation. Wahrscheinlich hatte sie den idealen Posten, um eine größere Gruppe von Kurieren zu managen. Und sie hatte keinerlei Skrupel, irgendwelchen Schmutz in der Vergangenheit ihrer Angestellten auszugraben, um sie damit zu erpressen. Am meisten zu schaffen machte mir bei dieser Regelung, dass sie innerhalb der Organisation plötzlich eine höhere Stellung hatte als ich. Ich war die letzten viereinhalb Jahre meiner Ex-Frau unterstellt und musste ständig nach ihrer Pfeife tanzen. Ich vermied es zwar, mit ihr zu schlafen, versuchte aber, sie bei Laune zu halten.«

»Also haben Sie weiter mitgespielt«, sagte Jonah.

»Was hätte ich denn sonst tun sollen?«, entgegnete Reakes. »Sie hatten das Video, und ich hatte Geldprobleme. Sie wussten genau, wie sie mich bei der Stange halten konnten. Ich erhielt nie genügend Geld, um meine Schulden komplett tilgen zu können, und bei vielen meiner Aufträge musste ich in teuren Hotels absteigen, was alles nur noch schlimmer machte.«

Jonah nickte. »Und was genau ist nun letzten Freitag passiert?«

Reakes' Mund verzog sich zu einem bitteren Lächeln. »Es war das reinste Chaos. Aber es lag nicht an mir. Einer von Dinas Züricher Kurieren, der eine Lieferung übernehmen sollte, wurde verhaftet.« Er schüttelte den Kopf und rieb sich mit der Hand das Gesicht, als er sich alles in Erinnerung rief. »Ich weiß nicht einmal, wer es war, aber Sie können es wahrscheinlich herausfinden. Er wurde festgenommen, als er am helllichten Tag in einer Bar Koks schnupfte. Er rief einen aus unserer Gruppe an, der daraufhin mich verständigte. Sie wollten den Stoff aus seinem Hotelzimmer schaffen, und ich sollte ihn so schnell wie möglich abholen und dem Abnehmer überbringen, weil der sonst stinksauer geworden wäre.«

»Deshalb haben Sie also einen anderen Flug genommen – um den Stoff abzuholen?«

»Genau.« Reakes nickte. »Es war unglaublich stressig. Ich ahnte bereits, dass das kein gutes Ende nehmen würde, was sich dann ja auch bewahrheitete. Allerdings … aus einem anderen Grund.«

»Was haben Sie gemacht, als Sie wieder zurück in England waren?«, fragte Hanson.

»Wie bereits gesagt, habe ich mich am Flughafen mit Dina getroffen.« Er sah von einem zum anderen. »In diesem Punkt habe ich nicht gelogen. Der Stoff war für sie gedacht … sie hätte nur weiter mitspielen müssen. Dann wäre nichts passiert.« Reakes gab einen angewiderten Laut von sich. »Ehrlich gesagt, glaube ich auch nicht, dass sie Anweisungen erhalten hat, mich ans Messer zu liefern. Ich habe noch einmal über alles nachgedacht. Für sie wäre es viel gefährlicher geworden, wenn ich einem strengen Verhör unterzogen worden wäre. Ich glaube, es war einzig und allein ihre Idee, alles zu leugnen. Um mir zu zeigen, wie viel Macht sie über mich hat. Wahrscheinlich wollte sie mich bloß ein paar Stunden schwitzen lassen und erst dann damit herausrücken, dass sie sich mit mir getroffen hat.«

»Sie haben sich also in Gatwick mit ihr getroffen«, sagte Jonah. »Und die Übergabe verlief reibungslos?«

»Ja.«

»Und dann?«

Reakes sah ihn verständnislos an. »Na ja, damit Louise nicht herausfand, dass ich früher zurückgekommen war, blieb ich im Hotel. Ich war bis Samstagmorgen auf meinem Zimmer. Dann bin ich ins Fitnessstudio gegangen, habe Kaffee getrunken und Zeitung gelesen … einfach die Zeit totgeschlagen. Und dann … dann hat Louise angerufen und mir erzählt, was passiert ist.« Er schüttelte wütend den Kopf. Selbst nach allem, was er getan hatte, schien er sich über seine Frau zu ärgern.

»Sie waren also am Freitagabend nicht in Southampton?«, fragte Jonah streng. »Sie sind nicht nach Hause gekommen, um zu kontrollieren, ob Ihre Frau sich wieder betrunken hat?«

Reakes schüttelte entschieden den Kopf. »Warum hätte ich das tun sollen? Ich war doch selbst total im Stress, um nicht erwischt zu werden.« Er schüttelte erneut den Kopf, diesmal langsam. »So leid es mir tut, aber ich habe nicht die leiseste Ahnung, was mit diesem Kerl passiert ist. Damit hatte ich absolut nichts zu tun.«

»Glauben Sie ihm?«, fragte Hanson, als sie mit Jonah ins CID zurückging. Sie war nicht sicher, warum sie ihn das fragte. Vielleicht, weil sie nicht wusste, was sie von alldem halten sollte.

»Nicht unbedingt«, sagte der DCI. »Den Leuten, für die Reakes arbeitet, ist durchaus zuzutrauen, dass sie jemand mit einem wertvollen Liebhaberstück wie unserer Tatwaffe erstechen. Möglicherweise hat Plaskitt etwas gesehen, was er nicht hätte sehen sollen, und Reakes hat Panik bekommen und ihn umgebracht. Andererseits leuchtet mir nicht recht ein, warum er dann den Toten in seinem Haus gelassen und den Mord seiner Frau anzuhängen versucht hat. Dafür hat sich alles in zu großer Nähe seines Hauses abgespielt.«

»Trotzdem könnte er so ein Messer gehabt haben und ausgeflippt sein, als er Plaskitt mit seiner Frau erwischt hat«, führte Hanson an. »Ich werde mich noch mal dahinterklemmen und versuchen, Niall Reakes mit diesem Messer in Verbindung zu bringen. Vielleicht auch seine Ex-Frau.«

»Gut«, sagte Sheens. »Ich finde auch, dass wir ihn nicht von der Liste unserer Verdächtigen streichen sollten.«

An Lightmans Schreibtisch blieben sie kurz stehen. Ben schrieb gerade ein Protokoll, vermutlich über April Dumonts Vernehmung.

»Was hatte Dumont zu sagen?«, fragte Hanson.

»Oh, eine ganze Menge«, antwortete Lightman nachdenklich. »Sie gibt zu, Alex Plaskitt geküsst zu haben, hatte aber angeblich keine Ahnung, dass er das Opfer war. Sie glaubt auch nicht, dass Louise mit Plaskitt nach Hause gegangen sein könnte. Sie meint, so etwas sehe ihr nicht ähnlich. Und schließlich ein paar interessante Beobachtungen über Step Conti.«

Der DCI zog eine Augenbraue hoch.

»Er scheint sich ziemlich aufgeführt zu haben, als sich Alex Plaskitt und April Dumont nähergekommen sind. Dumont meinte, er sei richtig eifersüchtig geworden, weil Plaskitt jemand anderen geküsst habe. Außerdem hat sie mitbekommen, dass es danach zu einem heftigen Wortwechsel zwischen den beiden kam.«

Hanson dachte an Plaskitts fürsorglichen Freund. Offensichtlich hatte ihn Plaskitts Tod tief getroffen. Und überrascht. Zumindest war es ihm hervorragend gelungen, diesen Anschein zu erwecken.

»Er schien Plaskitt sehr nahezustehen«, sagte sie nachdenklich. »Könnte er insgeheim in ihn verschossen gewesen sein? Oder sich sogar hinter Benhawys Rücken mit ihm getroffen haben?«

»Bisher deutet nichts darauf hin«, sagte Sheens. »Aber es kann nicht schaden, dem nachzugehen.«

»Wenn er tatsächlich in ihn verknallt war«, fuhr Hanson fort, »würde mich nicht wundern, wenn er sich zu einer Dummheit hinreißen ließ, als er Plaskitt kurz darauf noch mal mit einer anderen Frau rummachen sah.«

»Es wäre bestimmt hilfreich, mehr über Conti in Erfahrung zu bringen«, sagte der DCI. »Vielleicht kann uns da Plaskitts Schwester weiterhelfen.« Er wandte sich Ben zu. »Sonst noch was von Dumont?«

»Ja. Eigentlich ziemlich nebensächlich, aber interessant könnte es trotzdem sein«, sagte Lightman. »Louise Reakes hat im Club ihren Führerschein verloren. Könnte Plaskitt versucht haben, ihn ihr zu bringen?«

»Das ist allerdings eine Überlegung wert«, sagte Sheens bedächtig nickend. »Aber jetzt brauche ich erst mal einen frischen Kaffee und etwas Zeit zum Nachdenken. Soll ich sonst noch jemand was von Costa mitbringen?«

»So viele Schokostangen, wie sie haben«, sagte Hanson und fügte nach kurzem Überlegen hinzu: »Hinterher sollte ich allerdings unbedingt ein bisschen Sport machen. Ich war schon tagelang nicht mehr joggen.«

Sie erwähnte nicht, dass sie vor allem Damians wegen zu laufen aufgehört hatte. Es hatte viel von seinem Reiz verloren, seit sie angefangen hatte, sich ständig nach ihm umzusehen. Schließlich war sie dazu übergegangen, im Fitnessstudio zu laufen, was ihr aber nicht annähernd so viel Spaß machte. Außerdem war es zeitaufwändig, dorthin zu kommen, weshalb sie zwangsläufig seltener hinging.

Doch als sie sich jetzt an ihren Schreibtisch setzte, nahm sie sich fest vor, am Abend laufen zu gehen. Sie würde sich darauf einstellen, dass sie allein im Dunkeln unterwegs wäre, und es trotzdem genießen. Die Bedrohung durch ihren Ex war weniger real geworden. Lächerlicher. Sie hätte Ben früher davon erzählen sollen.

Sie öffnete wieder die Tabelle mit den Messerbestellungen und versuchte eine gute halbe Stunde lang, entweder Niall Reakes oder Dina Weyman mit der Adresse in Winchester in Verbindung zu bringen, an die das Messer geschickt worden war. Und dann, ganz zum Schluss, als sie sich über eine der Schokostangen hermachte, die ihr der DCI mitgebracht hatte, und die Tüte in den Papierkorb warf, kam sie darauf, dass das Naheliegendste war, in der Firma anzurufen und mit diesem Marc Ruskin zu sprechen, an den die Bestellung gegangen war.

Es dauerte nicht lang, ihn ans Telefon zu bekommen.

»Hier Ruskin.« Seine Stimme war brüchig, sein jovialer nordenglischer Akzent ein bisschen wacklig. »Geht es … um Alex?«

Hanson hatte plötzlich ein Gefühl, als würde ihr der Boden unter den Füßen weggezogen. »Sorry, meinen Sie …?«

»Meinen … Freund? Der ermordet worden ist?«

Hanson fiel aus allen Wolken. »Ja, ich … Könnten Sie mir sagen, woher Sie ihn kannten?«

»Über meinen Cousin«, sagte Ruskin. »Über Step. Wir waren eine Clique. Step, Alex und ich. Ab und zu auch mein Bruder, wenn er nicht gearbeitet hat.«

»Sind Sie oft gemeinsam weggegangen?«

»Ja, klar.« Sein kurzes Lachen klang angespannt. »Ich weiß, wir hören uns nach einer ziemlich abenteuerlichen Kombi an. Ein

BWLer, ein Personal Trainer und alles, was es dazwischen sonst noch gibt. Aber wir haben uns bestens verstanden.«

Hanson hatte ihre Fassung rasch wiedererlangt und setzte sofort nach. »Wie lange kannten Sie Alex Plaskitt schon?«

»Seit der Zeit, als er Issa kennengelernt hat«, sagte Ruskin.

Mit April Dumonts Anspielungen im Hinterkopf fragte Hanson: »Hatten Alex Plaskitt und Step Conti ein besonders enges Verhältnis?«

»Ja, würde ich schon sagen«, antwortete Ruskin. »Die beiden haben öfter als der Rest von uns was miteinander unternommen.«

»Ist es deshalb zu … Eifersüchteleien gekommen? Zwischen Step Conti und Issa Benhawy?«

Nach kurzem Schweigen sagte Ruskin: »Keine Ahnung. Manchmal hat sich Issa schon ein bisschen über Step geärgert.«

»Und umgekehrt?«, hakte Hanson nach. »Hatte Step ebenfalls Probleme mit Issa?«

»Eigentlich nicht«, sagte Ruskin. »Nicht wirklich. Nur, wenn er Alex verbieten wollte, sich mit ihm zu treffen, wurde er manchmal sauer.«

In dem kurzen Schweigen, das darauf eintrat, überlegte Hanson, wie sie das Messer am besten zur Sprache bringen sollte. Da ihr keine elegante Möglichkeit einfiel, fragte sie Ruskin ganz direkt: »Was hatte es mit dem Päckchen auf sich, das Sie vor einer Weile zugeschickt bekommen haben?«

»Welches Päckchen?«

»Von der Firma Steel and Silver«, sagte Hanson. »Im Januar vergangenen Jahres.«

Nach einer kurzen Pause sagte Ruskin: »Ach, das meinen Sie? Das Messer, das mir Alex geschickt hat? Für Steps Geburtstag.«

Hanson spürte, wie ihr Herz schneller zu schlagen begann. »Es war ein Geschenk für Step Conti?«

»Ja«, sagte Ruskin. »Ein richtig schönes Sammlerstück, das Alex da aufgetan hat. Genau das Richtige für Step.«

»Warum …«, begann Hanson. Sie musste das alles erst noch verarbeiten. »Warum hat es Alex Plaskitt nicht an seine Adresse schicken lassen?«

»Weil Issa sonst ausgerastet wäre«, sagte Ruskin lachend. »Er ist überzeugter Pazifist. Alex natürlich auch, aber … na ja, er wollte Step was schenken, das ihm richtig gut gefallen würde.«

»Hat Step Conti ein Faible … für Waffen?«, fragte Hanson.

»Ich würde sagen, er hat eine Schwäche für gute Handwerksarbeit, speziell für Jagdmesser und Unikate. Er hat eine riesige Sammlung bei sich zu Hause.« Nach einer kurzen Pause fragte Ruskin: »Gibt es einen bestimmten Grund, weshalb …?«

»Wir haben uns nur gefragt, was in diesem Päckchen war«, sagte Hanson so beiläufig wie möglich. »Hat Step Conti das Messer gefallen?«

»Ja«, sagte Ruskin. »Er war total begeistert.«

»Könnten Sie es mir vielleicht beschreiben, damit wir …?«

»Es hatte eine lange, spitz zulaufende Klinge«, sagte Ruskin. »Und sehr schöne schwarze Verzierungen am Griff.«

»Wunderbar«, sagte Hanson leichtmütig. »Vielen Dank für Ihre Hilfe. Wahrscheinlich kommen wir später noch einmal auf Sie zu, aber vorerst ist das alles.«

»Klar, gern geschehen«, sagte Ruskin.

Irgendetwas an seinem Tonfall verriet ihr, dass die Fragen nach dem Messer ihn alarmiert hatten. Sie verlor keine Zeit und machte sich auf den Weg ins Büro des DCI.

»Marc Ruskin hat in die Firma ein Messer zugeschickt bekommen, auf das die Beschreibung unserer Tatwaffe zutrifft«, berichtete sie Sheens, bevor er dazu kam, etwas zu sagen. »Außerdem ist Ruskin Step Contis Cousin. Ausgesucht hat das Messer Plaskitt, als Geburtstagsgeschenk für Conti.« Sie machte eine kurze Pause, in der ihr Chef sie nur anschaute. Dann fuhr sie fort: »Ruskins Beschreibung passt perfekt, und ich glaube, er hat sich schon zu wundern begonnen, warum ich ihn nach dem Messer gefragt habe. Könnte sein, dass er Conti warnt.«

Zunächst war Sheens' Miene unergründlich, doch dann sagte er: »Dann lassen Sie uns am besten gleich zu ihm rausfahren.«

Step Contis Haus sah an einem trüben Tag genauso einladend aus wie bei strahlendem Sonnenschein. Der beißend kalte Wind, der von der Heide herüberwehte, peitschte Jonah und Hanson ins Gesicht. Auch geschneit hatte es hier draußen wieder, und der Schnee war an der Oberfläche sofort gefroren.

Jonah musste lachen, als er und Hanson beinahe gleichzeitig ausrutschten und hinfielen und sich danach auf der vereisten Einfahrt wackelig weiter auf die Eingangstür zutasteten. Er vermutete, dass sie beide ein wenig lächerlich aussahen, so gar nicht wie der strenge Arm des Gesetzes, als der sie auftraten.

Er wartete, bis sie die zwei uniformierten Polizisten aus dem Streifenwagen eingeholt hatten, bevor er klingelte. Um zu verhindern, dass Conti durch eine Hintertür zu fliehen versuchte, ging einer der Constables bereits auf die Rückseite des Hauses.

Step Conti wirkte gefasst, als er ihnen öffnete. Es war schwer zu sagen, ob er nervös war, als er Jonah sah.

»Wir haben Informationen über ein Geschenk erhalten, das Sie zu Ihrem letzten Geburtstag bekommen haben«, sagte Jonah. »Ein Messer. Würden Sie es uns bitte zeigen?«

Conti schaute von Jonah zu Hanson und dann an ihnen vorbei zu dem zweiten uniformierten Constable. Dann sagte er: »Das Sammlerstück, das ich von Alex und den Jungs bekommen habe? Klar. Kommen Sie rein.«

Jonah fing Hansons Blick auf, als Conti zur Seite trat, um sie nach drinnen zu lassen. Sie wirkte genauso wachsam, wie er das war. Er nickte ihr zu, eine stillschweigende Absprache, auf der Hut zu sein.

Diesmal gingen sie durchs Wohnzimmer. Jonah musste daran denken, dass Conti sie beim letzten Mal fast in sein Zimmer geführt hätte, es sich dann aber anders überlegt hatte.

Sie betraten einen großen Raum mit freigelegtem Mauerwerk und hellen hohen Fenstern. Die linke Seitenwand nahmen mehrere um einen großen Flachbildschirm angeordnete Vitrinen ein.

Die verschlossenen Schränke waren voller Waffen, die meisten davon antike Sammlerstücke. Alte Musketen, oder Teile davon, Zeremonialschwerter, Dolche. Und ganz hinten eine Sammlung blitzender Klingen, die neu aussahen. Kein Wunder, dachte Jonah, dass Conti sie das alles bei ihrem letzten Besuch nicht hatte sehen lassen wollen.

Conti ging sofort zu den Messern und wartete, bis Jonah und Hanson ihn eingeholt hatten. Jonah konnte den ebenfalls anwesenden Constable dicht hinter sich spüren und hoffte, dass er auf der Hut war. Ihr Verdächtiger stand vor einem Waffenarsenal. Doch er machte keine Anstalten, die Vitrine zu öffnen.

»Meinen Sie das?«, fragte er und zeigte mit dem Finger auf ein Objekt.

Zwischen zwei nicht ganz so schön gearbeiteten Jagdmessern lag etwas, das wie ihre Mordwaffe aussah. Nur war kein Blut an ihr. Sie blitzte vor Sauberkeit.

33.

Ein wenig befangen in ihrem tief ausgeschnittenen schwarzen Kleid, stieg Louise die Treppe hinunter. Sie ließ ihren Rucksack neben sich auf den Boden fallen und versuchte, April anzugrinsen.

»Super«, sagte April. »Langsam siehst du wieder wie du selbst aus.«

»Ich sehe auch im Bademantel wie ich selbst aus«, konterte Louise.

»Nein, im Bademantel sind wir alle Schlampen«, widersprach ihr April. »Das … das ist die starke, witzige Person mit der großen Klappe, die ich kenne. Das ist meine Louise.«

»Ich fühle mich aber nicht stark«, sagte Louise und verzog das Gesicht. »Sorry. Wie ich mich anhöre … triefend vor Selbstmitleid.«

»Genau deshalb muss ich dich unbedingt auf andere Gedanken bringen.« April bedachte sie mit einem verschlagenen Grinsen. »Ein Tapetenwechsel wird dir bestimmt guttun. Wir buchen dir eine Massage und genehmigen uns unverschämt früh ein paar Cocktails. Und dann wird gefeiert. Okay?«

»Hört sich jedenfalls gut an«, stimmte ihr Louise zu.

»Es kann also losgehen?«

»Ja, ich …« Louise hielt inne. Eigentlich wollte sie April diese Frage nicht stellen. Sie wollte den Zauber des Moments nicht zerstören. »Da ist nur etwas, das ich unbedingt wissen möchte.« Die möglichen Konsequenzen ließen sie zögern, doch dann fasste sie sich ein Herz. »Als wir letzten Sommer im Blue Underground waren und ich mir eingebildet habe, Niall gesehen zu haben. Da … da war er doch tatsächlich da, oder nicht? Ich war ganz sicher, dass er es war.«

April verzog das Gesicht. »Äh. Ich … Sorry.« Sie bedachte Louise mit einem skeptischen, leicht amüsierten Blick. »Das war das erste Mal, dass ich ihn zusammen mit Dina gesehen habe. Ich wusste nicht, ob ich es dir sagen sollte. Ich war … Ich war so unglaublich wütend auf ihn, dass ich einfach losgestürmt bin, aber als ich sie dann erreicht habe, haben sie nicht rumgeknutscht oder sonst was. Ich habe nur gehört, wie sie über Geld gesprochen haben. Dina hat sich sofort verdrückt, als sie mich gesehen hat, und Niall hat mich angefleht, dir nichts davon zu erzählen. Er meinte, Dina habe ihm lediglich einen Job angeboten, mehr nicht. Und das war auch, worüber ich sie reden gehört habe.« April seufzte. »Ich habe ihn angezischt, auf der Stelle zu verschwinden, und ihm unmissverständlich klargemacht, dass ich ihn sehr genau im Auge behalten würde. Ich habe mich richtig mies gefühlt, dir was vorzumachen, aber es sah wirklich mehr nach einer geschäftlichen Besprechung aus als nach einem Date. Verstehst du?«

Louise musterte ihre Freundin kurz, dann sagte sie: »Du hast ihm grundsätzlich weiter vertraut?«

»Ja.« April nickte. »Ich habe Niall von Anfang an für einen anständigen Kerl gehalten. Als wir uns zum ersten Mal begegnet sind, drüben in Dallas, dachte er, ich würde in Schwierigkeiten stecken. Er hat sofort versucht, mir zu helfen, ohne jeden Hintergedanken. Er hat nicht versucht, mit mir zu flirten oder mich anzubaggern, wie es vermutlich jeder andere Typ getan hätte. Er hat einfach … einen Menschen in mir gesehen, der in Schwierigkeiten steckt.« Sie lächelte zaghaft. »Natürlich war das Quatsch. Ich habe keine Hilfe gebraucht. Aber es hat ihn mir sympathisch gemacht. Und es hat mir auch immer gefallen, wie er dir zu helfen versucht hat.«

Jetzt war es an Louise zu seufzen. »Vermutlich hat er das wirklich. Bis zu einem gewissen Punkt. Deshalb … als du mir am Freitag erzählt hast, dass du sie zusammen gesehen hast …«

»Klar. Wie gesagt, ich habe sie noch mal gesehen«, antwortete April. »Sie hat sich ganz schön an ihn rangeschmissen. Was da in der Pharmaindustrie auch gerade hinter den Kulissen gelaufen sein mag, er hat es sichtlich genossen. Ich war total hin- und hergerissen und wusste nicht, ob ich es dir erzählen sollte. Ich hielt es für das Beste, ihn bloß zu warnen und abzuwarten, wie er sich im Weiteren verhalten würde. Und dann hast du mir erzählt, dass du heimlich schwanger werden wolltest …«

Louise spürte, wie sie einen roten Kopf bekam. »Mein Gott, ich weiß wirklich nicht, was ich mir dabei gedacht habe.«

»Du hast gedacht, dass du so dein Leben in den Griff bekommen könntest«, bemerkte April achselzuckend. »Und wenn dich Niall nicht belogen hätte, hätte es vielleicht sogar geklappt.«

Louise schüttelte beschämt den Kopf. »Ein Kind hätte unsere verkorkste Ehe bestimmt nicht kitten können. Dafür ist es schon seit Jahren zu spät.«

April schloss sie in die Arme. »Meine arme Kleine. Du wirst bestimmt einen richtig netten Typen finden. Einen, der weiß, dass du eine Supermutter sein wirst, und der keine bescheuerte Ex-Frau hat, die weiter im Hintergrund die Fäden zu ziehen versucht, statt einfach von der Bildfläche zu verschwinden.«

Louise wusste nicht, ob sie lachen oder weinen sollte. Um das Pendel in Richtung Lachen ausschlagen zu, holte sie tief Luft und sagte: »Danke, April. Für alles.«

»Aber klar doch«, sagte April mit einem Halblächeln. »Sollen wir?«

»Ja«, sagte Louise. »Lass uns los.«

34.

Step Conti war die Ruhe in Person. Obwohl er in seinem niedrigen Sessel gewissermaßen festsaß und der DCI mit seinen zwei uniformierten Constables im Rücken voll auf Angriff gebürstet war, ließ er sich nicht aus der Fassung bringen. Hanson fragte sich beiläufig, ob sich wohl auch Ben so verhielte, wenn er verhört würde.

Conti erklärte, dass er immer nur dieses eine Exemplar des Messers besessen habe. Außerdem hatte er niemandem gesagt, woher er es habe.

»Das hätte ich auch gar nicht gekonnt, weil ich es selbst nicht wusste«, erklärte er. »Alex hat mir nur erzählt, dass es aus Polen war, und weiter bin ich der Sache nicht nachgegangen. Mir genügt vollauf, dass es sehr schön ist. Da brauche ich über seine Herkunft nichts zu wissen.«

Hanson war nicht sicher, ob sie ihm das abnehmen sollte. So unwahrscheinlich es auch sein mochte, dass jemand ein zweites Exemplar eines so außergewöhnlichen Messers kaufte, um damit jemanden zu töten, war es nicht gänzlich auszuschließen.

Die Gedanken des DCI schienen in ähnlichen Bahnen zu verlaufen, als er mit der Vernehmung fortfuhr und plötzlich eine andere Richtung einschlug.

»Was mich interessieren würde«, sagte er. »Waren Ihre Gefühle für Alex Plaskitt mehr als rein freundschaftlicher Natur?«

An diesem Punkt zeigte Conti endlich eine Reaktion.

»Mehr als rein freundschaftlicher … Ich bin doch nicht … nein, natürlich nicht.« Er rutschte auf dem Sessel herum und schaute von Hanson zu Jonah und wieder zurück. »Ich stand noch nie auf Männer, und der einzige Mensch, dessentwegen ich eifersüchtig werden könnte, ist gerade in der Küche.«

»Warum waren Sie dann so aufgebracht, als er im Blue Underground eine Frau geküsst hat?«

Conti schüttelte den Kopf. »Weil er für etwas Dummes und Bedeutungsloses alles aufs Spiel gesetzt hat. Ich war deshalb so wütend, weil ich genau weiß, wie viel Issa ihm bedeutet. Er hat nämlich früher schon mal Mist gebaut, und das war für beide ganz furchtbar. Alex hatte das Gefühl … Sie hätten sehen sollen, wie es ihm damals zugesetzt hat, dass er Issa betrogen hat …«

»Sie waren sozusagen sein Gewissen«, sagte der DCI skeptisch. »Warum traut Ihnen dann Mr Benhawy nicht über den Weg?«

Hanson rechnete mit einer frustrierten Reaktion Contis, aber der lächelte nur überdrüssig. »Issa glaubt, ich hätte Alex das letzte Mal dazu ermutigt oder sogar aktiv verkuppelt. Die beiden haben sich nämlich durch mich kennengelernt. Alex und Sarah. Ich hätte mir nie gedacht, dass mehr daraus werden könnte. Ich kenne sie von der Arbeit, und sie hat mir erzählt, dass sie mit ihrem Gewicht und ihrer Gesamtkonstitution zutiefst unglücklich sei.« Er veränderte wieder seine Haltung, beugte sich vor und stützte die Arme auf die Knie. »Falls Issa glaubt, dass es zu Alex' Seitensprüngen nur meinetwegen gekommen ist, bin ich in gewisser Hinsicht sogar froh. Alex hatte hin und wieder kurze Phasen, in denen er sich wünschte, sich in eine Frau zu verlieben. Aber in seinem tiefsten Innern weiß … wusste er ganz genau, dass es ihm nicht wirklich etwas bedeutet hätte, von seiner Familie akzeptiert zu werden, und dass er nur mit Issa zusammenleben wollte.«

»Dann waren Sie also nicht eifersüchtig, als er sich auf jemand anderen eingelassen hat?«, fragte Hanson.

»Nein.« Inzwischen hatte sich Conti wieder voll im Griff. »Alex war der beste Freund, den man sich vorstellen kann, und er fehlt mir mehr, als ich beschreiben kann. Aber ich habe ihn nie, niemals als etwas anderes betrachtet.«

Conti fragte, ob sie sich den Zeitpunkt seiner Heimkehr am Freitagabend von seiner Frau hätten bestätigen lassen, was Lightman bereits bei einer früheren Gelegenheit getan hatte. Darauf bat der DCI Hanson, Contis Frau diese Frage noch einmal zu stellen, weshalb sie die beiden Männer allein im Wohnzimmer zurückließ und sich auf die Suche nach ihr machte.

Karen Conti war gerade dabei, mit den Kindern Kekse zu backen, doch die schienen mehr daran interessiert, die Deko-Smarties aus der Packung zu naschen. Sie antwortete Hanson über die Schulter hinweg, schien aber beunruhigt über die Frage. Doch sie blieb bei ihrer Aussage, dass ihr Mann gegen halb eins nach Hause gekommen war.

Das alles bedeutete, dass es keinen berechtigten Grund gab, Conti auf die Polizeistation mitzunehmen. Angesichts der Tatsache, dass sein offensichtlich unbenutztes Messer hier war und dass sie wenig mehr gegen ihn vorzubringen hatten als April Dumonts Beobachtung, waren ihnen die Hände gebunden.

Auch die anderen Mitglieder von Contis und Plaskitts Clique wussten von der Waffe, dachte Hanson. Deshalb mussten sie erst einmal ihnen auf den Zahn fühlen.

Sobald sie wieder im Büro waren, öffnete Hanson den Datenspeicher von Plaskitts Handy. Laut Contis Aussage hatte er das Messer am 19. bekommen, weshalb sie die Suche auf den Zeitraum zwischen den 10. und 19. Januar begrenzte.

Sie bekam mit halbem Ohr mit, wie Lightman dem DCI berichtete: »Ein Mitarbeiter des Blue Underground, mit dem ich gesprochen habe, hat gesagt, dass Issa Benhawy am Freitag im Club war und nach Plaskitt gesucht hat.«

Das ließ Hanson aufhorchen. Sie hatte schon eine ganze Weile nicht mehr an Plaskitts Mann gedacht. Er passte so gar nicht ins Bild eines brutalen Mörders: ein Pazifist, dem jede Art von Gewalt zuwider war. Sogar so sehr, dass ihm sein Ehemann verheimlicht hatte, dass er für Conti ein Messer gekauft hatte.

Ihr war jedoch bewusst, dass sein Pazifismus auch vorgetäuscht sein konnte. Vielleicht glaubte er nur so lange an Gewaltlosigkeit, als eine bestimmte Grenze nicht überschritten wurde, und allem Anschein nach hatte sich Alex Plaskitt am Freitagabend einiges geleistet, was seinem Ehemann gewaltig gegen den Strich gegangen sein musste.

»Außerdem hat sich Benhawy lange in der Saints Close herumgetrieben«, sagte der Chef. »O'Malley hat ihn auch heute Morgen wieder dort gesehen, bis ihn April Dumont vertrieben hat.«

»Haben wir sein Kennzeichen schon in die ANPR eingegeben?«, fragte Hanson.

»Ja, haben wir«, sagte Lightman. »Am Freitagabend wurde sein Wagen nirgendwo gesichtet, aber ich werde auch Plaskitts noch überprüfen lassen. Zu dem hatte er nämlich auch Zugang.«

Nach einer kurzen Pause sagte der DCI: »Okay. Wir sollten uns ihn noch einmal vornehmen. Es könnte für sein seltsames Verhalten auch andere Gründe geben als die Trauer um seinen verstorbenen Mann.«

Hanson nickte und wandte sich mit einem neuen Gefühl von Dringlichkeit wieder ihrer bisherigen Tätigkeit zu. Wenn Plaskitt seinen Freunden eine Nachricht über das Messer geschickt hatte, bevor sie es Conti geschenkt hatten, könnte Benhawy davon gewusst haben. Vor allem, wenn er, eifersüchtiger Ehemann, der er war, Plaskitts Handy daraufhin ausspioniert hatte, ob er ihn wieder betrog.

Zur fraglichen Zeit waren auf Plaskitts Smartphone dreizehn WhatsApp-Chats. Er hatte das Handy also ausgiebig genutzt.

Einige der Unterhaltungen konnte sie sofort ausschließen. Bei einer mit Benhawy zögerte Hanson kurz, ging dann aber zur nächsten weiter. Plaskitt hätte seinem Ehemann wohl kaum ein Foto eines Messers geschickt, das er vor ihm geheim halten wollte. Das ergab keinen Sinn.

Und dann stieß sie am Zwölften auf einen Gruppenchat mit einem Marc und einem Chez. Ihr Puls begann schneller zu gehen, als sie die Nachrichten öffnete.

Es waren nur wenige. Die erste war von Plaskitt an den Rest der Gruppe und lautete:

> Seht euch dieses polnische Prachtstück an! Freue mich schon auf Samstag.

Unter dem Text wies ein Icon darauf hin, dass der Nachricht ein Bild angehängt war. Hanson klickte darauf und seufzte, als auf dem Display eine Großaufnahme eines Messers erschien, das genauso aussah wie ihre Mordwaffe.

In perfektem Timing begann das Telefon auf ihrem Schreibtisch genau in dem Moment zu läuten, als sie gerade dem Chef davon erzählen wollte.

Sie gab sich große Mühe, nicht gereizt zu klingen, als sie dranging. »DC Hanson.«

»Hi«, hörte sie eine Frauenstimme sagen. »Hier … hier Phoebe Plaskitt. Ich hoffe, ich störe nicht … Da ist etwas, was ich Ihnen unbedingt mitteilen muss.«

Das Zittern in Phoebe Plaskitts Stimme zeugte von einigem Stress, und Hansons Ärger verflog.

»Nein, nein, ganz im Gegenteil. Alles, was Sie uns zu sagen haben, könnte hilfreich sein.« Sie zog ihren Notizblock zu sich heran.

»Ich habe mir immer alle Videos von Alex angeschaut«, begann Phoebe Plaskitt. »Die Trolle wurden zu einer regelrechten Manie für mich. Einige von ihnen sind Wiederholungstäter, und was sie von sich geben, ist richtig widerlich. Einer von ihnen ist aufgetaucht, kurz bevor ich diesen Streit mit Issa hatte, weil er wollte, dass Alex ganz damit aufhört, Videos ins Netz zu stellen. Der Benutzername ist total lächerlich, aber … aber ich habe die Posts in diesem Account zurückverfolgt. Allerdings war vor den Trolleinträgen so gut wie nichts drauf, obwohl es den Account schon eine ganze Weile gab.« Fast hörte es sich an, als ränge sie um Atem. »Dabei fiel mir auf, dass die Kommentare, die diese Person drei Jahre zuvor geschrieben hatte, als der Account eröffnet wurde, völlig anders waren. Ein paar sympathische Kommentare zu allen möglichen Songs. Weil sich einer davon auf die Musik eines Freunds von mir bezog, konnte ich mich sogar an ihn erinnern. Aber damals war der Benutzername noch ein anderer.«

»Wissen Sie denn, von wem dieser Kommentar war?«, fragte Hanson.

»Ja. Weil er eine Band betraf, die ich Issa empfohlen hatte.« Sie stieß ein eigenartiges gepresstes Lachen hervor. »Der Kommentar damals war von Issa. Der Troll war er.«

Nachdem Hanson das Telefonat mit Phoebe Plaskitt beendet hatte, passierten kurz hintereinander zwei Dinge. Zuerst fand Lightman Plaskitts Wagen in der APNR-Datenbank. Er war Freitagnacht um 1:03 Uhr auf der London Road unterwegs gewesen und um 1:37 Uhr am Asylum Green vorbeigekommen. Auf diese Mitteilung reagierte der DCI nachdenklich und auch ein wenig besorgt, wie Hanson fand.

Bevor sich der Chef jedoch dazu äußern konnte, läutete sein Telefon. Er legte den Anruf auf die Freisprechanlage, bevor er sagte: »Irgendwas Neues, Domnall?«

»Leider ja«, kam O'Malleys blecherne Stimme aus dem Lautsprecher. »April Dumont hat es geschafft, Louise Reakes unbemerkt aus dem Haus zu schmuggeln. Sie ist vor gut zehn Minuten an mir vorbeigefahren, und ich bin sicher, Louise Reakes ist nicht mehr im Haus. Ich könnte versuchen, ihnen zu folgen, habe aber keine Ahnung, wohin sie unterwegs sein könnten.«

»Ich werde Hensleys Leute darauf ansetzen«, sagte der DCI und legte auf. Auf dem Weg zurück in sein Büro rief er: »Versuchen Sie auch, Issa Benhawy zu erreichen und herauszubekommen, wo er gerade ist.«

Hanson griff bereits zu ihrem Handy, als sie nickte. Sie konnte Lightmans Blicke auf sich ruhen spüren, als sie die Nummer wählte und es achtmal anläuten ließ, bevor sich der Anrufbeantworter einschaltete.

»Er geht nicht dran«, sagte sie.

Schließlich wurde Benhawy von Chief Inspector Yvonne Heerdens Team geortet. Sie brauchten acht Minuten, um ihn auf einer Verkehrsüberwachungskamera an der Anschlussstelle zur M27 in Richtung Osten zu entdecken. Zwei Minuten später, Jonah und Lightman gingen gerade zu ihrem Mondeo, rief Heerden an, um ihnen mitzuteilen, dass sie auf derselben Straße ein Stück vor Benhawy April Dumonts Wagen ausgemacht hatten.

»Sie fahren in Richtung Portsmouth«, sagte sie. »Und sie haben auf den Überwachungsvideos etwa fünfzehn Sekunden Abstand voneinander. Sieht ganz nach einer Verfolgungsjagd aus.«

Sobald sie aufgelegt hatte, rief Jonah O'Malley an, der bereits auf der richtigen Seite der Stadt war. »Fahren Sie ihnen nach, wenn es irgendwie geht.«

»Danke, Chef«, sagte O'Malley. »Ich bin sicher, dass ich sie einhole. Lotus hin oder her.«

»Wir dürften nicht allzu weit hinter Ihnen sein«, sagte Jonah. »Wir fahren gerade los.«

»Haben Sie schon irgendwelche Ideen, was Benhawy vorhaben könnte?«, fragte ihn Lightman, nachdem er das Gespräch beendet hatte.

»Jede Menge«, sagte Jonah finster. »Und keine davon gefällt mir.«

»Geschafft.« April Dumont beugte sich durch die Fahrertür, um nach ihrer Wildlederhandtasche zu greifen. Das ganze Auto roch nach Benzin, ein Geruch, den Louise immer gemocht hatte. »Brauchst du was aus dem Shop?«

»Wodka vielleicht?«, sagte Louise.

»Aber klar doch!« April zog den Kopf aus dem Wagen und richtete sich auf. Sie warf die Tür so heftig zu, dass Louise die Ohren dröhnten. Aus irgendeinem Grund schien April nicht in der Lage zu sein, eine Tür leise zu schließen.

Unendlich erleichtert, April wieder trauen zu können, sah Louise ihrer Freundin nach, wie sie auf den Tankstellenshop zusteuerte. Was ihr April über diesen seltsamen Moment im Club erzählt hatte, war sehr überzeugend gewesen, nicht zuletzt deshalb, weil sich April ihr gegenüber bisher immer absolut loyal verhalten hatte. Anders als auf Niall hatte sich Louise immer hundert Prozent auf sie verlassen können.

Auf dem Weg zum Shop kam April an einem jungen Kerl vorbei, der höchstens Mitte zwanzig war, ihr aber mit unverhohlener Bewunderung hinterherschaute. Der April-Effekt.

Louise lächelte. Und gähnte. Allmählich machte sich ihre Müdigkeit bemerkbar. Wahrscheinlich ließ die Wirkung des Adrenalins nach. Es gab keinen Grund mehr, auf Hochtouren zu laufen. Sie hatten die Stadt verlassen. Und sie war in Begleitung ihrer besten Freundin.

Sie ließ ihren Sitz weiter nach hinten und versuchte, es sich bequem zu machen. Sie hatte das Gefühl, endlich schlafen zu können. Ihr waren schon halb die Augen zugefallen, als sie träge in den Rückspiegel schaute und sah, wie ein alter Ford Fiesta auf die Tankstelle fuhr und sich in eine der Schlangen vor den Zapfsäulen einreihte. Gerade bevor er hinter einem riesigen Qashqai verschwand, erhaschte sie einen kurzen Blick auf das Gesicht des Fahrers. Selbst in ihrem Halbdämmer kam er ihr vage bekannt vor.

Issa, wurde ihr schlagartig bewusst, und sie schoss abrupt hoch. Was machte Alex Plaskitts Mann hier?

Doch dann fiel ihr ein, dass sie im Club mit Alex geflirtet hatte. Dass sie ihn aller Wahrscheinlichkeit nach zu sich nach Hause mitgenommen hatte. Und dass sie schuld an seinem Tod war.

Sie drehte sich um und sah Benhawy aussteigen. Irgendetwas an seinem Gesichtsausdruck verhieß nichts Gutes. Da war mehr als tiefe Trauer. Außerdem hatte er unter seiner Jacke etwas versteckt. Etwas Sperriges.

Ihre Schläfrigkeit verflog. Schlagartig.

Sie schnallte sich hastig ab, öffnete die Tür und kämpfte sich aus dem niedrigen Sportwagen. Dann rannte sie im Sichtschutz des SUV um den Lotus herum und hastete geduckt auf den Tankstellenshop zu. Sie stand derart unter Hochspannung, dass sie kaum Notiz nahm von einer Frau, die gerade mit einem kleinen Mädchen an der Hand nach draußen kam und sie verwundert anstarrte.

»Hey!«

Issas Stimme. Er hatte sie gesehen.

Sie richtete sich auf und rannte weiter auf den Eingang des Shops zu. Dabei bemerkte sie das Auto, das von einer der Zapfsäulen losfuhr, erst, als sie schon direkt davor war. Sie hielt erschrocken die Luft an, aber es bremste gerade noch rechtzeitig, und sie lief sofort weiter. Als sie endlich die automatische Eingangstür erreichte, kam es ihr wie eine Ewigkeit vor, bis sie endlich aufging. Doch dann war sie im Shop, wo auch April war. Die starke verlässliche April, die bestimmt verhindern würde, was immer Alex' Ehemann auch vorhaben mochte.

Es waren jedoch nur zwei Kunden im Shop. Und keiner von ihnen war April.

35.

»Wir nähern uns jetzt Anschlussstelle acht«, gab Jonah an O'Malley durch.

»Ich bin schon an Ausfahrt neun vorbei«, antwortete O'Malley. »Habe aber noch keinen von den beiden gesehen. Sind sie immer noch auf der M27?«

»Ich frage mal bei Yvonnes Team nach.« Jonah legte auf und hörte das Telefon viermal läuten. »Jetzt geh endlich dran«, murmelte er.

Und dann meldete sich Yvonne Heerden und berichtete, dass die zwei Fahrzeuge in dreißig Sekunden Abstand Ausfahrt neun passiert hatten. »Vor acht Minuten waren sie noch auf der M27, aber seitdem haben wir nichts mehr von ihnen gesehen.«

Die Toilette. April musste in der Toilette sein. Dort ließen sich die Türen abschließen. Notfalls konnten sie sich dort verstecken.

Louise sah im linken hinteren Ende des Shops eine offene Tür und rannte darauf zu. Fast stolperte sie über einen Eimer mit einem Mopp darin, mit dem sie offen gehalten wurde.

Sie war so auf Flucht gepolt, so darauf fixiert, immer weiterzurennen, dass sie nicht gleich merkte, dass hier gar keine Toilette war. Sie musste hinter einer anderen Tür sein. Hier waren nur eine kleine Teeküche und eine Kammer, vor der Schachteln mit Backwaren gestapelt waren.

Kein Mensch zu sehen. Und nichts, wo sie sich hätte einschließen können.

Ihr Puls raste.

Scheiße. Was mache ich jetzt bloß?

Ein Stück vor ihr war ein Ausgang. Eine massive graue Tür mit einem hellgrünen Hebel. Ohne zu zögern, stürzte sie darauf zu und riss sie auf. Es war, als entkäme sie aus einer Art Hölle, als sie in den hellen Sonnenschein hinaustrat.

Sie schloss die Tür, so leise sie konnte, und ging nach rechts, an der fensterlosen Rückseite des Tankstellengebäudes entlang. Und was nun?

Jetzt musste sie vor allem kühlen Kopf bewahren und April finden. Sie rang um Atem.

Doch bei dem Gedanken, an den Mülltonnen vorbei wieder nach vorn zu gehen, hatte sie plötzlich das Bild Issa Benhawys vor Augen, wie er wutentbrannt auf sie zustürzte. Sie bekam weiche Knie und musste sich mit dem Rücken an die Wand lehnen, um nicht zu fallen.

O'Malley fuhr langsamer, als er sich der Einfahrt der Tankstelle näherte, und hielt darauf nach Dumonts und Benhawys Autos Ausschau. Er war schon fast daran vorbei, als er das Heck von April Dumonts Lotus entdeckte. Er sah den flachen Sportwagen nur deshalb, weil das große Fahrzeug, das direkt dahinter gestanden hatte, gerade von der Zapfsäule wegfuhr.

Selbst auf die Gefahr hin, von seinem Hintermann gerammt zu werden, stieg er voll auf die Bremse und geriet heftig ins Schleudern, als er das Lenkrad herumriss. Kurz stand auf der Kippe, ob der Astra dieses waghalsige Manöver unbeschadet überstehen würde, doch er fing sich gerade noch rechtzeitig und schoss auf das Tankstellengelände. O'Malley trat noch fester auf die Bremse und schaffte es, den Wagen halbwegs kontrolliert auf den Bereich mit den Zapfsäulen zuzusteuern.

Schwer atmend fuhr er an der Schlange der wartenden Autos vorbei und stellte den Astra an der Servicestation für Luft und Münzsauger ab. Ein kurzer Blick genügte, um zu sehen, dass im Lotus niemand saß. Er versuchte, sich zu erinnern, was für ein Auto Alex

Plaskitt gehabt hatte. Und mit welchem Issa Benhawy jetzt vielleicht unterwegs war.

Sein Blick fiel auf den Fiesta, der zwei Plätze hinter dem Lotus stand. Obwohl es der Fahrer noch nicht bis zu einer Zapfsäule geschafft hatte, war auch er nicht besetzt.

O'Malley tastete kurz nach dem Schlagstock an seinem Gürtel, bevor er auf den Shop zutrabte.

Das Scheppern und Quietschen der aufgehenden Stahltür war eins der beängstigendsten Geräusche, die Louise jemals gehört hatte. Sie hätte nicht hierbleiben, sondern zur Vorderseite des Shops gehen sollen.

Als sie hörte, wie Benhawy mit ruhiger Stimme »Louise« sagte, bekam sie eine Gänsehaut. Sie überlegte fieberhaft. War das die Stimme, die sie Freitagnacht gehört hatte? Sie stieß sich von der Wand ab und wich taumelnd vor ihm zurück.

»Es tut mir furchtbar leid«, begann er.

Unwillkürlich blieb Louise stehen. Und drehte sich um. Er weinte schon wieder. Sie hatte ihn immer nur in Tränen aufgelöst zu Gesicht bekommen. Selbst dann, wenn er wütend auf sie gewesen war.

Er schob die Hand in seine Tasche, und sie versuchte, weiter vor ihm zurückzuweichen. Hatte er sich mit einem anderen Messer bewaffnet? Oder mit einer Pistole?

Aber als er seine Hand wieder herauszog, hielt er kein Messer darin, sondern eine Schatulle. Ein Kästchen aus dunklem Holz mit goldenen Intarsien.

»Das habe ich in Alex' Auto gefunden«, sagte er.

Er hielt ihr das Kästchen hin, aber sie wagte nicht, ihm näher zu kommen. Bestimmt war das nur ein Trick, um sie anzulocken und besser in seine Gewalt bringen zu können. Dann käme aus einer anderen Tasche das Messer, und er würde sie damit erstechen.

Als sie jedoch sah, mit was für einem flehentlichen Blick er ihr die Schatulle hinhielt, gab sie ihren Widerstand auf. Sie machte zwei Schritte auf ihn zu und streckte die Hand nach dem Kästchen aus.

Dann klappte sie den Deckel hoch, behielt aber Benhawy weiterhin im Auge.

Sie wurde nicht schlau aus dem, was sie in dem Kästchen sah. Es enthielt nur Haare. Einzelne Strähnen, alle dunkel. Zwei fast schwarz. Alle ordentlich aufgerollt und jeweils in eines der kleinen Fächer gelegt.

Unwillkürlich fasste sie sich an ihr eigenes Haar, und plötzlich wurde ihr alles klar.

»Sie müssen eine von vielen gewesen sein«, sagte Benhawy ruhig. »Wahrscheinlich waren Sie nur eine auf einer langen Liste. Es war nicht Ihre Schuld.«

Louise nahm einen tiefen, bebenden Atemzug. »Und ob es meine Schuld war. Ich war sauer. Und gekränkt. Und ich habe mit ihm geflirtet.« Ihr Blickfeld trübte sich, als ihr Tränen in die Augen traten. »Ich habe eine halbe Stunde an der Bar mit ihm gesessen. Keine Ahnung, vielleicht sogar eine Stunde. Und ich habe mir ein Glas nach dem anderen reingeschüttet und über alles gelacht, was er gesagt hat, und ich habe ihm meine Hand aufs Knie gelegt und ihm gesagt … Ich habe ihm gesagt, dass ich ihn gern mit nach Hause nehmen würde.« Aus ihrer Brust kam ein tiefes Schluchzen. »Dabei habe ich es gar nicht gemeint. Ich habe es nicht so gemeint.«

Benhawys Kiefer begannen zu mahlen, und kurz wirkte er wütend. Doch dann sagte er: »Ich glaube, er wäre Ihnen trotzdem gefolgt.«

Darauf trat tiefe Stille ein, die jedoch vom Verkehrsrauschen des Motorways übertönt wurde.

»Ich glaube, ich habe ihn umgebracht«, sagte sie schließlich bei der Erinnerung an das glitschige warme Blut an ihren Händen. Bei der Erinnerung an den seltsamen Laut, den er von sich gegeben hatte, fast ein Lachen, das jedoch sofort in ein Stöhnen umgeschlagen war. »Ich glaube, ich habe ihn umgebracht.«

Und zu ihrer tiefen Betrübnis und Beschämung und Erleichterung sagte Issa Benhawy: »Es ist okay.«

Die Hintertür des Shops flog so heftig auf, dass sie scheppernd gegen die Rückwand schlug, und ein rundlicher Polizeisergeant kam nach draußen gestürmt, dichtauf gefolgt von April, die so besorgt wirkte, dass es fast komisch war.

»Alles gut«, sagte Louise und streckte ihm ihre erhobene Hand entgegen. »Er wollte mir nur was zeigen.«

Dann schlang April die Arme um sie, und Louises Knie wurden weich. Sie rutschte aus Aprils Umarmung und landete auf dem Asphalt.

»Wir müssen unbedingt wissen, was am Freitagabend genau passiert ist«, sagte Jonah eineinhalb Stunden später zu Benhawy, als sie wieder in der Polizeistation waren. »Sie haben sich doch auf die Suche nach ihm gemacht?«

»Ja«, sagte Alex Plaskitts Mann. »Ich dachte, er könnte wieder fremdgehen. Als er am Freitag nicht auf meine Nachrichten geantwortet hat und ich ihn deshalb angerufen habe, ist eine Frau drangegangen. Deshalb bin ich los, um ihn zu suchen. Mein Wagen war zu weit weg geparkt, also habe ich seinen genommen. Ich hätte es Ihnen erzählen sollen … aber ich habe ihn nicht gefunden. Ich habe in der London Road nach ihm gesucht, aber ich habe ihn nirgendwo gesehen, auch nicht, als ich wieder nach Hause gefahren bin.« Er legte sehr vorsichtig die Hand auf die Tischkante. »Ich muss … ich muss ganz nah an ihnen vorbeigekommen sein, oder? Als er sie angegriffen hat.«

»Das ist durchaus möglich.« Jonah nickte. »Aber sie waren von der Straße nicht zu sehen.«

»Was glauben Sie?«, fragte Benhawy, den Blick auf seine Finger geheftet. »Wie ist er in ihr Haus gekommen? Ist er ihr gefolgt, als sie weggerannt ist?«

»Das wäre die naheliegendste Erklärung«, sagte Jonah. »Möglicherweise hat sich Ihr Mann mit Gewalt Zutritt zu ihrem Haus verschafft, nachdem sie ihn bei dem Versuch, sich von ihm loszureißen, schwer verletzt hat. Wir glauben, dass er schon vorher an ihren Führerschein gekommen sein muss. Deshalb wusste er auch, wo sie wohnt. Allerdings müsste er zu diesem Zeitpunkt schon enorm viel Blut verloren haben. Wir wissen nicht, was er genau vorhatte. Ob er sich rächen wollte oder … na ja, dazu ist es möglicherweise nie gekommen.«

Benhawy gab ein kurzes glucksendes Schluchzen von sich. »Es ist … Ich finde es einfach furchtbar, dass er … dass er sich einfach hingelegt hat und gestorben ist. Ganz allein. Und ich verstehe eigentlich nicht, wie ich jetzt solche Gefühle haben kann, wo ich doch weiß …«

»Selbst wenn ein Mensch etwas Schreckliches getan hat, ist es noch möglich, etwas für ihn zu empfinden«, sagte Jonah behutsam.

Benhawy schaute an die Decke und nickte.

»Haben Sie eine Ahnung, weshalb Alex Plaskitt die Haare dieser Frauen aufbewahrt haben könnte?«, fragte Jonah. »Hatte das einen bestimmten Grund?«

»Keine Ahnung. Höchstens, dass diese Frauen … sie sahen alle Alex' Mutter ein bisschen ähnlich.« Er rieb sich erst ein Auge, dann das andere. »Ich glaube, dass er sich von ihr mehr verraten gefühlt hat als von seinem Vater, als sie sich wegen seiner sexuellen Orientierung von ihm abgewandt hat. Vielleicht standen sie alle für seine Mutter. Oder vielleicht auch nur … für die Frauen, von denen er glaubte, dass er sie begehrenswert finden müsste. Aber ich weiß es nicht.«

Ein paar Sekunden legte sich tiefe Stille über das Vernehmungszimmer, bis O'Malley mit weicher Stimme fragte: »Warum haben Sie Ihren Mann getrollt?«

Benhawys leerer Gesichtsausdruck veränderte sich. Kurz schien es, als hasste er sich selbst.

»Ich wollte, dass er die Gefahr ernst nimmt«, antwortete er ruhig.

»Ich hatte furchtbare Angst, dass ihm etwas zustößt. Auch um mich hatte ich Angst, aber derjenige, der im Rampenlicht stand, war natürlich er. Er … er hatte schon mehrere Fernsehauftritte gehabt, und er war als Fitnessberater einer Lifestylesendung im Gespräch. Ich betrachtete all das als potenzielle Gefahr.« Benhawy sah Jonah lange mit feucht glänzenden Augen an. »Ich weiß, dass das furchtbar von mir war. Zumal es seinen Zweck auch nicht erfüllt hat. Wahrscheinlich war er wesentlich taffer als ich. Oder vielleicht wusste er auch nur, dass er in der Lage war … anderen wehzutun.«

Jonah nickte und sagte: »Wir müssen Alex' Wagen ein paar Tage einbehalten.« Als Benhawy nicht protestierte, fuhr er fort: »Außerdem wären wir bei ein paar Daten in Alex' Tagebuch auf Ihre Unterstützung angewiesen. Das würde uns die Suche nach den Frauen, deren Haare er mit sich herumtrug, enorm erleichtern.«

»Wir haben ein gemeinsames Tagebuch auf unseren Handys. Sie können … Können Sie es auf dem von Alex einsehen?«

Jonah sah O'Malley an, der sagte: »Ja, das müsste gehen. Danke.«

Darauf wurde es wieder still, und schließlich sagte Benhawy: »Glauben Sie, er hat … einer von ihnen … was angetan?«

Jonah überlegte. War Alex Plaskitt ein Mörder? Das war etwas, was auch er gern gewusst hätte. Er konnte nur antworten: »Das müssen wir noch herausfinden.«

Hanson fühlte sich ausgelaugt. So ausgelaugt, wie sie kurz vor der Lösung eines Falls noch nie gewesen war.

Was Alex Plaskitt anging, hatte sie sich getäuscht. Gründlich. Er war keineswegs der nette, freundliche Nachbar. Er war ein Monster. Ein Mann, der Frauen nachgestellt und sie missbraucht hatte. Aus dem perversen Bedürfnis heraus, sich an seiner Mutter zu rächen? Und der dann Trophäen von ihnen in seinem Auto aufbewahrt hatte. Erinnerungen an seine Triumphe.

Ihre und Lightmans Aufgabe bestand jetzt darin, diese Frauen zu finden. Frauen, die er schon vor Louise Reakes angegriffen hatte.

Auch das war deprimierend. Fall um Fall daraufhin abklopfen zu müssen, ob die betroffenen Frauen Opfer von Alex Plaskitt geworden waren.

Sie hatte nicht lange gebraucht, um einen zu finden, zu dem dieses Tatmuster zu passen schien. Erst vor etwas mehr als einem Jahr war eine blutüberströmte Studentin namens Gianetta Jilani in Portsmouth halb tot aufgefunden worden. Die einzige Erinnerung, die sie an den Angriff hatte, bezog sich auf ein Messer.

Der Überfall auf Louise war an Step Contis Geburtstag erfolgt, sechs Tage, nachdem Alex Plaskitt in der WhatsApp-Gruppe ein Foto gepostet hatte. Sechs Tage, nachdem er das Messer als eine polnische Schönheit bezeichnet hatte.

36.

Der unvermeidliche Arbeitsaufwand, der kurz vor Abschluss eines Ermittlungsverfahrens anfiel, fesselte das Team bis weit in die Nacht hinein an ihre Schreibtische. O'Malley und der DCI saßen mindestens eine Stunde lang mit DCS Wilkinson zusammen, um die Vor- und Nachteile einer Anklageerhebung gegen Louise Reakes zu besprechen. Lightman schrieb währenddessen einen vorläufigen Bericht, der als Grundlage für die Pressemeldung diente, die am nächsten Tag veröffentlicht werden sollte. Hanson stellte eine Liste aller Angriffe, Vergewaltigungen und Morde zusammen, die in Southampton und allen größeren Städten in einem Umkreis von mehreren Hundert Kilometern verübt worden waren, und verglich sie mit den Angaben in Alex Plaskitts Tagebuch und Textnachrichten.

Der Angriff auf Gianetta Jilani ging mit hoher Wahrscheinlichkeit auf sein Konto. Der Datenbank zufolge war die Studentin ursprünglich im *Rain* in Portsmouth gewesen, und wie sich herausstellte, hatte sich Alex Plaskitts Clique per WhatsApp kurz davor im selben Club verabredet.

Auch auf ein paar andere mögliche Übereinstimmungen stieß Hanson. Besonders von einer hoffte sie, dass sie sich möglichst nicht mit Alex Plaskitt in Verbindung bringen ließe. Laura Stevenson, eine 34-jährige Londonerin, war im Mai in einer Bar in Camden Town zum letzten Mal gesehen worden. Vier Tage später war ihre Leiche in einem Kanal aufgetaucht. Jemand hatte ihr zweimal in den Rücken gestochen.

Wie Louise Reakes hatte sie langes, dunkles Haar gehabt. Wie

Alex Plaskitts Mutter. Und wie alle anderen Haarsträhnen, die in der Schatulle gewesen waren. Bei einer Blutanalyse waren Spuren von Viagra festgestellt worden.

Wie sich herausstellte, war Alex Plaskitt am fraglichen Tag in London gewesen. Alles passte.

Hanson schickte McCullough eine Zusammenfassung ihres Berichts und fragte, ob sie den Obduktionsbefund einsehen könnte. Sie müssten wissen, ob die Waffe, mit der Laura Stevenson getötet worden war, dieselbe war, mit der auch Plaskitt erstochen wurde.

Was das Messer betraf, vermuteten sie, dass sich Plaskitt ein zweites Exemplar an eine andere Adresse hatte schicken lassen. Sie waren zuversichtlich, ihn mit einem solchen zweiten Messer in Verbindung bringen zu können, selbst wenn das hieß, dass sie zu diesem Zweck den Hersteller in Polen aufsuchen müssten.

Um Viertel nach neun gab der DCI bekannt, dass er mit dem Crown Prosecution Service gesprochen hatte. Der CPS war nicht begeistert, gegen Louise Reakes Anklage wegen Mordes oder Totschlags erheben zu müssen. Die Beweislage schien einfach zu dünn. Aber noch blieben ihnen für die endgültige Entscheidung zwei Tage Zeit.

»Was sie getan hat, war auf jeden Fall höchst raffiniert«, sagte Hanson zu den anderen. »Trotzdem hoffe ich, sie lassen die Sache auf sich beruhen.«

»Das ist doch wohl nicht deine persönliche Meinung«, sagte O'Malley mit einem breiten Grinsen. »Sie stünde nämlich in krassem Widerspruch zum Buchstaben des Gesetzes.«

»So etwas würdest du mir doch nicht ernsthaft zutrauen«, entgegnete Hanson trocken.

»Dann wird es wohl langsam Zeit, für heute Schluss zu machen«, sagte der DCI. »Wir sehen uns morgen früh wieder.«

Es ergab sich, dass Hanson die Station mit Lightman verließ. Auf dem Weg die Treppe hinunter fragte er sie, wie es ihr ging.

»Ganz okay«, antwortete sie achselzuckend. »Ein bisschen enttäuscht bin ich schon über den Ausgang des Ganzen, aber auch nicht mehr so sauer auf Damian und seine blöden Spielchen. Mit jemandem darüber reden zu können, hat mir sehr geholfen. Deshalb vielen Dank.«

Lightman nickte. »Wir sollten uns mal zusammensetzen und uns Gedanken machen, wie du wegen deines Ex am besten weiter vorgehst. Gern schon morgen oder am Mittwoch.«

»Gute Idee«, sagte sie und hielt ihm die Tür auf. »Danke.«

Auf dem Parkplatz blieb Lightman unvermittelt stehen. »Er, ähm … Er war übrigens hier, als wir von der Tankstelle zurückgekommen sind. Damian. Er hat sich hier draußen rumgetrieben. Wahrscheinlich, um dir einen Schreck einzujagen.«

»Scheiße, echt?« Hanson schauderte, eine Reaktion, auf die sie nicht stolz war. Und dann fragte sie: »Bist du sicher, dass er es war?«

»Ja, ich habe mich gestern über ihn kundig gemacht«, sagte Lightman mit dem Anflug eines Lächelns. »Ich habe den *ganzen* Schmutz über ihn ausgegraben.«

Hanson lachte schockiert. »Dafür hast du doch hoffentlich nicht die Polizeidatenbank benutzt?«

»Bisher nicht«, sagte Lightman. »Aber ich habe es fest vor, wenn er uns Anlass für weitere Ermittlungen gibt.«

Hanson blickte sich um und versuchte, die eisigen Schauder zu ignorieren, die ihr den Rücken hinauf- und hinunterliefen. »Ich hoffe, ihm ist inzwischen die Lust vergangen, und er hat sich vom Acker gemacht.«

»Nun, das hat er wohl getan, nachdem ich ein ernstes Wörtchen mit ihm geredet habe.« Lightman vermied es bewusst, sie anzusehen.

»*Was?*« Hanson merkte sofort, dass das etwas scharf herausgekommen war, und schnitt ein Gesicht. »Sorry, aber … Was hast du gerade gesagt?«

»Ich habe ihn mit Damian angesprochen, und als er auf den Namen reagiert hat, habe ich ihn gefragt, ob er mit nach drinnen kommen und mit uns reden wolle. Wenn nicht, solle er sich schleunigst verpissen.« Er zuckte mit den Achseln. »Er hat sich für Letzteres entschieden. Der DCI hat höchstens zwei Meter daneben gestanden und alles mitbekommen. Deshalb hat er sich wahrscheinlich etwas in der Unterzahl gefühlt.«

»Okay«, sagte Hanson. »Okay.« Sie war nicht sicher, ob sie das für übergriffig halten sollte oder für das Beste, was jemals jemand für sie getan hatte.

So, wie Lightman sie ansah, versuchte er eindeutig, ihren Gesichtsausdruck zu entschlüsseln, als er fragte: »War das in Ordnung? Eigentlich wollte ich mich ja nicht in deine Angelegenheiten einmischen. Aber … ich dachte nur, es könnte vielleicht nicht schaden, ihm klarzumachen, dass du in dieser Sache keineswegs auf dich allein gestellt bist.«

Hanson überlegte, was Damian von ihr gewollt hatte. Ziemlich sicher war er an ihrer Reaktion auf seine Beschimpfungen interessiert. Auf all das, was er Jason erzählt hatte. Er wollte sich daran weiden. Sie konnte sich sein selbstgefälliges, fieses Grinsen bestens vorstellen.

»Nein, ich finde gut, was du gemacht hast. Richtig gut sogar.« Dann neigte sie den Kopf ganz leicht von einer Seite auf die andere und fügte hinzu: »Hätte ich dir ehrlich gestanden nicht zugetraut.«

Ben grinste. »Nur gut, dass du dir die letzte Spitze nicht verkniffen hast. Hätte mich nämlich echt gewundert, wenn du mal was Nettes gesagt hättest.«

»Du kennst mich doch. Mehr als ein in einem Kompliment verpackter Anschiss ist bei mir nicht drin.« Doch dann fügte sie hinzu: »Nein, aber jetzt mal Spaß beiseite, Ben. Vielen Dank. Bis morgen.«

Ben winkte ihr kurz zu, als er sich über den Parkplatz entfernte. Hansons Wagen stand fast am anderen Ende, abseits der hellen Lichter der Polizeistation. Dort war es sogar so dunkel, dass sie versucht war, ihre Handytaschenlampe einzuschalten und damit zwischen die einzelnen Autos zu leuchten.

Sie rechnete fest damit, dass ihre Reifen wieder aufgestochen waren. Wenn Damian von Ben verscheucht worden war, hatte er sich bestimmt noch zu rächen versucht. Anders konnte es gar nicht sein.

Aber der Wagen war unangetastet. Vielleicht hatte sich Damian vor der Polizeistation doch nicht getraut. Aber sie zweifelte nicht daran, dass noch irgendein Racheakt folgen würde. Etwas Schäbiges und Verletzendes. Sie war auf der Hut.

Louise hatte nicht damit gerechnet, dass sie wieder nach Hause dürfte. Nicht, nachdem sie wussten, was sie getan hatte. So nett sie auch zu ihr waren, war ihr dennoch klar, dass sie die Konsequenzen dafür tragen musste. Dass sie einen Menschen getötet hatte. Sie hatte es getan, weil sie um ihr Leben gefürchtet hatte, und konnte deshalb vermutlich auf Notwehr plädieren. Trotzdem hatte sie Alex Plaskitt getötet. Die Erinnerung an das warme Blut auf ihren Händen war sehr real.

Patrick Moorcroft stand ihr zur Seite, seit sie in die Polizeistation zurückgekehrt war, und diesmal hatte sie bei seinem Anblick nur Erleichterung empfunden. Es gab nichts mehr, wofür er sie zusätzlich hätte verdächtigen können. Nur noch das, was sie tatsächlich getan hatte. Und mochte sie Alex Plaskitt auch getötet haben, war sie zumindest nicht mit ihm ins Bett gegangen. Groteskerweise fühlte sie sich dadurch entlastet.

Moorcroft hatte ihr zur Begrüßung die Hand auf den Arm gelegt. Seine Berührung war tröstlich gewesen. Aufmunternd.

»Das kriegen wir schon hin«, hatte er gesagt.

»Danke.« Sie hatte, nur ganz kurz, seine Hand genommen und dann gefragt: »Wie geht es Niall?«

Moorcroft hatte sie mit einem seltsamen Lächeln angesehen. »Es geht ihm gut. Und er ist froh, dass du so weit okay bist.«

Und dann, nur wenige Stunden später, ließen sie sie plötzlich frei. Patrick teilte ihr mit, dass sie nach Hause dürfe, und bot ihr an, sie heimzufahren.

»Ich bin nicht mehr verhaftet?«, fragte sie.

»Eigentlich schon noch«, erklärte er ihr, »aber da keine weiteren Anklagepunkte erhoben worden sind, befindest du dich bis auf Weiteres gegen Kaution wieder auf freiem Fuß.«

In seinem Jaguar hatte er sie schnell die paar Meilen zu ihr nach Hause gefahren. Die Straßen kamen ihr ungewöhnlich leer vor, doch dann fiel ihr ein, dass es zehn Uhr an einem Montagabend war. Da herrschte natürlich nicht mehr viel Verkehr.

Patrick stieg aus, um ihr mit dem Rucksack zu helfen, den sie auf der Fahrt zu der Tankstelle dabeigehabt hatte. Dann umarmte er sie kurz und sagte ihr, sie solle sich jetzt ausruhen und schlafen legen. Erst als er die Umarmung löste und zurücktrat, sagte er mit überraschend unsicherer Stimme: »Eigentlich wollte ich es dir schon früher sagen, Louise, aber … ich habe Dina nie gemocht. Von Anfang an nicht. Ich war sehr froh … als du und Niall ein Paar geworden seid. Und ich hoffe sehr, dass ihr beide euch doch noch irgendwie zusammenrauft.«

Darauf fiel ihr keine Antwort ein, weshalb sie nur nickte. Und er lächelte, bevor er wieder in sein Auto stieg. Louise überkam ein Anflug von Traurigkeit, als er ging. Nialls bester Freund hatte sich ihr gegenüber loyaler gezeigt, als sie hatte erwarten können.

Sie schloss die Haustür auf und fragte sich unvermittelt, ob sie weiter hier wohnen würde. Ob sie ins Gefängnis käme oder ob sie und Niall das Haus verkaufen würden, um getrennter Wege zu gehen. Doch all diese Ungewissheiten überforderten sie im Moment nur. Sie stellte den Rucksack ab und ging ins Musikzimmer, wo die Harfe auf sie wartete.

Sie setzte sich, lehnte sie an ihre Schulter und spürte kurz ihre tröstliche Schwere. Und dann begann sie, darauf zu spielen, improvisierte Melodien, die wie von selbst aus ihr herauszuströmen schienen.

Hanson fiel es immer noch schwer, sich zu Hause sicher zu fühlen, aber es wurde deutlich besser. Mit Ben über alles zu reden, hatte ihr mehr geholfen, als sie erwartet hatte.

Sie schaute zu der Kameraattrappe hinauf, diesem großen schwarzen Kasten, dessen Kabel im Nirgendwo endeten. Eine zweite Attrappe im Obergeschoss war auf die Straße gerichtet.

Diesmal ließ sie sich beim routinemäßigen Abschließen des Hauses etwas mehr Zeit als üblich und entschied, dass jetzt ein Glas Wein und das Ende von *Der letzte Mohikaner* genau das Richtige wären. Und dann ab ins Bett. Für einen hoffentlich tiefen, festen Schlaf.

Sie geriet rasch ins Dösen und hielt alle Gedanken an Damian erfolgreich von sich fern. Stattdessen ging sie im Geist ihren nächsten Tag durch. Sie überlegte, wie sie noch mehr Frauen ausfindig machen könnte, die Alex Plaskitts Rachefeldzug zum Opfer gefallen waren. Oder wie sie in O'Malleys Auftrag den Drogendeals in einem Pub auf dem Highfield-Campus nachgehen würde. Bei ihren anderen Ermittlungsverfahren bestand einiger Nachholbedarf.

Waren diese Überlegungen auch nicht gerade erfreulich, hatten sie dennoch etwas Aufbauendes und Tröstliches. Bevor sie jedoch endgültig einschlief, kreisten ihre Gedanken kurz um Ben. Wie er, wie immer die Ruhe in Person, vor der Station mit Damian redete und Damian plötzlich den Schwanz einzog. Ausnahmsweise einmal verunsichert. Eine Vorstellung, die ihr ein Lächeln entlockte.

Doch dann war sie schlagartig wieder hellwach. Und bereits halb aus dem Bett. Aus dem Erdgeschoss war ein Geräusch gekommen. Ein lautes, durchdringendes Geräusch.

Schwerfällig kämpfte sie sich ganz aus dem Bett. Ihr Körper hinkte noch etwas hinter ihrem Geist her, dem sofort klar wurde, dass der Knall von einem eingeschlagenen Küchenfenster herrührte.

Waffe, war ihr erster Gedanke. Sie hörte weiteres Klirren von Glas, als sich immer mehr Teile der Scheibe aus dem Fensterrahmen lösten.

Was diesen Punkt anging, hatte sie vorgesorgt. Sie schlief schon seit Monaten mit dem Schlagstock neben sich. Außerdem hatte sie ihr Vorgehen in einer solchen Situation schon lange einstudiert. Für den Fall, dass sie nicht mehr dazu kam, ihre Schutzweste anzulegen, drückte sie sich zum sofortigen Schutz gegen eine Messerattacke das Kopfkissen an die Brust.

Sie war sicher, dass der Einbrecher Damian war, und halb war sie sogar froh darüber. Egal, was er vorhatte, und selbst wenn er handgreiflich werden sollte, würde sie sich nicht von ihm unterkriegen lassen. Er mochte größer und vielleicht auch stärker sein als sie, aber seine Kondition war nicht die beste. Er war zu faul, um sich fit zu halten oder einen der Kampfkunstkurse zu belegen, von denen er immer redete.

Fest entschlossen, nicht bei jedem weiteren Geräusch zusammenzuzucken, öffnete sie, so leise sie konnte, die Tür. War er in der Küche? Oder bereits in einem anderen Teil des Hauses?

Als sie langsam die Treppe hinunterstieg, stieg ihr ein beißender Bonfire-Night-Geruch in die Nase, und sie sah einen schwachen orangen Schein über die Wände flackern.

Scheiße.

Sie nahm mehrere Stufen auf einmal, schleuderte das Kissen von sich und riss den Schrank in der Diele auf, um den Feuerlöscher herauszunehmen. Sie knallte die Schranktür wieder zu und stürmte in die Küche, wo mehrere kleine Feuer brannten. Auf dem Kühlschrank. Auf dem Tisch. Auf einem der Stühle. In der Spüle.

Die Ursache von alldem lag auf dem Fußboden, ein wild lodernder Haufen aus Glasscherben und Benzin, der das Linoleum zum Schmelzen brachte. Ohne Zögern ließ sie den Schlagstock fallen, zog den Splint des Feuerlöschers heraus und begann, die kleinen Brandherde damit zu besprühen.

Sie konnte von Glück reden, dass es in der Küche keine leicht entzündlichen Materialien gab. Und dass der Molotowcocktail genau in der Mitte gelandet war und nicht näher am Flur, weshalb das

Feuer noch nicht auf den Läufer übergegriffen hatte. Sobald alle kleinen Feuer vom Schaum erstickt waren, hörte sie zu sprühen auf, und Stille trat ein.

Mit einem grimmigen Lächeln blickte sie sich in dem verkohlten, rußgeschwärzten Raum um.

37.

»Du siehst super aus«, versicherte ihr April. »Hör endlich mit dem blöden Getue auf und trink lieber was.«

Louise trug einen weiteren Strich Lidschatten auf, bevor sie den Pinsel auf den Waschtisch legte und nach ihrem Glas Prosecco griff.

»Irgendetwas stimmt noch nicht«, sagte Louise und schaute wieder in den Spiegel.

»Von wegen«, erklärte April bestimmt. »Alles ist perfekt.«

»Aber ich sehe nicht wie ich aus«, sagte Louise und versuchte herauszufinden, was nicht stimmte.

»Weißt du, was ich glaube?« April kam zu ihr, legte ihr den Arm um die Schulter und begutachtete sie im Spiegel. »Ich glaube, dass du normalerweise schon betrunken bist, wenn wir uns zum Ausgehen zurechtmachen. Was du siehst, ist die nüchterne Louise in einem ihrer schicken Outfits, und das ist einfach ungewohnt für dich, weil du dich noch nie so gesehen hast.«

Mit einem kurzen Lachen fragte sich Louise, ob April vielleicht recht hatte. Sie warf noch einmal einen prüfenden Blick in den Spiegel und dachte an die vielen früheren Gelegenheiten, bei denen sie dank des Alkoholnebels, durch den sie sich begutachtet hatte, immer sehr zufrieden mit ihrem Aussehen gewesen war.

Dann merkte sie, dass sie nicht lächelte. Das war, was nicht stimmte. Die betrunkene Louise lächelte immer. Sie wollte bloß Spaß haben und dachte sich nichts dabei, wenn ihr Lippenstift nicht perfekt war.

Die nüchterne Louise nahm einen kräftigen Schluck von ihrem Prosecco. »Heute Abend will ich nicht die betrunkene Louise werden, aber die nüchterne möchte ich auch nicht sein.« Sie rülpste leicht, als die Bläschen wieder hochkamen, und lachte. »Darf ich dir die beschwipste Louise vorstellen. Man kann sich nämlich auch mit der beschwipsten Louise blendend amüsieren. Aber sie kennt ihre Grenzen.«

»Ich will wie die beschwipste Louise werden«, sagte April und leerte ihr Glas. Sie schenkte sich bereits ein neues ein, bevor Louise einen weiteren Schluck geschafft hatte. »Nur fürchte ich, dass ich es nicht so eilig damit habe …«

Louise beobachtete ihre Freundin nachdenklich. An diesem Punkt eines Abends war es immer Aprils Aufgabe gewesen, Louise aus der Reserve zu locken. Dann hatte die lebhafte, dominante April darauf bestanden, dass sie etwas tranken, damit sich Louise besser fühlte. Und zum ersten Mal fragte sich Louise, ob das wirklich der Grund war, weshalb April Wein mitbrachte und dann eine Runde Tequila nach der anderen bestellte.

»Wie geht es *dir* eigentlich?«, fragte Louise. »Wie sieht's in dir aus?«

»Ach, ganz okay«, sagte April achselzuckend.

»Besonders glücklich wirkst du aber nicht … wenn ich mir's genauer überlege.«

April lachte. Doch dann stürzte sie sofort das nächste Glas hinunter und schluckte schwer. Und Louise hatte den Eindruck, als schluckte sie Tränen hinunter.

Und dann sagte sie. »Ich weiß auch nicht. Wahrscheinlich … fehlt mir einfach meine Schwester. Und vielleicht mache ich mir auch Sorgen, dass sich in nächster Zeit einiges in meinem Leben ändern wird.« Sie schüttelte den Kopf.

»Du hast Dee schon länger nicht mehr gesehen, oder?«, fragte Louise behutsam.

April nickte. »Eine ganze Weile. Erst kürzlich habe ich von ihr geträumt. Wir wollten einen Ausflug machen, und als ich dann aufgewacht bin, habe ich mich gefühlt, als wäre mir – ich weiß auch nicht – etwas Wichtiges genommen worden.« Sie seufzte bedrückt. »Aber darüber komme ich schon hinweg. Ich muss mich bloß zusammenreißen.«

»Vielleicht ist es gar nicht so gut, wenn du dich immer zusammenzureißen versuchst«, sagte Louise behutsam. »Wenn du möchtest, können wir gern darüber reden.«

April verdrehte zwar die Augen, sagte aber: »Danke, das ist lieb von dir.« Sie legte den Arm um Louise und zog sie an sich. Dann griff sie nach ihrem Handy. »Lass uns ein Foto von uns machen. Zur Erinnerung an diesen besonderen Moment.«

Sie hielt das Handy auf Armlänge von sich und studierte sie beide ein paar Sekunden auf dem Display, bevor sie lächelte und auf den Auslöser drückte.

»Du weißt schon«, sagte Louise, »dass dich die beschwipste Louise genauso gern mag wie die beiden anderen Louises. Und dass sie immer für dich da sein wird.«

»Natürlich weiß ich das.« Es sah so aus, als wollte April noch mehr sagen, aber stattdessen schaute sie auf ihr Handy. »Okay, das Taxi ist in fünf Minuten hier. Lass uns mal austrinken.«

Louise spürte ein Zwicken im Magen. Sie war nicht sicher, ob sie dafür bereit war. So sehr sie die verstörenden Vorfälle der letzten Woche auch vergessen wollte, war ihr alles andere als wohl bei dem Gedanken, schon am nächsten Freitagabend wieder in einem Club zu feiern, in dem Männer waren, die vielleicht mit ihr flirten wollten. Es war ihr schon am letzten Sonntag schwer genug gefallen, ganz allein auszugehen. Und damals war sie noch nicht sicher gewesen, dass ein scheinbar netter Mann sie auf den Boden gedrückt und vergewaltigt hatte.

April war jedoch eine überzeugte Verfechterin der Theorie, dass man sofort wieder in den Sattel steigen sollte, wenn man vom Pferd fiel. Sie hatte das Hotel, in das sie es am Montag nicht geschafft hatten, noch einmal gebucht und darauf bestanden, Louise auf eine zweistündige Massage einzuladen. Außerdem hatte sie im VIP-Bereich eines Clubs, dessen Geschäftsführer sie kannte, Plätze für sie beide reserviert.

»Wir werden nicht wie sonst mit allen anderen an der Bar stehen«, sagte April. »Du wirst einen festen Platz an einem Tisch haben, an den du dich zurückziehen kannst, wenn du dich irgendwie unwohl fühlst, und wenn es dir nicht gefällt, gehen wir einfach.« Sie zog eine Augenbraue hoch. »Aber keine Angst, das wird ein Abend, an den wir uns noch lange erinnern werden. Das habe ich im Gefühl.«

»Ach, wirklich?«, hatte Louise erwidert und danach prompt kapituliert. Im Grunde hatte April ja recht. Bloß weil irgendein Psycho sie angegriffen hatte, war das noch lange kein Grund, sich zu verkriechen. Schließlich war sie eine starke Frau.

Trotzdem hatte sie gewaltiges Herzklopfen, als sie in ihren Mantel schlüpfte und ihre große Handtasche so um ihre Schultern schlang, dass sie wie ein Schutzschild vor ihr hing. Außerdem fragte sie sich wehmütig, ob die betrunkene Louise etwas taffer gewesen wäre.

Zum ersten Mal seit sechs Wochen traf sich das Team wieder zu einem Pub-Abend. Damit seine Leute auch wirklich abschalten und sich amüsieren konnten, verabschiedete sich der DCI meistens schon nach 45 Minuten. Doch bevor er diesmal ging, redete er noch kurz mit Hanson allein.

»Ich möchte mich ja nicht in Ihre Privatangelegenheiten einmischen«, begann er, »aber mir ist zu Ohren gekommen, dass Ihnen ein Ex-Freund Ärger macht.«

Hanson spürte, wie ihr die Röte ins Gesicht stieg, als er dieses Thema anschnitt. Ihr war jedoch klar, dass er über alles Bescheid wissen sollte.

»Leider kann er es nicht lassen, mir nachzustellen, mich zu verleumden und mein Haus zu verwüsten«, sagte sie. »Deshalb blieb mir gar nichts anderes übrig, als ihn anzuzeigen.«

Hanson vermutete, dass Chief Inspector Heerden dem Chef davon erzählt hatte. Wahrscheinlich hatte sie sich dazu verpflichtet gefühlt. Hanson lag jedoch viel daran, dass diese Angelegenheit von der Streifenpolizei geklärt wurde. Die Vorstellung, der Fall könnte im CID landen, bei den Leuten, mit denen sie täglich zusammenarbeitete, war ihr zutiefst unangenehm.

Außerdem wollte sie unter allen Umständen vermeiden, dass sie in die Ermittlungen einbezogen wurde. Zumal es dafür auch zu wenig zu ermitteln gab. Jason hatte ein Protokoll der Unterhaltung geschrieben, die er mit ihrem Ex im Pub geführt hatte, mitsamt allen falschen Behauptungen Damians. Da noch nicht endgültig geklärt war, wie es mit ihnen weitergehen sollte, war es ihr peinlich gewesen, ihn darum zu bitten, aber er hatte sich sofort dazu bereiterklärt. Und Ben hatte natürlich einen Bericht über Damians Auftritt am Abend des Brandanschlags beigesteuert. Außerdem waren da noch ihre eigenen Tagebucheinträge, in denen sie die widerwärtigen Belästigungen in allen Einzelheiten festgehalten hatte.

Allerdings hätte vermutlich nichts davon für eine Anklage genügt, wenn Damian nicht den Molotowcocktail in ihre Küche geworfen hätte. Sie musste immer noch grinsen, wenn sie daran dachte. Es war der einzige echte Fehler, den er bisher gemacht hatte, ausgelöst vermutlich von seiner Wut, dass sie ihren Job immer noch nicht verloren hatte und ihre Kollegen sich sogar schützend vor sie gestellt hatten.

Am Morgen danach hatte sie Lightman um eine kurze Unterredung gebeten. Sie hatte sich nur mit Mühe ein Grinsen verkneifen können, als sie zu ihm ins Besprechungszimmer gekommen war. Trotz des riesigen Lochs in ihrem Küchenfenster und trotz eines kaum weniger großen Lochs in ihrem Schlafhaushalt fühlte sie sich energiegeladener als seit Monaten.

»Ich werde Damian anzeigen«, sagte sie. »Wenn möglich, gleich heute. Könntest du vielleicht ein Protokoll der Unterhaltung schreiben, die du gestern draußen mit ihm geführt hast? Ich würde seine jüngste Aktion gern damit in Verbindung bringen.«

»Und was ist das für eine Aktion?«, fragte er.

Sie erzählte ihm mit wenigen Worten von Damians nächtlichem Brandanschlag.

»Das heißt, jetzt haben wir ihn endlich am Kragen«, sagte sie mit leuchtenden Augen. »Ich habe ihn nämlich ausgetrickst und alles aufgenommen.«

Lightman sah sie mit zusammengekniffenen Augen an. »Die Kameraattrappen …«

»Ich habe sie durch echte Kameras ausgetauscht.« Sie lachte geradezu hysterisch. »Sie waren ziemlich teuer, aber diese Anschaffung hat sich gelohnt. Damian ist so ein selbstgefälliges, ichbezogenes Arschloch, und natürlich kam er sich ganz toll vor, weil er sofort gemerkt hat, dass es Attrappen waren. Es sind nämlich die gleichen, die er an unserem Haus angebracht hat, als wir in Birmingham zusammengelebt haben. Deshalb war er sicher, dass sie Fake sind, als er sie an meinem Haus hier gesehen hat. Und natürlich würde er mir nie zutrauen, dass ich richtige Kameras in sie einbauen könnte.«

Sie hielt ihr Handy hoch, auf dem eine Nahaufnahme von Damians Gesicht zu sehen war. Er hatte ganz bewusst mit einem triumphierenden Grinsen in die Kamera über der Eingangstür geschaut, die er für eine Attrappe hielt.

»Auf der Kamera im Obergeschoss ist zu sehen, wie er am Straßenrand parkt und auf das Haus zugeht. Nimmt man dann noch dazu, dass er meinen Bewegungsmelder zerstört hat, ist bereits der Tatbestand von gewalttätigem und zerstörerischem Eindringen gegeben.«

»Klasse«, sagte Lightman mit dem strahlendsten Lächeln, das sie je an ihm gesehen hatte. »Einfach genial.«

Dreieinhalb Stunden später reichte sie ihre Anzeige ein. Auch wenn sie inzwischen nicht mehr so zuversichtlich war – und sogar wieder Bedenken bekam, wie Damian reagieren würde, wenn er von der Anzeige erfuhr –, hatte sie dennoch das Gefühl, dass eine schwere Last von ihren Schultern gefallen war.

»Na ja.« Der Gesichtsausdruck des DCI lag irgendwo zwischen

vorsichtig und freundlich. »Ich werde mich vielleicht nicht direkt in die Sache einmischen können, aber das heißt nicht, dass ich Sie nicht dabei unterstützen kann. Sagen Sie mir einfach, wenn Sie mit jemandem darüber reden und einfach mal richtig Dampf ablassen wollen, um besser darüber hinwegzukommen.«

Hanson grinste. »Danke, Chef, darauf komme ich vielleicht gern mal zurück. Und ähm ...« Sie druckste ein wenig herum. »Danke auch, dass Sie zu mir gestanden haben, als er diese Mails an Sie geschickt hat. Ben hat mir davon erzählt. Vielen Dank für Ihren Rückhalt und Ihr Vertrauen in mich.«

»Ach was«, sagte Sheens achselzuckend. »Hatte ich denn überhaupt eine Wahl? Sonst hätte es ja so ausgesehen, als hätte ich eine schlechte Personalentscheidung getroffen, und das ...«

Sie lachte gelöst. »Da haben Sie natürlich auch recht. Trotzdem vielen Dank.«

Jonah gefiel der Abend im Pub besser, als er erwartet hatte. Normalerweise fiel es ihm bei solchen Gelegenheiten schwer, sich zu entspannen. Er war sich dann immer zu deutlich bewusst, dass er der Chef war. Und obwohl er sein Team sehr mochte, rechnete er dennoch halb damit, dass sie über Dinge, die er sagte, Blicke tauschten oder dezente Andeutungen machten, dass er langsam gehen sollte.

An diesem Abend jedoch genoss er die Gesellschaft. Er war unzufrieden mit sich und dem immer noch nicht gelösten Fall und konnte einfach nicht abschalten. Irgendetwas in ihm weigerte sich nach wie vor zu glauben, dass Alex Plaskitt tatsächlich so verkorkst gewesen sein sollte, und er musste sich eingestehen, dass ihm die Sache keine Ruhe ließ.

Auch die moralische Grauzone, in die Louise Reakes' Verhalten fiel, hatte einen üblen Nachgeschmack bei ihm hinterlassen. Wahrscheinlich konnte er gar nicht anders, als nach Gewissheiten und überzeugenden Lösungen zu suchen und nicht eher Ruhe zu geben, bis er eine Ermittlung zu einem befriedigenden Abschluss gebracht, alle offenen Fragen schlüssig geklärt und auch die letzten Zweifel ausgeräumt hatte. Nur war es im Leben selten so. Es gab nicht immer eine unstrittige Lösung der Frage, wer der Schuldige war. Und wenn es überhaupt einen Bösen gab, hatte das normalerweise einen Grund. Etwa Alex Plaskitts schreckliche Eltern oder dass sich Louise Reakes wegen der Untreue ihres Mannes regelmäßig betrunken und dann bei dem Angriff auf sie entsprechend ausgeteilt hatte.

Aber zum Glück hatten dafür alle in seinem Team Verständnis. Jeder von ihnen konnte nachvollziehen, dass er etwas gedrückter Stimmung war, obwohl eigentlich aller Grund zum Feiern zu bestehen schien. Ihren Gesichtern nach zu schließen, ging es ihnen ganz ähnlich, und das hatte etwas Tröstliches.

Dann kündigte um Viertel vor neun ein Summen seines Handys eine weitere Textnachricht seiner Ex-Frau an.

Hast du meine Nachricht vom Samstag nicht bekommen? Ich muss dringend mit dir reden. Kannst du mich bitte anrufen?

Die Nachricht drückte seine Stimmung noch mehr. Er wusste nicht, was er tun sollte. Michelle einfach zu ignorieren, erschien ihm wie unnötige Grausamkeit, auch wenn sie wahrscheinlich nur ein wenig Selbstbestätigung brauchte. Zugleich kam es ihm wie Verrat an Jojo vor, mit ihr zu reden. Und noch schlimmer, es erinnerte ihn an den fahrlässigen Ausrutscher vor vier Monaten, als er sich noch einmal mit seiner Ex getroffen und dabei die Dummheit begangen hatte, mit ihr zu schlafen.

Er schaute eine Minute auf die Nachricht, bevor er das Handy einsteckte. Er würde sie morgen anrufen. An diesem Abend wollte er seine Freundin sehen.

Hanson sah dem DCI auf dem Weg zum Ausgang hinterher und bedauerte, dass er nicht bleiben und einer von ihnen sein konnte.

»Muss ganz schön einsam sein, der Chef zu sein«, sagte sie zu O'Malley.

»Könnte man eigentlich meinen«, gab ihr O'Malley recht. »Aber groß leidzutun braucht er dir deswegen nicht. Er hat eine richtig scharfe Freundin und ein Haus, das dreimal so groß ist wie deines.« O'Malley beugte sich zu ihr vor. »Und dazu noch eine Pension, die sich sehen lassen kann.«

»Da hast du natürlich auch wieder recht«, sagte Hanson und griff nach ihrem Bierglas. »Er ist eindeutig ein Arschloch. Wer übernimmt die nächste Runde?«

Louise hatte es tatsächlich wieder in einen Club geschafft, der sich nicht nennenswert vom Blue Underground unterschied. Sie war nicht sturzbesoffen und amüsierte sich fast. Das »fast« hatte weniger mit einer gewissen Beklemmung zu tun als mit der Einsicht, dass sich Betrunkene in ihrem angeheiterten Zustand als unglaublich nervig erwiesen.

Es war eine eigenartige Erfahrung für sie, denn erst jetzt wurde ihr bewusst, dass sie eigentlich noch nie betrunkene Menschen gesehen hatte. Die nüchterne Louise ging immer, bevor es zu spät wurde, und Säuferlouise schien alles durch eine rosa Brille zu sehen.

»O Gott, sieh dir mal den Kerl dort an«, sagte sie in ihrer abgeschirmten Nische zu April und beobachtete einen Clubbesucher, der in Richtung Bar torkelte und es dann schaffte, alle seine Kreditkarten aus seiner Geldbörse auf den Boden fallen zu lassen. Davor hatte er irgendein bedauernswertes Mädchen anzubaggern versucht, das ihn jedoch sofort schroff abgewimmelt hatte. »Bitte sag mir, dass ich nie so bin.«

April schaute zu dem Mann, der sich gerade bückte, um seine Karten aufzusammeln. Sie schien kurz nachzudenken, bevor sie sagte: »Um Gottes willen, nein. Du hast dich noch viel weniger im Griff.«

»Du mich auch«, sagte Louise lachend.

Ein Kellner kam an ihren Tisch und fragte, ob sie etwas zu trinken wollten. Für Louise war das eine völlig neue Erfahrung. Der Club war brechend voll. Normalerweise hätten sie sich mühsam einen Weg an die Bar bahnen müssen. Diese VIP-Privilegien waren ungewohnt für sie.

»Für mich noch einen Screwdriver bitte«, sagte April und fügte, an Louise gewandt, hinzu: »Du könntest übrigens auch einen vertragen.«

Louise sah sie skeptisch an. »Nein, ich … für mich nichts mehr. Ich hatte schon den Prosecco.«

»Bist du sicher?«, fragte April mit einer gewissen Durchtriebenheit, als wäre die einzige richtige Antwort darauf, es sich doch noch anders zu überlegen. Der unvermeidliche Druck, den Trinker auf diejenigen ausüben, die nichts trinken.

Louise seufzte. Wenn sie ganz ehrlich war, fühlte sie sich ziemlich überzuckert. Die drei alkoholfreien Cocktails, die sie getrunken hatte, hatten alle wie Multivitaminsäfte geschmeckt, und sie sehnte sich nach etwas Gehaltvollerem.

»Na gut. Einen einfachen Gin Tonic. Aber dabei bleibt es. Das ist für heute genug.«

»Super«, sagte April. Dann wandte sie sich an den Kellner, der ihre Bestellung entgegennahm: »Ist Charlie schon hier? Er wollte uns hallo sagen.«

»Klar«, sagte der Kellner und blickte sich um. »Er müsste eigentlich hier sein. Ich richte es ihm aus.«

»Das wäre zu nett.« Der Blick, mit dem ihn April dabei ansah, war hundert Prozent Raubtiermodus.

Der Kellner grinste zurück, bevor er sich entfernte, und Louise schüttelte den Kopf. »Ich glaube nicht, dass er dein Typ ist.«

»Genau das ist es doch«, sagte April. »Vielleicht muss sich mein Typ ändern.«

Louise sah sie mit zusammengekniffenen Augen an. »Was ist eigentlich mit diesem Charlie? Diesem Freund von dir? Du scheinst schwer hinter ihm her zu sein.«

April bedachte sie mit einem frechen Grinsen. »Er ist ein richtiger Schatz. Aber eigentlich wollte ich ihn mit dir verkuppeln, meine Süße. Er ist der Typ, mit dem du auf der Hochzeit geturtelt hast.«

»Bloß nicht, April«, stieß Louise bestürzt hervor, um die Bemühungen ihrer Freundin schon im Ansatz zu ersticken. »Ich will wirklich nichts von ihm. Außerdem bin ich im Moment grundsätzlich noch nicht so weit, mich auf irgendwas einzulassen. Zum einen ist noch nicht klar, ob und wie es mit Niall weitergehen soll, zum anderen steckt mir immer noch tief in den Knochen, dass mich jemand angegriffen hat, auch wenn ich mich an kaum etwas erinnern kann … und überhaupt. Also bitte keine weiteren Verkuppelungsversuche mehr. Damit ist erst mal eine Weile Schluss, ja?«

April schüttelte enttäuscht den Kopf. »Wenn du meinst.« Sie setzte sich ein Stück zurück. »Aber glaub mir, er wird sich an euer wildes Geknutsche gar nicht mehr erinnern. Es wäre, als würdet ihr euch zum ersten Mal sehen.«

»Auf den Fall, den wir schon fast gelöst haben.« Ein wenig unsicher hob O'Malley sein Glas Tonic Water. Hanson bewunderte ihn dafür, wie gut er einen Schwips simulieren konnte, ohne einen Tropfen getrunken zu haben. Er hatte ihr einmal gestanden, dass er sein Verhalten nie bewusst dem seiner Kollegen anpasste. Er wurde einfach von *ihrer* Besoffenheit besoffen.

»Na ja, ich weiß nicht«, sagte Hanson und hob ihr Glas. »Ich habe heute fünf Stunden lang nachzuweisen versucht, dass Alex Plaskitt das Messer rechtzeitig erhalten hat, um eine junge Frau in London umzubringen, aber irgendwie will es mir nicht gelingen. Er hat nicht zwei Messer gleichzeitig bestellt, und die einzige Bestellung, die halbwegs dafür infrage käme, ist erst nach der Tat erfolgt. Und wenn dabei eine ähnliche Waffe verwendet wurde, muss ich mich wohl oder übel damit abfinden, dass er es nicht war, auch wenn alles andere perfekt passt.«

»Aber er hatte das Messer auch in der Nacht zum neunzehnten Januar nicht«, warf Lightman ein. »Er hat es nämlich Conti geschenkt. Wir sind allerdings sicher, dass er derjenige war, der Gianetta Jilani angegriffen hat. Sie hat ausdrücklich ein Messer erwähnt. Vielleicht hat er eine Weile eine andere Waffe verwendet und irgendwann beschlossen, sich ein Messer im Stil von Contis hochwertigem Steel-and-Silver-Modell zuzulegen.«

Hanson zögerte kurz. »Ja, oder … und wenn er es sich am Neunzehnten von Conti noch mal hat zurückgeben lassen? Wenn er ihm angeboten hat, für ihn darauf aufzupassen, und es ihm dann, nachdem er es verwendet hat, gründlich gesäubert wieder zurückgebracht hat?«

Hanson stellte rasch ihr Glas auf den Tisch und holte ihr Handy heraus.

»Ähm … es ist übrigens Freitagabend«, sagte O'Malley. »Da solltest du nicht mehr arbeiten.«

»Dauert nicht lang«, sagte Hanson grinsend.

Sie ging mit dem Telefon aus dem warmen Pub auf die kalte Straße hinaus. Es war wieder eine eisige Nacht, und die Shirley Road pfiff ein beißender, alles durchdringender Wind herunter. Sie bereute bereits, ihren Mantel auf der gepolsterten Bank gelassen zu haben, aber sie rief trotzdem an.

Step Conti klang misstrauisch, als er ans Telefon kam. Das konnte ihm Hanson schwerlich verdenken. Vermutlich war es normal, misstrauisch zu sein, wenn man gerade erfahren hatte, dass der beste Freund ein Serienvergewaltiger, wenn nicht sogar Schlimmeres war. Bisher hatte jeder Anruf der Polizei noch düsterere Wahrheiten enthüllt, und fast hatte Hanson ein schlechtes Gewissen, dass sie gerade im Begriff war, Alex Plaskitt auch noch einen Mord anzuhängen.

»Guten Abend, Mr Conti«, sagte sie. »Hier DC Hanson. Entschuldigen Sie die späte Störung, aber wir müssen dringend etwas nachprüfen. Es geht um den Abend des neunzehnten Januar, als Ihnen

Alex Plaskitt und Ihre anderen Freunde dieses Messer geschenkt haben.«

»Einen Augenblick bitte …« Im Hintergrund ertönte kurzes Kindergeschrei. Vermutlich seine Tochter, die länger auf war, als sie sollte. Dann war zu hören, wie eine Tür geschlossen wurde, und Conti kam wieder ans Telefon. »So, jetzt bin ich wieder da.«

»Ich wollte nur wissen, was aus dem Messer geworden ist, nachdem Sie es bekommen haben«, fragte sie. »Haben Sie es behalten, oder hat es jemand anders an sich genommen?«

»Lassen Sie mich mal überlegen«, begann Conti. »Also, ich habe es hinter der Bar gelassen. Der Club, in dem wir waren, gehört nämlich Marcs Bruder, und er hat mir angeboten, es für mich aufzubewahren.«

»Marcs Bruder?«, sagte Hanson. »Charlie Ruskin?«

»Ja.«

»Gehören ihm auch noch andere Clubs?« Sie versuchte, die Frage so zu stellen, als wäre sie nicht weiter wichtig.

»Ja, insgesamt drei. Normalerweise gehen wir in den in Southampton, aber wegen meines Geburtstags sind wir über Nacht in Portsmouth geblieben.«

»Ach so, klar.« Sie war sich deutlich bewusst, dass sich ihre Stimme etwas eigenartig anhören musste. »Der in Southampton ist doch das Blue Underground, in dem Sie letzten Freitag waren?«

»Ja.«

Hanson schauderte, und das lag mindestens ebenso sehr an dem Adrenalin, das plötzlich durch ihre Adern strömte, wie an der Kälte. Sie versuchte, einen kühlen Kopf zu bewahren. Keine wichtige Frage zu vergessen.

»Haben Sie es mitgenommen, als Sie nach Hause gegangen sind? Das Messer?«

»Nein«, sagte Conti. »Weil Charlie nirgendwo zu finden war, als wir aufgebrochen sind, habe ich es mir erst am Tag danach geholt.«

»Wunderbar, vielen Dank«, sagte Hanson und fügte hinzu: »Es ist also nicht möglich, dass Alex Plaskitt es genommen hat?«

»Nein«, sagte Conti bestimmt. »Völlig ausgeschlossen.«

April stand auf und griff nach ihrer Handtasche. »Ich muss mal für kleine Mädchen und werde mir bei dieser Gelegenheit auch gleich die Lippen nachziehen. Kommst du mit?«

Louise schüttelte den Kopf. Sie war fest entschlossen, nicht mehr länger das bloße Anhängsel zu spielen, immer nur die ängstliche nüchterne Louise zu sein. »Ich bleibe hier, danke.«

Doch kaum war April weg, bereute sie es, nicht mit ihr gegangen zu sein. Eben noch anheimelnd schummrig, verwandelte sich der Club schlagartig in eine bedrückend düstere Höhle. Die tanzenden Männer bekamen plötzlich etwas beängstigend Animalisches, und Louise ertappte sich dabei, wie sie die Tänzer in ihrer unmittelbaren Nähe misstrauisch anstarrte.

Als einer von ihnen sie verhalten anlächelte, wandte sie sofort den Blick ab und stellte zu ihrer Beschämung fest, dass sie weiche Knie bekam.

Sie legte sich ihre Tasche, ihren großen, beruhigenden Schutzschild, in den Schoß und tat so, als kramte sie darin herum. Als sie wieder aufschaute, hatte sich der Tänzer von ihr abgewandt, als ob nichts gewesen wäre. Sie seufzte.

Reiß dich verdammt noch mal zusammen, Louise. Niemand sieht dich an. Niemand interessiert sich für dich.

Sie überlegte, ob sie sich noch einen Drink genehmigen sollte. Ein zweiten Gin Tonic. Gegen ihre Panik.

Sie schaute zur Bar, an der im Moment gar nicht so großes Gedränge herrschte. Es war erst Viertel nach elf. Für einen Club noch früh. Richtig voll würde es erst später, wenn die Pubs dichtmachten.

Der Kellner, mit dem April geflirtet hatte, war jetzt hinter der Bar und unterhielt sich mit jemandem, aber es hatte sich keine Schlange vor ihm gebildet. Sie brauchte nur hinzugehen und sich was zu trinken holen und wäre wieder zurück, bevor April zurückkam. Ein kleiner Schritt in Richtung größere Unabhängigkeit.

Sie stand auf, legte sich den Handtaschenriemen über die Schulter und steuerte auf die Bar zu. Sie sah den Barmann mit dem Kopf in ihre Richtung deuten, worauf sich der Mann, mit dem er sich unterhielt, zu ihr umdrehte.

Und als sie sein Gesicht sah, war es, als kippte sie plötzlich in ein tiefes gähnendes Loch.

»Du hast echt Nerven.«

Obwohl sie bereits aufgelegt hatte, hatte Hanson das Handy immer noch an ihrem Ohr, als sie herumwirbelte. Damian war der Letzte, den sie in diesem Moment brauchen konnte. Und natürlich, *natürlich*, war er ihr in den blöden Pub gefolgt. Und natürlich hatte er sich genau diesen Moment ausgesucht, um sie zur Rede zu stellen.

»Was erwartest du dir eigentlich von dieser ganzen Scheiße?«, fuhr er sie an. »Glaubst du etwa, damit wirst du mich los? Ich habe nämlich nichts Unrechtes getan, und du wirst vor deinen tollen neuen Kollegen wie der letzte Idiot dastehen.«

Sie hatte sich so oft überlegt, was sie ihm sagen würde, wenn sie ihm noch einmal begegnete. Tagelang hatte sie sich diesen Moment ausgemalt. Wie sie ihm lachend sagen würde, er solle sich an ihren Anwalt wenden, oder ihn fragen, wie er es fand, dass er auf einem ihrer Überwachungsvideos zu sehen war.

Aber jetzt hatte sie einfach nicht die Zeit, um ihm etwas davon an den Kopf zu werfen. Und als sie hinterher noch einmal darüber nachdachte, merkte sie, dass sie ihm mit nichts besser den Wind aus den Segeln hätte nehmen können als mit dem, was sie stattdessen sagte.

»Sorry, aber für diesen Scheiß habe ich jetzt keine Zeit.«

Sie stieß die schwere Schwingtür des Pubs auf und sagte zu ihren Kollegen: »Wir liegen total falsch. *Total.*«

Es war eigenartig, wie rasch die Vergangenheit in der Erinnerung noch einmal vor einem ablaufen konnte. Louise stand gerade mit ihrer Handtasche über der Schulter in einer Bar in Portsmouth und hatte nur einen Moment gewankt. Das war die ganze Wahrheit.

Die Wahrheit war aber auch, dass sie fast eine Stunde lang in einer anderen Bar gesessen hatte, mit einem großen, gutaussehenden Mann, der ihr Drinks ausgegeben und mit ihr geflirtet hatte. An seinen Namen konnte sie sich nicht mehr erinnern. Aber sie glaubte, dass er ihr irgendwie bekannt vorkam, aber sie wusste nicht, woher, und hatte es auch versäumt, ihn zu fragen.

Auch an Dina und Niall hatte sie gedacht. Vor allem an Dinas Hand auf Nialls Knie, und sie hatte die Wirkung ihrer Hand auf dem Knie dieses Manns getestet und sich vorgestellt, Dina zu sein. Diese Art von Macht zu haben. Und der attraktive Mann hatte sie mit einem langen, tiefgründigen Lächeln angesehen und sie aufgefordert: »Trink aus.«

Auf einmal lehnte sie schwerfällig an der Bar. Sie fühlte sich viel zu betrunken. Schon halb hinüber. Und dann bekam sie plötzlich vor allem, aber am meisten vor sich selbst Angst und stand unsicher auf. Zugleich merkte sie, dass die Hand des Mannes ganz oben auf ihrem Oberschenkel lag. Und sie war nicht mehr sicher, ob sie überhaupt wusste, wer er war. Was hatte sie in diesem Moment gedacht?

»Willst du schon gehen?«, hatte er sie gefragt. Und sie hatte sich auf sein Gesicht zu konzentrieren versucht. Ihr war die Art, wie er sie anlächelte, nicht ganz geheuer.

»Ja«, hatte sie geantwortet. »So leid es mir tut, aber ich muss … nach Hause.«

Als sie darauf ihre Handtasche nahm und auf den Ausgang zusteuerte, torkelte sie beim Gehen fast von einer Wand zur anderen.

Und sie war immer noch in dieser einen Sekunde stehen gebliebener Zeit auf der Tanzfläche, aber zugleich hatte sie, schien es ihr, stundenlang versucht, sich mit ihren bescheuerten High Heels auf den Beinen zu halten, als sie die London Road hinaufstakste. Irgendwann hatte sie sich in diesen Stunden umgeblickt und gesehen, dass ihr dieses komische Lächeln folgte, und sie hatte es mit der Angst zu tun bekommen.

Sie hatte ihr Handy herausgeholt, aber aus irgendeinem Grund war es ihr nicht gelungen, es zu entsperren. Ihre Finger hatten ihr den Dienst versagt. Sie waren die von jemand anderem geworden. Deshalb hatte sie loszurennen versucht.

Und dann, es schien nicht einmal eine Sekunde verstrichen zu sein, lag sie schluchzend mit dem Gesicht auf der Erde, und ihr Verfolger drückte ihr ein Messer in den Rücken. Und auf einmal erkannte sie auch seine Stimme wieder. Sie erinnerte sich an den Sheffielder Akzent aus dem Club, als er noch nette Dinge zu ihr gesagt hatte.

»Bitte nicht«, hatte sie gefleht. »Lass mich los.«

»Halt dein blödes Maul.«

Das Haar war ihr ins Gesicht gefallen, und er hatte sie herumgedreht, und sie hatte gefürchtet, es jeden Moment vollzukotzen. Sie konnte keinen klaren Gedanken mehr fassen.

Er zerrte an ihrer Unterwäsche, aber das konnte nicht sein. Das *durfte* nicht sein. Sie wollte sich wehren, aber es war wie in einem Traum, und ihr Körper war unfähig, irgendetwas zu tun. Sie war vollkommen hilflos.

»Hey!« Eine andere Stimme. Tiefer. Und in ihr schwang eine ganz andere Drohung mit. »Was soll das?«

Das Gezerre an ihrer Unterwäsche hörte auf, und das auf ihr lastende Gewicht löste sich kurz von ihr. Bloß in ihrem linken Arm spürte sie noch einen heftigen Schmerz. Er rührte von der Hand her, die ihn weiter auf den Boden drückte.

»Mach den Abgang!«, zischte der Mann auf ihr. »Aber schnell!«

Louise bekam eine Hand frei, strich sich die Haare aus dem Gesicht und veränderte ihre Haltung so, dass sie das Gesicht des Mannes sehen konnte, der sie zu Boden drückte. Weil er sich ein

Halstuch umgebunden hatte, war das Lächeln weg. Er war gesichtslos geworden. Grauenhaft.

Ein Stück hinter ihrem Angreifer ragte eine große Gestalt auf.

»Egal, wer Sie sind oder was Sie da machen, lassen Sie die Frau sofort los. Auf der Stelle!«

»Hab ich dir nicht gesagt, du sollst dich verpissen?« Plötzlich war eine unglaubliche Kälte in der Stimme mit dem jovialen Sheffielder Akzent. »Das geht dich nichts an.«

»Bitte helfen Sie mir«, schluchzte Louise. »Lassen Sie mich nicht allein.«

Darauf trat kurze Stille ein, und dann machte die große Gestalt einen Schritt auf sie zu. Das Gewicht auf ihrem Arm war plötzlich weg, ihr Angreifer wurde hochgerissen, und es ertönte ein grässliches Geräusch, als seine Faust auf den großen Fremden zuschoss.

Es folgten ein lautes Stöhnen und ein wilder Aufschrei. Die Faust des größeren Manns schoss so schnell vor, dass der mit dem Halstuch getarnte Angreifer nicht mehr ausweichen konnte. Sie traf ihn mit einem brutalen Knirschen. Gleichzeitig traktierte die große Gestalt Louises Angreifer mit heftigen Stößen und Tritten, bis dieser torkelnd von ihr zurückwich. Er versuchte gleichzeitig, zu fliehen und sich vor weiteren Schlägen zu schützen.

Danach wurde es still. Der widerliche Kerl mit dem Halstuch hatte sich davongemacht.

Zunächst hörte sie ihren Retter nur schwer atmen, dann fragte er: »Bei Ihnen alles okay?«

In diesem Moment krümmte sich Louise plötzlich ganz fest zusammen und begann so haltlos zu schluchzen, dass sie keine Luft mehr bekam.

»Shhh.« Er ging neben ihr in die Hocke. »Shhh. Ist ja gut. Alles wird wieder gut.«

Er half ihr vom Boden hoch, und jetzt sah sie, dass etwas aus seinem Bauch stand. Sie streckte die Hand danach aus und berührte den dunklen Fleck, der sich darunter auf seinem T-Shirt gebildet hatte. Und als sie die Hand wieder zurückzog, war sie warm und feucht.

»Sie sind ja verletzt«, stieß sie atemlos hervor.

Er lachte kurz auf, aber sein Lachen ging rasch in ein Stöhnen über.

»Alles nur halb so wild«, sagte er dann.

Jetzt sah sie zum ersten Mal sein Gesicht und merkte, dass sie ihn kannte. Sogar mit ihm gesprochen hatte. Auch er war im Club gewesen. »Ich lasse mich … gleich … verarzten. Aber erst bringe ich Sie nach Hause.«

Er schien sich seiner Sache so sicher zu sein, dass sie nickte und mit ihm losging. Um sie herum begann es zu schneien, und alles wirkte so unwirklich.

Und eine Weile später, aber gleichzeitig im selben Moment, war sie mit ihm oben im Schlafzimmer und zog sich die Schuhe aus, um sich ins Bett zu legen. Sie zitterte immer noch am ganzen Körper und rollte sich eng zusammen, aber seine Anwesenheit beruhigte sie.

Als er sich schwer auf das Bett niedersinken ließ, geriet die Matratze unter ihr heftig ins Schaukeln und Schwanken.

»Ich möchte mich nur … ist es okay für Sie, wenn ich mich kurz hinlege?«, fragte er. »Nur ganz kurz.«

»Klar«, sagte sie. »Legen Sie sich einfach hin.«

Er streckte sich, das Gesicht ihr zugewandt, neben ihr aus und schnappte abrupt nach Luft. Dann mühte er sich eine Weile mit einem gequälten, zum Schluss erleichterten Stöhnen mit etwas ab. Der Gegenstand, der aus seinem Bauch gestanden hatte, war ein Messer, das er jetzt in der Hand hielt, und eine zaghafte innere Stimme sagte ihr, dass er dringend Hilfe brauchte. Sie musste etwas tun.

Doch noch während ihr diese Stimme das sagte, wurde ihr schwarz vor den Augen. Sie verlor das Bewusstsein, und die Welt um sie herum wich einer anderen, weniger brutalen, die irgendwo hinter alldem existierte.

»Mir ist kalt«, sagte er nach einer Weile, und als sie darauf die Augen wieder öffnete, sah sie, dass er blass war. Sehr blass. Und seine Augen waren voller Angst.

Sie streckte die Hand nach seinem Gesicht aus und begann, es zu streicheln. »Ist ja gut«, flüsterte sie. »Ich bin hier. Ich bin bei Ihnen.«

38.

Die Situation war Niall Reakes nur zu vertraut. Eine Hotelbar und Dina, die auf ihn wartete, langbeinig und unglaublich glamourös in ihrem kleinen Schwarzen, das Haar zu einem losen Knoten gebunden, sodass das meiste davon in reizvollen dunklen Locken auf ihre Schultern fiel.

Sie schaute auf ihr Handy, als er eintraf, und hatte bereits einen Drink vor sich stehen. So war es immer. Seine Ex-Frau wartete immer perfekt inszeniert, um die größtmögliche Wirkung zu erzielen.

Er schüttelte kaum merklich den Kopf und machte die letzten paar Schritte auf sie zu. Sie schaute auf und lächelte ihn mit einem Anflug von Wehmut an.

»Nur gut, dass wir uns doch noch mal sehen«, sagte sie. »Ich fand es schrecklich, nicht mit dir reden zu dürfen.«

Niall Reakes setzte sich langsam und sagte: »Wir werden uns nie wiedersehen, Dina.«

Seine Ex ließ den Blick eine Weile auf ihm ruhen, dann lachte sie. »Mach dich doch nicht lächerlich, Niall.« Sie griff nach ihrem Glas und nahm bedächtig einen Schluck von ihrem Martini. »Jetzt können wir tun, was wir wollen. Alles ist ans Licht gekommen.«

Auch Niall Reakes lachte, aber sein Lachen klang ganz anders als ihr entspanntes Kichern. Es war voller Bitterkeit.

»Du hast vollkommen recht«, sagte er. »Alles ist ans Licht gekommen. Was für ein Mensch du wirklich bist, und was für ein Idiot ich war.«

Dina verdrehte die Augen. »Du bist doch nicht etwa sauer auf mich, weil ich meine Anweisungen befolgt habe? Was hätte ich denn tun sollen? Ihr sagen, nein, wir haben unsere eigenen Pläne?« Dina schüttelte den Kopf. Ihr Blick war jetzt nicht mehr so wohlwollend. »Du weißt, wie Leute enden, die das versuchen.«

»Das hast du doch nie im Leben getan, weil du angeblich irgendwelche Anweisungen erhalten hast«, sagte Niall trocken. »Seit sie dich ins Boot geholt hat, hast du ständig versucht, dich in alles einzumischen und mich rauszukicken. Das war alles nichts als Theater. Und zugleich hast du die ganze Zeit mit mir gespielt. Mir erzählt, wie sehr ich dir angeblich fehle und wie sehr du es bereust, mich verlassen zu haben. Gleichzeitig hast du hartnäckig alle meine Versuche torpediert, wieder glücklich zu werden. Und wozu das alles? Um das Gefühl zu bekommen, *gewonnen* zu haben?« An diesem Punkt bremste sich Niall. »Aber wozu noch lange über dieses leidige Thema diskutieren? Ich brauche den Grund nicht zu wissen. Es ist mir inzwischen egal. Ich bin nur hier, um abzuholen, was mir zusteht. Dann gehe ich.«

Dina bedachte ihn mit einem langen Blick, dann steckte sie achselzuckend eine manikürte Hand in die Handtasche, die über der Rückenlehne ihres Stuhls hing, und nahm einen Umschlag heraus.

»Es ist nicht so viel, wie du gern hättest«, sagte sie. »Mit Sicherheit nicht genug, um deine Schulden abzubezahlen.«

Achselzuckend nahm Niall den Umschlag an sich und steckte ihn, ohne ihn zu öffnen, ein. Die Genugtuung, seine Enttäuschung zu sehen, wollte er ihr nicht lassen. »Das ist mir egal. Ich steige endgültig aus.«

»Nicht ganz«, sagte Dina und stand auf. »Ein paar Dinge möchte sie noch geklärt haben.«

Niall stutzte, seine Gewissheit plötzlich wie verflogen. »Was für Dinge?«

Jonah war schon aus Southampton hinaus, als er Hansons Anruf bekam.

»Es tut mir furchtbar leid, Chef«, sagte sie. »Aber … es sieht so aus, als wäre es gar nicht Alex Plaskitt gewesen, der Louise Reakes angegriffen hat. Es war der Besitzer des Clubs, Charlie Ruskin. Er ist Marc Ruskins Bruder und war in der Nacht, in der Gianette Jilani im Januar letzten Jahres angegriffen wurde, auf Step Contis Geburtstagsfeier im Rain. Und er hat in besagter Nacht das Messer für ihn aufbewahrt.«

Jonah brauchte eine Weile, um diese Informationen zu verarbeiten. »Step Contis Messer?«, fragte er schließlich ungläubig.

»Ja«, sagte Hanson. »Er war auch letzten Freitag im Blue Underground. Ich habe mit mehreren Angestellten des Clubs telefoniert, und wie sich herausgestellt hat, hat er an diesem Abend nicht, wie behauptet, gearbeitet, sondern war gewissermaßen als Gast dort. Einer der Angestellten konnte sich erinnern, dass er mit Louise Reakes geflirtet hat. Er ist sich ganz sicher, dass sie es war, weil sie ein paar Tage später in den Club gekommen ist und alle möglichen Fragen gestellt hat. Ruskin hatte ihm aufgetragen zu lügen, wenn sich jemand nach ihm erkundigen sollte, und zu sagen, dass er gearbeitet hätte. Und die Türsteher sollten seine Behauptung bestätigen, dass er von einem Gast angegriffen worden war. Das hatten sie ihm auch abgenommen, weil Ruskin eigentlich schon nach Hause hatte gehen wollen, dann aber noch mal zurückgekommen war, um Eis auf sein blaues Auge zu machen.«

»Verstehe.« Sheens setzte bereits zu einem verbotenen U-Turn an und schaltete das Blaulicht ein. »Haben sie Ihnen auch gesagt, wo er ist?«

»In seinem Club in Portsmouth«, antwortete Hanson. »Im Rain. Außerdem … hat Niall Reakes angerufen. Er ist außer sich vor Sorge um seine Frau, denn sie befindet sich anscheinend in Gefahr. Er meint, wir müssen sie unbedingt ausfindig machen. Er kann nämlich sie oder April Dumont, mit der sie höchstwahrscheinlich unterwegs ist, nicht erreichen.«

»Stimmt, das ist …«

»Die Sache ist die«, fuhr Hanson fort. »Reakes hat herausgefunden, dass sie ins Rain fahren wollten. Wo Charlie Ruskin ist.«

Jonah fiel ein, dass Louise Reakes vorgehabt hatte, mit ihrer Freundin auszugehen, und dass April Dumont das Rain vorgeschlagen hatte. Ein kalter Schauder lief seinen Rücken hinunter.

»Wollten die beiden auch am Montag, als wir sie auf dieser Tankstelle aufgegabelt haben, nach Portsmouth fahren?«, fragte er.

»Ja«, sagte Hanson. »Ich glaube schon.«

Auch das war April Dumonts Idee gewesen. Hätte Issa Benhawy nicht dazwischengefunkt, wären sie zum Feiern nach Portsmouth gefahren. Jonah wäre jede Wette eingegangen, dass sie unterwegs zum Rain gewesen waren.

»Alles klar. In fünf Minuten hole ich Sie ab, vorausgesetzt, Sie haben noch nicht zu viel getrunken. Sagen Sie Domnall, er soll Ben mitnehmen. Sofort.«

Nicht schon wieder. Das konnte einfach nicht sein.

Und doch war es so. Louise hatte keine bewusste Entscheidung getroffen wegzulaufen. Als sie endlich ihren schrecklichen Wachtraum abgeschüttelt hatte, befand sie sich nicht mehr in der Nähe der Bar. Ihre Handtasche schlug schmerzhaft gegen ihr Bein, als sie taumelnd den Flur zum Ausgang hinunterrannte.

Die Türsteher dort würden ihr bestimmt helfen. Ihnen konnte sie erzählen, was passiert war, und sie würden sie beschützen, bis sie ein Taxi rufen konnte und mit April telefoniert hatte.

Doch als sie schließlich die Tür erreichte und einen der beiden Männer dort ansprechen wollte, fiel ihr ein, was April gesagt hatte. Der Club gehörte Charlie. Dem Charlie, mit dem April sie hatte verkuppeln wollen. Demselben Mann, vor dem sie schon einmal auf einer Hochzeit geflohen war. Damals, als sie sich noch besser auf ihren Instinkt hatte verlassen können.

Scheiße, dachte sie. *Scheiße. Sie arbeiten doch für ihn.*

Und deshalb rannte Louise unter ihren abschätzig amüsierten

Blicken einfach an ihnen vorbei und auf die Straße hinaus. Eine erschreckend verlassene Straße.

Sie hatte damit gerechnet, dass noch viele Menschen unterwegs wären, aber da es leicht zu regnen begonnen hatte, schien sich niemand mehr ins Freie zu wagen. Verzweifelt blickte sie sich nach einem Geschäft um, das noch geöffnet hatte, aber sie sah nur verrammelte Immobilienbüros und Reinigungen, in denen kein Licht brannte.

Was ist nur los mit dir, Louise? Warum bist du nicht zu Hause geblieben?

Ein Stück weiter war eine Durchfahrt, und sie rannte hinein. Hier war sie wenigstens nicht zu sehen, wenn sie ein Taxi rief. Sie zog sich hinter einen großen blauen Müllcontainer an der Außenwand des Clubs zurück. Mein Gott, diese Kälte. Dafür war sie nicht angezogen. Das Dach über ihr bot so gut wie keinen Schutz vor dem Regen, den ihr der Wind ins Gesicht peitschte.

Sie wollte gerade ihr Handy herausholen, als sie ein eisiger Schrecken durchfuhr. Ein schreckliches, verhängnisvolles Versehen.

Es war in der Tasche ihrer Jacke, die im Club ordentlich gefaltet auf der gepolsterten Bank ihrer Sitznische lag.

Scheiße. Am liebsten hätte sie auf irgendetwas eingeschlagen. Auf sich selbst. Auf die Mülltonne. Auf irgendwas. *Was hast du dir eigentlich dabei gedacht, Louise?*

Aber sie musste klaren Kopf bewahren und in Ruhe nachdenken. Irgendeinen Ausweg aus diesem Schlamassel musste es doch geben.

Sollte sie einfach wieder in den Club gehen? Vielleicht fand sie dort ein paar Leute, die ihr halfen.

Aber dann fiel ihr ein, wie betrunken die meisten Männer und Frauen schon gewesen waren. Würde ihn überhaupt jemand aufhalten, wenn er sie irgendwohin schleppte, wo er sich ungestört über sie hermachen konnte? In einen Raum des Clubs, zu dem nur er Zugang hatte?

Von der Straße her drangen Stimmen in die Durchfahrt. Sie stand vollkommen reglos da und versuchte, etwas von dem Gesprochenen mitzubekommen. Aber sie gingen zu schnell vorüber, um etwas davon verstehen zu können.

Dann hörte sie Schritte. Bestimmt hatten ihm die Türsteher gesagt, wohin sie gegangen war. Die Durchfahrt war viel zu nahe am Club. Sie hätte versuchen sollen, sich möglichst weit davon zu entfernen. Das sah ihr wieder einmal ähnlich. Sie hatte alles falsch gemacht.

Und während sie nun vollkommen reglos dastand und hoffte, er möge an ihr vorbeigehen, ohne sie zu bemerken, oder umdrehen und in den Club zurückkehren, begann sie in Gedanken mit ihrem Mann zu reden. Sie stellte sich vor, wie sie ihm in der Wärme und Geborgenheit ihres Hauses schrieb. Sie stellte sich vor, dass sie es irgendwie schaffte, zu entkommen und zu überleben, und sie nahm sich fest vor, alles aufzuschreiben. Wirklich alles.

Ich werde dich wiedersehen, Niall, dachte sie.

Die Schritte waren jetzt unerträglich nah. Er ging am Container vorbei. Es war nur noch eine Frage von Sekunden, dass er sie entdeckte.

Ihre Hand begann zu zittern, und sie schob sie in ihre Handtasche. Die Handtasche, in der kein Handy war, die aber trotzdem so unglaublich voll und schwer war wie alle ihre Handtaschen, obwohl sie sie an diesem Abend noch hatte gründlich ausmisten wollen, um dann doch alles wieder ordentlich einzuräumen.

»Louise …«

Er sagte es so ruhig. So sanft. Und Louise spürte, wie ihr Körper vor Angst schluchzen wollte, aber das durfte sie auf keinen Fall zulassen.

Plötzlich stand Charlie direkt vor ihr und sah sie an. Aber jetzt, wo er sie gefunden hatte, war es irgendwie fast besser. Schlimmer konnte es nicht mehr werden, und sie würde sich nicht hinter diese blöde Mülltonne verkriechen und widerstandslos sterben.

Sie richtete sich zu voller Größe auf und sah ihn unverwandt an.

»Da bist du ja«, sagte er lächelnd, und sein Blick flackerte über sie und den Container.

Sie begriff den Grund seines Lächelns. Er dachte, dass sie ihn an den perfekten Ort gebracht hatte. Hier brauchte er sie nur in die Mülltonne zu werfen, wenn er sie getötet hatte, und konnte später noch einmal zurückkommen.

»Ich bin so froh, dass du gekommen bist«, sagte er mit einem gutgelaunten Lachen. »Ich kann gar nicht glauben, dass alles so perfekt läuft, aber …« Sein Blick streifte über ihr Gesicht. »Jetzt erinnerst du dich doch an mich, oder?«

Louise nickte und sagte mit einer Stimme, die nicht so fest war, wie sie gern gehabt hätte: »Du bist also der Typ, der Mädchen mit Drogen gefügig machen muss, um sie ficken zu können.«

Sein Mund bewegte sich. Seine Lippen spannten sich. Sein Grinsen bekam etwas Schiefes.

»Genau die Zicke, die ich befürchtet habe«, sagte er. »Das solltest du dir abgewöhnen, Louise. Das mögen Männer nicht.«

Und da war es auf einmal. Das Gefühl von Stärke, nach dem sie gesucht hatte. Sie hatte ihn geärgert, und das würde sie weiter tun. Sie würde ihn wütend machen, denn sie hatte es so was von satt, immer nur Angst zu haben.

»Hat es dir Spaß gemacht, von ihm fertiggemacht zu werden?«, fragte Louise. »Von Alex? Du hattest nicht den Hauch einer Chance gegen ihn.«

Ruskins Lachen war ohne jeden Humor. »Na ja, er hätte lieber auf mich hören und sich aus allem raushalten sollen. Dann hätte ich ihn vielleicht nicht abstechen müssen.«

An seinem Gesichtsausdruck konnte sie sehen, dass er an das dachte, was er gleich mit ihr machen würde. Sie beobachtete ihn angespannt und wartete, was er als Nächstes tun würde. Würde er sie diesmal mit einem Messer angreifen? Hatte er eines dabei?

Er schaute sich kurz in der Durchfahrt um. Offensichtlich war niemand zu sehen. Er machte einen Schritt auf sie zu, und auf einmal spürte sie seine Hände um ihren Hals.

»Tschüss, du Schlampe«, zischte er und hob sie mit den Händen vom Boden hoch.

Es war das Schrecklichste, was sie je erlebt hatte. Sie wollte sich nur noch übergeben und ihn treten. Und es tat unglaublich weh. Mein Gott, die Schmerzen waren unerträglich.

Ihre Hand war immer noch in ihrer Handtasche. Und umklammerte dort einen gummierten schwarzen Griff. Schon seit Minuten. Und trotz aller Schmerzen ignorierte sie ihr verzweifeltes Verlangen nach Luft und konzentrierte sich voll und ganz auf dieses Ding in ihrer Hand. Es war, als bestünde sie nur noch aus ihrer um diesen Griff geklammerten Hand, die sie jetzt herausriss und quer durch den schmalen Spalt zwischen ihrem und seinem Körper zog. Und dann stieß sie die Klinge in seiner Achselhöhle nach oben und seitlich in seinen Brustkorb.

Eine endlose Sekunde lang zeigte er keine Reaktion, und dann, als sie das Messer wieder herauszuziehen versuchte, ließ er sie plötzlich los. Sie landete, heftig nach Luft schnappend, auf ihren Füßen, ließ aber den Griff nicht los und spürte, wie er sich nach unten senkte, als sie in die Knie ging.

Ruskin heulte auf. Er begann, mit aller Kraft gegen ihre Oberschenkel und ihren Bauch zu treten. Wieder hatte sie das Gefühl, sich übergeben zu müssen, und bekam panische Angst, ihre Kehle könnte zu stark zugeschwollen sein, um das Erbrochene hindurchzulassen. Aber sie schaffte es, sich weiter auf ihren Knien zu halten und mit einer Hand das Messer zu umklammern.

In dem Moment fiel ihr ein, wie Alex Plaskitt gestorben war. Mit einem erstickten Schrei riss sie an dem schwarzen Griff und spürte, wie sich die Klinge aus Ruskins Körper löste. Im selben Moment begann ihre Kopfhaut heftig zu schmerzen. Ruskin hatte sie an den Haaren gepackt und zog sie daran hoch.

»Hey, was soll das?«

Sie hörte die Stimme. Die Stimme ihrer Freundin. Aprils Stimme.

Louise geriet in Panik.

Sie war es, die mich hierher mitgenommen hat. Sie wollte mich mit ihm verkuppeln …

Sie hat alles geplant. April hat alles geplant.

»Nein«, stieß Louise hervor.

Im selben Moment ließen die Schmerzen an ihrem Kopf nach. Ruskin sank nach hinten, und es war Aprils Arm, der um seinen Hals geschlungen war.

»Lass sie sofort los! Auf der Stelle!«

Ruskin versuchte zu sprechen, aber seine Stimme war nur noch ein raues, gurgelndes Krächzen.

»Scheiße … sie hat mir … ein Messer reingerammt!«

Er taumelte rückwärts von Louise fort, und April stieß ihn so lange vor sich her, bis er hinfiel. Sie musterte ihn kalt. Dann fing sie Louises Blick auf. Und über ihre Züge legte sich ein eigenartiges Lächeln.

»Da siehst du's. Hättest du ihr wohl nicht zugetraut, hm?«

Jonahs Team blieb nicht viel anderes mehr zu tun, als die ganze Sauerei aufzuräumen. Sie waren eine Stunde zu spät gekommen, um Louise Reakes davon abzuhalten, diesmal wirklich auf jemanden einzustechen. Und fünfzig Minuten zu spät, um Charlie Ruskin helfen zu können, den sie noch schnell für verhaftet erklärten, bevor ihn zwei Rettungssanitäter in ihren Krankenwagen brachten.

Und als einer der uniformierten Constables der Polizei von Portsmouth City Jonah gefragt hatte, ob er wirklich einem Mörder das Leben retten wollte, hatte er ihm gewaltig die Leviten gelesen und in aller Deutlichkeit klargemacht, dass er das natürlich versuchen würde. Ein Menschenleben war in dieser Nacht ausgelöscht worden und ein anderes wahrscheinlich ruiniert. Hätte man etwa nicht alles tun sollen, um das zu verhindern?

Im Moment wirkte Louise Reakes jedoch glücklicher, als er sie jemals erlebt hatte. Ihr Hals begann sich bereits rot und violett zu verfärben, und sie hatte einen Verband um ihr linkes Knie und hielt sich einen Eisbeutel an ihr rechtes Handgelenk. Aber sie lächelte Jonah an, als er mit ihr zu sprechen begann.

»Die Sanitäter meinen, Ihre Verletzungen sollte sich unbedingt ein Arzt ansehen«, sagte der DCI. »Deshalb werden sie Sie erst mal ins Portsmouth General bringen. Reden können wir dann später.«

»Mit *mir* können Sie gern jetzt gleich reden«, sagte April, die neben Louise kauerte. Jonah war froh, dass sie geblieben war. Er hatte eine Menge Fragen an sie.

»Danke«, sagte er. »Dann können wir ja gleich mal Ihre Aussage zu Protokoll nehmen.«

Nichts in April Dumonts Äußerungen deutete darauf hin, dass sie etwas mit dem Angriff auf Louise Reakes zu tun gehabt hatte. Oder dass sie an Niall Reakes' und Dina Weymans Drogengeschäften beteiligt gewesen war. Sie lieferte ihm keinen Grund, sie festnehmen zu lassen. Noch nicht zumindest.

Außerdem sprach für sie, dass sie es gewesen war, die den Rettungswagen gerufen und Charlie Ruskin von Louise Reakes zurückgezogen hatte. Sie wollte ihre Freundin auch unbedingt auf der Fahrt ins Krankenhaus begleiten, aber Jonah bestand darauf, dass sie mit ihm fuhr und nicht mit den Rettungssanitätern. Er schloss sie in seinem Wagen ein und beobachtete dann mit seinem Team, wie der Krankenwagen Louise Reakes wegbrachte.

Er seufzte schwer. »Was für ein Chaos.«

Hanson schien untröstlich. »Es war alles nur meine Schuld. Ich hätte früher daran denken sollen, mit Conti zu reden. Ben hat gesagt … er war es, der darauf gekommen ist.«

Jonah schüttelte den Kopf. »Ehrlich gesagt, bin ich noch gar nicht sicher, ob es überhaupt unsere Schuld war. Was nicht heißt, dass wir uns die nächsten paar Wochen nicht ausgiebig mit dieser Frage befassen werden. Im Übrigen sind tatsächlich Sie darauf gekommen.«

Er lächelte sie erschöpft an. »Womit Sie Ihrem schlafmützigen Chef um einiges voraus waren.«

Er bat O'Malley, Hanson nach Hause zu bringen, dann fuhr er mit Lightman und April Dumont ins Krankenhaus. Als er während der Fahrt Dumont immer wieder kurz im Rückspiegel beobachtete, entdeckte er in ihrer Miene nichts als finstere Entschlossenheit.

April Dumont blieb bei Louise, bis Niall Reakes eintraf. Er war kreidebleich und außer sich vor Sorge und wollte unbedingt seine Frau sehen.

Als sich Niall Reakes und April Dumont begegneten, kam es zu einer seltsamen Szene. Reakes zögerte einen Moment und nickte ihr dann nur kurz zu.

April Dumont fragte ihn mit hochgezogenen Augenbrauen: »Du bist also ihretwegen hergekommen? Kann ich sie dir demnach unbesorgt anvertrauen?«

Niall Reakes' Stimme wirkte gefasst und unverstellt, als er antwortete: »Allerdings.«

April Dumont stand abrupt auf und verkündete lächelnd, dass sie jetzt nach Hause fahren wolle.

»Wir müssen Sie allerdings bitten, morgen auf die Polizeistation zu kommen«, sagte Jonah.

»Aber natürlich«, sagte sie. »Nur nicht zu früh, wenn es geht. Bis dann, Niall.«

»Ist Niall hier?«, hörte man Louises Stimme hinter dem Vorhang. »Ich will ihn sehen.«

Und zu Jonahs Überraschung weinte Niall Reakes, als er seine Frau in die Arme schloss. Er küsste sie immer wieder und beteuerte ihr, wie leid ihm alles tue.

Kaum weniger überraschte den DCI Patrick Moorcroft, der persönlich vorbeikam, um Louise Reakes beizustehen. Er wartete im Southampton General auf sie, als sie um ein Uhr nachts entlassen wurde.

Niall Reakes folgte seiner Frau vom Krankenhaus in die Polizeistation, entschlossen, dort auf sie zu warten, obwohl sie ihm sagte, er solle lieber nach Hause fahren und sich schlafen legen. Er sehe erschöpft aus. Mit einem Mal wirkte sie wie eine um ihr Kind besorgte Mutter, und es war eigenartig, das zu beobachten.

Was dann folgte, war die erste Vernehmung, der Louise Reakes ohne Angst zu begegnen schien. Sie saß aufrecht auf ihrem Stuhl, und sah man von ihrer heiseren Stimme ab, schienen ihr weder die Müdigkeit noch ihre Verletzungen etwas anhaben zu können. Außerdem war sie sehr gefasst und sachlich, als sie ihnen von den Erinnerungen erzählte, die ihr inzwischen wieder an Freitagabend gekommen waren.

»Ich hatte Alex Plaskitts Gesicht so oft gesehen. Ich folgte ihm im Internet, sah mir seine Videos an … und ohne es zu merken, fing ich wahrscheinlich an, ihn auf alles Mögliche zu projizieren. Und als ich mich allmählich wieder erinnern konnte, dass ich an der Bar gesessen hatte, nahm ich einfach an, ich hätte mit ihm geredet.« Sie schüttelte mit angespanntem Mund den Kopf. »Möglicherweise hat da auch mein schlechtes Gewissen mit hereingespielt.«

Sie erzählte ihnen von April Dumonts Vorschlag, zusammen nach Portsmouth zu fahren und dort auszugehen, und von ihrer Angst, erneut angegriffen zu werden.

»Ich dachte einfach … dass ich das letzte Mal nicht überlebt hätte, wenn ich kein Messer gehabt hätte. Und deshalb glaubte ich, dass ich mir zutrauen würde, mit April auszugehen, wenn ich eines dabeihätte.« Sie lachte bitter. »Wenn Sie allerdings wüssten, wie wenig ich mir vorstellen konnte, tatsächlich davon Gebrauch zu machen … Aber wahrscheinlich ging es mir da wie jeder anderen bewaffneten Frau.«

»Hatten Sie denn keine Bedenken, wozu Sie vielleicht doch in der Lage sein könnten?«, fragte Jonah. »Immerhin glaubten Sie, Alex Plaskitt getötet zu haben. Hatten Sie keine Angst, Sie könnten noch einmal jemanden töten? Sogar grundlos?«

Louise Reakes schüttelte den Kopf und sagte sehr bestimmt:

»Sorry, aber es ging mir einzig und allein ums nackte Überleben.« Sie runzelte die Stirn. »Das wäre mir ohne das Messer wohl kaum geglückt.«

Und dann erzählte sie ihnen, wie Charlie Ruskin sie angegriffen hatte und wie ungeschickt sie sich von Anfang an verhalten hatte.

»Ich geriet in Panik und tat genau das Falsche«, sagte sie. »Ich hätte den Club unter keinen Umständen verlassen dürfen. Ich hätte auf die Toilette gehen und nach April suchen sollen.«

Jonah sah sie kurz nachdenklich an, bevor er fragte: »Glauben Sie denn, ihr trauen zu können? Immerhin hat sie zugegeben, Charlie Ruskin zu kennen. Insofern ist nicht auszuschließen, dass sie ... na ja, dass sie Sie nur deshalb eingeladen hat, mit ihr nach Portsmouth zu fahren, damit Ruskin Sie zum Schweigen bringen konnte.«

Louise Reakes sah ihn lächelnd an. »Kurz dachte ich das auch. Als sie plötzlich in dieser Durchfahrt auftauchte. Aber dann zog sie ihn von mir weg, statt ihm zu helfen. Und sie hatte es auch nicht eilig, seine Blutung zu stoppen. Ihr war wesentlich wichtiger, dass es mir gut ging als ihm. Bis ich ihr sagte, ich wollte auf keinen Fall wegen Mordes angeklagt werden.« Sie verzog den Mund. »Und inzwischen weiß ich, dass mir das blüht. Dessen bin ich mir sehr wohl bewusst.«

Dazu konnte Jonah nur nicken, obwohl es ihn insgeheim gewaltig wurmte, dass sie einer unbegründeten Anklage wegen Mordes an Alex Plaskitt entgangen war, nur um sich wenig später gezwungen zu sehen, Charlie Ruskin zu töten. Das alles erschien ihm schrecklich ungerecht, und er fragte sich, was es mit einem Menschen anstellte, so etwas durchmachen zu müssen. Dazu kam noch die grausame Ironie, dass Louise Reakes vermutlich noch eine Woche zuvor nicht mit Gewalt auf den Angriff reagiert hätte. Irgendwie hatten sie alle miteinander eine bisher unbekannte Seite von ihr zum Vorschein gebracht.

Seltsamerweise jedoch hatte ihr die Fehleinschätzung ihrer Persönlichkeit sogar geholfen. Ohne sie wäre sie mit hoher Wahrscheinlichkeit tot gewesen, bevor April Dumont auftauchte. Und es ließ sich nicht einmal ausschließen, dass auch April Dumont getötet worden wäre.

Doch selbst unter Berücksichtigung all dieser Punkte war Jonah noch immer nicht klar, welche Rolle April bei alldem eigentlich spielte. Sie hatte steif und fest behauptet, es sei allein ihre Idee und nicht die von Charlie Ruskin gewesen, ihn und Louise Reakes zusammenzubringen, und alles sei eine Verquickung unglücklicher Umstände gewesen. Angeblich hätte sie nie für möglich gehalten, dass Ruskin zu solchen Gewalttaten imstande wäre. Wie alle anderen hatte sie angenommen, dass Alex Plaskitt der Mörder war.

Sie hatte auch behauptet, dass Ruskin selbst bei ihrem Versuch, ihn mit Louise zu verkuppeln, nur von zweitrangiger Bedeutung gewesen sei. »In erster Linie ging es mir nur darum, ihr das Gefühl zu vermitteln, wieder ausgehen und sie selbst sein zu können«, hatte sie mit ihrer gewohnten Überzeugungskraft behauptet. »Ich wollte mit allen Mitteln verhindern, dass sie sich wegen dieser Geschichte endgültig in ihr Schneckenhaus zurückzieht.«

Wie sich herausstellte, hatte April Dumont Charlie Ruskin schon länger gekannt als Louise Reakes. Aber nicht annähernd so gut wie ihre Freundin, hatte sie erklärt. Er war bei einem Jahreskongress, an dem sie mehrere Male hintereinander teilgenommen hatte, als sie noch in der Pharmaindustrie tätig war, für das Catering und vor allem für die Bar zuständig gewesen. Sie waren gut miteinander ausgekommen und hatten es geschafft, dieses gute Verhältnis nicht zu ruinieren, indem sie miteinander ins Bett gingen. Bei dieser Bemerkung hatte sich Jonah nur mit Mühe ein Grinsen verkneifen können. Eine Welt, in der es als ungewöhnlich galt, nicht mit einem Freund zu schlafen, war ihm fremd.

»Wussten Sie wirklich nicht, was Ruskin alles auf dem Kerbholz hatte?«, fragte Jonah und beobachtete sie dabei scharf.

»Natürlich nicht«, sagte April Dumont. »Sie glauben doch nicht im Ernst, ich hätte meine beste Freundin mit ihm zu verkuppeln versucht, wenn ich gewusst hätte, dass er sie kurz zuvor überfallen und einen Mann erstochen hat? Ich mag Louise sehr.« Sie sah ihn direkt an. »Wahrscheinlich hätte ich ihn umgebracht, wenn ich ihr damit das Leben gerettet hätte. Sie ist die einzige … sie ist alles, was ich an Familie habe, und da spielt es überhaupt keine Rolle, dass wir nicht blutsverwandt sind.«

Auf die Frage, ob sie Beziehungen zum organisierten Verbrechen habe, hatte Dumont nur gelacht und diese Unterstellung als lächerlich abgetan. Sie hätte schon genügend Probleme, ihr eigenes Leben zu organisieren.

Als Jonah hinterher mit Lightman über April Dumonts Aussage sprach, musste er zugeben, dass er ihr ihre Ahnungslosigkeit zum Teil abgenommen hatte. Charlie Ruskin hatte aller Welt mit Erfolg weisgemacht, dass Alex Plaskitt von der Hand seines Opfers gestorben war. Deshalb hatte er eine Begegnung mit Louise Reakes unter allen Umständen vermeiden wollen. Die Gefahr, dass sie ihn erkannte, war zu groß.

Das Gespräch ließ Jonah mit einer gewissen Ratlosigkeit zurück. Er wollte sich April Dumont zwar am nächsten Tag noch einmal vorknöpfen, aber ihm war klar, dass ihr schwer beizukommen wäre. Zumindest hatte ihm jedoch Louise Reakes bereitwillig alles erzählt, weshalb sie für den Rest der Nacht eine Zelle mit so viel Komfort zugeteilt bekommen hatte, wie Jonah so spät nachts noch organisieren konnte.

Danach war Jonah endlich nach Hause gefahren. Er musste fast die ganze Fahrt über das Fenster offen lassen. Seine Augen waren so schwer, dass er ernsthaft fürchtete einzuschlafen. Er parkte, so leise er konnte, in Jojos Einfahrt und wollte sich eigentlich auf der Couch im Wohnzimmer schlafen legen, um sie nicht zu stören. Aber dann stieg er doch die Treppe hinauf und schlüpfte unter die brandneuen Laken aus ägyptischer Makobaumwolle zu ihr ins Bett.

Vor dem Einschlafen dachte er an Alex Plaskitt. Was für ein prima

Kerl er gewesen war und wie sich Charlie Ruskin und der Alkohol zusammengetan hatten, ihn zu töten.

Aber wenigstens würden das jetzt alle erfahren. Alle würden erfahren, was tatsächlich passiert war.

39.

Am Samstagabend wäre Jonah am liebsten einfach aus der Station marschiert und nie mehr zurückgekommen.

Es war ein zermürbender Tag gewesen, mit anstrengenden Gesprächen und ausuferndem Papierkram. Am Morgen hatte er als Erstes dem DCS telefonisch Bericht erstattet, und nach langem Schweigen hatte ihn Wilkinson für ein persönliches Gespräch zu sich gebeten. Dieses zweite Gespräch war bohrend und schwierig gewesen und hatte Jonah das Gefühl vermittelt, alle enttäuscht zu haben.

Am Ende hatte Wilkinson geseufzt. »Mein persönlicher Eindruck ist, dass Sie in jeder Phase des Verfahrens die bestmögliche Entscheidung getroffen haben. Ich kann mir, ehrlich gesagt, nicht vorstellen, Jonah, dass jemand umsichtiger hätte vorgehen können.«

»Danke«, hatte Jonah erwidert und sich bereits gegen das gewappnet, was als Nächstes kommen würde.

»Aber als DCS muss ich das alles noch einmal einer eingehenden Überprüfung unterziehen. Wir müssen allem auf den Grund gehen und nachweisen, dass wir uns keine Versäumnisse haben zuschulden kommen lassen. Immerhin ist es uns nicht gelungen zu verhindern, dass ein Serientäter beinahe eine Frau getötet hätte, die ihn hätte identifizieren können. Wir müssen klarstellen, dass es von unserer Seite zu keinen Versäumnissen gekommen ist. Und vielleicht gelingt es uns dabei sogar, neue Erkenntnisse zu gewinnen.«

»Selbstverständlich.«

Danach war Jonah mit Lightman zu Marc Ruskin gefahren, um ihm mitzuteilen, dass sein Bruder tot war. Marc Ruskin, eine kleinere und harmlosere Ausgabe seines Bruders, war nach und nach immer blasser und stiller geworden und hatte sich eine Weile ins Bad seines Hauses zurückgezogen und sich dort mehrmals übergeben.

Als er wieder zurückkam, setzte er sich Jonah gegenüber und sagte, den Blick auf den Teppich gesenkt: »Es war nicht seine Schuld. Dass er war, wie er war, meine ich.«

»Hat er … ist in seiner Vergangenheit irgendetwas Besonderes vorgefallen?«

»Unsere Mutter«, sagte Ruskin mit zitternder Stimme. »Sie … wir wurden beide von ihr missbraucht. Sie hat uns gezwungen, alles Mögliche zu tun … Charlie war älter als ich und hat sie oft zu überreden versucht, wenigstens mich in Frieden zu lassen. Deshalb hat das Schlimmste er abbekommen. Das Schlimmste von allem. Ich wusste, dass er von Grund auf versaut war, aber ich dachte, wir … wir würden irgendwie darüber hinwegkommen.«

Jonah musste an die Schatulle aus Alex Plaskitts Auto denken und fragte Ruskin, ob seine Mutter dunkelhaarig gewesen sei.

»Ja.« Ruskin nickte. »Sie hatte langes dunkles Haar. Wir mussten es ihr bürsten, bevor …«

Jonah versuchte sein Bestes, alles so behutsam wie möglich aus Ruskin herauszubekommen. Als er das Haus schließlich verließ, tat er das mit einem Gefühl tiefer Beklemmung.

Danach hätte eigentlich April Dumont in die Station kommen sollen, aber es war ihnen nicht gelungen, sie zu erreichen. Ihr Handy war vom Netz genommen, und als sie schließlich jemanden in ihre Wohnung schickten, war dort nur ihr völlig aufgelöster Ehemann. Sie war vor mehr als vierundzwanzig Stunden ausgezogen und hatte alles, was ihr gehörte, mitgenommen, bevor sie mit Louise nach Portsmouth gefahren war. Sie hatte ihm nur gesagt, sie sei unglücklich und wisse nicht, ob sie ihn jemals wiedersehen wolle.

Wie sich herausstellte, hatte April Dumont auch alle anderen Verbindungen zu ihrem früheren Leben gekappt. Sie hatte sämtliche Bankkonten aufgelöst, oder zumindest die, von denen ihr Mann wusste, und ihren Pass in dem Hotelzimmer zurückgelassen, das sie in Portsmouth für sich und Louise Reakes gebucht hatte.

Und irgendwie wusste Jonah, dass sie April Dumont nie mehr wiedersehen würden. Dafür war sie viel zu clever. Sie musste ihre Flucht schon seit Jahren geplant haben.

»Zumindest beantwortet das ein paar Fragen«, sagte Jonah in dem Bemühen, der Sache auch positive Seiten abzugewinnen. »Ich bin ziemlich sicher, dass es April Dumont und ihr Ex-Mann waren, die Niall Reakes damals angeworben haben. Und ich habe den starken Verdacht, dass sie noch einiges mehr auf dem Kerbholz hat. Wenn Sie mich fragen, hat sie hinter diesen Drogengeschäften gesteckt und im Hintergrund die Fäden gezogen. Aber wenigstens dürfte Niall Reakes jetzt, wo sie sich abgesetzt hat, keine Hemmungen mehr haben, sie ans Messer zu liefern.«

Was April Dumont anging, konnten Jonah und der DCS nicht mehr viel anderes tun, als ihre Erkenntnisse an die National Crime Agency weiterzuleiten und es ihnen zu überlassen, sie aufzuspüren.

Am frühen Abend waren Jonah und Lightman schließlich zu Issa Benhawy gefahren und hatten sich inmitten seiner knallbunten Kissen mit ihm zusammengesetzt, um ihm offiziell mitzuteilen, dass sein Ehemann doch kein Mörder war.

»O mein Gott.« Benhawy schlug die Hand vor seinen Mund. »Im Ernst? Sind Sie auch ganz sicher?«

»Ja«, hatte Jonah gesagt. »Wir glauben, der Täter war Charlie Ruskin. Mit dem er anscheinend befreundet war.«

»Charlie?«, fragte Benhawy verständnislos.

»Wir glauben, dass Alex zufällig dazugekommen ist, als Ruskin versucht hat, Louise Reakes zu vergewaltigen«, erklärte ihm Jonah. »Ruskin war allerdings maskiert und deshalb nicht zu erkennen. Alex ist dazwischengegangen, um ihn aufzuhalten. Inzwischen ist Louise Reakes sicher, dass es so gewesen ist und dass der Mörder Alex ein Messer in den Bauch gerammt hat und dann geflohen ist.«

Benhawy hörte aufmerksam zu. »Dann … dann wollte er ihr also helfen?«

»Ja«, sagte Jonah und fügte ruhig hinzu: »Es tut mir leid, dass wir ihn so lange fälschlich verdächtigt haben.«

Benhawys Blick wanderte ein paarmal zwischen ihm und Lightman hin und her, als versuchte er das alles zu verarbeiten. »Aber wie ist er dann in ihrem Bett gelandet?«, fragte er schließlich, wieder zunehmend aufgebracht. »Warum hat er sich nicht helfen lassen?«

»Der Grund dafür war vermutlich, dass er zu betrunken war, um zu merken, wie schwer verletzt er war. Außerdem wollte er sichergehen, dass Louise Reakes wohlbehalten nach Hause kam. Sie sagt … er habe sie ins Bett gebracht und sie dann gefragt, ob er sich neben sie legen könne, weil er sich plötzlich nicht gut fühlte. Louise Reakes versuchte, ihn zu trösten, so gut es ging – leider ohne zu merken, dass er starb.«

Benhawy verzog den Mund, dann nickte er. »Und was hat es mit dieser … Schatulle auf sich? In seinem Auto.«

»Sie hat Charlie Ruskin gehört, nicht ihm«, schaltete sich an dieser Stelle Lightman ein. »Wir glauben, dass Ruskin in vielem der Zufall in die Hände gespielt hat. Da Alex seine Tasche im Club gelassen hat, hatte Ruskin Zugang zu seinem Autoschlüssel und konnte das Kästchen irgendwann in den frühen Morgenstunden in Alex' Auto legen, nachdem Sie damit nach Hause gefahren waren und es auf der Straße geparkt hatten. Und hinterher hat er den Schlüssel vermutlich durch den Briefschlitz in Ihrer Haustür geworfen.«

Dieser Zusammenhang war Jonah klar geworden, als ihm wieder einfiel, welche Mühe Benhawy gehabt hatte, die Haustür aufzubekommen, als er ihm die Nachricht von Alex Plaskitts Tod überbracht hatte. Er hatte damals angenommen, der Autoschlüssel, von dem sie blockiert worden war, wäre von dem Tisch in der Diele gefallen, aber in Wirklichkeit war er durch den Briefschlitz geworfen worden.

»Dahinter hat letztlich nichts anderes als pure Verzweiflung gesteckt«, fügte Jonah hinzu. »Das alles sollte dem Zweck dienen, den Verdacht in jedem Fall auf Alex zu lenken – egal, ob er nun überlebt hätte oder nicht.«

»Außerdem haben uns mehrere Zeugen bestätigt, dass sich der Mörder im Club eine Weile mit Louise Reakes unterhalten hat«, fügte Lightman hinzu. »Und wir können seine Anwesenheit an drei Tatorten nachweisen, an denen andere Frauen Opfer eines Verbrechens wurden.«

»Und Sie glauben, vor Gericht wird das genügen?«, fragte Benhawy, der plötzlich wieder aufzuleben schien.

»Zumindest ergibt das alles ein stimmiges Bild«, sagte Jonah. »Leider ist Charlie Ruskin jedoch gestern Abend unter bisher noch nicht vollständig geklärten Umständen ums Leben gekommen.«

Kurz sah Issa Benhawy aus, als würde er wieder in sich zusammenfallen. Doch dann stieß er einen schaudernden Seufzer aus und sagte: »Gut so. Er hat es verdient zu sterben.«

An diesem Punkt gab es nicht mehr viel zu sagen, und da sie Benhawy nichts über die Vorfälle von vergangener Nacht erzählen durften, verabschiedeten sie sich von ihm. Sie waren bereits an der Haustür, als er ihnen hinterherkam und sagte: »Bitte bestellen Sie Louise Reakes, dass ich ihr sehr dankbar bin, dass … dass sie ihn in seinen letzten Momenten getröstet hat. Das Wissen, dass er nicht einsam und verlassen gestorben ist, macht es irgendwie leichter erträglich für mich.«

Jonah nickte. »Ich werde es ihr ausrichten.«

Auch wenn ihr die Ereignisse vom Tag zuvor noch tief in den Knochen steckten, kam Hanson am Sonntag endlich dazu, Sport zu machen. Sie powerte sich beim Laufen voll aus und genoss dieses Gefühl ungemein.

Lightman schickte ihr am späten Nachmittag eine WhatsApp, ob sie Lust hätte, was trinken zu gehen. Sie fragte sich, ob er sich bloß um sie kümmern oder etwas mit ihr besprechen wollte. Es war ungewöhnlich, dass er ihr ein privates Treffen vorschlug.

Sie verabredeten sich im Marriott, wo sie sich auch das letzte Mal auf einen Drink getroffen hatten. Damals war ihr das als der für sie beide bequemste Treffpunkt erschienen, obwohl es ihr auch ein wenig peinlich gewesen war, die Bar des Hotels vorzuschlagen. Dieses letzte Treffen hatte unter unklaren Vorzeichen gestanden, und sie hatte nicht abschätzen können, ob sie ausschließlich als Freunde zusammengekommen waren.

Sie musterte Ben aufmerksam, als sie auf seinen Tisch zuging. Er sah müde aus, fand sie. Und möglicherweise, aber nur möglicherweise, war er auch traurig. Bei ihm war das immer schwer zu sagen. Das Kakaoherzchen auf seinem Cappuccino war ausdrucksstärker als er. Aber sie beschloss, mutig zu sein und ihn zu fragen, bevor er dazu kam, dem Thema auszuweichen.

»Und? Wie geht's dir?« Sie stellte ihre Tasche ab und setzte sich rasch. »Wie war's gestern Abend? Wie geht's deinem Dad?«

Lightman blickte zu ihr auf und grinste. »Soll ich jetzt alle Fragen auf einmal beantworten, oder eine nach der anderen?«

Sie grinste ebenfalls. »Also, die wichtigste ist auf jeden Fall, wie es dir geht. Aber ich dachte, das könnte mit den anderen beiden zusammenhängen.«

Er bewegte den Kopf ein paarmal vor und zurück, als hielte er diesen Einwurf für berechtigt. »Es ist alles in Ordnung«, sagte er und sah sie dabei an, als wollte er sich vergewissern, dass sie ihm auch glaubte. Sie ließ keinen Zweifel daran, dass sie das nicht tat. Trotzdem fuhr er fort: »Gestern ist es ziemlich spät geworden, aber dem Chef ist es wieder mal gelungen, alle breitzuschlagen.«

»Wie lief's im Krankenhaus? Bei Louise Reakes?« Das war nicht wirklich die Frage, auf die sie eine Antwort wollte, aber sie erschien ihr unverfänglicher als irgendetwas Persönliches.

»Anders als erwartet.« Er nickte bedächtig. »Ihr Mann ist hingekommen und war, zu unser aller Überraschung, aufrichtig bestürzt über das, was passiert ist. Und natürlich habe ich ihnen nicht absichtlich zugehört, aber wir waren nun mal nur durch einen Vorhang getrennt …«

Hanson grinste. »Du kannst ruhig zugeben, dass du nicht weniger neugierig bist als der Rest der Menschheit. Komm, das musst du mir an der Bar erzählen.«

»Wenn du meinst.« Lightman stand auf und begann leise zu berichten. »Er hat sich wirklich mächtig ins Zeug gelegt, ihr schwer was vorgesäuselt, wie sehr er sie liebe und was für ein Idiot er gewesen sei, ihr so lange etwas vorzumachen. Aber das hänge alles nur mit seinem Job als Drogenkurier zusammen, in den er mehr oder weniger unfreiwillig hineingerutscht sei. Und dann kam er noch damit an, wie schrecklich Dina sei und dass er hoffe, sie nie mehr sehen zu müssen.«

»Hm.« Hanson fühlte sich an ihre eigene Situation erinnert. Mit Jason. »Nehmen wir ihm das ab?«

Lightman legte die Hände auf den Tresen und schaute sie kurz an. Sein Blick hätte alles bedeuten können. »Schwer zu sagen. In Stresssituationen bilden sich manche Leute ein, dass ihnen mehr an jemand liegt, als das tatsächlich der Fall ist.«

»Durchaus möglich.« Hanson winkte dem Barkeeper und bestellte für sie beide Gin. Irgendwie erschien ihr das wie ein Gin-Tag. Dann fragte sie: »Wie hat Louise Reakes reagiert?«

»Irgendwo zwischen weichgeklopft und skeptisch«, sagte er. »Würde mich nicht wundern, wenn sie ihm noch mal eine Chance gibt.«

Hanson verzog das Gesicht und sagte eine Weile nichts. Beide beobachteten, wie der Barkeeper Tanqueray in einen metallenen Messbecher goss. Schließlich sagte sie: »Ich weiß nicht, was ich ihr raten würde. Ob sie ihm wirklich trauen sollte.«

Ben nickte. Sie spürte, dass er sie ansah, aber es war einfacher, den Barkeeper zu beobachten.

»Letztlich kommt es doch nur darauf an, dass man glücklich ist, oder nicht?« Ben stützte die Ellbogen auf den Tresen und beugte sich vor, bis er auf Augenhöhe mit ihr war. »Ich bin der Auffassung, dass letztlich nur eins zählt: Macht es einen glücklicher, jemanden um sich zu haben, als ihn nicht um sich zu haben? Und wenn die Antwort darauf Ja lautet, ist die Sache ganz einfach.«

Hanson lächelte zaghaft. »Ja, wahrscheinlich hast du recht. Ich habe das allerdings nie auf die Reihe gekriegt.« Sie sah ihn denkbar kurz an. »Vielleicht will ich auch gar nicht glücklich sein.«

»Daran solltest du aber arbeiten«, sagte Ben, ebenfalls mit dem Anflug eines Lächelns.

Der Barkeeper stellte ihre Drinks auf den Tresen. Hanson zahlte und hob ihr Glas. »Auf den Entschluss, sich sein Leben nicht beschissener zu machen, als es ist.«

»Da schließe ich mich gerne an. Cheers.«

Und in perfektem Einklang hoben sie ihre Gläser und tranken.

Zu Jonahs schlimmstem Gespräch kam es am Sonntagabend.

Er saß an seinem Schreibtisch und versuchte, der Staatsanwaltschaft hinreichend Gründe zu liefern, das Verfahren gegen Louise Reakes einzustellen. Zunächst empfand er das Läuten des Telefons als Entlastung. Er sah es nicht als das, was es in Wirklichkeit war. Selbst dann nicht, als er zum dritten Mal in dieser Woche den Namen seiner ehemaligen Verlobten auf dem Display sah.

Er wusste immer noch nicht, was er tun sollte. Aber irgendetwas an Michelles hartnäckigen Kontaktversuchen kam ihm eigenartig vor. Vielleicht steckte sie in Schwierigkeiten. Vielleicht stimmte etwas nicht.

Das Läuten bekam eine Dringlichkeit, der er sich nur mit Mühe entziehen konnte. Deshalb ging er schließlich dran.

»Mein Gott, Jonah.« Ihre Stimme schwankte zwischen wütend und den Tränen nah. »Hättest du nicht wenigstens auf eine meiner Nachrichten antworten können?«

»Sorry.« Warum bekam er bei ihr immer sofort ein schlechtes

Gewissen? »Ich habe gerade einen ziemlich schwierigen Fall. Gibt es was Dringendes?«

»So könnte man es nennen«, sagte sie. »Um ehrlich zu sein, bin ich gerade kurz davor … durchzudrehen. Wir haben Scheiße gebaut. Ich bin im vierten Monat schwanger.«

Kurz schien die Zeit stehen zu bleiben, als Jonah instinktiv im Kopf nachrechnete, ob er auch richtig verstanden hatte, was sie da sagte. »Oh Mann, das ist ja …«

»Eine einzige Katastrophe«, sprach Michelle für ihn zu Ende. Und dann hörte er sie am anderen Ende der Leitung weinen. Ihm war jedoch nicht klar, ob er in der Lage wäre, sie zu trösten. Zumal er das Gefühl hatte, dass ihm plötzlich sein ganzes Leben entglitt.

40.

Es wird Zeit, dass du alles liest. Alles, was ich dir geschrieben habe. Alles, was ich bis zu der Nacht aufgeschrieben habe, in der ich fast gestorben wäre. Das alles steht hier.

In den letzten paar Tagen gab es nicht mehr viel hinzuzufügen. Außer dass ich keine Angst mehr habe.

Das heißt nicht, dass ich mir Illusionen mache. Ich weiß, dass die Staatsanwaltschaft Anklage wegen Totschlags gegen mich erheben wird, und ich weiß, dass ich möglicherweise verurteilt werde. In der Vergangenheit sind viele Frauen ins Gefängnis gekommen, weil sie aus Notwehr getötet haben. Die statistischen Daten sind geradezu Besorgnis erregend.

Ich weiß nicht, wie viel Patrick dir über das anstehende Gerichtsverfahren erzählt hat. Jedenfalls meint er, dass dabei mein Entschluss, das Messer mitzunehmen, eine wichtige Rolle spielen wird, weil es auf Vorsatz hindeutet. Er hofft jedoch, dass die Geschworenen verstehen werden, dass ich nicht ahnen konnte, meinem Angreifer zu begegnen, und das Messer aus reiner Vorsicht eingesteckt hatte.

Das andere Plus, natürlich nur unter rein juristischen Gesichtspunkten, ist das Trauma, das ich erlitten habe. Er meint, ich soll ganz offen und aufrichtig über alles sprechen, wenn es so weit ist. Nichts, was irgendjemand gegen mich vorbringen könnte, wird etwas daran ändern, welche Angst ich hatte. Patrick findet, ich darf ruhig verletzlich wirken, wenn dieser Punkt im Prozess zur Sprache kommt. Das ist etwas, womit ich mich im Moment ständig konfrontiert sehe, und das ist ein sehr ungewohntes Gefühl für mich.

Irgendwie komme ich plötzlich als zu stark und zu gefasst rüber. Was ist bloß mit der alten Louise passiert?

April hat es geschafft, sogar in Abwesenheit unsere Kronzeugin zu sein. Ihre Aussage war in sich vollkommen schlüssig. Anscheinend wird vorerst kein Verfahren gegen sie eingeleitet. Insofern habe ich also Glück, weil so der Wert ihrer Aussage nicht geschmälert wird. Die National Crime Agency stellt zwar Ermittlungen über sie an, aber Patrick meint, es ist ihr erstaunlich gut gelungen unterzutauchen. Das ist vermutlich einer der Vorteile, dass sie alles von so langer Hand geplant hat. Seltsamerweise bin ich ihr sehr dankbar, dass sie das alles aufs Spiel gesetzt hat, um einen letzten Abend mit mir zu verbringen. Inzwischen steht für mich außer Frage, dass es eine Art Abschied war.

Du findest es bestimmt seltsam, dass mir ihr Verlust so nahe geht. Immerhin hat sie mir in vielem nicht die Wahrheit gesagt, und sie war schuld daran, dass du mit Dina in diese dumme Geschichte hineingeraten bist. Ich weiß, dass sie dich mehr oder weniger erpresst hat, acht Jahre lang als Drogenkurier für sie zu arbeiten. Mir ist auch klar, dass niemand sie dazu gezwungen hat, das alles zu tun, und dass sie dank dir, Dina und allen anderen, die in diese dubiosen Geschäfte verwickelt waren, unglaublich viel Geld gemacht hat. Und ich weiß auch, dass ihr alle, aus unterschiedlichen Gründen, immer noch stinksauer auf sie seid.

Trotzdem fehlt sie mir, Niall. Für mich steht völlig außer Zweifel, dass ihr in den letzten fünf Jahren mehr an mir gelegen hat als irgendjemandem sonst, dich eingeschlossen. Ich bedaure, dass ich alles, was jetzt auf mich zukommt, ohne sie durchstehen muss. Ebenso bedaure ich, dass ich nicht miterleben werde, wie sie vor Gericht erscheint und für mich eintritt. Ich bin sicher, sie hätte alles getan, um dem Staatsanwalt das Leben schwer zu machen. Aber deswegen mache ich mir keine Sorgen. Ich weiß, dass ich sie nicht mehr brauche, um mir den Rücken zu stärken, so gern ich es auch hätte.

Ich habe von der National Crime Agency ein paar Dinge mehr

über sie erfahren. Sie wollten zum Beispiel von mir wissen, ob ich sie unter irgendwelchen anderen Namen kennen würde, und sie haben mich gefragt, ob mir der Name Abigail Jones-Rounier etwas sagt. Sie war in Aprils Alter, die Tochter eines Arztes aus Tennessee, der von seiner Frau verlassen wurde. April hat ihre kleine Schwester Dolores Jones-Rounier mehr oder weniger allein großgezogen und sie dann an einem Neujahrstag an einen Betrunkenen mit einer Knarre verloren. Dieser Betrunkene wurde wenig später mit einer Gerüststange halb totgeschlagen, und gleichzeitig verschwand Abigail spurlos.

Man könnte also durchaus sagen, dass April eigentlich nicht mich geliebt hat, sondern ihre kleine Schwester Dee. Alles, was sie für mich empfunden hat, könnte ein Nachhall davon gewesen sein. Das halte ich für gut möglich. Und trotzdem habe ich das Gefühl, dass April mich besser verstanden hat als jeder andere. So gut, wie ich hoffe, dass du mich verstehen wirst.

Und da ist noch etwas, was ich dir über April erzählen muss. Ich habe einen Brief von ihr bekommen. Ich weiß, dass er von ihr ist, auch wenn sie nicht unterschrieben hat. Sie hat mich darin »Schatz« genannt und sich entschuldigt, dass sie Charlie Ruskin so falsch eingeschätzt hat.

Außerdem hatte sie einen Schlüssel auf die Karte geklebt. Für eine Selfstorage-Lagerbox. Die Adresse steht auf dem Schlüsselanhänger. Sie hat sie eingekreist und darunter geschrieben: »Nicht vor deinem nächsten Geburtstag öffnen«.

Ich glaube schon zu wissen, was ich in diesem Depot finden werde. Ich glaube, es enthält die Aussicht auf ein schönes, sorgenfreies Leben und die Möglichkeit, deine Schulden zu tilgen, wenn ich das möchte. Allerdings bin ich nicht sicher, ob wir das annehmen sollen. Ob ich nicht darauf verzichten und alles, was mit April zu tun hat, weit hinter mir lassen sollte.

Mit Sicherheit muss ich die Finger davon lassen, solange diese Angelegenheit nicht vor Gericht geklärt ist, und selbst dann könnte ich noch Ärger kriegen, wenn jemand Wind davon bekommt. Denn damit brächte ich Erlöse aus Straftaten an mich. Trotzdem bin ich froh, dass sie es mir hinterlassen hat. Und nicht weniger froh bin ich, dass sie auf freiem Fuß ist und sich wahrscheinlich weiter ein schönes Leben macht.

Aber genug zu April. Hier soll es schließlich um uns gehen.

Was für seltsame Folgen das alles hatte. Deine Angst um mich. Dein Respekt vor dem, was ich getan habe. Und dein plötzlicher Hass auf Dina, weil sie dich verraten hat, als es eng wurde. Ich glaube, dich sagen zu hören, dass sie ein manipulatives Miststück ist, war so ziemlich das Schönste, was ich dich jemals sagen gehört habe. Mir ist sehr wohl bewusst, dass das nur ein schwacher Triumph ist, aber das schmälert meine Freude nicht im Geringsten.

Da war noch diese andere Sache, die du gesagt hast. Deine Befürchtungen, ich könnte mit einem Kind überfordert sein. Wie sehr du mich doch unterschätzt hast. Ich habe nämlich eine viel größere Herausforderung bewältigt und bin gestärkt daraus hervorgegangen. Du hast gesagt, du hättest dieses Potenzial in mir schon früher erkennen müssen, aber zu deiner Rechtfertigung, Niall, muss ich gestehen, dass ich es nicht einmal selbst in mir gesehen habe. Es ist uns beiden verborgen geblieben.

Das Eigenartigste daran ist vielleicht, dass wir plötzlich wieder an eine gemeinsame Zukunft glauben. Und sie vor allem auch *wollen.* Natürlich ist das alles mit einem großen Fragezeichen versehen. Es gibt eine Menge unangenehme Dinge, die wir beide vorher noch klären müssen. Zwei potenzielle Gerichtsverfahren und Haftstrafen, obwohl Patrick sagt, dass Daniella Tod und Teufel in Bewegung setzen wird, um einen Deal für dich herauszuschinden.

Wir beide haben vieles, das wir aufarbeiten und erklären, für das wir uns entschuldigen und über das wir uns ärgern müssen. Oder uns auch nur … verzeihen. Aber mein Gefühl sagt mir, dass wir wieder etwas erschaffen können, diesmal auf einer soliden Basis. Dass wir, wenn wir nur hart genug dafür kämpfen, vielleicht, aber nur vielleicht, die Familie werden, die ich mir schon immer so sehr für uns beide gewünscht habe.

Und ich möchte dir auch sagen, dass ich mich schon freue auf diesen Kampf.

Danksagung

Ein Buch wird von so vielen Leuten gemacht. Nie von einem einzigen Autor, der allein über seinem Text sitzt.

Felicity Blunt ist, war und wird immer der Grund sein, dass dieses Buch überhaupt zustande gekommen ist. Mein wunderbarer menschlicher Dynamo und Energiebündel von einer Agentin. Du rockst total. Yes!

Joel Richardson war derjenige, der auf die plötzliche Änderung der Grundidee zu diesem Buch eingestiegen ist und mir geholfen hat, die Idee zu etwas Konkretem, Realem zu machen. Abgesehen davon, dass er der allerbeste Lektor und einer der nettesten Menschen der Welt ist, macht es auch unglaublichen Spaß, mit ihm zu arbeiten.

Grace Long war mein unübertreffliches zweites Paar Augen und hat unglaublich hilfreiche Anmerkungen beigesteuert, um mir durch die entscheidende letzte Fassung zu helfen. Ganz zu schweigen davon, dass sie mir mit ihrem Organisationstalent eine ständige Stütze war. Ein dickes Dankeschön.

Bei der Umschlaggestaltung hat sich das phantastische Team von Penguin wieder einmal selbst übertroffen. Ich kann mich wirklich glücklich schätzen, dass alle meine Bücher auch international so schöne Cover haben, denn ich weiß, wie wichtig sie sind.

Die wunderbaren Vertreter sind der Grund, warum meine Bücher weltweit in den Regalen der Buchhändler landen. Ihrem Einsatz und Ihrem Vertrauen in das, was ich schreibe, ist es geschuldet, dass es in unzähligen Buchhandlungen überall greifbare Realität wird.

Jen Breslin und Ella Watkins sind ein unvergleichliches PR- und Marketing-Team. Ihre Kreativität und ihre unermüdliche Unterstützung waren unglaublich. Auch ihre Geduld mit meinen ständigen Fragen und Ideen. Einfach fabelhaft.

Das große Vertrauen, das meine US-amerikanische Lektorin Andrea Walker in mich gezeigt hat, war ebenso berührend wie inspirierend, und ihr Team steht ihr an Freundlichkeit, Hilfsbereitschaft und Einfallsreichtum in nichts nach. Ich bin sehr stolz darauf, mit ihnen arbeiten zu dürfen.

Beatrix McIntyre, Jennie Roman und das gesamte Lektorat haben viele kluge und hilfreiche Kommentare beigesteuert und mir die eine oder andere Blamage erspart.

Der großartigen Rechteabteilung von Penguin habe ich es zu verdanken, dass meine Bücher in so vielen Ländern erscheinen. Ich schulde ihr sehr viel.

Tariq Joyce war an dem alles entscheidenden Gespräch ganz zu Beginn beteiligt, bei dem mir klar geworden ist, *wie* dieses Buch funktionieren würde und *dass* es funktionieren würde. Große Autoren geben die besten Ratschläge.

Chris Haines ist mein erster Ansprechpartner bei allen Fragen zu polizeilichen Belangen. Er war unglaublich hilfsbereit und geduldig mit mir. Seine Erklärungen waren Gold wert. Es ist ein wunderbares Gefühl zu wissen, dass er da ist, und es ist mir hoffentlich gelungen, die richtigen Fragen zu stellen, um Fehler zu vermeiden. Und wenn sich doch welche eingeschlichen haben sollten, nehme ich sie ganz allein auf meine Kappe.

Für jede Minute ihrer Zeit und Unterstützung bei zahllosen Spielen möchte ich hier noch einmal ausdrücklich David Stubbings und Sarah Preston danken, die ich letztes Mal, unverzeihlicherweise, nicht in meine Liste der Girton Players aufgenommen habe.

Von meiner wunderbaren Familie und meinem Partner erhalte ich weiterhin die denkbar beste Unterstützung und kann nur hoffen, dass sie auch bei meinen nächsten Büchern wieder so viel Geduld mit mir haben werden.

Und dann ist da noch Colin Smith mit seiner Aufmunterung, Unterstützung und ungeheuren Aufschieberitis. Ohne ihn wäre dieses Buch auf jeden Fall schneller geschrieben worden.

Nicht zuletzt gilt mein Dank auch den wunderbaren Krimiautoren und -autorinnen, die ich in den letzten drei Jahren kennengelernt habe. Sie sind zu zahlreich, um sie hier alle namentlich zu nennen, aber sie haben mich sehr herzlich aufgenommen, und ich habe viele unterhaltsame Stunden mit ihnen verbracht. Wie kommt es, dass derart reizende Menschen über so grausige Dinge schreiben?

Gytha Lodge
Bis ihr sie findet
Kriminalroman
Aus dem Englischen von Kristian Lutze
Taschenbuch, 400 Seiten
ISBN 978-3-455-00936-1
Hoffmann und Campe Verlag

Sechs Freunde. Ein Mörder. Wem vertraust du?

Von einer sommerlichen Zeltnacht mit den Freunden ihrer großen Schwester kehrt die vierzehnjährige Aurora nie zurück. Dreißig Jahre später wird ihre Leiche gefunden. In einem Versteck, von dem eigentlich nur die sechs Freunde gewusst haben können. Detective Chief Inspector Jonah Sheens ist fest entschlossen, den Cold Case ein für alle Mal zu lösen.

»Ein dunkler, tiefgehender, grandioser Krimi – das flammende Porträt einer Freundschaft und ihres Verrats.«
Nicci French

»Ein fesselndes Drama.«
Tobias Schmitz, *Stern*

Gytha Lodge
Wer auf dich wartet
Kriminalroman
Aus dem Englischen von Kristian Lutze
Taschenbuch, 368 Seiten
ISBN 978-3-455-00997-2
Hoffmann und Campe Verlag

Du hast es gesehen. Du hast nichts getan. Wer wird dir noch trauen?

Spätabends will Aidan mit seiner Freundin Zoe skypen. Doch als die Verbindung steht, sieht er nur ihr leeres Zimmer, durch das ein Schatten huscht. Ist Zoe etwa nicht allein? Hilflos muss Aidan mit anhören, wie im Hintergrund gekämpft wird. Bis schließlich Stille herrscht... Als DCI Jonah Sheens und sein Team von der Kriminalpolizei Southampton Stunden später Zoes Wohnung betreten, finden sie die Leiche der jungen Frau. Was hat Aidan dazu gebracht, so lange zu zögern, bis er die Polizei gerufen hat?

»Ein kluger Krimi, der bis zur letzten
Seite spannend bleibt.«
Die Presse

Gytha Lodge
Was ich euch verschweige
Kriminalroman
Aus dem Englischen von Kristian Lutze
Klappenbroschur, 400 Seiten
ISBN 978-3-455-01449-5
Hoffmann und Campe Verlag

Zwei Schwestern. Eine ist verschwunden. Was weiß die andere?

Detective Chief Inspector Jonah Sheens genießt mit seiner kleinen Tochter gerade die Sonne, als ihm eine Jugendliche entgegenstolpert, blass und blutüberströmt. Ihr Name ist Keely Lennox. Sie versichert dem besorgten DCI, dass es ihr gut gehe. Sorgen müsse er sich allein um ihre verschwundene Schwester Nina machen. Jonah Sheens ist alarmiert: Hat Keely ihrer Schwester etwas angetan? Ist sie Täterin, Zeugin, Opfer? Was ist geschehen? Keely will diese Fragen erst beantworten, wenn sie zuvor ihre Geschichte erzählen darf – eine Geschichte, die Jonah Sheens das Blut in den Adern gefrieren lässt.

»Unwiderstehlich gut!«
Chris Whitaker

»Atemberaubend!«
Val McDermid